RICK RIORDAN

LAS PRUEBAS DE APOLO:
EL ORÁCULO OCULTO

Rick Riordan es sin duda una de las novelistas más populares en todo el mundo. Sus libros se han publicado en cuarenta y siete países, con ventas que superan los quinientos ochenta millones de ejemplares. Cada uno de sus lanzamientos ha encabezado las listas de bestsellers de *The New York Times*, y muchos de ellos se han mantenido en esta posición durante meses.

LAS PRUEBAS DE APOLO

APOLO

EL ORÁCULO OCULTO

RICK RIORDAN

LAS PRUEBAS DE APOLO

EL ORÁCULO OCULTO

Traducción de **Ignacio Gómez Calvo**

VINTAGE ESPAÑOL
Una división de Penguin Random House LLC
Nueva York

PRIMERA EDICIÓN VINTAGE ESPAÑOL, ENERO 2017

Vintage Español ISBN en tapa blanda: 978-0-525-43333-0

Para venta exclusiva en EE.UU., Canadá, Puerto Rico y Filipinas.

www.vintageespanol.com

Impreso en los Estados Unidos de América
10 9 8 7 6 5 4 3 2 1

Para la musa Calíope.
Debería haber hecho esto hace tiempo. No me hagas daño, por favor

1

Unos matones me zurran.
Les pegaría si pudiera.
La mortalidad es un asco

Me llamo Apolo. Antes era un dios.

En mis cuatro mil seiscientos doce años de vida he hecho muchas cosas. Infligí una peste a los griegos que sitiaron Troya. Bendije a Babe Ruth con tres *home runs* en el cuarto partido del campeonato mundial de béisbol de 1926. Descargué mi ira sobre Britney Spears en la gala de los Premios MTV de 2007.

Pero en toda mi vida inmortal, nunca había aterrizado en un contenedor de basura.

Ni siquiera sé cómo pasó.

Simplemente me desperté cayendo. Unos rascacielos daban vueltas a mi alrededor. Mi cuerpo desprendía llamas. Intenté volar. Intenté transformarme en una nube o teletransportarme por el mundo o hacer otras cien cosas que debería haber podido hacer sin problemas, pero no paraba de caer. Me precipité en un estrecho paso entre dos edificios y ¡BAM!

¿Hay algo más patético que el sonido de un dios al caer encima de un montón de bolsas de basura?

Me quedé tumbado, dolorido y gimiendo en el contenedor abierto. Me picaban los orificios nasales del hedor a mortadela rancia y pañales usados. Notaba las costillas rotas, aunque algo así no debería haber sido posible.

La cabeza me daba vueltas, pero un recuerdo emergió a la superficie: la voz de mi padre, Zeus: *TU RESPONSABILIDAD. TU CASTIGO.*

Entonces me di cuenta de lo que me había pasado. Y lloré de desesperación.

Incluso para un dios de la poesía como yo, es difícil describir cómo me sentía. ¿Cómo podrías entenderlo tú, un simple mortal? Imagínate que te quitaran la ropa y te rociaran con una manguera contra incendios delante de un grupo de gente que se riese de ti. Imagínate el agua helada al entrar en tu boca y tus pulmones, la presión al magullarte la piel y dejarte las articulaciones hechas papilla. Imagínate sentirte desvalido, avergonzado, totalmente vulnerable: despojado cruel y públicamente de todo lo que te caracteriza. Pues mi humillación fue peor.

TU RESPONSABILIDAD, resonaba la voz de Zeus en mi cabeza.

—¡No! —grité desconsolado—. ¡No, yo no fui el responsable! ¡No!

Nadie contestó. A cada lado, escaleras de incendios oxidadas subían en zigzag por los muros de ladrillo. En lo alto, el cielo invernal era gris e implacable.

Traté de recordar los detalles de mi condena. ¿Me había dicho mi padre cuánto duraría ese castigo? ¿Qué se suponía que tenía que hacer para volver a ganarme su aceptación?

Tenía problemas de memoria. Apenas me acordaba de cómo era Zeus, y mucho menos de por qué había decidido expulsarme a la Tierra. Había habido una guerra con los gigantes, pensé. Habían sorprendido a los dioses, los habían puesto en evidencia y prácticamente los habían vencido.

Lo único que sabía con seguridad era que mi castigo era injusto. Zeus necesitaba a alguien a quien echarle la culpa, de modo que, cómo no, había elegido al dios más famoso, guapo y talentoso del panteón: yo.

Me quedé tumbado entre la basura, mirando la etiqueta del interior de la tapa del contenedor: PARA LA RECOGIDA, LLAME AL 1-555-APESTOSO.

«Zeus recapacitará —me dije—. Solo intenta asustarme. En cualquier momento me devolverá al Olimpo y me dejará escapar con una advertencia.»

—Sí... —Mi voz sonaba hueca y desesperada—. Sí, eso es.

Intenté moverme. Quería estar de pie cuando Zeus viniera a disculparse. Notaba un dolor punzante en las costillas. Tenía un nudo en el estómago. Me agarré al borde del contenedor y conseguí arrastrarme por encima del lateral. Me desplomé y caí contra el asfalto.

—Ayyy —dije gimoteando de dolor—. Levántate. Levántate.

Ponerme de pie no fue fácil. La cabeza me daba vueltas. Por poco me desmayé del esfuerzo. Estaba en un callejón sin salida. A unos quince metros, la única salida daba a una calle con las sucias fachadas de una oficina de fianzas y una casa de empeños. Me encontraba en algún lugar en el este de Manhattan, deduje, o quizá en Crown Heights, en Brooklyn. Zeus debía de estar muy cabreado conmigo.

Inspeccioné mi nuevo cuerpo. Parecía un adolescente caucásico, vestido con unas zapatillas, unos vaqueros azules y un polo verde. Qué anodino. Me sentía mareado, débil y muy pero que muy humano.

Nunca entenderé cómo los humanos lo soportáis. Vivís toda vuestra vida atrapados en un saco de carne, sin poder disfrutar de sencillos placeres como transformaros en un colibrí o deshaceros en luz pura.

Y ahora, que el cielo me ayude, era uno de vosotros: un saco de carne más.

Hurgué en los bolsillos del pantalón con la esperanza de conservar las llaves de mi carro solar. No tuve esa suerte. Encontré una cartera de nailon barata que contenía cien dólares en moneda estadounidense —dinero para almorzar en mi primer día como mortal, quizá—, además de un carnet de conducir del estado de Nueva York con una foto de un estúpido joven de pelo rizado que de ninguna manera podía ser yo y que respondía al nombre de «Lester Papadopoulos». ¡La crueldad de Zeus no tenía límites!

Miré dentro del contenedor de basura, confiando en que mi arco, mi carcaj y mi lira hubieran caído a la Tierra conmigo. Me habría conformado con mi armónica. No había nada.

Respiré hondo. «Anímate —me dije—. Seguro que conservo algunas de mis habilidades divinas. Podría ser peor.»

—¡Eh, Cade, mira este pringado! —gritó una voz áspera.

Dos jóvenes bloqueaban la salida del callejón: uno bajito y rechoncho con el pelo rubio platino, y el otro alto y pelirrojo. Los dos llevaban sudaderas extragrandes y pantalones holgados. Tenían el cuello lleno de tatuajes con dibujos serpenteantes. Solo les faltaba llevar escrito SOY UN MATÓN en letras grandes en la frente.

El pelirrojo centró su atención en la cartera que yo sostenía en la mano.

—Venga, pórtate bien, Mikey. Parece un tío bastante majo. —Sonrió y sacó un cuchillo de caza del cinturón—. De hecho, seguro que quiere darnos todo su dinero.

La culpa de lo que pasó después fue de mi desorientación.

Sabía que me habían arrebatado la inmortalidad, pero ¡seguía considerándome el poderoso Apolo! Uno no puede cambiar de forma de pensar con la facilidad con que, por ejemplo, se transforma en un leopardo de las nieves.

Además, las anteriores ocasiones que Zeus me había castigado volviéndome mortal (sí, ya me había ocurrido dos veces), había conservado una fuerza descomunal y como mínimo parte de mis poderes divinos. Me imaginaba que esta vez pasaría lo mismo.

No pensaba dejar que dos jóvenes rufianes mortales robasen la cartera de Lester Papadopoulos.

Me puse derecho, esperando intimidar a Cade y Mikey con mi porte regio y mi belleza divina. (Seguro que no podían quitarme esas cualidades, al margen de la foto que aparecía en mi carnet de conducir.) No hice caso al jugo de basura caliente que me chorreaba por el cuello.

—Soy Apolo —anuncié—. Tenéis tres opciones, mortales: ofrecerme un tributo, huir o ser eliminados.

Quería que mis palabras resonaran por el callejón, que sacudiesen las torres de Nueva York e hicieran que cayese del cielo una humeante desolación. No pasó nada de eso. Al pronunciar la palabra «eliminados», me salió un gallo.

Cade, el pelirrojo, sonrió todavía más. Pensé en lo divertido que sería si pudiera hacer que los tatuajes de serpientes que tenía alrededor del cuello cobraran vida y lo estrangulasen.

—¿Qué opinas, Mikey? —preguntó a su amigo—. ¿Le ofrecemos un tributo a este tío?

Mikey frunció el ceño. Con su cabello rubio erizado, sus ojillos crueles y su cuerpo grueso, me recordaba la cerda monstruosa que había aterrorizado el pueblo de Cromión en la antigüedad.

—No me apetece el tributo, Cade. —Su voz sonaba como si hubiera comido cigarrillos encendidos—. ¿Cuáles eran las otras opciones?

—¿Huir? —contestó Cade.

—No —negó Mikey.

—¿Ser eliminados?

Mikey resopló.

—¿Qué tal si nosotros lo eliminamos a él?

Cade lanzó su cuchillo al aire y lo atrapó por el mango.

—Me parece bien. Después de ti.

Me metí la cartera en el bolsillo trasero. Levanté los puños. No me gustaba aplastar a humanos y convertirlos en gofres de carne, pero estaba seguro de que podía hacerlo. Incluso en el estado debilitado en el que me encontraba, sería mucho más fuerte que cualquier hombre.

—Os lo aviso —dije—. Mis poderes escapan a vuestro entendimiento.

Mikey hizo crujir los nudillos.

—Ajá.

Avanzó pesadamente.

En cuanto lo tuve al alcance, ataqué. Descargué toda mi ira en el puñetazo. Debería haber bastado para volatilizar a Mikey y dejar una huella con forma de matón en el asfalto.

En cambio, él se agachó, cosa que me dio mucha rabia.

Avancé dando traspiés. Debo decir que cuando Prometeo os moldeó a los humanos con barro hizo un trabajo de lo más chapucero. Las piernas mortales son torpes. Intenté compensar mis limitaciones recurriendo a mi reserva ilimitada de agilidad, pero Mikey me propinó una patada en la espalda y di con mi divina cara contra el suelo.

Las ventanas de la nariz se me hincharon como airbags. Los oídos se me taponaron. Se me llenó la boca de sabor a cobre. Me di la vuelta, gimiendo, y vi a los dos matones borrosos mirándome fijamente.

—Mikey —dijo Cade—, ¿comprendes ahora el poder de este tío?

—No —respondió Mikey—. No lo comprendo.

—¡Insensatos! —exclamé con voz ronca—. ¡Acabaré con vosotros!

—Sí, claro. —Cade tiró el cuchillo—. Pero antes te vamos a patear.

Cade levantó su bota por encima de mi cara, y el mundo se volvió negro.

2

Una niña salida de la nada termina de abochornarme.

Malditos plátanos

No me habían machacado tanto desde mi duelo de guitarra con Chuck Berry en 1957.

Mientras Cade y Mikey me daban patadas, me hice un ovillo, tratando de protegerme las costillas y la cabeza. El dolor era insoportable. Tenía arcadas y temblaba. Perdí el conocimiento y lo recuperé, mientras la vista se me llenaba de manchas rojas. Cuando mis agresores se cansaron de propinarme patadas, me dieron en la cabeza con una bolsa de basura, que estalló y me cubrió de café molido y pieles de fruta mohosa.

Finalmente se apartaron jadeando. Unas manos ásperas me cachearon y me quitaron la cartera.

—Mira esto —dijo Cade—. Algo de pasta y un carnet de... Lester Papadopoulos.

Mikey rio.

—¿Lester? Es aún peor que Apolo.

Me toqué la nariz, que tenía el tamaño y la textura de un colchón de agua. Cuando aparté los dedos los tenía de color rojo reluciente.

—Sangre —murmuré—. No es posible.

—Es muy posible, Lester. —Cade se agachó a mi lado—. Y puede que te salga más en un futuro cercano. ¿Quieres explicarme por qué no tienes tarjeta de crédito? ¿Ni teléfono? No me gustaría pensar que todo este esfuerzo ha sido solo por cien pavos.

Me quedé mirando la sangre de las puntas de los dedos. Era un dios. Yo no tenía sangre. Incluso cuando me había convertido en mortal en el pasado, el icor dorado seguía corriendo por mis venas. Nunca había acabado tan... convertido. Debía de ser un error. Una broma. Algo.

Intenté incorporarme.

Mi mano se posó en una piel de plátano y volví a caerme. Mis agresores rieron a carcajadas.

—¡Me encanta este tío! —dijo Mikey.

—Sí, pero el jefe nos dijo que estaría forrado —se quejó Cade.

—Jefe... —murmuré—. ¿Jefe?

—Eso es, Lester. —Cade agitó el dedo contra un lado de mi cabeza—. «Id a ese callejón —nos dijo el jefe—. Un golpe fácil.» Dijo que te diéramos una paliza y que te quitásemos todo lo que llevases. Pero esto —sacudió el dinero delante de mis narices—, esto es una birria.

A pesar del aprieto en el que estaba, sentí una oleada de esperanza. Si a esos matones los habían enviado a por mí, su «jefe» debía de ser un dios. Ningún mortal podría haber sabido que caería a la Tierra en ese sitio. Quizá Cade y Mikey tampoco eran humanos. Quizá eran monstruos o espíritus disfrazados hábilmente. Al menos eso explicaría por qué me habían zurrado con tanta facilidad.

—¿Quién... quién es vuestro jefe? —Me levanté con dificultad, y me cayó café molido de los hombros. Estaba tan mareado que me sentía como si volara demasiado cerca de los gases del Caos primordial, pero me negaba a humillarme—. ¿Os ha enviado Zeus? ¿O tal vez Ares? ¡Exijo una audiencia!

Mikey y Cade se miraron como diciendo: «Jo, qué tío».

Cade recogió su cuchillo.

—No sabes captar una indirecta, ¿verdad, Lester?

Mikey se quitó el cinturón —una cadena de bicicleta— y lo enrolló alrededor de su puño.

Decidí reducirlos cantando. Puede que se hubieran resistido a mis puños, pero ningún mortal podría resistirse a mi voz de oro. Estaba intentando decidirme entre «You Send Me» y una composición original, «Soy tu dios de la poesía, nena», cuando una voz gritó:

—¡EH!

Los gamberros se volvieron. Encima de nosotros, en el rellano de la escalera de incendios del segundo piso, había una niña de unos doce años.

—Dejadlo en paz —ordenó.

Lo primero que pensé fue que Artemisa había acudido en mi ayuda. A menudo mi hermana aparecía bajo la forma de una niña de doce años por motivos que nunca he acabado de entender. Pero algo me decía que esa no era ella.

La niña de la escalera de incendios no inspiraba precisamente temor. Era menuda y regordeta, con el pelo moreno revuelto y peinado a lo paje, y unas gafas negras con forma de ojos de gato y diamantes de imitación brillantes en las esquinas. A pesar del frío, no llevaba abrigo. Su atuendo parecía elegido por un niño de párvulos: zapatillas rojas, mallas amarillas y un vestido de tirantes verde. A lo mejor iba a una fiesta de disfraces vestida de semáforo.

Aun así, había una extraña intensidad en su expresión. Tenía el mismo semblante ceñudo y obstinado que mi exnovia Cirene adoptaba cuando luchaba contra los leones.

Mikey y Cade no parecían impresionados.

—Piérdete, cría —le dijo Mikey.

La niña dio una patada en el rellano e hizo temblar la escalera de incendios.

—Mi callejón. ¡Mis reglas! —Con su voz nasal de mandona, parecía que estuviera regañando a un compañero en un juego—. ¡Lo que ese pringado lleva encima es mío, incluido el dinero!

—¿Por qué todo el mundo me llama pringado? —pregunté débilmente. El comentario me parecía injusto, aunque estuviera hecho unos zorros y cubierto de basura, pero nadie me prestó atención.

Cade lanzó una mirada asesina a la niña. El color rojo de su pelo parecía estar pasándole a la cara.

—¿Me estás vacilando? ¡Lárgate, mocosa! —Cogió una manzana podrida y la lanzó.

La niña no se inmutó. La fruta cayó a sus pies y rodó inofensivamente hasta detenerse.

—¿Quieres jugar con comida? —La niña arrugó la nariz—. Está bien.

No vi que le diera ninguna patada a la manzana, pero la fruta volvió volando con una puntería letal e impactó a Cade en la nariz. El matón se cayó de culo.

Mikey gruñó. Se dirigió resueltamente a la escalera de incendios, pero una piel de plátano pareció interponerse en su camino. El gamberro resbaló y se dio un trompazo.

—¡AYYY!

Me aparté de los matones abatidos. Me preguntaba si debía huir, pero apenas podía andar cojeando. Además, no quería que me atacaran con fruta podrida.

La niña saltó por encima de la barandilla. Cayó al suelo con sorprendente agilidad y cogió una bolsa de basura del contenedor.

—¡Alto! —Cade se puso a corretear como un cangrejo para escapar de la niña—. ¡Hablemos!

Mikey gimió y se puso boca arriba.

La niña hizo un mohín. Sus labios estaban agrietados. Tenía una pelusilla morena en las comisuras de la boca.

—No me caéis bien —dijo—. Debéis iros.

—¡Sí! —asintió Cade—. ¡Claro! Solo...

Alargó la mano para coger el dinero desperdigado entre el café molido.

La niña balanceó la bolsa de basura. El plástico estalló en pleno arco, y una cantidad increíble de plátanos podridos se desparramó por el suelo. Los plátanos hicieron caer a Cade. Mikey quedó cubierto de tantas pieles que parecía que estuviera siendo atacado por estrellas de mar carnívoras.

—Largo de mi callejón —ordenó la niña—. Venga.

En el contenedor, más bolsas de basura estallaron como palomitas de maíz y cubrieron a Cade y Mikey de rábanos, pieles de patata y otras materias fertilizantes. Milagrosamente, a mí no me dio ninguna. A pesar de sus heridas, los dos matones consiguieron levantarse y escaparon gritando.

Me volví hacia mi diminuta salvadora. Estaba familiarizado con las mujeres peligrosas. Mi hermana podía descargar una lluvia de flechas mortales. Mi madrastra, Hera, acostumbraba a cabrear tanto a los mortales que acababan haciéndose pedazos entre ellos. Pero esa niña basurera de doce años me ponía nervioso.

—Gracias —aventuré.

La niña se cruzó de brazos. En el dedo corazón de cada mano llevaba un anillo de oro con un sello de medialuna. Sus ojos emitían un brillo siniestro como los de los cuervos. (Puedo hacer esa comparación porque yo inventé a los cuervos.)

—No me des las gracias —repuso—. Todavía estás en mi callejón.

Dio una vuelta completa a mi alrededor, escudriñándome como si fuera una vaca premiada en un certamen. (También puedo hacer esa comparación porque antes coleccionaba vacas premiadas.)

—¿Eres el dios Apolo? —No parecía asombrada. Tampoco parecía desconcertarle la idea de que hubiera dioses entre los mortales.

—¿Estabas escuchando, entonces?

Ella asintió con la cabeza.

—No pareces un dios.

—No estoy en mi mejor momento —reconocí—. Mi padre, Zeus, me ha exiliado del Olimpo. ¿Y quién eres tú?

Olía ligeramente a tarta de manzana, un detalle sorprendente, considerando que estaba tan mugrienta. Una parte de mí deseaba buscar una toalla limpia, limpiarle la cara y darle dinero para que se comprara comida caliente. La otra parte deseaba protegerse de ella con una silla por si decidía morderme. Me recordaba a las criaturas extraviadas que mi hermana adoptaba continuamente: perros, panteras, doncellas sin hogar, dragones pequeños...

—Me llamo Meg —dijo.

—¿De Megara? ¿O Margaret?

—Margaret. Pero ni se te ocurra llamarme Margaret.

—¿Eres una semidiosa, Meg?

Ella se subió las gafas.

—¿Por qué lo crees?

Una vez más, la pregunta no pareció sorprenderle. Intuía que ya había oído la palabra «semidiosa».

—Bueno —contesté—, es evidente que tienes poderes. Has espantado a esos vándalos con fruta podrida. ¿Tienes platanoquinesis? ¿O puedes controlar la basura? Una vez conocí a una diosa romana, Cloacina, que era la responsable del sistema de alcantarillado de la ciudad. A lo mejor sois parientes...

Meg hizo un mohín. Me dio la impresión de que había dicho algo inapropiado, aunque no se me ocurría qué.

—Creo que solo me quedaré con tu dinero —dijo Meg—. Venga. Largo de aquí.

—¡No, espera! —La desesperación asomó a mi voz—. Por favor, necesito... necesito un poco de ayuda.

Por supuesto, me sentí ridículo. Yo —el dios de las profecías, las plagas, el tiro con arco, la curación, la música y varias cosas más que no recordaba en ese momento—, pidiéndole ayuda a una niña de la calle vestida con ropa de colores. Pero no tenía a nadie más. Si esa niña decidía quedarse con mi dinero y echarme a patadas a las crueles calles invernales, no creía que pudiera impedírselo.

—Supongamos que te creo... —La voz de Meg adoptó un tono cantarín, como si estuviera a punto de anunciar las reglas de un juego: «Yo seré la princesa, y tú serás la criada»—. Supongamos que decido ayudarte. ¿Qué pasa entonces?

«Buena pregunta», pensé.

—¿Estamos... estamos en Manhattan?

—Ajá. —La niña se giró y lanzó una patada con salto al aire—. Hell's Kitchen.

No me parecía bien que una niña dijera «Hell's Kitchen», la «Cocina del Infierno». Claro que tampoco me parecía bien que una niña viviera en un callejón y se peleara con unos matones armada con basura.

Consideré ir andando al Empire State Building. Era la entrada moderna del monte Olimpo, pero dudaba que los guardias me dejaran subir al sexcentésimo piso secreto. Zeus no me lo pondría tan fácil.

Tal vez podría buscar a mi viejo amigo Quirón, el centauro. Él tenía un campo de entrenamiento en Long Island. Podía ofrecerme refugio y consejo. Pero sería un viaje peligroso. Un dios indefenso es un blanco tentador. Cualquier monstruo que hubiera por el camino me destriparía alegremente. Los espíritus envidiosos y los dioses menores también se alegrarían de tener esa oportunidad. Y luego estaba el misterioso «jefe» de Cade y Mikey. No tenía ni idea de quién era ni de si tenía secuaces más peligrosos que enviar contra mí.

Y aunque llegase a Long Island, mis nuevos ojos mortales no podrían encontrar el campamento de Quirón en su valle camuflado con magia. Necesitaba a un guía que me llevase allí: alguien cercano y con experiencia...

—Tengo una idea. —Me puse todo lo erguido que mis heridas me permitieron. No era fácil mostrarse seguro de uno mismo con la nariz sangrando y la ropa manchada de restos de café—. Conozco a alguien que podría ayudarme. Vive en el Upper East Side. Si me llevas con él, te recompensaré.

Meg emitió un sonido a medio camino entre un estornudo y una risa.

—Recompensarme ¿con qué? —Se puso a dar saltos, recogiendo billetes de veinte dólares de la basura—. Ya tengo todo tu dinero.

—¡Eh!

Me lanzó la cartera, que ahora solo contenía el carnet de conducir de Lester Papadopoulos.

—Tengo tu dinero, tengo tu dinero —cantó Meg.

Reprimí un gruñido.

—Mira, niña, no seré mortal siempre. Algún día volveré a ser un dios. Entonces recompensaré a los que me ayudaron... y castigaré a los que no.

Ella puso los brazos en jarras.

—¿Cómo sabes lo que pasará? ¿Has sido mortal alguna vez?

—Pues sí, la verdad. ¡Dos veces! ¡Y en las dos ocasiones mi castigo solo duró unos años como máximo!

—¿Ah, sí? ¿Y cómo sabes que volverás a ser *diosado* o lo que sea?

—«Diosado» no es ninguna palabra —observé, aunque mi sensibilidad poética ya le estaba buscando usos—. Normalmente Zeus me exige que trabaje como esclavo para un semidiós importante. El tipo de las afueras del que te he hablado, por ejemplo. ¡Él sería perfecto! Hago las tareas que mi nuevo amo me ordena durante unos años. Mientras me porte bien, me dejan volver al Olimpo. Ahora solo tengo que recobrar fuerzas y pensar...

—¿Cómo sabes con seguridad cuál es el semidiós?

Parpadeé.

—¿Qué?

—Cuál es el semidiós al que debes servir, tonto.

—Yo... esto... Bueno, normalmente está claro. Simplemente me encuentro con él. Por eso quiero ir al Upper East Side. Mi nuevo amo solicitará mis servicios y...

—¡Soy Meg McCaffrey! —Meg me hizo una pedorreta—. ¡Y solicito tus servicios!

Un trueno retumbó en el cielo gris. El sonido resonó a través de las calles de la ciudad como una carcajada divina.

Lo que quedaba de mi orgullo se convirtió en agua helada y me goteó por las piernas hasta los calcetines.

—Ha sido llegar y besar el santo, ¿verdad?

—¡Sí! —Meg se puso a dar saltos con sus zapatillas rojas—. ¡Nos lo vamos a pasar bien!

Con gran dificultad, resistí las ganas de llorar.

—¿Estás segura de que no eres Artemisa disfrazada?

—Soy lo otro —respondió Meg, contando mi dinero—. Lo que dijiste antes. Una semidiosa.

—¿Cómo lo sabes?

—Simplemente lo sé. —Me dirigió una sonrisa de suficiencia—. ¡Y ahora tengo un compañero que es un dios y se llama Lester!

Alcé la cara a los cielos.

—Ya veo por dónde vas, Padre. Pero ¡no puedo hacerlo, por favor!

Zeus no contestó. Seguramente estaba demasiado ocupado grabando mi humillación para compartirla por Snapchat.

—Anímate —me dijo Meg—. ¿Quién es ese tío al que querías ver, el del Upper East Side?

—Otro semidiós —contesté—. Él sabe cómo llegar a un campamento donde podría conseguir refugio, consejo, comida...

—¿Comida? —A Meg se le levantaron las orejas casi tanto como las puntas de sus gafas—. ¿Comida buena?

—Bueno, normalmente solo como ambrosía, pero sí, supongo que hay comida buena.

—Entonces ¡esa será mi primera orden! ¡Vamos a buscar a ese tío para que nos lleve al campamento!

Suspiré tristemente. Iba a ser una servidumbre muy larga.

—Como desees —accedí—. Busquemos a Percy Jackson.

3

Antes era *diosado*.

Ahora me siento como un fracasado.

Bah, los haikus no riman

Mientras recorríamos Madison Avenue muchas preguntas me daban vueltas en la cabeza: ¿por qué no me había dado Zeus un abrigo de invierno? ¿Por qué Percy Jackson vivía tan lejos? ¿Por qué los transeúntes no paraban de mirarme?

Me preguntaba si estaba empezando a recuperar mi divino resplandor. Tal vez a los neoyorquinos les asombraban mi evidente poder y mi belleza sobrenatural.

Meg McCaffrey me aclaró las cosas.

—Hueles mal —dijo—. Tienes pinta de que te hayan atracado.

—Es que me han atracado. Y además una niña me ha esclavizado.

—No es esclavitud. —Se mordió un trozo de cutícula del pulgar y lo escupió—. Es más bien colaboración mutua.

—¿Mutua en el sentido de que tú das órdenes y yo estoy obligado a colaborar?

—Sí. —La niña se detuvo delante de un escaparate—. ¿Lo ves? Estás hecho un asco.

Mi reflejo me devolvió la mirada, solo que no era mi reflejo. No podía serlo. La cara era la que aparecía en el carnet de Lester Papadopoulos.

Aparentaba unos dieciséis años. Tenía el pelo moreno y rizado en una media melena: un estilo que había llevado en la antigua Atenas y más tarde en los años setenta del siglo XX. Tenía los ojos azules. Mi cara era lo bastante agradable para un pardillo, pero quedaba empañada por la nariz hinchada de color berenjena que había cubierto mi labio superior de un horrible bigote de sangre. Y lo que era peor, tenía una especie de sarpullido en las mejillas que se parecía sospechosamente a... El corazón me subió a la garganta.

—¡Qué horror! —grité—. ¿Es eso... es eso acné?

Los dioses inmortales no tienen acné. Es uno de nuestros derechos inalienables. Sin embargo, me acerqué al espejo y vi que mi piel era realmente un paisaje marcado de granos y pústulas.

Cerré los puños y me quejé al cielo cruel:

—¿Qué he hecho para merecer esto, Zeus?

Meg me tiró de la manga.

—Vas a conseguir que te detengan.

—¿Qué más da? ¡Me han convertido en un adolescente, y ni siquiera uno con la piel perfecta! Seguro que ni siquiera tengo...

Me levanté la camiseta lleno de pavor. Mi barriga lucía un estampado de flores formado por los cardenales de la caída al contenedor y la paliza posterior. Pero lo peor de todo era que tenía michelines.

—Oh, no, no, no. —Anduve tambaleándome por la acera, confiando en que los michelines no me siguieran—. ¿Dónde está mi tableta de chocolate? Siempre he tenido una tableta de chocolate en los abdominales. Nunca he tenido lorzas. ¡Jamás en cuatro mil años!

Meg rio resoplando otra vez.

—Venga ya, llorón, estás bien.

—¡Estoy gordo!

—Eres del montón. La gente del montón no tiene tabletas de chocolate. Vamos.

Quería protestar diciendo que yo no era del montón ni una persona, pero me di cuenta con creciente desesperación de que ahora esa expresión me venía como anillo al dedo.

Al otro lado del escaparate apareció la cara de un guardia de seguridad mirándome con el ceño fruncido. Dejé que Meg tirase de mí calle abajo.

Ella avanzaba dando brincos, deteniéndose de vez en cuando para recoger una moneda o balancearse alrededor de una farola. A la niña no parecía afectarle el frío del invierno, el peligroso viaje que la esperaba ni el hecho de que yo padeciera acné.

—¿Cómo puedes estar tan tranquila? —pregunté—. Eres una semidiosa que va con un dios a un campamento para conocer a otros de tu clase. ¿No te sorprende nada de eso?

—¿Eh? —Ella dobló uno de mis billetes de veinte dólares y lo convirtió en un avión de papel—. He visto muchas cosas raras.

Estuve tentado de preguntarle qué podía ser más raro que la mañana que acabábamos de vivir. Tal vez no soportase saberlo.

—¿De dónde eres?

—Ya te lo he dicho. Del callejón.

—No, pero... ¿y tus padres? ¿Tu familia? ¿Tus amigos?

Su rostro se tiñó de incomodidad. Volvió a centrar su atención en el avión hecho con el billete de veinte dólares.

—No importa.

Mi conocimiento avanzado del género humano me indicaba que la niña ocultaba algo, pero era algo habitual en los semidioses. Los niños que gozaban de la bendición de un padre inmortal eran extrañamente susceptibles con respecto a su pasado.

—¿Y nunca has oído hablar del Campamento Mestizo? ¿Ni del Campamento Júpiter?

—No. —Dio toquecitos contra el morro del avión con la punta de su dedo—. ¿Falta mucho para la casa de Perry?

—Percy. No estoy seguro. Unas cuantas manzanas... creo.

Eso pareció satisfacer a Meg. Avanzó dando saltos como si estuviera jugando a la rayuela, lanzando el avión y recogiéndolo. Cruzó la intersección de la calle Setenta y dos Este haciendo la rueda; su ropa formó un torbellino de vivos colores como los de un semáforo, y temí que los conductores se confundieran y la atropellaran. Afortunadamente, los conductores neoyorquinos estaban acostumbrados a esquivar a los peatones distraídos.

Decidí que Meg debía de ser una semidiosa salvaje. Eran poco comunes, pero no insólitos. Sin ninguna red de apoyo, sin ser descubierta por otros semidioses ni recibir la formación adecuada, había conseguido sobrevivir. Pero su suerte no duraría. Normalmente los monstruos empezaban a dar caza y a matar a los héroes jóvenes aproximadamente cuando cumplían trece años, cuando sus auténticos poderes comenzaban a manifestarse. Meg no disponía de mucho tiempo. Necesitaba que la llevaran al Campamento Mestizo tanto como yo. Tenía suerte de haberme conocido.

(Sé que la última frase parece una obviedad. Todo el mundo que me conoce tiene suerte, pero tú ya me entiendes.)

Si hubiera sido el dios omnisciente de siempre, podría haber averiguado el destino de Meg. Podría haber penetrado en su alma y haber visto lo que necesitaba saber sobre su parentesco divino, sus poderes, sus motivos y secretos.

Sin embargo, ya no podía ver esas cosas. Solo tenía la seguridad de que era una semidiosa porque había solicitado mis servicios con éxito. Zeus había confirmado su derecho con un trueno. Sentía el vínculo que me ataba a ella como una mortaja de pieles de plátano que me apretasen. Quienquiera que fuese Meg McCaffrey, y como quiera que me hubiera encontrado, nuestros destinos estaban ahora unidos.

Era casi tan bochornoso como el acné.

Giramos al este por la calle Ochenta y dos.

Cuando llegamos a la Segunda Avenida, el barrio empezó a sonarme: hileras de bloques de pisos, ferreterías, tiendas y restaurantes indios. Sabía que Percy Jackson vivía por allí, pero mi forma de orientarme cuando viajaba por el cielo en el carro solar recordaba un poco a Google Earth. No estaba acostumbrado a viajar al nivel de la calle.

Además, bajo mi nueva forma mortal, mi memoria perfecta se había vuelto... imperfecta. Los temores y necesidades mortales nublaban mis pensamientos. Tenía ganas de comer. Tenía ganas de ir al lavabo. Me dolía el cuerpo. Mi ropa apestaba. Me sentía como si me hubieran rellenado el cerebro de algodón mojado. Sinceramente, ¿cómo podéis soportarlo los humanos?

Después de unas cuantas manzanas más, empezó a caer una mezcla de aguanieve y lluvia. Meg trató de recoger las precipitaciones con la lengua, aunque me pareció una forma muy poco eficaz de beber... y agua sucia, nada menos. Me estremecí y me concentré en pensamientos alegres: las

Bahamas, las Nueve Musas en perfecta armonía, los muchos castigos horribles que infligiría a Cade y Mikey cuando volviera a ser dios...

Seguía preguntándome quién era su jefe y cómo había sabido dónde caería yo. Ningún mortal podría haber dispuesto de esa información. De hecho, cuanto más lo pensaba, menos entendía cómo un dios (aparte de mí) podía haber adivinado el futuro con tal exactitud. Después de todo, yo había sido el dios de las profecías, el amo del Oráculo de Delfos, el distribuidor de los prestrenos del destino con más calidad durante milenios.

Por supuesto, no me faltaban los enemigos. Una de las consecuencias naturales de ser tan alucinante es que atraía la envidia en todas partes. Pero solo se me ocurría un adversario que pudiera predecir el futuro. Y si él venía a buscarme en el estado de debilidad en el que me encontraba...

Reprimí ese pensamiento. Ya tenía bastante de lo que preocuparme. No tenía sentido asustarme con conjeturas.

Empezamos a buscar en las calles laterales, mirando los nombres de los buzones de los pisos y los paneles de los porteros automáticos. En el Upper East Side había un número sorprendente de gente apellidada Jackson. Me pareció un fastidio.

Después de varios intentos fallidos, doblamos una esquina y allí —aparcado debajo de un árbol de Júpiter— había un antiguo Prius azul. El capó tenía las inconfundibles abolladuras de los cascos de un pegaso. (¿Que cómo estaba seguro? Sé cómo son las marcas de cascos. Además, los caballos normales no galopan sobre coches Toyota. Los pegasos lo hacen a menudo.)

—Ajá —le dije a Meg—. Nos estamos acercando.

Media manzana más abajo, reconocí el edificio: una casa adosada de ladrillo con cinco plantas y aparatos de aire acondicionado oxidados colgados de las ventanas.

—*Voilà!* —grité.

Meg se detuvo en los escalones de la entrada como si hubiera tropezado con una barrera invisible. Miró atrás hacia la Segunda Avenida, con una mirada agitada en sus ojos oscuros.

—¿Qué pasa? —pregunté.

—Me ha parecido volver a verlos.

—¿A ellos? —Seguí su mirada pero no vi nada raro—. ¿Los matones del callejón?

—No. El par de... bultos brillantes. Los vi en Park Avenue.

El pulso se me aceleró y pasó de un tempo andante a un animado allegretto.

—¿Bultos brillantes? ¿Por qué no me has dicho nada?

Ella se tocó las patillas de sus gafas.

—He visto muchas cosas raras. Ya te lo he dicho. En general, no me preocupan, pero...

—Pero si nos están siguiendo —comenté—, no sería bueno.

Volví a escudriñar la calle. No vi nada fuera de lugar, pero no dudaba que Meg hubiera visto los bultos brillantes. Muchos espíritus podían aparecer de esa forma. Mi propio padre, Zeus, adoptó una vez la forma de un bulto brillante para cortejar a una mujer mortal. (No tengo ni idea de por qué eso podía resultarle atractivo a la mujer mortal.)

—Deberíamos entrar —propuse—. Percy Jackson nos ayudará.

Sin embargo, Meg vaciló. No había mostrado ningún miedo mientras lanzaba basura a unos atracadores en un callejón sin salida, pero ahora parecía tener sus dudas sobre si llamar a un timbre. Pensé que ya podía haber coincidido con semidioses. Tal vez esos encuentros no habían tenido un desenlace favorable.

—Meg —dije—, sé que algunos semidioses no son buenos. Podría contarte historias de todos los que he tenido que matar o transformar en hierbas...

—¿Hierbas?

—Pero Percy Jackson siempre ha sido de fiar. No tienes nada que temer. Además, le caigo bien. Yo le enseñé todo lo que sabe.

Ella frunció el entrecejo.

—¿De verdad?

Su inocencia me resultaba un tanto cautivadora. Había muchas cosas que ella no sabía.

—Claro. Venga, subamos.

Llamé al timbre. Instantes más tarde, la voz confusa de una mujer contestó:

—¿Sí?

—Hola —dije—. Soy Apolo.

Interferencias.

—El dios Apolo —añadí, pensando que tal vez debía concretar—. ¿Está Percy en casa?

Más interferencias, seguidas de dos voces que mantenían una conversación apagada. La puerta principal emitió un zumbido. Abrí la puerta. Justo antes de entrar, vislumbré movimiento con el rabillo del ojo. Miré por la acera, pero tampoco vi nada.

Quizá había sido un reflejo. O un remolino de aguanieve. O quizá había sido un bulto brillante. Noté un hormigueo de aprensión en el cuero cabelludo.

—¿Qué? —preguntó Meg.

—Seguramente no sea nada. —Forcé un tono alegre. No quería que Meg se largase corriendo cuando estábamos a punto de ponernos a salvo. Ahora estábamos unidos. Tendría que seguirla si me lo ordenaba, y no me apetecía vivir en el callejón con ella para siempre—. Subamos. No hagamos esperar a nuestros anfitriones.

Después de todo lo que había hecho por Percy Jackson, esperaba que mi llegada fuese motivo de alegría. Una bienvenida emotiva, unos cuantos holocaustos y una pequeña fiesta en mi honor no habrían estado mal.

En cambio, el joven abrió la puerta del piso y preguntó:

—¿Por qué?

Como siempre, me sorprendió su parecido con su padre, Poseidón. Tenía los mismos ojos verde mar, el mismo cabello moreno despeinado, las mismas facciones atractivas que podían pasar fácilmente del humor a la ira. Sin embargo, Percy Jackson no compartía el atuendo de su padre compuesto por bañadores y camisas hawaianas. Iba vestido con unos vaqueros raídos y una sudadera azul con las palabras EQUIPO DE NATACIÓN AHS cosidas en la pechera.

Meg retrocedió al pasillo y se escondió detrás de mí.

Yo intenté sonreír.

—¡Mis bendiciones, Percy Jackson! Necesito ayuda.

Percy desplazó rápidamente la vista de mí a Meg.

—¿Quién es tu amiga?

—Esta es Meg McCaffrey —dije—, una semidiosa que debe ser llevada al Campamento Mestizo. Ella me rescató de unos matones de la calle.

—Rescató... —Percy echó un vistazo a mi cara magullada—. ¿Quieres decir que la pinta de adolescente apaleado no es un disfraz? ¿Qué te ha pasado, colega?

—Creo que ya he mencionado a los matones.

—Pero eres un dios.

—Bueno... era un dios.

Percy parpadeó.

—¿«Era»?

—Además —añadí—, estoy bastante seguro de que nos están siguiendo unos espíritus malvados.

Si no hubiera sabido lo mucho que Percy Jackson me adoraba, habría jurado que estaba a punto de darme un puñetazo en mi nariz rota.

Suspiró.

—Será mejor que paséis.

4

En casa de Jackson
no hay trono dorado para las visitas.
¿En serio, colega?

Otra cosa que nunca he entendido es cómo los mortales podéis vivir en sitios tan pequeños. ¿Dónde está vuestro orgullo? ¿Y vuestro estilo?

El piso de Jackson no tenía un grandioso salón del trono ni columnatas ni terrazas ni salones de banquetes ni baños termales. Tenía una diminuta sala de estar con una cocina contigua y un solo pasillo que llevaba a lo que supuse eran los dormitorios. Estaba en el quinto piso, y aunque no era tan exigente como para esperar un ascensor, sí que me pareció raro que no hubiera una pista de aterrizaje para carros voladores. ¿Qué hacían cuando los huéspedes del cielo querían venir de visita?

Detrás de la encimera de la cocina, preparando un batido de fruta, había una mujer mortal extraordinariamente atractiva de unos cuarenta años. Su largo cabello castaño tenía unas cuantas canas, pero sus ojos brillantes, su sonrisa fácil y su alegre vestido desteñido la hacían parecer más joven.

Cuando entramos, apagó la batidora y salió de detrás de la encimera.

—¡Sagrada Sibila! —exclamé—. ¡Le pasa algo en el vientre, señora!

La mujer se detuvo, desconcertada, y miró su barriga tremendamente hinchada.

—Bueno, estoy embarazada de siete meses.

Me entraron ganas de llorar por ella. Cargar con semejante peso no me parecía natural. Mi hermana, Artemisa, tenía experiencia en la asistencia en partos, pero para mí siempre había sido un área de las artes curativas que prefería dejar a otros.

—¿Cómo puede soportarlo? —pregunté—. Mi madre, Leto, sufrió un largo embarazo, pero porque Hera la maldijo. ¿Está usted maldita?

Percy se acercó a mí.

—Ejem, Apolo. No está maldita. ¿Y puedes hacer el favor de no mencionar a Hera?

—Pobre mujer. —Sacudí la cabeza—. Una diosa nunca se dejaría incordiar tanto. Daría a luz cuando le apeteciese.

—Eso debe de estar bien —convino la mujer.

Percy Jackson tosió.

—Bueno. Mamá, estos son Apolo y su amiga Meg. Chicos, esta es mi madre.

La madre de Jackson sonrió y nos estrechó la mano.

—Llamadme Sally.

Sus ojos se entornaron mientras observaba mi nariz destrozada.

—Eso tiene pinta de doler, querido. ¿Qué ha pasado?

Intenté explicárselo, pero se me trabó la lengua. Yo, el elocuente dios de la poesía, no era capaz de narrarle a esa amable mujer mi caída en desgracia.

Entendí por qué Poseidón se había enamorado locamente de ella. Sally Jackson poseía la combinación perfecta de compasión, fuerza y belleza. Era una de esas escasas mujeres mortales que podían conectar espiritualmente con un dios como un igual: capaz de no asustarse de nosotros ni de codiciar lo que podemos ofrecerle, sino de ofrecernos auténtica compañía.

Si hubiera seguido siendo inmortal, puede que yo también hubiera coqueteado con ella, pero ahora era un chico de dieciséis años. Mi forma mortal condicionaba mi estado de ánimo. Veía a Sally Jackson como a una madre: un hecho que me consternaba y al mismo tiempo me avergonzaba. Pensé en el tiempo que hacía que no llamaba a mi madre. Debería llevarla a comer cuando volviera al Olimpo.

—¿Sabes qué? —Sally me dio una palmadita en el hombro—. Percy puede ayudarte a vendarte y limpiarte.

—¿Ah, sí? —dijo Percy.

Sally le dedicó un ligerísimo arqueamiento de ceja maternal.

—Hay un botiquín en tu cuarto de baño, cielo. Apolo puede darse una ducha y ponerse ropa tuya. Los dos tenéis más o menos la misma talla.

—Eso —dijo Percy— es realmente deprimente.

Sally acarició la barbilla de Meg con la mano. Afortunadamente, Meg no le mordió. Sally mantuvo una expresión dulce y tranquilizadora, pero vi la preocupación que se reflejaba en sus ojos. Sin duda estaba pensando: «¿Quién ha vestido a esta pobre niña como un semáforo?».

—Tengo ropa que podría valerte, querida. Luego os prepararemos algo de comer.

—Me gusta la comida —murmuró Meg.

Sally rio.

—Pues tenemos eso en común. Percy, llévate a Apolo. Nos vemos dentro de un rato.

Rápidamente estaba duchado, vendado y vestido con ropa jacksonesca. Percy me dejó en el cuarto de baño para que me ocupara de todo yo solo, cosa que le agradecí. Me ofreció ambrosía y néctar —comida y bebida de los dioses— para curar mis heridas, pero no estaba seguro de que pudiera consumirlos en mi estado mortal. No quería sufrir combustión espontánea, de modo que me limité a los artículos de primeros auxilios mortales.

Cuando hube terminado, miré mi cara magullada en el espejo del cuarto de baño. Tal vez la ropa se había impregnado de angustia adolescente, porque me sentí más que nunca como un estudiante taciturno de secundaria. Pensé en lo injusto de mi castigo, lo patético que era mi padre y la sensación de que nadie en toda la historia había padecido problemas como los míos.

Claro que todo eso era empíricamente cierto. No hacía falta exagerar.

Por lo menos mis heridas parecían curarse a un ritmo más rápido que el de un mortal corriente. La hinchazón de la nariz había disminuido. Todavía me dolían las costillas, pero ya no me sentía como si alguien estuviera tejiendo un jersey bajo mi pecho con agujas calientes.

La curación acelerada era lo mínimo que Zeus podía hacer por mí. Después de todo, yo era un dios de las artes medicinales. Probablemente Zeus solo quería que me recuperase rápido para poder soportar más dolor, pero de todas maneras lo agradecí.

No sabía si debía encender un pequeño fuego en el lavabo de Percy y quemar unas vendas como muestra de agradecimiento, pero decidí que eso podría poner a prueba la hospitalidad de los Jackson.

Examiné la camiseta de manga corta negra que Percy me había dado. En la parte delantera tenía estampado el logotipo del sello discográfico de Led Zeppelin: el caballo alado Ícaro cayendo del cielo. No tenía ningún problema con Led Zeppelin. Yo había inspirado todas sus mejores canciones. Pero sospechaba que Percy me había dado esa camiseta a modo de broma: la caída del cielo. Ja, ja, qué gracia. No necesitaba ser un dios de la poesía para reconocer la metáfora. Decidí no hacer comentarios. No pensaba darle la satisfacción.

Respiré hondo. Luego pronuncié mi habitual discurso motivacional delante del espejo:

—¡Eres guapísimo y la gente te quiere!

Salí para enfrentarme al mundo.

Percy estaba sentado en su cama, mirando el reguero de gotitas de sangre que había dejado a través de su alfombra.

—Lo siento —dije.

Percy extendió los brazos.

—En realidad, estaba pensando en la última vez que me sangró la nariz.

—Ah...

Me vino a la mente ese recuerdo, aunque vago e incompleto. Atenas. La Acrópolis. Los dioses habíamos luchado codo con codo con Percy Jackson y sus compañeros. Vencimos a un ejército de gigantes, pero una gota de sangre de Percy cayó al suelo y despertó a la Madre Tierra Gaia, que no estaba de muy buen humor.

Entonces fue cuando Zeus se volvió contra mí. Me acusó de ser el causante de todo, solo porque Gaia había engatusado a uno de mis hijos, un chico llamado Octavio, para que enzarzara a los campamentos de semidioses romano y griego en una guerra civil que estuvo a punto de acabar con la civilización humana. Y yo te pregunto: ¿qué culpa tuve yo?

A pesar de todo, Zeus me había hecho responsable de los delirios de grandeza de Octavio. Zeus parecía considerar el egocentrismo del chico un rasgo heredado de mí. Eso es ridículo. Me conozco demasiado bien para ser egocéntrico.

—¿Qué te ha pasado, tío? —La voz de Percy me sacó de mi ensoñación—. La guerra terminó en agosto. Estamos en enero.

—¿De verdad? —Supongo que el tiempo invernal debería haberme servido de pista, pero no lo había pensado mucho.

—La última vez que te vi —dijo Percy— Zeus te estaba echando una bronca en la Acrópolis. Y luego, zas, te volatilizó. Nadie te ha visto ni ha tenido noticias tuyas en seis meses.

Traté de hacer memoria, pero mis recuerdos de mi condición divina se estaban volviendo borrosos en lugar de aclararse. ¿Qué había pasado en los últimos seis meses? ¿Había estado en una especie de estasis? ¿Había tardado Zeus tanto tiempo en decidir qué hacer conmigo? Tal vez había esperado a este momento para lanzarme a la Tierra por algún motivo.

La voz de mi padre seguía resonando en mis oídos: *TU RESPONSABILIDAD. TU CASTIGO.* Mi vergüenza parecía reciente y profunda, como si la conversación acabase de tener lugar, pero no podía estar seguro.

Después de vivir durante tantos milenios, me costaba no perder la noción del tiempo incluso en las mejores circunstancias. Oía una canción por Spotify y pensaba: «¡Oh, es nueva!». Luego me daba cuenta de que era el Concierto para piano n.º 20 en re menor de Mozart, compuesto hacía doscientos años. O me preguntaba por qué el historiador Heródoto no estaba en mi lista de contactos. Luego me acordaba de que Heródoto no tenía smartphone porque llevaba muerto desde la Edad de Hierro.

Me fastidia mucho la rapidez con que os morís los mortales.

—No... no sé dónde he estado —reconocí—. Tengo algunas lagunas mentales.

Percy hizo una mueca.

—Odio las lagunas mentales. El año pasado me perdí un semestre entero gracias a Hera.

—Ah, sí.

No recordaba a qué se refería Percy Jackson. Durante la guerra con Gaia había estado centrado en mis fabulosas hazañas, pero supongo que él y sus amigos habían padecido unas cuantas penurias sin importancia.

—Bueno, no temas —dije—. ¡Siempre hay nuevas oportunidades para conseguir fama! ¡Por eso he venido a pedirte ayuda!

Él volvió a dedicarme aquella desconcertante expresión, como si quisiera darme una patada, cuando estaba seguro de que debía de estar haciendo esfuerzos por contener la gratitud.

—Mira, tío...

—¿Puedes dejar de llamarme «tío», por favor? —pregunté—. Es un doloroso recordatorio de que soy un simple tío.

—Vale... Apolo, me parece bien llevaros a ti y a Meg al campamento si es lo que quieres. Yo nunca doy la espalda a un semidiós que necesita ayuda...

—¡Estupendo! ¿Tienes algo aparte del Prius? ¿Un Maserati, por ejemplo? Me conformaría con un Lamborghini.

—Pero —continuó Percy— no puedo verme envuelto en otra Gran Profecía o lo que sea. He hecho promesas.

Lo miré fijamente, sin acabar de entender.

—¿Promesas?

Percy entrelazó los dedos. Eran largos y flexibles. Habría sido un magnífico músico.

—Me perdí la mayor parte del penúltimo curso de secundaria por culpa de la guerra con Gaia. Me he pasado el otoño entero poniéndome al día con las clases. Si quiero ir a la universidad con Annabeth el próximo otoño, tengo que evitar meterme en líos y graduarme.

—Annabeth. —Traté de ubicar el nombre—. ¿Es la rubia que da miedo?

—La misma. Le prometí expresamente que no me dejaría matar mientras ella estuviese fuera.

—¿Fuera?

Percy hizo un gesto vago con la mano hacia el norte.

—Ha ido a Boston a pasar unas semanas. Una urgencia familiar. El caso es que...

—¿Me estás diciendo que no puedes ofrecerme tus servicios permanentes para que vuelva al trono?

—Ejem... sí. —Señaló la puerta del dormitorio—. Además, mi madre está embarazada. Voy a tener una hermanita. Me gustaría estar aquí para conocerla.

—Bueno, eso lo puedo entender. Recuerdo cuando nació Artemisa...

—¿No sois mellizos?

—Siempre la he considerado mi hermana pequeña.

Percy torció la boca.

—En fin, mi madre está liada con ese asunto, y además va a publicar su primera novela esta primavera, así que me gustaría seguir con vida para...

—¡Estupendo! —exclamé—. Recuérdale que haga los debidos sacrificios. Calíope se pone muy quisquillosa cuando los novelistas se olvidan de darle las gracias.

—Vale. Pero lo que quiero decir... No puedo irme otra vez de misión por el mundo. No puedo hacerle eso a mi familia.

Percy miró hacia la ventana. En el alféizar había una planta en un tiesto con unas delicadas hojas plateadas: posiblemente lazo de luna.

—Ya le he provocado a mi madre suficientes infartos para toda la vida. Ya me ha perdonado por desaparecer el año pasado, pero les juré a ella y a Paul que no volvería a hacer algo así.

—¿Paul?

—Mi padrastro. Hoy está en un curso de formación para profesores. Es buena gente.

—Entiendo.

Para ser sincero, no lo entendía. Quería volver a hablar de mis problemas. Me estaba impacientando con Percy por haber desviado la conversación a su persona. Por desgracia, he descubierto que ese tipo de egocentrismo es habitual entre los semidioses.

—Como comprenderás, debo encontrar una forma de volver al Olimpo —dije—. Probablemente eso comporte numerosas pruebas angustiosas en las que haya muchas posibilidades de morir. ¿Puedes renunciar a semejante gloria?

—Sí, estoy totalmente seguro. Lo siento.

Fruncí los labios. Siempre me ha decepcionado cuando los mortales se anteponen a sí mismos y son incapaces de ver el panorama general —la importancia de anteponerme a mí—, pero tuve que recordarme que ese joven me había ayudado en el pasado en muchas ocasiones. Se había ganado mi benevolencia.

—Lo entiendo —dije con increíble generosidad—. ¿Nos acompañarás al menos al Campamento Mestizo?

—Eso sí puedo hacerlo.

Percy metió la mano en el bolsillo de su sudadera y sacó un bolígrafo. Por un momento pensé que quería mi autógrafo. No sabes la frecuencia con que me pasa. Entonces me acordé de que el bolígrafo era la forma camuflada de su espada, *Contracorriente*.

Él sonrió, y en sus ojos brilló parte de su antigua picardía de semidiós.

—Vamos a ver si Meg está lista para viajar al campo.

5

Salsa con siete capas,
galletas azules con pepitas de chocolate.
Adoro a esta mujer

Sally Jackson era una hechicera capaz de competir con Circe. Había transformado a Meg de una niña de la calle en una jovencita increíblemente guapa. Había restregado su cara redonda hasta dejarla limpia de suciedad. Había pulido sus gafas de ojos de gato de tal manera que los diamantes falsos resplandecían. Saltaba a la vista que la niña había insistido en quedarse sus viejas zapatillas rojas, pero llevaba unas mallas negras nuevas y un vestido hasta las rodillas de distintos tonos verdes.

La señora Jackson había sabido mantener la antigua imagen de Meg pero la había retocado ligeramente para que fuera más adecuada. Meg poseía ahora un halo primaveral de duendecilla que me recordaba mucho a una dríade. De hecho...

Me embargó una repentina oleada de emoción. Contuve un sollozo. Meg hizo un mohín.

—¿Tan mal estoy?

—No, no —conseguí decir—. Es solo que...

«Me recuerdas a alguien», quería decir. Pero no me atreví a iniciar esa clase de conversación. Solo dos mortales me habían partido el corazón. Después de todos los siglos que habían pasado, no podía pensar en ella ni pronunciar su nombre sin dejarme llevar por la desesperación.

No me malinterpretes. No me sentía atraído por Meg. Yo tenía dieciséis años (o cuatro mil más, dependiendo de cómo lo mirases). Ella era una niña de doce. Pero con el aspecto que tenía ahora, Meg McCaffrey podría haber sido hija de mi antiguo amor... si mi antiguo amor hubiera vivido lo bastante para tener hijos.

Era demasiado doloroso. Aparté la vista.

—Bueno —dijo Sally Jackson con alegría forzada—, ¿qué tal si preparo algo de comer mientras los tres... habláis?

Lanzó a Percy una mirada de preocupación y se dirigió a la cocina, posando las manos en actitud protectora sobre su barriga de embarazada.

Meg se sentó en el borde del sofá.

—Tu madre es muy normal, Percy.

—Gracias, supongo. —El chico recogió un montón de manuales para preparar exámenes de la mesita de centro y los echó a un lado.

—Veo que te gusta estudiar —comenté—. Bien hecho.

Percy resopló.

—Odio estudiar. Me han asegurado el ingreso en la Universidad de la Nueva Roma con una beca completa, pero me exigen que apruebe todas las asignaturas de secundaria y que saque buena nota en la selectividad. ¿Te lo puedes creer? Y encima tengo que aprobar la PIPAS.

—¿La qué? —preguntó Meg.

—Un examen para semidioses romanos —le expliqué—. La Prueba de Idoneidad de Poderes Abracadabrantes para Semidioses.

Percy frunció el ceño.

—¿Significa eso?

—Si lo sabré yo... Yo escribí las partes de música y comentario de poesía.

—Nunca te olvidaré por eso —dijo Percy.

Meg columpió los pies.

—Entonces ¿eres realmente un semidiós? ¿Como yo?

—Me temo que sí. —Percy se hundió en el sillón, dejando que yo me sentara en el sofá al lado de Meg—. Mi padre es el dios Poseidón. ¿Y tus padres?

Las piernas de Meg se detuvieron. Observó sus cutículas mordidas, con sus anillos de medialuna brillando en sus dedos corazón.

—No los conocí... mucho.

Percy vaciló.

—¿Hogar de acogida? ¿Padrastros?

Me vino a la mente cierta planta, la *Mimosa pudica*, creada por el dios Pan. En cuanto algo toca sus hojas, la planta se cierra de forma defensiva. Parecía que Meg imitase a una mimosa, replegándose en sí misma ante las preguntas de Percy.

Percy levantó las manos.

—Perdona. No quería entrometerme. —Me lanzó una mirada inquisitiva—. ¿Cómo os habéis conocido?

Le conté la historia. Es posible que exagerase mi valiente defensa contra Cade y Mikey; solo lo hice en busca del efecto narrativo, ya me entiendes.

Cuando terminé, Sally Jackson volvió. Dejó un cuenco de nachos y una cazuela llena de una elaborada salsa con estratos multicolores, como la roca sedimentaria.

—Voy a por los sándwiches —anunció—. Pero sobraba salsa de siete capas.

—Qué rica.—Percy le metió mano con un nacho—. Es famosa por este plato, chicos.

Sally le revolvió el pelo.

—Tiene guacamole, nata agria, frijoles refritos, salsa...

—¿Siete capas? —Alcé la vista asombrado—. ¿Sabía que el siete es mi número sagrado? ¿Ha creado esto para mí?

Sally se limpió las manos en el delantal.

—Bueno, en realidad, no puedo llevarme todo el mérito...

—¡Es usted demasiado modesta! —Probé un poco de salsa. Sabía casi tan bien como los nachos con ambrosía—. ¡Gozará de fama inmortal por esto, Sally Jackson!

—Qué amable. —Señaló la cocina—. Vuelvo enseguida.

Pronto estábamos zampando sándwiches de pavo, nachos y salsa, y bebiendo batidos de plátano. Meg comía como una ardilla, metiéndose en la boca más comida de la que podía masticar. Yo tenía la barriga llena. Nunca había sido tan feliz. Sentía un extraño deseo de encender una Xbox y echar una partida a *Call of Duty*.

—Percy —dije—, tu madre es increíble.

—Lo sé. —Se terminó su batido—. Bueno, volviendo a tu historia, ¿ahora tienes que ser el criado de Meg? Si apenas os conocéis...

—«Apenas» es ser muy generoso —replicó—. Pero sí. Mi destino está ahora ligado a la joven McCaffrey.

—Estamos colaborando —puntualizó Meg. Pareció paladear la palabra.

Percy sacó su bolígrafo del bolsillo. Le dio unos golpecitos contra la rodilla pensativamente.

—Y la movida de convertirte en mortal... ¿te ha pasado ya dos veces?

—No por gusto —le aseguré—. La primera vez, tuvimos una pequeña rebelión en el Olimpo. Intentamos derrocar a Zeus.

Percy hizo una mueca.

—Supongo que no salió bien.

—Naturalmente, a mí me cayó casi toda la culpa. Ah, y a tu padre, Poseidón. Los dos fuimos expulsados a la Tierra como mortales, obligados a servir a Laomedonte, el rey de Troya. Fue un amo muy duro. ¡Incluso se negó a pagarnos por nuestro trabajo!

A Meg por poco se le atragantó el sándwich.

—¿Tengo que pagarte?

Visualicé una imagen espeluznante de Meg McCaffrey intentando pagarme con chapas, canicas y trozos de hilo de colores.

—No temas —le dije—. No te pasaré una factura. Como iba diciendo, la segunda vez que me volví mortal, Zeus se enfadó porque maté a algunos de sus cíclopes.

Percy frunció el ceño.

—Eso no mola, colega. Mi hermano es un cíclope.

—¡Aquellos eran cíclopes malvados! ¡Hicieron el rayo que mató a uno de mis hijos!

Meg dio un brinco en el brazo del sofá.

—¿El hermano de Percy es un cíclope? ¡Qué fuerte!

Respiré hondo, buscando mi remanso de felicidad.

—En cualquier caso, estuve ligado a Admeto, el rey de Tesalia. Fue un buen amo. Me caía tan bien que hice que todas sus vacas tuvieran terneros gemelos.

—¿Puedo tener yo crías de vaca? —preguntó Meg.

—Bueno, Meg —contesté—, primero tendrías que tener vacas madre. Verás...

—Chicos —nos interrumpió Percy—. Recapitulemos, ¿tienes que ser el criado de Meg durante...?

—Una cantidad de tiempo indeterminada —respondí—. Probablemente un año. Es posible que más.

—Y durante ese tiempo...

—Sin duda me enfrentaré a muchas pruebas y penalidades.

—Como conseguirme mis vacas —apuntó Meg.

Apreté los dientes.

—Cuáles serán esas pruebas, todavía no lo sé. Pero si las paso y demuestro que soy digno, Zeus me perdonará y me dejará volver a ser un dios.

Percy no parecía convencido; probablemente porque yo no resultaba convincente. Tenía que creer que mi castigo mortal era temporal, como lo había sido en las dos últimas ocasiones. Y sin embargo, Zeus había dictado una regla estricta para el béisbol y las penas de cárcel: «Tres *strikes*, y estás eliminado». Esperaba que esa regla no se aplicase a mí.

—Necesito tiempo para ubicarme —dije—. Cuando lleguemos al Campamento Mestizo, podré consultar a Quirón. Entonces podré averiguar qué poderes divinos conservo.

—Si es que conservas alguno —comentó Percy.

—Pensemos de forma positiva.

Percy se recostó en su sillón.

—¿Tenéis idea de qué clase de espíritus os persiguen?

—Bultos brillantes —contestó Meg—. Son brillantes y como... bultos.

Percy asintió con la cabeza seriamente.

—Esos son los peores.

—Poco importa eso —repuse—. Sean lo que sean, tenemos que escapar. Cuando lleguemos al campamento, las fronteras mágicas me protegerán.

—¿Y a mí? —preguntó Meg.

—Oh, sí. A ti también.

Percy frunció el entrecejo.

—Si eres realmente mortal, Apolo, o sea, cien por cien mortal, ¿podrás entrar en el Campamento Mestizo?

La salsa de siete capas se me revolvió en el estómago.

—No digas eso, por favor. Claro que entraré. Tengo que entrar.

—Pero ahora podrías resultar herido en combate... —reflexionó Percy—. Por otra parte, tal vez los monstruos no te harían daño porque no eres importante.

—¡Basta!

Me temblaban las manos. Bastante traumático ya era ser mortal. La idea de que me prohibiesen la entrada al campamento por no ser importante... No. Simplemente no podía ser.

—Estoy seguro de que conservo algunos poderes —afirmé—. Sigo estando cañón, por ejemplo; solo me falta librarme de este acné y perder algo de grasa. ¡Debo de tener otras habilidades!

Percy se volvió hacia Meg.

—¿Y tú? Tengo entendido que lanzas bolsas de basura como una campeona. ¿Tienes alguna otra aptitud que debamos saber? ¿Invocar rayos? ¿Hacer explotar lavabos?

Meg sonrió con aire vacilante.

—Eso no es un poder.

—Claro que sí —dijo Percy—. Algunos de los mejores semidioses empezaron haciendo volar lavabos.

A Meg le entró la risa tonta.

No me gustaba cómo sonreía a Percy. No quería que la niña se enamorase. Puede que nunca saliésemos de allí. A pesar de lo mucho que me gustaba la comida de Sally Jackson —ahora venía de la cocina un olor divino a galletas haciéndose en el horno—, tenía que darme prisa en ir al campamento.

—Ejem. —Me froté las manos—. ¿Cuándo podemos partir?

Percy miró el reloj de pared.

—Ahora mismo, supongo. Si os están siguiendo, prefiero tener monstruos detrás que husmeando por casa.

—Eres un buen hombre —aseveré.

Percy señaló los manuales de repaso con desagrado.

—Pero tengo que volver esta noche. Tengo que estudiar mucho. Las dos primeras veces que me presenté a la selectividad... Puf. Si no fuera porque Annabeth me está ayudando...

—¿Quién es esa? —preguntó Meg.

—Mi novia.

Meg frunció el ceño. Me alegré de que no hubiera bolsas de basura cerca.

—¡Pues tómate un descanso! —lo animé—. Tu cerebro se refrescará después de un viaje tranquilo a Long Island.

—¡Eh! —exclamó Percy—. Tiene cierta lógica. Está bien. Vamos.

Se levantó justo cuando Sally Jackson entraba con una bandeja de galletas con pepitas de chocolate recién hechas. Por algún motivo, las galletas eran azules, pero tenían un olor celestial... y sé de lo que hablo. Vengo del cielo.

—No te asustes, mamá —dijo Percy.

Sally suspiró.

—Detesto cuando dices eso.

—Solo voy a llevar a estos dos al campamento. Nada más. Volveré enseguida.

—Creo que ya he oído eso antes.

—Te lo prometo.

Sally me miró y luego miró a Meg. Su expresión se suavizó; tal vez su bondad natural pudo más que la preocupación.

—De acuerdo. Tened cuidado. Me alegro de haberos conocido a los dos. Procurad no moriros, por favor.

Percy le dio un beso en la mejilla. Alargó la mano para coger una galleta, pero ella apartó la bandeja.

—Oh, no —dijo su madre—. Apolo y Meg pueden coger una, pero voy a secuestrar el resto hasta que estés en casa sano y salvo. Y date prisa, querido. Sería una lástima que Paul se las comiera todas cuando llegue.

La expresión de Percy se tornó seria. Se volvió hacia nosotros.

—¿Habéis oído eso, chicos? Una hornada de galletas depende de mí. Si hacéis que me maten camino del campamento, me cabrearé mucho.

6

Aquaman al volante.
No podría haber nada peor.
Un momento, sí que podría

Para gran desilusión mía, los Jackson no tenían un arco ni un carcaj de sobra que prestarme.

—Se me da fatal el tiro con arco —explicó Percy.

—Sí, pero a mí no —dije—. Por eso siempre deberías tener en cuenta mis necesidades.

Sin embargo, Sally nos prestó a Meg y a mí unos forros polares en condiciones. El mío era azul, con la palabra BLOFIS escrita en el interior del cuello. Quizá era una protección arcana contra los espíritus malvados. Hécate lo habría sabido. La hechicería no era lo mío.

Cuando llegamos al Prius, Meg se pidió el asiento del pasajero, otro ejemplo de mi injusta existencia. Los dioses no viajan en la parte trasera. Por segunda vez, propuse seguirlos en un Maserati o un Lamborghini, pero Percy reconoció que no tenía ninguno de los dos modelos. El Prius era el único coche que poseía su familia.

Increíble. Simplemente increíble.

Sentado en el asiento trasero, no tardé en marearme. Estaba acostumbrado a conducir mi carro solar por el cielo, donde todos los carriles eran rápidos. No estaba habituado a la autopista de Long Island. Créeme, incluso un día de mediados de enero al mediodía, vuestras autopistas son desesperantes.

Percy frenaba y avanzaba a sacudidas. Deseé con toda mi alma poder lanzar una bola de fuego delante de nosotros y derretir los coches para poder seguir con nuestro viaje, que era claramente más importante.

—¿No tiene lanzallamas el Prius? —pregunté—. ¿Láseres? ¿Ni siquiera unas cuchillas hefestianas para el parachoques? ¿Qué clase de coche económico es este?

Percy miró por el espejo retrovisor.

—¿Tenéis coches así en el monte Olimpo?

—No tenemos atascos —contesté—. Eso te lo aseguro.

Meg tiró de sus anillos de medialuna. Volví a preguntarme si la niña tenía alguna relación con Artemisa. La luna era el símbolo de mi hermana. ¿Había enviado Artemisa a Meg para que cuidara de mí?

Aun así, no lo veía claro. A Artemisa siempre le había costado compartir cosas conmigo: semidioses, flechas, países, fiestas de cumpleaños... Es cosa de gemelos. Además, Meg McCaffrey no me parecía una de las seguidoras de mi hermana. Meg tenía otro tipo de halo; uno que habría podido reconocer sin problemas si fuera un dios. Pero no, tenía que confiar en mi intuición mortal, que era como intentar coger alfileres con unas manoplas para el horno.

Meg se volvió y miró por el parabrisas trasero, seguramente para ver si nos seguía algún bulto brillante.

—Por lo menos no nos...

—No lo digas —le advirtió Percy.

Meg resopló.

—No sabes lo que iba a...

—Ibas a decir: «Por lo menos no nos siguen» —dijo Percy—. Eso da mal fario. Enseguida nos daremos cuenta de que nos están siguiendo. Luego acabaremos en una batalla campal que dejará el coche de mi familia para el arrastre y probablemente destruya toda la autopista. Y después tendremos que ir corriendo el resto del camino al campamento.

Meg abrió mucho los ojos.

—¿Puedes adivinar el futuro?

—No me hace falta. —Percy cambió de carril a uno que avanzaba un poco menos despacio—. Me ha pasado muchas veces. Además —me lanzó una mirada acusadora—, ya nadie puede adivinar el futuro. El Oráculo no funciona.

—¿Qué Oráculo? —preguntó Meg.

Ninguno de nosotros dos contestó. Por un momento, me quedé demasiado estupefacto para hablar. Y, créeme, tengo que estar muy estupefacto para que eso me ocurra.

—¿Sigue sin funcionar? —dije con una vocecilla.

—¿No lo sabías? —replicó Percy—. Claro, has estado fuera seis meses, pero pasó durante tu guardia.

Era injusto. En aquel entonces yo había estado ocupado escondiéndome de la ira de Zeus, una excusa totalmente legítima. ¿Cómo iba a saber que Gaia aprovecharía el caos de la guerra y despertaría a mi enemigo más viejo y más acérrimo de las profundidades del Tártaro para que pudiera apoderarse de su vieja guarida en la cueva de Delfos y cortar la fuente de mi poder profético?

Oh, sí, ya os oigo a los críticos decir: «Eres el dios de las profecías, Apolo. ¿Cómo es posible que no supieras lo que pasaría?».

Lo siguiente que oigáis será a mí haciendo una gigantesca pedorreta digna de Meg McCaffrey.

Me tragué el sabor del miedo y la salsa de siete capas.

—Yo solo... creía... esperaba que ya se hubiera resuelto.

—¿Te refieres a que unos semidioses —dijo Percy— se embarcaran en una misión para recuperar el Oráculo de Delfos?

—¡Exacto! —Sabía que Percy lo entendería—. Supongo que Quirón se olvidó. Se lo recordaré cuando lleguemos al campamento para que envíe carne de cañón... digo, héroes...

—Mira, te diré lo que pasa —me interrumpió Percy—. Para ir de misión, necesitamos una profecía, ¿no? Esas son las normas. Si no hay Oráculo, no hay profecías, así que hemos caído en una...

—Una trampa 88. —Suspiré.

Meg me tiró una pelusa.

—Es una trampa 22.

—No —expliqué pacientemente—. Esto es una trampa 88, que es cuatro veces peor.

Me sentía como si estuviera dándome un baño caliente, flotando, y alguien hubiera quitado el tapón. El agua se arremolinaba a mi alrededor, tirando de mí hacia abajo. Pronto estaría tiritando y descubierto, o absorbido por el desagüe hacia las alcantarillas de la desesperación. (No te rías. Es una metáfora perfectamente válida. Además, cuando eres un dios, puedes ser absorbido por un desagüe muy fácilmente... si te pillan desprevenido y cambias de forma en el momento menos indicado. Una vez me desperté en una planta de tratamiento de aguas residuales en Biloxi, pero eso es otra historia.)

Estaba empezando a ver lo que me esperaba durante mi estancia entre los mortales. El Oráculo estaba en manos de fuerzas hostiles. Mi adversaria esperaba enroscada, volviéndose cada día más fuerte con los gases de las cavernas délficas. Y yo era un débil mortal atado a una semidiosa sin preparación que lanzaba basura y se mordía las cutículas.

No. Zeus no podía esperar que yo resolviera eso. Al menos, en mi estado actual.

Y, sin embargo, alguien había enviado a aquellos matones para que me interceptaran en el callejón. Alguien había sabido dónde aterrizaría.

«Ya nadie puede adivinar el futuro», había dicho Percy.

Pero eso no era del todo cierto.

—Eh, vosotros dos. —Meg nos lanzó unas pelusas a los dos. ¿De dónde las sacaba?

Me di cuenta de que no había estado haciéndole caso. Había sido bonito mientras había durado.

—Sí, perdona, Meg —dije—. Verás, el Oráculo de Delfos es un antiguo...

—Eso me da igual —me interrumpió ella—. Ahora hay tres bultos brillantes.

—¿Qué? —preguntó Percy.

Ella señaló detrás de nosotros.

—Mirad.

Abriéndose paso entre el tráfico, acercándose rápido a nosotros, había tres relucientes apariciones vagamente humanoides, como columnas de granadas de humo tocadas por el Rey Midas.

—Me gustaría viajar tranquilo una sola vez —gruñó Percy—. Agarraos. Vamos a ir campo a través.

Lo que Percy entendía por «campo a través» no era lo mismo que lo que yo entendía.

Me imaginé cruzando un campo real. En cambio, Percy se metió disparado por la vía de salida más cercana, atravesó zigzagueando el aparcamiento de un centro comercial y luego pasó como un rayo por delante de la ventana de autoservicio de un restaurante mexicano sin pedir nada. Nos desviamos a una zona industrial de almacenes desvencijados, con las apariciones humeantes pisándonos los talones.

Se me pusieron los nudillos blancos de agarrar el tirante del cinturón de seguridad.

—¿Tu plan consiste en evitar pelear muriendo en un accidente de tráfico? —pregunté.

—Ja, ja. —Percy dio un volantazo a la derecha. Nos dirigimos al norte a toda velocidad, y los almacenes dieron paso a una mezcla de bloques de pisos y centros comerciales abandonados—. Estoy yendo a la playa. Lucho mejor cerca del agua.

—¿Por Poseidón? —preguntó Meg, equilibrándose contra el tirador de la puerta.

—Sí —asintió Percy—. Esa frase resume mi vida entera: «Por Poseidón».

Meg se puso a dar botes de emoción, cosa que me pareció absurda, considerando que ya estábamos dando suficientes botes.

—¿Te volverás como Aquaman? —preguntó ella—. ¿Harás que los peces luchen para ti?

—Gracias —dijo Percy—. Todavía no he oído suficientes bromas sobre Aquaman.

—¡No bromeaba! —protestó Meg.

Miré por la ventanilla trasera. Las tres columnas brillantes seguían ganando terreno. Una atravesó a un hombre de mediana edad que cruzaba la calle. El peatón mortal se desplomó en el acto.

—¡Ah, yo conozco a esos espíritus! —grité—. Son... esto...

Se me nubló el cerebro.

—¿Qué? —preguntó Percy—. ¿Qué son?

—¡Me he olvidado! ¡No soporto ser mortal! Cuatro mil años de conocimientos, los secretos del universo, un mar de sabiduría... ¡perdido porque no puedo contenerlo todo en esta tacita que tengo por cerebro!

—¡Agarraos!

Percy cruzó volando un paso a nivel, y el Prius se elevó por los aires. Meg gritó al darse con la cabeza contra el techo. Luego empezó a reírse como una tonta sin poder controlarse.

El paisaje se abrió a una campiña real: campos en barbecho, viñas aletargadas, huertas de árboles frutales sin hojas.

—Solo falta un kilómetro y medio más o menos para la playa —informó Percy—. Además, casi hemos llegado al lado oeste del campamento. Podemos conseguirlo. Podemos conseguirlo.

En realidad no pudimos. Una de las nubes de humo brillantes nos jugó una mala pasada y se elevó de la calzada justo delante de nosotros.

Instintivamente, Percy dio un volantazo.

El Prius salió de la carretera, atravesó una alambrada de púas y entró en un huerto. Percy evitó chocar contra los árboles, pero el coche patinó en el barro cubierto de hielo y se atascó entre dos troncos. Milagrosamente, los airbags no se activaron.

Percy se desabrochó el cinturón de seguridad.

—¿Estáis bien?

Meg empujó contra la puerta del lado del pasajero.

—No se abre. ¡Sácame de aquí!

Percy intentó abrir la puerta de su lado. Estaba firmemente atrancada contra el lado de un melocotonero.

—Aquí detrás —dije—. ¡Pasad por encima de los asientos!

Abrí la puerta de una patada y bajé tambaleándome; tenía las piernas como unos amortiguadores gastados.

Las tres figuras humeantes se habían detenido en el linde del huerto. Ahora avanzaban despacio mientras adquirían forma sólida. Les salieron brazos y piernas. En sus caras se formaron ojos y bocas abiertas y hambrientas.

Supe instintivamente que me había enfrentado a esos espíritus antes. No me acordaba de qué eran, pero los había hecho desvanecerse muchas veces, fulminándolos sin más esfuerzo que a un enjambre de mosquitos.

Lamentablemente, ya no era un dios. Era un chico de dieciséis años presa del pánico. Me sudaban las palmas de las manos. Me castañeteaban los dientes. Mi único pensamiento coherente era: «¡OSTRAS!».

Percy y Meg estaban teniendo problemas para bajar del Prius. Necesitaban tiempo, y eso significaba que yo tenía que intervenir.

—¡ALTO! —grité a los espíritus—. ¡Soy el dios Apolo!

Para mi sorpresa, los tres espíritus se detuvieron. Se quedaron flotando a unos doce metros.

Oí gruñir a Meg mientras saltaba del asiento trasero. Percy salió con dificultad detrás de ella.

Avancé hacia los espíritus, y el barro cubierto de hielo crujió bajo mis zapatillas. Mi respiración formaba vaho en el aire frío. Alcé la mano e hice un antiguo gesto levantando tres dedos para protegerme contra el mal.

—¡Dejadnos o pereced! —les dije a los espíritus—. ¡BLOFIS!

Las siluetas humeantes temblaron. Mis esperanzas aumentaron. Esperé a que se disipasen o huyesen aterrorizados.

En cambio, se solidificaron y se transformaron en cadáveres macabros con los ojos amarillos. Iban cubiertos con harapos y tenían las extremidades llenas de heridas abiertas y llagas supurantes.

—Vaya, hombre. —La nuez me bajó de golpe al pecho como una bola de billar—. Ahora me acuerdo.

Percy y Meg se me acercaron uno a cada lado. Percy convirtió su bolígrafo en una hoja de reluciente bronce celestial con un sonido metálico.

—¿De qué te acuerdas? —preguntó—. ¿De cómo matar a estas cosas?

—No —contesté—. Me acuerdo de lo que son: nosoi, espíritus de las plagas. Y también... de que no se los puede matar.

7

Jugando a pillar con los espíritus de las plagas.

Tú la llevas y eres contagioso.

Que te lo pases bien, ja, ja

—¿*Nosoi?* —Percy colocó los pies en posición de combate—. Siempre pienso que he matado a todas las criaturas de la mitología griega, pero la lista no acaba nunca.

—A mí todavía no me has matado —observé.

—No me tientes.

Los tres nosoi avanzaron arrastrando los pies. Sus bocas cadavéricas estaban abiertas. Las lenguas les colgaban. Sus ojos brillaban con una capa de mocos amarillos.

—Estas criaturas no son mitos —dije—. Claro que casi todos los mitos antiguos no son mitos. Salvo la historia de que desollé vivo al sátiro Marsias. Eso fue una mentira como una casa.

Percy me miró.

—¿Que hiciste qué?

—Chicos. —Meg cogió una rama de un árbol marchito—. ¿Podemos hablar de eso más tarde?

El espíritu del medio habló:

—Apoloooo... —Su voz sonaba ahogada como una foca con bronquitis—. Hemos veniiido a...

—Permite que te interrumpa. —Me crucé de brazos y fingí una arrogante indiferencia. (Me costó, pero lo conseguí.)—. Habéis venido a vengaros de mí, ¿verdad? —Miré a mis amigos semidioses—. Veréis, los nosoi son los espíritus de las enfermedades. Desde que nací, propagar enfermedades se convirtió en parte de mi trabajo. Utilizo flechas infectadas para matar a la población desobediente de viruela, pie de atleta, ese tipo de cosas.

—Qué asco —dijo Meg.

—¡Alguien tiene que hacerlo! —repuse—. Mejor un dios, regulado por el Consejo del Olimpo y con los debidos permisos sanitarios, que una horda de espíritus sin control como estos.

El espíritu de la izquierda gorjeó.

—¿Podemos hablar un momeeento? ¡Deja de interrumpir! Queremos ser libres, sin controool...

—Sí, ya lo sé. Vais a acabar conmigo. Y luego propagaréis toda enfermedad conocida por el mundo. Habéis querido hacerlo desde que Pandora os dejó salir de su vasija. Pero no podéis. ¡Os voy a eliminar!

Puede que te estés preguntando cómo podía actuar con tanta confianza y tranquilidad. En realidad, estaba aterrado. Mis instintos de mortal de dieciséis años gritaban: «¡HUYE!». Me temblaban tanto las rodillas que chocaban entre sí, y había empezado a padecer un desagradable tic en el ojo derecho. Pero el secreto para enfrentarse a los espíritus de las plagas estaba en seguir hablando como si uno controlase y no tuviese miedo. Confiaba en que gracias a eso a mis compañeros semidioses les diera tiempo a idear un plan ingenioso para salvarme. Desde luego esperaba que Meg y Percy estuvieran pensando un plan.

El espíritu de la derecha enseñó sus dientes podridos.

—¿Con qué nos vas a eliminar? ¿Dónde está tu aaarco?

—Parece que ha desaparecido —convine—. Pero ¿ha desaparecido realmente? ¿Y si está bien escondido debajo de esta camiseta de Led Zeppelin y estoy a punto de sacarlo y dispararos a todos?

Los nosoi se arrastraron con nerviosismo.

—Mieeentes —replicó el del medio.

Percy se aclaró la garganta.

—Ejem, Apolo...

«¡Por fin!», pensé.

—Sé lo que vas a decir —le dije—. Que tú y Meg habéis pensado un plan ingenioso para frenar a estos espíritus mientras yo escapo al campamento. Detesto que os sacrifiquéis, pero...

—Eso no es lo que iba a decir. —Percy levantó la espada—. Iba a preguntarte qué pasa si hago picadillo a estos merluzos con bronce celestial.

El espíritu del medio rio; sus ojos amarillos brillaban.

—Una espada es un arma insignificante. No tiene la poesíííía de una buena epidemia.

—¡Alto ahí! —tercié—. ¡No podéis exigir mis plagas y también mi poesía!

—Tienes razón —dijo el espíritu—. Basta de palaaabras.

Los tres cadáveres avanzaron arrastrando los pies. Estiré los brazos, confiando en reducirlos a polvo. No pasó nada.

—¡Esto es insoportable! —me quejé—. ¿Cómo lo conseguís los semidioses sin el poder de autovictoria?

Meg clavó su rama de árbol en el pecho del espíritu más cercano. La rama se quedó clavada. Un humo brillante empezó a recorrer el trozo de madera.

—¡Suéltala! —le advertí—. ¡No dejes que los nosoi te toquen!

Meg soltó la rama y escapó.

Mientras tanto, Percy Jackson entró en combate. Blandió su espada y esquivó los intentos de los espíritus de atraparlo, pero sus esfuerzos fueron en vano. Cada vez que la hoja de su espada entraba en contacto con los nosoi, sus cuerpos se disolvían en una niebla brillante y luego volvían a solidificarse.

Un espíritu se abalanzó sobre él para agarrarlo. Meg cogió un melocotón negro congelado del suelo y lo lanzó con tal fuerza que lo incrustó en la frente del espíritu y lo derribó.

—Tenemos que huir —decidió Meg.

—Sí. —Percy dio marcha atrás hacia nosotros—. Me gusta la idea.

Yo sabía que correr no serviría de nada. Si fuera posible escapar de los espíritus de las enfermedades, los europeos de la Edad Media se habrían puesto sus zapatillas de atletismo y habrían escapado de la peste negra. (Y para tu información, la peste negra no fue cosa mía. Me tomé un siglo de descanso para estar tumbado a la bartola en la playa de Cabo, y cuando volví descubrí que los nosoi estaban sueltos y que un tercio del continente había muerto. Dioses, cómo me fastidió.)

Pero estaba demasiado asustado para discutir. Meg y Percy se fueron corriendo a través del huerto, y los seguí.

Percy señaló una cadena de colinas situada aproximadamente un kilómetro y medio más adelante.

—Esa es la frontera oeste del campamento. Si conseguimos llegar allí...

Pasamos por delante de un tráiler con un tanque de riego. Con un movimiento despreocupado de mano, Percy hizo que un lado del tanque reventase. Una barrera de agua chocó contra los tres nosoi detrás de nosotros.

—Eso ha estado bien. —Meg sonrió, mientras avanzaba dando saltos con su vestido verde nuevo—. ¡Vamos a conseguirlo!

«No —pensé—, no vamos a conseguirlo.»

Me dolía el pecho. Resollaba cada vez que respiraba. Me molestaba que aquellos dos semidioses pudieran mantener una conversación al mismo tiempo que corrían como unos descosidos mientras que yo, el inmortal Apolo, boqueaba como un pez.

—No podemos... —dije respirando a grandes bocanadas—. Nos...

Antes de que pudiera terminar, las tres columnas brillantes de humo se elevaron del suelo delante de nosotros. Dos de los nosoi se convirtieron en cadáveres: uno con un melocotón por tercer ojo, y el otro con una rama que le sobresalía del pecho.

El tercer espíritu... En fin, Percy no lo vio a tiempo. Chocó de lleno contra la columna de humo.

—¡No respires! —le advertí.

Percy abrió los ojos desorbitadamente como diciendo: «¿Me lo dices ahora?». Cayó de rodillas agarrándose el cuello. Como hijo de Poseidón, seguramente podía respirar bajo el agua, pero contener la respiración durante un tiempo indeterminado era harina de otro costal.

Meg cogió otro melocotón mustio del campo, pero no le serviría de gran cosa contra las fuerzas de las tinieblas.

Pensé cómo ayudar a Percy —porque me desvivo por ayudar—, pero el nosos empalado con la rama arremetió contra mí. Me volví y eché a correr, y me di de morros con un árbol. Me gustaría decirte que formaba parte del plan, pero ni siquiera yo, con mi gran destreza poética, pude verle el lado positivo.

Me encontré tumbado boca arriba, con la vista nublada y el rostro cadavérico del espíritu cerniéndose sobre mí.

—¿Qué enfermedad mortal uso para matar al gran Apolooo? —dijo el espíritu gorjeando—. ¿Ántrax? ¿Ébooola, quizá...?

—Padrastros —propuse, tratando de apartarme de mi torturador—. Me aterran los padrastros.

—¡Ya tengo la respuesta! —gritó el espíritu, pasando de mí groseramente—. ¡Probemos con esto!

Se deshizo en humo y se posó sobre mí como un manto brillante.

8

Melocotones en combate.

Voy a tener que parar.

Me ha explotado el cerebro

No diré que mi vida entera desfiló ante mis ojos.

Ojalá hubiera sido así. Eso habría durado varios meses y me habría dado tiempo a pensar un plan de huida.

En lugar de eso, mis remordimientos desfilaron ante mis ojos. A pesar de ser un ser absolutamente perfecto, tengo unos cuantos remordimientos. Me acordé de aquel día en los estudios Abbey Road en que la envidia me empujó a despertar rencor en los corazones de John y Paul y a separar a los Beatles. Me acordé de Aquiles cuando cayó en las llanuras de Troya, derribado por un arquero indigno por culpa de mi ira.

Vi a Jacinto, con sus hombros bronceados y sus rizos morenos brillando al sol. Me dirigió una sonrisa radiante en la banda del campo de disco. «Ni siquiera tú puedes lanzar tan lejos», me provocó.

«Observa», dije. Lancé el disco y contemplé horrorizado cómo una ráfaga de aire lo desviaba, inexplicablemente, hacia el atractivo rostro de Jacinto.

Y, por supuesto, la vi a ella —el otro amor de mi vida—, con su piel blanca transformándose en corteza, su cabello echando hojas verdes y sus ojos endureciéndose hasta convertirse en gotas de sabia.

Esos recuerdos me causaban tanto dolor que cualquiera habría dicho que me alegraría de recibir la pestilente niebla brillante que descendía sobre mí.

Sin embargo, mi yo mortal se rebelaba. ¡Era demasiado joven para morir! ¡Ni siquiera había dado mi primer beso! (Sí, en mi catálogo divino de exparejas había gente más guapa que en la lista de invitados de una fiesta de los Kardashian, pero nada de eso me parecía real.)

Para ser totalmente sincero, tengo que confesar otra cosa: todos los dioses tememos la muerte, incluso cuando no estamos constreñidos en formas humanas.

Esa afirmación puede parecer absurda. Somos inmortales. Pero como ya has visto, la inmortalidad se puede arrebatar. (En mi caso, tres puñeteras veces.)

Los dioses saben lo que es apagarse. Saben lo que es ser olvidado durante siglos. La idea de dejar de existir por completo nos aterra. De hecho —a Zeus no le haría gracia que divulgase esta información, y como se lo cuentes a alguien, negaré haberlo dicho—, lo cierto es que los mortales nos impresionáis un poco. Por muchos amigos y parientes que tengáis, vuestra exigua existencia no tardará en ser olvidada. ¿Cómo lo sobrelleváis? ¿Por qué no os pasáis todo el día corriendo de un lado a otro, gritando y tirándoos del pelo? Debo reconocer que vuestro valor es bastante admirable.

¿Por dónde iba?

Ah, sí. Me estaba muriendo.

Me revolqué por el barro conteniendo la respiración. Traté de quitarme la nube de enfermedad, pero no era tan fácil como aplastar una mosca o un mortal con aires de superioridad.

Vislumbré a Meg, que jugaba a una versión letal del pillapilla con el tercer nosos, tratando de interponer un melocotonero entre ella y el espíritu. La niña me gritó algo, pero su voz sonaba débil y lejana.

A mi izquierda, el suelo tembló. Un géiser en miniatura brotó del campo. Percy se arrastró desesperadamente hacia él. Metió la cara en el agua y se quitó el humo.

Se me empezó a nublar la vista.

Percy se levantó con dificultad. Arrancó la fuente del géiser —una tubería de riego— y orientó el agua hacia mí.

Normalmente no me gusta que me mojen. Cada vez que voy de camping con Artemisa, le gusta despertarme con un cubo de agua helada. Pero en este caso no me importó.

El agua afectó al humo y me permitió apartarme rodando y respirar con dificultad. Cerca de allí, nuestros dos enemigos gaseosos se transformaron en unos cadáveres empapados, con sus ojos amarillos brillantes de enfado.

Meg volvió a gritar. Esta vez entendí lo que dijo.

—¡AGÁCHATE!

Me pareció una falta de consideración, ya que acababa de levantarme. Por todo el huerto, los restos ennegrecidos y congelados de la cosecha estaban empezando a levitar.

Créeme, en cuatro mil años he visto cosas raras. He visto el rostro dormido de Urano surcado de estrellas en el cielo, y toda la furia de Tifón al arrasar la Tierra. He visto a hombres convertirse en serpientes, hormigas convertirse en hombres y personas por lo demás racionales bailar la «Macarena».

Pero nunca había visto un levantamiento de fruta congelada.

Percy y yo caímos al suelo mientras los melocotones salían disparados por el huerto, rebotaban en los árboles como bolas de billar y atravesaban los cuerpos cadavéricos de los nosoi. Si hubiera estado de pie, habría muerto, pero Meg se quedó quieta, impertérrita e ilesa, mientras la fruta podrida congelada pasaba silbando a su alrededor.

Los tres nosoi se desplomaron, llenos de agujeros. Todas las frutas cayeron al suelo.

Percy alzó la vista, con los ojos rojos e hinchados.

—¿Gué ha pashado?

Parecía que tenía la nariz congestionada, lo que significaba que no había escapado por completo a los efectos de la nube apestosa, pero al menos no estaba muerto. Por lo general eso era una buena señal.

—No lo sé —reconocí—. ¿Hay peligro, Meg?

Ella miraba asombrada la carnicería de frutas, cadáveres mutilados y ramas de árbol rotas.

—No... no estoy segura.

—¿Gómo lo hash hesho? —preguntó Percy sorbiéndose la nariz.

Meg se quedó horrorizada.

—¡Yo no lo he hecho! Simplemente sabía que pasaría.

Uno de los cadáveres empezó a moverse. Se levantó tambaleándose con sus piernas profusamente perforadas.

—Pero lo has hechooo —gruñó el espíritu—. Ereees fuerte, niña.

Los otros dos cadáveres se pusieron en pie.

—No lo bastante —replicó el segundo nosos—. Vamos a acabar contigo.

El tercer espíritu enseñó sus dientes podridos.

—Tu guardián se quedará muyyy decepcionado.

¿Guardián? Quizá el espíritu se refería a mí. Ante la duda, normalmente pensaba que la conversación giraba en torno a mí.

Parecía que a Meg le hubieran dado un puñetazo en la barriga. Tenía la cara pálida. Los brazos le temblaban. Dio una patada en el suelo y gritó:

—¡NO!

Más melocotones se elevaron por los aires dando vueltas. Esta vez la fruta se fundió en un remolino de fructosa hasta que delante de Meg hubo una criatura parecida a un bebé humano rechoncho con un pañal de lino por toda vestimenta. De la espalda le sobresalían unas alas hechas de ramas frondosas. Su cara infantil podría haber resultado adorable de no haber sido por los brillantes ojos verdes y los colmillos puntiagudos que tenía. La criatura gruñía y lanzaba mordiscos al aire.

—Oh, no. —Percy sacudió la cabeza—. Odio esas cosas.

Los tres nosoi tampoco parecían encantados. Se alejaron poco a poco del bebé gruñón.

—¿Qu-qué es eso? —preguntó Meg.

La miré fijamente con incredulidad. Ella tenía que ser la responsable de esa extraña creación a base de fruta, pero parecía tan sorprendida como nosotros. Lamentablemente, si Meg no sabía cómo había invocado a esa criatura, tampoco sabría cómo hacer que se fuera, y al igual que Percy Jackson, a mí no me entusiasmaban los karpoi.

—Es un espíritu de los cereales —dije, procurando que el pánico no se reflejase en mi voz—. Nunca había visto a un karpos de melocotones, pero si es tan feroz como los otros...

Estaba a punto de decir, «estamos condenados», pero me parecía obvio a la par que deprimente.

El bebé de melocotones se volvió hacia los nosoi. Por un momento, temí que fuera a formar una alianza diabólica: un eje del mal entre enfermedades y fruta.

El cadáver del medio, el del melocotón en la frente, retrocedió poco a poco.

—No te entrometas —advirtió al karpos—. No vamos a permitii-ir...

El bebé de melocotones se abalanzó sobre el nosos y le arrancó la cabeza de un mordisco.

No es una metáfora. La boca con colmillos del karpos se abrió, se ensanchó hasta convertirse en una increíble circunferencia, se cerró en torno a la cabeza del cadáver y la cercenó de un bocado.

Vaya, hombre, espero que no estés cenando mientras lees.

En cuestión de segundos, el nosos había sido hecho trizas y devorado.

Los otros dos nosoi se retiraron, una reacción comprensible, pero el karpos se agachó y saltó. Cayó sobre el segundo cadáver y pasó a convertirlo en cereales con sabor a peste.

El último espíritu se deshizo en humo brillante y trató de irse volando, pero el bebé de melocotones desplegó sus alas con hojas y lo persiguió arrojándose sobre él. Abrió la boca y aspiró la enfermedad, mordiendo y tragando hasta que todas las volutas de humo desaparecieron.

Se posó delante de Meg y eructó. Sus ojos verdes brillaban. No parecía enfermo en lo más mínimo, cosa que no debía de ser sorprendente considerando que los árboles frutales no se contagian de las enfermedades humanas. En lugar de eso, después de comerse enteros a los tres nosoi, el pequeño parecía hambriento.

Se puso a dar alaridos y a golpearse su pequeño pecho.

—¡Melocotones!

Percy levantó despacio su espada. Su nariz todavía estaba roja y le moqueaba, y tenía la cara hinchada.

—No te muevas, Meg —ordenó sorbiéndose la nariz—. Voy a...

—¡No! —repuso ella—. No le hagas daño.

Ella posó tímidamente la mano en la cabeza rizada de la criatura.

—Nos has salvado —le dijo al karpos—. Gracias.

Me puse a hacer mentalmente una lista de remedios a base de hierbas para regenerar extremidades amputadas, pero para mi sorpresa, el bebé de melocotones no le arrancó a Meg la mano. Abrazó la pierna de la niña y nos lanzó una mirada fulminante como si nos desafiase a acercarnos.

—Melocotones —gruñó.

—Le caes bien —observó Percy—. Ejem... ¿por qué?

—No lo sé —dijo Meg—. ¡Sinceramente, yo no lo he invocado!

Yo estaba seguro de que Meg lo había invocado, queriendo o sin querer. También tenía cierta idea de su origen divino, y algunas preguntas sobre el «guardián» que habían mencionado los espíritus, pero preferí interrogarla cuando no tuviera a un bebé carnívoro y gruñón abrazado a su pierna.

—Bueno, en cualquier caso, le debemos la vida al karpos. Esto me recuerda una expresión que acuñé hace mucho tiempo: «¡Con un melocotón al día, a los espíritus de las plagas alejarías!».

Percy estornudó.

—Creía que eran manzanas y médicos.

El karpos siseó.

—O melocotones —apuntó Percy—. Los melocotones también funcionan.

—Melocotones —convino el karpos.

Percy arrugó la nariz.

—No pretendo criticar, pero por qué hace como Groot.

Meg frunció el ceño.

—¿Groot?

—Sí, el personaje de esa película... Dice una sola palabra sin parar.

—Me temo que no he visto esa película —reconocí—. Pero sí que parece que el karpos tiene un vocabulario muy... reducido.

—A lo mejor se llama Melocotones. —Meg acarició el cabello castaño ondulado del karpos, lo que arrancó un ronroneo diabólico de la garganta de la criatura—. Lo llamaremos así.

—¿Qué? No pensarás adoptar a esa... —Percy estornudó con tanta fuerza que otra tubería de riego explotó detrás de él y provocó una hilera de pequeños géiseres—. Uf. Estoy enfermo.

—Tienes suerte —aseveré—. Tu treta del agua diluyó el poder del espíritu. En lugar de pillar una enfermedad mortal, has pillado un catarro.

—Odio los catarros. —Sus iris verdes parecían hundidos en un mar de sangre inyectada—. ¿Ninguno de vosotros ha enfermado?

Meg negó con la cabeza.

—Yo tengo una magnífica constitución —afirmé—. Sin duda es lo que me ha salvado.

—Y que yo te he quitado el humo con el agua —apuntó Percy.

—Bueno, sí.

Percy se me quedó mirando como si esperase algo. Después de un momento embarazoso, se me ocurrió que si él fuera un dios y yo un adorador, esperaría gratitud.

—Ah... gracias —dije.

Él asintió con la cabeza.

—De nada.

Me tranquilicé un poco. Si él hubiera exigido un sacrificio, como un toro blanco o un ternero cebado, no sé lo que habría hecho.

—¿Podemos irnos ya? —preguntó Meg.

—Una idea estupenda —comenté—. Aunque me temo que Percy no está en condiciones...

—Puedo conducir el resto del viaje —aseguró—. Si conseguimos sacar mi coche de entre esos árboles... —Miró en esa dirección y su expresión se volvió todavía más abatida—. Oh, Hades, no...

Un coche patrulla estaba parando al lado de la carretera. Me imaginé a los agentes siguiendo con la vista las rodadas por el barro, que llevaban a la valla derribada y continuaban hasta el Toyota Prius azul atascado entre dos melocotoneros. Las luces del techo del coche patrulla se encendieron.

—Genial —murmuró Percy—. Si se llevan el Prius, soy hombre muerto. Mi madre y Paul necesitan ese coche.

—Ve a hablar con los agentes —dije—. De todas formas no nos servirás de nada en tu estado actual.

—Sí, no nos pasará nada —convino Meg—. ¿Dijiste que el campamento está justo detrás de esas colinas?

—Sí, pero... —Percy frunció el ceño, seguramente tratando de pensar con claridad a pesar de los efectos del resfriado—. La mayoría de la gente entra en el campamento por el este, donde está la Colina Mestiza.

La frontera del oeste es más silvestre: colinas y bosque, todo muy hechizado. Si no tenéis cuidado, podéis perderos... —Volvió a estornudar—. Ni siquiera estoy seguro de que Apolo pueda entrar si es del todo mortal.

—Entraré.

Traté de irradiar seguridad. No tenía alternativa. Si no podía entrar en el Campamento Mestizo... No. Ya me habían atacado dos veces mi primer día como mortal. No tenía ningún plan B para seguir con vida.

Las puertas del coche de policía se abrieron.

—Vete —apremié a Percy—. Nos las arreglaremos para cruzar el bosque. Tú explícale a la policía que estás enfermo y que perdiste el control del coche. No serán duros contigo.

Percy rio.

—Sí. A los polis les caigo casi tan bien como a los profesores. —Miró a Meg—. ¿Seguro que no te molesta cargar con el bebé diabólico?

Melocotones gruñó.

—Para nada —prometió Meg—. Vuelve a casa. Descansa. Bebe mucho líquido.

Percy torció la boca.

—¿Le estás diciendo a un hijo de Poseidón que beba mucho líquido? Está bien, intentad sobrevivir hasta el fin de semana, ¿vale? Vendré al campamento a ver cómo estáis cuando pueda. Tened cuidado y... ¡ZAAAS!

Murmurando tristemente, acercó el capuchón del bolígrafo a su espada y volvió a convertirla en un simple bolígrafo. Una sabia precaución antes de acercarse a los agentes del orden. Avanzó penosamente colina abajo, estornudando y sonándose los mocos.

—¿Agente? —gritó—. Disculpe, estoy aquí arriba. ¿Puede decirme dónde queda Manhattan?

Meg se volvió hacia mí.

—¿Listo?

Yo estaba empapado y temblando. Estaba viviendo el peor día de la historia. Tenía que aguantar a una niña que daba repelús y un bebé que daba todavía más repelús. No estaba listo para nada, ni mucho menos. Pero también quería desesperadamente llegar al campamento. Puede que allí encontrara rostros conocidos; tal vez incluso adoradores exul-

tantes que me trajesen uvas peladas, galletas Oreo y otras ofrendas sagradas.

—Claro —dije—. Vamos.

Melocotones, el karpos, gruñó. Nos hizo señas para que lo siguiéra-
mos y corrió hacia las colinas. Puede que conociera el camino. Puede
que simplemente quisiera arrastrarnos a una muerte horripilante.

Meg se puso a saltar detrás de él, columpiándose de las ramas de los
árboles y haciendo la rueda a través del barro cuando le apetecía. Cualquiera habría pensado que acabábamos de disfrutar de un agradable
pícnic en lugar de luchar contra unos cadáveres llenos de peste.

Volví la cara hacia el cielo.

—¿Estás seguro, Zeus? Todavía no es tarde para decirme que todo
ha sido una broma y para llamarme al Olimpo. He aprendido la lección.
Lo prometo.

Las grises nubes invernales no respondieron. Lanzando un suspiro,
eché a correr detrás de Meg y su nuevo secuaz asesino.

9

Un paseo por el bosque,
voces que me vuelven tarumba.
Odio los espaguetis

Suspiré de alivio.

—No debería ser difícil.

De acuerdo, había dicho lo mismo antes de luchar cuerpo a cuerpo contra Poseidón, y había resultado difícil. Sin embargo, el camino al Campamento Mestizo parecía bastante sencillo. Para empezar, me alegré de poder ver el campamento, porque normalmente estaba protegido de los ojos mortales. Eso auguraba una entrada sin problemas en el campamento.

Desde la cima de la colina donde nos encontrábamos, todo el valle se extendía debajo de nosotros: aproximadamente siete kilómetros cuadrados de bosque, prados y fresales bordeados por el estrecho de Long Island al norte y colinas onduladas por los tres lados restantes. Justo debajo de nosotros, un espeso bosque de árboles de hoja perenne cubría el tercio occidental del valle.

Más allá, los edificios del Campamento Mestizo relucían a la luz invernal: el anfiteatro, la palestra de esgrima, el pabellón comedor al aire libre con sus columnas de mármol blanco. Un trirreme flotaba en el lago de las canoas. Veinte cabañas ocupaban el prado central donde la lumbre comunal ardía de forma reconfortante.

En el linde de los fresales estaba la Casa Grande: una construcción de estilo victoriano con cuatro plantas pintada de azul celeste con los bordes blancos. Mi amigo Quirón estaría dentro, seguramente tomando té junto a la chimenea. Por fin encontraría refugio.

Alcé la vista al otro extremo del valle. Allí, en la colina más alta, la Atenea Partenos de oro y alabastro brillaba en todo su esplendor. Antiguamente, la enorme estatua había decorado el Partenón de Grecia. Ahora presidía el Campamento Mestizo y protegía el valle de los intrusos. Incluso desde donde me encontraba podía notar su poder, como el zumbido subsónico de un potente motor. La vieja Ojos Grises permanecía atenta por si había peligro, alerta, seria y eficiente como siempre.

Personalmente, yo habría instalado una estatua más interesante; de mí mismo, por ejemplo. Aun así, el paisaje del Campamento Mestizo era impresionante. Siempre se me levantaba el ánimo cuando veía ese lugar: me recordaba los viejos tiempos cuando los mortales sabían construir templos y hacer sacrificios como es debido. ¡Ah, todo era mejor en la antigua Grecia! Bueno, menos unas pequeñas mejoras que los humanos modernos habían conseguido: internet, los cruasanes de chocolate y la esperanza de vida.

Meg se quedó boquiabierta.

—¿Cómo es que nunca había oído hablar de este sitio? ¿Hacen falta entradas?

Reí entre dientes. Siempre disfrutaba de la oportunidad de instruir a un mortal ignorante.

—Verás, Meg, unas fronteras mágicas camuflan el valle. Desde el exterior, la mayoría de los humanos no verían nada más que aburridas tierras de labranza. Si se acercasen, acabarían dando la vuelta y se encontrarían saliendo otra vez. Créeme, una vez intenté que me trajesen una pizza. Fue una lata.

—¿Pediste una pizza?

—No importa —contesté—. En cuanto a las entradas, es cierto que no dejan pasar a cualquiera, pero estás de suerte. Yo conozco a los que lo llevan.

Melocotones gruñó. Husmeó el suelo, masticó un bocado de tierra y lo escupió.

—No le gusta el sabor de este sitio —dijo Meg.

—Sí, bueno... —Miré al karpos frunciendo el ceño—. A lo mejor podemos encontrarle tierra abonada o fertilizante cuando lleguemos. Convenceré a los semidioses para que lo dejen entrar, pero sería de ayuda que no les arrancase la cabeza... por lo menos de momento.

Melocotones murmuró algo sobre melocotones.

—Algo no encaja. —Meg se mordió las uñas—. Ese bosque... Percy dijo que era silvestre y que estaba hechizado y eso.

A mí también me parecía que había algo raro, pero lo achaqué a mi aversión general a los bosques. Por motivos en los que prefería no profundizar, me resultaban... incómodos. Sin embargo, con nuestro objetivo a la vista, estaba recobrando mi optimismo habitual.

—No te preocupes —le dije a Meg—. ¡Viajas con un dios! —Un exdios.

—Preferiría que no siguieras con eso. En fin, los campistas son muy simpáticos. Nos recibirán con lágrimas de alegría. ¡Y prepárate para cuando veas el vídeo de orientación!

—¿El qué?

—¡Yo mismo lo dirigí! Venga, vamos. El bosque no puede estar tan mal.

El bosque sí estaba tan mal.

En cuanto nos internamos en sus sombras, los árboles parecieron agolparse. Los troncos cerraban filas, bloqueaban viejos senderos y abrían otros nuevos. Las raíces se retorcían a través del suelo del bosque y formaban una pista de obstáculos, nudos y curvas. Era como intentar andar a través de un gigantesco plato de espaguetis.

Al pensar en los espaguetis me dio hambre. Solo habían pasado unas pocas horas desde que había comido la salsa de siete capas y los sándwiches de Sally Jackson, pero mi estómago mortal ya pedía comida y hacía ruidos. Los sonidos eran bastante molestos, sobre todo al atravesar un bosque oscuro e inquietante. Hasta el karpos Melocotones estaba empezando a olerme bien y a suscitarme visiones de pasteles y helados.

Como dije más arriba, en general no era muy aficionado a los bosques. Traté de convencerme de que los árboles no me estaban observando y susurrando entre ellos con gesto ceñudo. Solo eran árboles.

Aunque tuvieran dríades, no podían hacerme responsable de lo que había pasado hacía miles de años en otro continente.

«¿Por qué no? —me pregunté—. Tú te sigues haciendo responsable.» Me obligué a dejar el tema.

Anduvimos durante horas, mucho más de lo que deberíamos haber tardado en llegar a la Casa Grande. Normalmente sabía orientarme por el sol —cosa que no debería sorprender a nadie, ya que me he pasado milenios conduciéndolo por el cielo—, pero bajo el manto de árboles, la luz era difusa y las sombras, engañosas.

Después de pasar por la misma roca por tercera vez, me detuve y reconocí lo evidente.

—No tengo ni idea de dónde estamos.

Meg se dejó caer pesadamente en un tronco caído. A la luz verde del bosque, se parecía más que nunca a una dríade, aunque los espíritus de los árboles no suelen llevar zapatillas rojas ni forros polares usados.

—¿No sabes técnicas de supervivencia? ¿Interpretar el musgo de los lados de los árboles? ¿Seguir huellas?

—Eso le va más a mi hermana —dije.

—A lo mejor Melocotones puede ayudarnos. —Meg se volvió hacia su karpos—. Eh, ¿puedes buscarnos un camino para salir del bosque?

Durante los últimos kilómetros, el karpos había estado murmurando nervioso, mirando de un lado a otro. Ahora olfateaba el aire, con las ventanas de la nariz temblando. Ladeó la cabeza.

Su cara se puso de color verde intenso. Emitió un rugido de angustia y acto seguido se deshizo en un remolino de hojas.

Meg se levantó de golpe.

—¿Adónde ha ido?

Eché un vistazo al bosque. Sospechaba que Melocotones había hecho lo más inteligente. Había intuido que se avecinaba peligro y nos había abandonado. Sin embargo, yo no quería darle a entender eso a Meg. Ella le había cogido cariño al karpos. (Algo ridículo, encariñarse de una pequeña criatura peligrosa, aunque, pensándolo bien, los dioses nos encariñábamos de los humanos, de modo que no era el más indicado para criticarlo.)

—Puede que haya ido a reconocer el terreno —propuse—. Tal vez deberíamos...

APOLO.

La voz reverberó en mi cabeza como si alguien hubiera instalado unos altavoces Bose detrás de mis ojos. No era la voz de mi conciencia. Mi conciencia no era femenina, y no hablaba tan fuerte. Sin embargo, había algo en el tono de la mujer que me resultaba sorprendentemente familiar.

—¿Qué pasa? —preguntó Meg.

El aire se volvió dulzón. Los árboles se cernieron sobre mí como los tricomas de un atrapamoscas.

Una gota de sudor me cayó por un lado de la cara.

—No podemos quedarnos aquí —anuncié—. Acompáñame, mortal.

—¿Perdón? —dijo Meg.

—Ejem, digo, vamos.

Corrimos tropezando con las raíces de los árboles y huyendo a ciegas por un laberinto de ramas y piedras. Llegamos a un arroyo transparente sobre un lecho de grava. Apenas reduje el paso. Me metí en el riachuelo y me sumergí hasta las espinillas en el agua helada.

La voz volvió a hablar: *BÚSCAME.*

Esta vez sonó tan fuerte que me atravesó la frente como el clavo de una traviesa de ferrocarril. Tropecé y caí de rodillas.

—¡Eh! —Meg me agarró el brazo—. ¡Levanta!

—¿No has oído eso?

—Oír ¿qué?

LA CAÍDA DEL SOL, tronó la voz. *EL ÚLTIMO VERSO.*

Caí de bruces al arroyo.

—¡Apolo! —Meg me dio la vuelta; su voz tenía un tono tenso de alarma—. ¡Vamos! ¡No puedo cargar contigo!

Aun así lo intentó. Me arrastró a través del río, regañándome y maldiciendo hasta que, gracias a su ayuda, conseguí llegar a la orilla.

Me tumbé boca arriba, mirando con los ojos desorbitados la bóveda del bosque. Mi ropa mojada estaba tan fría que ardía. El cuerpo me temblaba como una cuerda de bajo eléctrico afinada en mi abierto.

Meg me quitó el forro polar mojado. El suyo era demasiado pequeño para mí, pero me cubrió los hombros con la chaqueta cálida y seca.

—Contrólate —ordenó—. No te me vuelvas loco.

Mi risa sonaba crispada.

—Pero he... he oído...

EL FUEGO ME CONSUMIRÁ. ¡DATE PRISA!

La voz se dividió en un coro de susurros airados. Las sombras se alargaron y se oscurecieron. Empezó a salir humo de mi ropa, que olía como los gases volcánicos de Delfos.

Una parte de mí quería hacerse un ovillo y morir. La otra parte quería levantarse y correr como loco detrás de las voces —para averiguar su origen—, pero sospechaba que si lo intentaba, perdería la cordura para siempre.

Meg estaba diciendo algo. Me zarandeó los hombros. Pegó su nariz a la mía de tal manera que mi reflejo de pordiosero me devolvió la mirada desde las lentes de sus gafas. Me dio una bofetada, fuerte, y conseguí descifrar sus palabras:

—¡LEVANTA!

De algún modo hice lo que me mandó. Luego me doblé y tuve arcadas.

Hacía siglos que no vomitaba. Me había olvidado de lo desagradable que era.

Cuando quise darme cuenta avanzábamos tambaleándonos; Meg soportaba casi todo mi peso. Las voces susurraban y discutían, arrancando pedacitos de mi mente y llevándoselos al bosque. Pronto no me quedaría gran cosa.

Era inútil. No veía por qué no debía adentrarme en el bosque y volverme loco. La idea me parecía graciosa. Empecé a reírme como un tonto.

Meg me obligó a seguir andando. No podía entender sus palabras, pero su tono era insistente y obstinado, con la ira justa para compensar su propio terror.

En mi perjudicado estado mental, creía que los árboles se separaban para dejarnos pasar, abriendo a regañadientes un camino para que saliéramos del bosque. Vi una hoguera a lo lejos, y los prados abiertos del Campamento Mestizo.

Me dio la impresión de que Meg hablaba con los árboles, diciéndoles que se apartasen. La idea era ridícula, y en su momento me pareció divertidísima. A juzgar por el vapor que me salía de la ropa, supuse que debía de tener unos cuarenta y un grados de fiebre.

Iba riéndome histéricamente cuando salimos dando traspiés del bosque, directos hacia la fogata donde una docena de adolescentes estaban sentados preparando sándwiches de galletas con chocolate y malvavisco. Cuando nos vieron se levantaron. Con sus vaqueros y sus abrigos, provistos de distintas armas a los lados, formaban la panda de asadores de malvavisco más sombría que había visto en mi vida.

Sonreí.

—¡Oh, hola! ¡Soy Apolo!

Puse los ojos en blanco y me desmayé.

10

Mi autobús está ardiendo.
Mi hijo es mayor que yo.
Por favor, Zeus, que esto pare

Soñé que conducía el carro solar a través del cielo. Llevaba la capota bajada en modalidad Maserati. Volaba tocando el claxon a los aviones de reacción para que se apartasen, disfrutando del olor de la fría estratosfera, y bailando al ritmo de mi canción favorita: «Rise to the Sun», de Alabama Shakes.

Estaba pensando en transformar el Spyder en un coche autoconducido de Google. Quería sacar mi laúd y tocar un solo tremendo que hiciera enorgullecerse a Brittany Howard.

Entonces una mujer apareció en el asiento del pasajero.

—Tienes que darte prisa, tío.

Por poco salté del sol.

Mi huésped iba ataviada como una reina libia de la antigüedad. (Sé de lo que hablo; he salido con unas cuantas.) Su vestido se arremolinaba con un estampado de flores en rojo, negro y dorado. Su largo cabello moreno estaba tocado con una tiara que parecía una escalera de mano en minatura: dos largueros de oro con travesaños de plata. Tenía un rostro maduro pero imponente, el aspecto que debía tener una reina benévola.

Así pues, estaba claro que no se trataba de Hera. Además, Hera nunca me sonreiría tan dulcemente. Además, esa mujer llevaba un gran símbolo de la paz alrededor del cuello, un detalle que no encajaba con el estilo de Hera.

Aun así, tenía la sensación de que debía conocerla. A pesar del rollo de hippy trasnochada, era tan atractiva que supuse que debíamos de ser parientes.

—¿Quién eres? —pregunté.

Sus ojos emitieron un destello de un peligroso tono dorado, como los de un depredador felino.

—Sigue las voces.

Se me hizo un nudo en la garganta. Intenté pensar con claridad, pero tenía el cerebro como si me lo hubieran metido en una batidora.

—Te oí en el bosque... ¿Estabas... estabas recitando una profecía?

—Busca las puertas. —Me agarró la muñeca—. Tienes que encontrarlas primero, ¿lo pillas?

—Pero...

La mujer estalló en llamas. Retiré la muñeca quemada y agarré el volante mientras el carro caía en picado. El Maserati se transformó en un autobús escolar: una modalidad que solo utilizaba cuando tenía que transportar a un gran número de gente. La cabina estaba llena de humo.

Detrás de mí, una voz nasal dijo:

—Busca las puertas sin falta.

Miré por el espejo retrovisor. A través del humo, vi a un hombre corpulento con un traje color malva. Estaba tumbado en los asientos del fondo, donde normalmente se sentaban los alborotadores. A Hermes le gustaban esos asientos... pero ese hombre no era Hermes.

Tenía una mandíbula poco pronunciada, una nariz muy grande y una barba que envolvía su papada como la correa de un casco. Su cabello era rizado y moreno como el mío, solo que no lo tenía tan bonito ni tan abundante y no llevaba un peinado tan moderno. Fruncía el labio como si oliera algo desagradable. Tal vez eran los asientos quemados del autobús.

—¿Quién eres? —grité, tratando desesperadamente de impedir que el autobús cayera en picado—. ¿Qué haces en mi autobús?

El hombre sonrió, cosa que volvió su cara todavía más fea.

—¿Mi propio antepasado no me reconoce? ¡Me siento ofendido!

Intenté ubicarlo. Mi cerebro mortal era demasiado pequeño, demasiado inflexible. Había echado por la borda cuatro mil años de recuerdos como exceso de lastre.

—No... no te reconozco —dije—. Lo siento.

El hombre rio mientras las llamas lamían sus mangas moradas.

—Todavía no lo sientes, pero lo harás. Búscame las puertas. Llévame al Oráculo. ¡Me encantará incendiarlo!

El fuego me devoraba mientras el carro solar se precipitaba hacia el suelo. Agarré el volante y contemplé horrorizado cómo una enorme cara de bronce aparecía al otro lado del parabrisas. Era la cara del hombre vestido de morado, moldeada en una superficie de metal más grande que el autobús. A medida que caíamos hacia ella, las facciones se modificaron y se transformaron en las mías.

Entonces me desperté, temblando y sudoroso.

—Tranquilo. —La mano de alguien se posó en mi hombro—. No intentes incorporarte.

Naturalmente, intenté incorporarme.

Junto a la cabecera de la cama había un joven más o menos de mi edad —mi edad mortal—, con el pelo rubio enmarañado y ojos azules. Llevaba una bata médica y una chaqueta de esquí encima, con las palabras MONTAÑA OKEMO cosidas en el bolsillo. Lucía un bronceado de esquiador. Tenía la impresión de que debía conocerlo. (Había experimentado mucho esa sensación desde que había caído del Olimpo.)

Estaba tumbado en un catre en medio de una cabaña. A cada lado, las paredes estaban llenas de literas. El techo estaba surcado por toscas vigas de cedro. En las paredes de yeso blanco no había más que unos cuantos colgadores para abrigos y armas.

Podría haber sido una vivienda humilde prácticamente de cualquier época: la antigua Atenas, la Francia medieval o las tierras de labranza de Iowa. Olía a ropa de cama limpia y salvia seca. Los únicos adornos eran las macetas del alféizar de la ventana, donde crecían unas alegres flores amarillas a pesar del frío clima del exterior.

—Esas flores... —Tenía la voz ronca, como si hubiera inhalado el humo del sueño—. Son de Delos, mi isla sagrada.

—Sí —asintió el joven—. Solo crecen dentro y en los alrededores de la Cabaña Siete: tu cabaña. ¿Sabes quién soy?

Estudié su rostro. La serenidad de sus ojos, la sonrisa que se dibujaba fácilmente en sus labios, la forma en que su cabello se rizaba alrededor de sus orejas... Me acordé vagamente de una mujer, una cantante de country alternativo que se llamaba Naomi Solace, a la que había conocido en Austin. Me ruboricé al pensar en ella. Para mi yo adolescente, nuestro romance parecía algo que había visto en una película hacía mucho: una película que mis padres no me habrían dejado ver.

Pero ese chico era sin duda hijo de Naomi.

Eso significaba que también era mi hijo.

Y eso resultaba muy pero que muy extraño.

—Eres Will Solace —dije—. Mi, esto... ejem...

—Sí —convino Will—. Es violento.

Mi lóbulo frontal dio un giro de ciento ochenta grados dentro de mi cráneo. Me ladeé.

—Cuidado. —Will me sujetó para que no me cayese—. He intentado curarte, pero, sinceramente, no entiendo qué pasa. Tienes sangre, no icor. Te estás recuperando rápido de las heridas, pero tus signos vitales son totalmente humanos.

—No me lo recuerdes.

—Sí, bueno... —Posó la mano en mi frente y frunció el ceño, concentrado. Sus dedos temblaron ligeramente—. No lo sabía hasta que intenté darte néctar. Los labios empezaron a echarte humo. Por poco te mato.

—Ah... —Me pasé la lengua por el labio inferior, que estaba grueso y dormido. Me preguntaba si eso explicaba el sueño del humo y el fuego. Esperaba que sí—. Me imagino que Meg se olvidó de hablarte de mi estado.

—Supongo que sí. —Will me cogió la muñeca y me tomó el pulso—. Pareces de mi edad, quince más o menos. Tu ritmo cardíaco ha vuelto a ser normal. Las costillas están mejorando. La nariz está hinchada, pero no rota.

—Y tengo acné —me lamenté—. Y michelines.

Will ladeó la cabeza.

—Eres mortal, ¿y eso es lo que te preocupa?

—Tienes razón. Estoy indefenso. ¡Estoy más débil incluso que vosotros, los enclenques semidioses!

—Vaya, gracias...

Me dio la impresión de que estuvo a punto de decir «papá», pero logró contenerse.

Era difícil pensar en ese joven como mi hijo. Era tan desenvuelto, tan modesto, tan libre de acné... Tampoco parecía sobrecogido por mi presencia. De hecho, la comisura de su boca había empezado a moverse.

—¿Te... te diviertes? —pregunté.

Will se encogió de hombros.

—Bueno, o me lo tomo a risa o flipo en colores. Mi padre, el dios Apolo, tiene quince años...

—Dieciséis —lo corregí—. Dejémoslo en dieciséis.

—Un mortal de dieciséis años, tumbado en un catre de mi cabaña. Y a pesar de todas mis artes curativas, que he recibido de ti, sigo sin saber cómo arreglarte.

—No hay manera de arreglar esto —dije tristemente—. Me han expulsado del Olimpo. Mi destino está ligado a una niña que se llama Meg. ¡No podría ser peor!

Will rio, cosa que me pareció toda una desfachatez.

—Meg parece legal. Ya le ha metido el dedo en el ojo a Connor Stoll y le ha dado una patada a Sherman Yang en la entrepierna.

—¿Que ha hecho qué?

—Aquí le irá perfectamente. Está esperándote fuera, con la mayoría de los campistas. —La sonrisa de Will desapareció—. Prepárate, están haciendo muchas preguntas. Todo el mundo quiere saber si tu llegada, tu estado mortal, tiene algo que ver con lo que ha estado pasando en el campamento.

Fruncí el entrecejo.

—¿Qué ha estado pasando en el campamento?

La puerta de la cabaña se abrió. Otros dos semidioses entraron. Uno era un chico alto de unos trece años, con la piel como el bronce bruñido y unas trenzas africanas como hélices de ADN. Con su chaquetón de lana negro y sus vaqueros del mismo color, parecía salido de la cubierta de un barco ballenero del siglo XVIII. La otra recién llegada era una chica más joven vestida de camuflaje color aceituna. Llevaba un carcaj lleno al hombro, y su corto cabello pelirrojo tenía un mechón teñido de verde chillón, un detalle que parecía ir en contra del objetivo de vestir de camuflaje.

Sonreí, contento de acordarme de sus nombres.

—Austin —dije—. Y Kayla, ¿no?

En lugar de caer de rodillas y ponerse a farfullar de gratitud, me lanzaron una mirada nerviosa.

—Así que eres tú de verdad —respondió Kayla.

Austin frunció el ceño.

—Meg nos ha contado que un par de matones te dieron una paliza. Nos ha dicho que no tienes poderes y que te pusiste histérico en el bosque.

La boca me sabía a tapicería de autobús escolar quemada.

—Meg habla demasiado.

—Pero ¿eres mortal? —preguntó Kayla—. O sea, ¿totalmente mortal? ¿Significa eso que voy a perder mi habilidad para tirar con arco? ¡No puedo clasificarme para los Juegos Olímpicos hasta que tenga dieciséis años!

—Y si yo pierdo mi talento musical... —Austin sacudió la cabeza—. No, tío, eso no está bien. Mi último vídeo recibió unas quinientas mil visitas en una semana. ¿Qué se supone que tengo que hacer?

Me reconfortó que mis hijos tuvieran claro qué era lo más importante para ellos: sus habilidades, sus imágenes, sus visitas en YouTube. Di lo que quieras sobre los dioses y nuestra forma de ejercer la paternidad en ausencia, pero nuestros hijos heredan la mayoría de nuestros mejores rasgos de personalidad.

—Mis problemas no deberían afectaros —aseguré—. Si Zeus se dedicara a quitar retroactivamente mi poder divino a todos mis descendientes, la mitad de las facultades de medicina del país se quedarían vacías. El Salón de la Fama del Rock and Roll desaparecería. ¡La industria de la cartomancia quebraría de la noche a la mañana!

Los hombros de Austin se relajaron.

—Es un alivio.

—Entonces, si te mueres mientras eres mortal —planteó Kayla—, ¿no desapareceremos?

—Chicos —la interrumpió Will—, ¿por qué no vais corriendo a la

Casa Grande y le decís a Quirón que nuestro... nuestro paciente está consciente? Yo lo llevaré enseguida. Y, ejem, a ver si podéis dispersar al grupo de fuera, ¿vale? No quiero que todo el mundo se abalance sobre Apolo.

Kayla y Austin asintieron con la cabeza sabiamente. Como buenos hijos míos que eran, sin duda entendían la importancia de controlar a los paparazzi.

En cuanto se hubieron marchado, Will me dedicó una sonrisa de disculpa.

—Están en estado de shock. Todos lo estamos. Nos llevará un tiempo acostumbrarnos a... lo que sea esto.

—Tú no pareces en estado de shock —dije.

Will rio entre dientes.

—Estoy aterrado, pero siendo monitor jefe se aprende una cosa: tienes que mantener la calma por los demás. Voy a levantarte.

No fue fácil. Me caí dos veces. Me daba vueltas la cabeza, y tenía los ojos como si me los estuvieran calentando con un microondas. Los últimos sueños seguían agitando mi cerebro como el sedimento de un río y enturbiando mis pensamientos: la mujer de la corona y el símbolo de la paz, el hombre del traje morado... *Llévame al Oráculo. ¡Me encantará incendiarlo!*

La cabaña empezó a resultar asfixiante. Estaba deseando respirar aire fresco.

Una cosa en la que mi hermana Artemisa y yo estábamos de acuerdo era que toda actividad provechosa es mejor al aire libre que bajo techo. La música se toca mejor bajo la bóveda del cielo. La poesía debe compartirse en el ágora. El tiro con arco se practica sin duda más fácilmente en el exterior, y puedo dar fe después de intentar hacer prácticas de tiro en la sala del trono de mi padre. Y conducir el sol... bueno, en realidad tampoco es un deporte al aire libre.

Salí apoyándome en Will. Kayla y Austin habían conseguido ahuyentar a la gente. La única persona que me esperaba —oh, qué alegría y felicidad— era mi joven señora, Meg, quien al parecer se había hecho famosa en el campamento como McCaffrey la Pateaentrepiernas.

Todavía llevaba el vestido verde de Sally Jackson, aunque ahora estaba un poco más sucio. Sus mallas estaban rotas y rasgadas. En su bíceps, una serie de tiritas cerraban un corte de aspecto desagradable que debía de haberse hecho en el bosque.

Me echó un vistazo, arrugó la cara y sacó la lengua.

—Estás hecho un asco.

—Tú, en cambio, Meg —dije—, estás tan encantadora como siempre.

Se ajustó las gafas y las torció lo justo para resultar irritante.

—Creía que ibas a morir.

—Me alegro de decepcionarte.

—No. —Ella se encogió de hombros—. Todavía me debes un año de servicio. ¡Estamos unidos, te guste o no!

Suspiré. Era maravilloso volver a estar en compañía de Meg.

—Supongo que debería darte las gracias... —Recordaba vagamente que había delirado en el bosque, que Meg me había llevado a rastras y que los árboles parecían separarse ante nosotros—. ¿Cómo nos sacaste del bosque?

Su expresión se tornó recelosa.

—No lo sé. Suerte. —Señaló con el pulgar a Will Solace—. Por lo que él me ha contado, tuvimos suerte de salir antes de que anocheciera.

—¿Por qué?

Will se disponía a contestar, pero al parecer lo pensó mejor.

—Que te lo explique Quirón. Vamos.

Yo casi nunca visitaba el Campamento Mestizo en invierno. La última vez había sido hacía tres años, cuando una chica llamada Thalia Grace hizo un aterrizaje forzoso con mi autobús en el lago de las canoas.

Suponía que habría pocos residentes en el campamento. Sabía que la mayoría de los semidioses solo iban a pasar el verano y que un pequeño núcleo de campistas fijos se quedaban durante el curso escolar: aquellos para los que, por diversos motivos, el campamento era el único lugar seguro donde podían vivir.

Aun así, me sorprendió los pocos semidioses que vi. Si la Cabaña Siete servía de indicador, cada cabaña podía albergar camas para veinte campistas. Eso significaba una capacidad máxima de cuatrocientos semidioses: suficientes para varias falanges o una fiesta increíble en un yate.

Sin embargo, cuando cruzamos el campamento, no vi a más de una docena de personas. A la luz cada vez más tenue del atardecer, una chica solitaria trepaba por el muro de escalada mientras caía lava a cada lado. En el lago, un grupo de tres campistas revisaban las jarcias del trirreme.

Algunos campistas habían buscado actividades para estar fuera con el único propósito de poder mirarme embobados. Junto al hogar, un joven se hallaba sentado puliendo su espejo, observándome en su superficie reflectante. Otro tipo me fulminó con la mirada mientras empalmaba alambre de espino delante de la cabaña de Ares. Por la forma torpe en que andaba, deduje que era Sherman Yang, el de la entrepierna recién pateada.

En la puerta de la cabaña de Hermes, dos chicas rieron entre dientes y susurraron cuando pasé. Normalmente no me habría inmutado al recibir ese tipo de atención. Mi magnetismo resultaba claramente irresistible. Pero ahora me ardía la cara. ¡Yo, el paradigma masculino del romanticismo, convertido en un chico desgarbado e inexperto!

Habría clamado al cielo por esa injusticia, pero habría sido superviolento.

Nos abrimos paso entre los fresales en barbecho. En lo alto de la Colina Mestiza, el Vellocino de Oro brillaba en la rama más baja de un alto pino. Bocanadas de humo se elevaban de la cabeza de Peleo, el dragón guardián enroscado alrededor de la base del tronco. Al lado del árbol, la Atenea Partenos lucía un rojo furioso al atardecer. O tal vez no se alegraba de verme. (Atenea nunca había superado nuestra pequeña riña durante la guerra de Troya.)

En mitad de la ladera, vi la cueva del Oráculo, con su entrada cubierta por gruesas cortinas color borgoña. Las antorchas situadas a cada lado estaban apagadas; normalmente era una señal de que mi sibila, Rachel Dare, no estaba allí. No sabía si sentirme decepcionado o aliviado.

Incluso cuando no servía de canal para las profecías, Rachel era una joven sabia. Yo había esperado consultarle mis problemas. Por otra parte, como aparentemente su poder profético había dejado de estar activo (algo de lo que supongo que yo tenía una pequeña parte de culpa), no estaba seguro de que Rachel quisiera verme. Ella querría recibir explicaciones de su figura de referencia, y aunque yo había inventado el don de la palabra, ahora no tenía respuestas que darle.

El sueño del autobús en llamas no me abandonaba: la mujer enrollada de la corona que me apremiaba a buscar las puertas, el hombre feo del traje de color malva que amenazaba con quemar el Oráculo...

Pues la cueva estaba allí mismo. No sabía por qué la mujer de la corona tenía tantos problemas para encontrarla, ni por qué el hombre feo estaba tan empeñado en quemar sus «puertas», que no eran más que unas cortinas moradas.

A menos que el sueño no hiciera referencia al Oráculo de Delfos...

Me froté las sienes palpitantes. No hacía más que buscar recuerdos que ya no estaban allí, tratando de sumergirme en mi vasto lago de conocimientos para descubrir que había quedado reducido a una piscina infantil. No se puede hacer gran cosa con una piscina infantil por cerebro.

En el porche de la Casa Grande, un joven moreno nos estaba esperando. Llevaba un pantalón negro descolorido, una camiseta de los Ramones (puntos extras por el buen gusto musical) y una cazadora de piel negra. Una espada de hierro estigio le colgaba a un lado.

—Me acuerdo de ti —dije—. ¿Nicholas, hijo de Hades?

—Nico di Angelo. —Me observó, con sus ojos penetrantes y sin color como cristales rotos—. Así que es cierto. Eres totalmente mortal. Te envuelve un halo de muerte: las posibilidades de morir son elevadas.

Meg resopló.

—Parece el pronóstico del tiempo.

No me hizo gracia. Estando cara a cara con un hijo de Hades, me acordé de los muchos mortales que había mandado al inframundo con mis flechas infectadas. Siempre me había parecido una diversión sana: imponer castigos merecidos por actos reprobables. Ahora empezaba a entender el terror en los ojos de mis víctimas. No quería que se cerniese sobre mí un halo de muerte. Desde luego no quería que el padre de Nico di Angelo me juzgase.

Will posó la mano en el hombro de Nico.

—Tenemos que volver a hablar de las habilidades de tu gente, Nico.

—Oye, yo solo estoy constatando lo evidente. Si este es Apolo y se muere, todos estaremos en apuros.

Will se volvió hacia mí.

—Te pido disculpas por mi novio.

Nico puso los ojos en blanco.

—¿Podrías evitar...?

—¿Prefieres «amigo especial»? —preguntó Will—. ¿O «media naranja»?

—Medio incordio, en tu caso —gruñó Nico.

—Me las pagarás.

Meg se sonó la nariz.

—Os peleáis mucho, chicos. Creía que íbamos a ver a un centauro.

—Aquí estoy. —La puerta mosquitera se abrió. Quirón salió trotando y agachó la cabeza para no darse con el marco.

De cintura para arriba, tenía toda la pinta del profesor que fingía ser en el mundo mortal. Su chaqueta de lana marrón tenía coderas. Su camisa de vestir de cuadros no combinaba con su corbata verde. Tenía la barba bien recortada, pero su pelo no habría pasado la inspección de limpieza exigida a una ratonera en condiciones.

De cintura para abajo era un corcel blanco.

Mi viejo amigo sonrió, aunque tenía una mirada turbulenta y distraída.

—Me alegro de que estés aquí, Apolo. Tenemos que hablar de las desapariciones.

11

Mira en tu carpeta de correo no deseado.
Las profecías podrían estar allí.
¿No? Vaya, no sé qué decir. Adiós

Meg se quedó mirando embobada.

—¿Es... es un centauro de verdad?

—Buena observación —contesté—. Supongo que la parte inferior de caballo le ha delatado.

Ella me dio un puñetazo en el brazo.

—Quirón —dije—, esta es Meg McCaffrey, mi nueva ama y fuente de irritación. ¿Has dicho algo sobre desapariciones?

Quirón meneó la cola. Sus pezuñas hicieron ruido en las tablas del porche.

Él era inmortal, pero su edad visible parecía variar de un siglo a otro. No recordaba que tuviera las patillas tan canosas ni las arrugas de los ojos tan pronunciadas. Fuera lo que fuese lo que estaba pasando en el campamento, no debía de estar contribuyendo a reducir su nivel de estrés.

—Bienvenida, Meg. —Quirón trató de adoptar un tono amistoso, cosa que me pareció heroica, considerando que... bueno, considerando a Meg—. Tengo entendido que mostraste mucho valor en el bosque. Has traído a Apolo hasta aquí a pesar de los numerosos peligros. Me alegro de tenerte en el Campamento Mestizo.

—Gracias —respondió Meg—. Es usted muy alto. ¿No se da con la cabeza contra las lámparas?

Quirón rio entre dientes.

—A veces. Cuando quiero tener una estatura más parecida a la humana, tengo una silla de ruedas mágica que me permite comprimir la mitad inferior en... En realidad, eso ahora no importa.

—Desapariciones —le recordé—. ¿Qué ha desaparecido?

—No qué, sino quién —dijo Quirón—. Hablemos dentro. Will, Nico, ¿podéis decirle al resto de los campistas que nos reuniremos para cenar dentro de una hora, por favor? Os informaré a todos entonces. Mientras tanto, nadie debería vagar solo por el campamento.

—Entendido. —Will miró a Nico—. ¿Quieres ser mi compi?

—Eres un idiota —replicó Nico.

Los dos se fueron discutiendo.

En este punto puede que te estés preguntando cómo me sentía al ver a mi hijo con Nico di Angelo. Debo reconocer que no entendía la atracción de Will por un hijo de Hades, pero si lo que a Will le hacían feliz eran los chicos siniestros...

Ah, tal vez te estés preguntando cómo me sentía al verlo con un novio en lugar de con una novia. Si ese es el caso, venga ya. A los dioses no nos preocupan esas cosas. Yo mismo he tenido... veamos, ¿treinta y tres novias mortales y once novios mortales? He perdido la cuenta. Mis dos grandes amores fueron, por supuesto, Dafne y Jacinto, pero cuando se es un dios tan famoso como yo...

Un momento. ¿Acabo de decir quiénes me gustaron? Sí, ¿verdad? ¡Dioses del Olimpo, olvidad que he mencionado sus nombres! Qué vergüenza. Por favor, no digas nada. ¡En esta vida mortal no me he enamorado de nadie!

Estoy hecho un lío.

Quirón nos llevó a la sala de estar, donde unos cómodos sofás de cuero formaban una V orientada hacia la chimenea de piedra. Encima de la repisa de la chimenea, una cabeza de leopardo disecada roncaba con satisfacción.

—¿Está vivo? —preguntó Meg.

—Bastante. —Quirón se acercó a su silla de ruedas—. Es Seymour. Si hablamos en voz baja, no deberíamos despertarlo.

Meg empezó a explorar de inmediato la sala de estar. Conociéndola, debía de estar buscando objetos pequeños para lanzárselos al leopardo con el fin de despertarlo.

Quirón se sentó en la silla de ruedas. Introdujo las patas traseras en el falso compartimento del asiento y dio marcha atrás, lo que comprimió por arte de magia sus cuartos traseros equinos hasta que pareció un hombre sentado. Para completar la ilusión, unos paneles delanteros con bisagras se cerraron y le proporcionaron unas falsas piernas humanas. Normalmente esas piernas estaban provistas de pantalones de vestir y mocasines para completar su disfraz de «profesor», pero parecía que Quirón había optado ese día por una imagen distinta.

—Eso es nuevo —comenté.

Quirón miró sus piernas torneadas de maniquí de mujer, enfundadas en unas medias de rejilla y unos zapatos de tacón alto con lentejuelas. Exhaló un profundo suspiro.

—Veo que los de la cabaña de Hermes han estado viendo otra vez *The Rocky Horror Picture Show*. Tendré que hablar con ellos.

The Rocky Horror Picture Show me traía buenos recuerdos. Yo solía disfrazarme de Rocky en las sesiones golfas en las que se proyectaba porque, naturalmente, el físico perfecto del personaje estaba basado en el mío.

—A ver si lo adivino —dije—. ¿Connor y Travis Stoll son los bromistas?

Quirón cogió una manta de franela de una cesta que había cerca y la extendió sobre sus piernas falsas, aunque los zapatos color rubí le asomaban por debajo.

—En realidad, Travis se fue a la universidad el otoño pasado, y Connor se ha calmado bastante desde entonces.

Meg apartó la vista de la vieja máquina recreativa de *Pac-Man*.

—Le he metido el dedo en el ojo a ese tal Connor.

Quirón hizo una mueca.

—Muy bonito, querida... En cualquier caso, ahora tenemos a Julia Feingold y Alice Miyazawa. Ellas han recogido el testigo de las bromas. Muy pronto las conoceréis.

Me acordé de las chicas que se habían reído de mí en la puerta de la cabaña de Hermes. Noté que volvía a ponerme todo rojo.

Quirón señaló los sofás.

—Sentaos, por favor.

Meg dejó la recreativa (después de conceder al videojuego veinte segundos de su tiempo) y empezó a trepar por la pared en sentido literal. Unas enredaderas decoraban la sala de estar; sin duda obra de mi viejo amigo Dioniso. Meg escaló por uno de los troncos más gruesos, tratando de llegar a la araña de luces con forma de cabello de Gorgona.

—Meg —dije—, ¿qué tal si miras la película de orientación mientras Quirón y yo hablamos?

—Ya sé suficiente —contestó ella—. He hablado con los campistas mientras tú estabas inconsciente. «Un sitio seguro para semidioses modernos.» Bla, bla, bla.

—Es una película muy buena —la animé—. La rodé con un presupuesto muy ajustado en los años cincuenta del siglo XX, pero mi uso de la cámara fue revolucionario. Deberías...

La enredadera se desprendió de la pared. Meg cayó al suelo con gran estruendo. Se levantó de golpe totalmente ilesa y vio un plato de galletas en el aparador.

—¿Son gratis?

—Sí, niña —contestó Quirón—. Trae también el té, ¿quieres?

De modo que tuvimos que soportar la compañía de Meg, quien estiró las piernas sobre el brazo del sofá y se puso a masticar galletas y a lanzar migas a la cabeza roncadora de Seymour cuando Quirón no miraba.

El centauro me sirvió una taza de té Darjeeling.

—Lamento que el señor D no esté aquí para recibiros.

—¿El señor De? —preguntó Meg.

—Dioniso —expliqué—. El dios del vino. Y también director del campamento.

Quirón me pasó el té.

—Después de la batalla con Gaia, pensé que el señor D volvería al campamento, pero no fue así. Espero que esté bien.

El viejo centauro me miró con expectación, pero yo no tenía nada que contarle. Los últimos seis meses eran un vacío absoluto; no tenía ni idea de lo que los otros dioses del Olimpo podían estar haciendo.

—No sé nada —reconocí. No había pronunciado esas palabras con mucha frecuencia en los últimos cuatro milenios. Me supieron mal. Bebí un sorbo de té, pero no estaba menos amargo—. Estoy un poco desinformado. Confiaba en que tú pudieras ponerme al día.

Quirón ocultó a medias su decepción.

—Entiendo...

Me di cuenta de que había esperado ayuda y consejo: exactamente lo mismo que yo necesitaba de él. Como dios, estaba acostumbrado a que los seres inferiores dependieran de mí, rezando por esto y suplicando aquello. Pero ahora que era un mortal, que dependieran de mí resultaba un tanto aterrador.

—Bueno, ¿cuál es el problema? —pregunté—. Tienes la misma cara que Casandra en Troya, o Jim Bowie en El Álamo, como si os estuvieran asediando.

Quirón no rechazó la comparación. Ahuecó las manos en torno a su té.

—Ya sabes que durante la guerra con Gaia, el Oráculo de Delfos dejó de recibir profecías. De hecho, todos los métodos conocidos para adivinar el futuro fallaron de repente.

—Porque la cueva de Delfos original fue reconquistada —dije suspirando, tratando de no darme por aludido.

Meg hizo rebotar una pepita de chocolate en el hocico de Seymour, el leopardo.

—El Oráculo de Delfos. Percy lo mencionó.

—¿Percy Jackson? —Quirón se incorporó—. ¿Ha estado Percy con vosotros?

—Un rato. —Le relaté nuestra batalla en el huerto de los melocotoneros y el regreso de Percy a Nueva York—. Dijo que vendría este fin de semana si podía.

Quirón se quedó descorazonado, como si mi compañía no le bastase. ¡Imagínate!

—En cualquier caso —continuó—, esperábamos que cuando la guerra terminase, el Oráculo volviese a funcionar. Al ver que no ocurría... Rachel se preocupó.

—¿Quién es Rachel? —inquirió Meg.

—Rachel Dare —respondí—. El Oráculo.

—Creía que el Oráculo era un sitio.

—Y lo es.

—Entonces, Rachel es un sitio, ¿y dejó de funcionar?

Si hubiera sido un dios, la habría convertido en una lagartija y la habría soltado en el monte para no volver a verla jamás. La idea me calmó.

—El Oráculo de Delfos original era un sitio de Grecia —le dije—. Una caverna llena de gases volcánicos a la que la gente iba para pedir consejo a la sacerdotisa, la Pitia.

—Pitia. —Meg soltó una risita—. Qué palabra más graciosa.

—Sí, ja, ja. De modo que el Oráculo es al mismo tiempo un sitio y una persona. Cuando los dioses griegos se trasladaron a Estados Unidos en... ¿Cuándo fue, Quirón, en 1870?

Quirón balanceó la mano.

—Más o menos.

—Traje aquí el Oráculo para seguir anunciando profecías en mi nombre. El poder se ha transmitido de una sacerdotisa a otra a lo largo de los años. Rachel Dare es el Oráculo actual.

Meg cogió la única galleta Oreo que quedaba en el plato, la misma que yo había esperado comerme.

—Vale. ¿Es muy tarde para ver la película?

—Sí —le espeté—. A ver, me hice con el Oráculo de Delfos matando a un monstruo llamado Pitón que vivía en las profundidades de la caverna.

—Una pitón como la serpiente —dijo Meg.

—Sí y no. La especie de serpientes se llama así por el monstruo Pitón, que también es una serpiente, pero mucho más grande y temible y devora niñas que hablan demasiado. En cualquier caso, en agosto pasado, cuando yo estaba... indispuesto, mi antiguo enemigo Pitón fue liberado del Tártaro. Entonces recuperó la cueva de Delfos. Por eso el Oráculo dejó de funcionar.

—Pero si el Oráculo está ahora en Estados Unidos, ¿qué más da que un monstruo con forma de serpiente invada su antigua cueva?

Esa debía de ser la frase más larga que le había oído decir hasta la fecha. Probablemente lo había hecho solo para fastidiarme.

—Es demasiado largo de explicar —respondí—. Tendrás que...

—Meg. —Quirón le dedicó una de sus sonrisas heroicamente tolerantes—. La ubicación original del Oráculo es como la raíz más profunda de un árbol. Las ramas y las hojas de la profecía pueden extenderse por el mundo, y puede que Rachel Dare sea nuestra rama más alta, pero si la raíz principal se estrangula, el árbol entero corre peligro. Con Pitón instalado otra vez en su antigua guarida, el espíritu del Oráculo ha quedado totalmente bloqueado.

—Ah. —Meg me hizo una mueca—. ¿Y por qué no me lo has dicho?

Antes de que yo pudiera estrangularla como la insoportable raíz que era, Quirón me rellenó la taza de té.

—El problema más grave —dijo— es que no tenemos otra fuente de profecías.

—¿Qué más da? —exclamó Meg—. Vale, no conocéis el futuro. Pero nadie lo conoce.

—¡¿Que qué más da?! —grité—. Meg McCaffrey, las profecías son el catalizador de todos los acontecimientos importantes: toda misión o batalla, desastre o milagro, nacimientos o muerte. Las profecías no adivinan simplemente el futuro. ¡Le dan forma! Permiten que el futuro tenga lugar.

—No lo pillo.

Quirón se aclaró la garganta.

—Imagínate que las profecías son semillas de flores. Con las semillas adecuadas, puedes cultivar cualquier jardín que desees. Sin semillas, no es posible cultivar.

—Ah. —Meg asintió con la cabeza—. Eso sería un rollo.

Me extrañó que Meg, una niña de la calle y guerrera de la basura, entendiese tan bien las metáforas de jardinería, pero Quirón era un magnífico maestro. Había detectado algo en la niña; una impresión que también persistía en el fondo de mi mente. Esperaba equivocarme con respecto a lo que significaba, pero con mi suerte, estaría en lo cierto. Normalmente lo estaba.

—Entonces ¿dónde está Rachel Dare? —pregunté—. Tal vez si hablásemos con ella...

Quirón dejó su té.

—Rachel tenía pensado visitarnos en sus vacaciones de invierno, pero no lo ha hecho. Puede que no tenga importancia...

Me incliné hacia delante. No era raro que Rachel Dare llegara tarde. Era artística, impredecible, impulsiva e indisciplinada: cualidades que yo admiraba mucho. Pero era impropio de ella no presentarse en absoluto.

—¿O...? —pregunté.

—O puede que sea parte de un problema mayor —dijo Quirón—. Las profecías no son lo único que ha fallado. Viajar y comunicarse se ha vuelto difícil en los últimos meses. No han llegado semidioses nuevos. Los sátiros no informan desde el terreno. Los Iris-mensajes ya no funcionan.

—¿Iris qué? —preguntó Meg.

—Visiones en dos direcciones —respondí—. Una forma de comunicación supervisada por la diosa del arcoíris. Iris siempre ha sido voluble...

—Pero las comunicaciones humanas normales también han caído —repuso Quirón—. Claro que los teléfonos siempre han sido peligrosos para los semidioses...

—Sí, atraen a los monstruos —convino Meg—. Yo no he tenido teléfono nunca.

—Sabia decisión —afirmó Quirón—. Hace poco nuestros teléfonos dejaron de funcionar por completo. Móviles, fijos, internet... Da igual. Ni siquiera esa arcaica forma de comunicación conocida como correo electrónico es fiable, por extraño que parezca. Los mensajes no llegan.

—¿Has mirado en la carpeta de correo no deseado? —propuse.

—Me temo que el problema es más complicado —reconoció Quirón—. No tenemos comunicación con el mundo exterior. Estamos solos y andamos escasos de personal. Vosotros sois los primeros que venís en casi dos meses.

Fruncí el ceño.

—Percy Jackson no dijo nada de eso.

—Dudo que Percy esté al tanto —dijo Quirón—. Ha estado ocupado con sus clases. Normalmente el invierno es el período más tranquilo en el campamento. Por un tiempo, me convencí de que los problemas con las comunicaciones no eran más que una casualidad. Entonces empezaron las desapariciones.

En la chimenea, un tronco resbaló del morillo. Puede que diese un brinco o no en mi asiento.

—Las desapariciones, sí. —Me limpié las gotas de té de los pantalones y traté de no hacer caso a la risita de Meg—. Háblame de ellas.

—Tres en el último mes —dijo Quirón—. Primero fue Cecil Markowitz, de la cabaña de Hermes. Una mañana su catre simplemente estaba vacío. No dijo que quisiera marcharse. Nadie lo vio irse. Y durante las últimas semanas, nadie lo ha visto ni ha tenido noticias de él.

—Los hijos de Hermes suelen esconderse —comenté.

—Al principio pensamos eso —convino Quirón—. Pero una semana más tarde, Ellis Wakefield desapareció de la cabaña de Ares. La misma historia: el catre vacío, ninguna señal de que se hubiera ido solo ni de que se lo hubieran... llevado. Ellis era un joven impetuoso. Era concebible que hubiera emprendido una aventura de forma imprudente, pero me intranquilizó. Y esta mañana nos hemos dado cuenta de que ha desaparecido un tercer campista: Miranda Gardiner, jefa de la cabaña de Deméter. Ha sido la peor noticia de todas.

Meg bajó los pies del brazo del sofá.

—¿Por qué es la peor?

—Miranda es una de nuestras monitoras más antiguas —contestó Quirón—. Ella no se iría sola sin avisar. Es demasiado lista para que la saquen del campamento con engaños, y demasiado poderosa para que la obliguen. Sin embargo, le ha pasado algo... algo que no puedo explicar.

El viejo centauro me miró.

—Algo no va bien, Apolo. Puede que estos problemas no sean tan alarmantes como el surgimiento de Cronos o el despertar de Gaia, pero en cierto modo me parecen más inquietantes, porque nunca he visto nada similar.

Recordé el sueño del autobús solar en llamas. Pensé en las voces que me instaban a desviarme y buscar su origen en el bosque.

—Esos semidioses... —dije—. Antes de que desapareciesen, ¿se comportaban de forma extraña? ¿Dijeron... haber oído cosas?

Quirón arqueó una ceja.

—No que yo sepa. ¿Por qué?

Era reacio a entrar en detalle. No quería sembrar el pánico sin saber a qué nos enfrentábamos. Cuando los mortales se dejan llevar por el pánico, pueden darse situaciones desagradables, sobre todo si esperan que yo resuelva el problema.

Además, tengo que reconocer que estaba un poco impaciente. Todavía no habíamos abordado el asunto más importante: el mío.

—Me parece —dije— que nuestra máxima prioridad es dedicar todos los recursos del campamento a que yo recupere mi estado divino. Entonces podré ayudaros con esos otros problemas.

Quirón se acarició la barba.

—Pero ¿y si los problemas están relacionados, amigo mío? ¿Y si la única forma de devolverte al Olimpo es recuperando el Oráculo de Delfos y, de ese modo, liberar el poder de la profecía? ¿Y si Delfos es la clave de todo?

Me había olvidado de la tendencia de Quirón a sacar conclusiones lógicas y evidentes en las que yo intentaba no pensar. Era una costumbre exasperante.

—En mi estado actual, es imposible. —Señalé a Meg—. Ahora mismo mi trabajo consiste en servir a esta semidiosa, probablemente durante un año. Cuando haya hecho las tareas que me asigne, Zeus juzgará si he cumplido mi condena, y podré volver a ser un dios.

Meg abrió una galleta rellena de higo.

—Podría mandarte que fueras a ese sitio, Delfos.

—¡No! —Se me quebró la voz en pleno grito—. Debes asignarme tareas sencillas, como formar un grupo de rock o relajarme. Sí, relajarse está bien.

Meg no parecía convencida.

—Relajarse no es una tarea.

—Lo es si se hace bien. El Campamento Mestizo puede protegerme mientras me relajo. Cuando se cumpla mi año de servidumbre, me convertiré en dios. Ya hablaremos entonces de recuperar Delfos.

«A ser posible —pensé—, mandando a unos semidioses que emprendan la misión por mí.»

—Apolo —dijo Quirón—, si siguen desapareciendo semidioses, puede que no dispongamos de un año. Puede que no tengamos la fuerza necesaria para protegerte. Y, disculpa, pero Delfos es responsabilidad tuya.

Levanté las manos.

—¡Yo no fui el que abrió las Puertas de la Muerte y dejó salir a Pitón! ¡Échale la culpa a Gaia! ¡Échale la culpa a Zeus por su mal juicio! ¡Cuando los gigantes empezaron a despertar, elaboré mi clarísimo *Plan de acción con veinte puntos para proteger a Apolo y también a los demás dioses*, pero él ni siquiera lo leyó!

Meg lanzó la mitad de la galleta a la cabeza de Seymour.

—Sigo pensando que es culpa tuya. ¡Eh, mirad! ¡Se ha despertado! —Lo dijo como si el leopardo hubiera decidido despertarse solo y no hubiera recibido un galletazo en el ojo.

—GRRR —se quejó Seymour.

Quirón apartó su silla de la mesa.

—Querida, en ese bote de la repisa de la chimenea encontrarás salchichas para perros. ¿Por qué no le das de cenar? Apolo y yo esperaremos en el porche.

Dejamos a Meg lanzando alegremente triples a la boca de Seymour.

Cuando Quirón y yo llegamos al porche, el centauro giró la silla de ruedas para mirarme.

—Es una semidiosa interesante.

—«Interesante» es una palabra neutra.

—¿De verdad invocó a un karpos?

—Bueno... el espíritu apareció cuando ella estaba en apuros. Si lo invocó conscientemente, no lo sé. Lo llamó Melocotones.

Quirón se rascó la barba.

—Hace mucho tiempo que no veo a un semidiós con el poder de invocar espíritus de los cereales. ¿Sabes lo que eso significa?

Empezaron a temblarme los pies.

—Tengo mis sospechas. Intento mantener una mentalidad positiva.

—Te guio fuera del bosque —observó Quirón—. Sin ella...

—Sí —asentí—. No me lo recuerdes.

Había visto esa mirada penetrante en los ojos de Quirón antes: cuando había evaluado la técnica de Aquiles con la espada y la de Áyax con la lanza. Era la mirada de un entrenador curtido en busca de nuevos talentos. Nunca había soñado que el centauro me miraría de esa forma, como si yo tuviera algo que demostrarle, como si mi coraje no se hubiera puesto ya a prueba. Me sentí como... como un objeto.

—Dime —dijo Quirón—, ¿qué oíste en el bosque?

Maldije en silencio mi bocaza. No debería haber preguntado si los semidioses desaparecidos habían oído algo raro.

Decidí que era inútil echarme atrás ahora. Quirón era más perspicaz que un hombre caballo corriente. Le conté lo que había experimentado en el bosque y después en el sueño.

Sus manos aferraron la manta que le cubría el regazo. La parte inferior se levantó por encima de sus zapatos de tacón con lentejuelas. Parecía todo lo preocupado que era posible en un hombre con medias de rejilla.

—Tendremos que avisar a los campistas que no se acerquen al bosque —decidió—. No entiendo lo que está pasando, pero sigo manteniendo que debe de estar relacionado con Delfos y tu actual... ejem, estado. El Oráculo debe ser liberado del monstruo Pitón. Debemos encontrar una solución.

Traduje sin problemas esas palabras: «*yo* debo encontrar una solución».

Quirón debió de descifrar mi expresión de desolación.

—Vamos, viejo amigo —me animó—. Ya lo has hecho antes. Puede que ahora no seas un dios, pero la primera vez que mataste a Pitón no supuso ningún desafío para ti. Cientos de cuentos han elogiado la facilidad con que liquidaste a tu enemigo.

—Sí —murmuré—. Cientos de cuentos.

Recordé algunos de esos cuentos: yo había matado a Pitón sin ningún esfuerzo. Fui volando a la boca de la cueva, lo llamé, saqué una flecha y, ¡BUM!, una serpiente gigante muerta. Me convertí en el Señor de Delfos, y todos vivimos felices y comimos perdices.

¿De dónde sacaron los escritores que vencí a Pitón tan rápido?

Está bien, es posible que porque yo se lo dijera. Aun así, la realidad fue bastante distinta. He tenido pesadillas con mi viejo enemigo durante siglos después de nuestro combate.

Ahora casi agradecía mi memoria imperfecta. No podía recordar todos los horribles detalles de mi enfrentamiento con Pitón, pero sí que sabía que no había sido fácil vencerlo. Había necesitado todas mis fuerzas de dios, mis poderes divinos y el arco más letal del mundo.

¿Qué posibilidades de derrotarlo tendría en la piel de un mortal de dieciséis años con acné, ropa prestada y el nombre de guerra de Lester Papadopoulos? No pensaba ir escopetado a Grecia y hacer que me matasen, y menos sin mi carro solar ni la capacidad de teletransportarme. Lo siento, los dioses no viajan en vuelos comerciales.

Pensé cómo explicárselo a Quirón de forma serena y diplomática, sin necesidad de patalear ni de gritar. El sonido de una caracola a lo lejos me ahorró el esfuerzo.

—Eso quiere decir que la cena está lista. —El centauro forzó una sonrisa—. Hablaremos más tarde, ¿vale? De momento, celebremos tu llegada.

12

Oda a un perrito caliente
con un refresco y patatas fritas.
Me he quedado a dos velas, tío

No estaba de humor para celebraciones.

Y menos sentado a una mesa de pícnic comiendo comida mortal. Con mortales.

El pabellón comedor resultaba bastante agradable. Incluso en invierno, las fronteras mágicas del campamento nos resguardaban de los peores elementos. Sentado al aire libre al calor de las antorchas y los braseros, solo notaba un poquito de frío. El estrecho de Long Island resplandecía a la luz de la luna. (Hola, Artemisa. No te molestes en saludar.) En la Colina Mestiza, la Atenea Partenos brillaba como la lamparilla más grande del mundo. Incluso el bosque no parecía tan inquietante con los pinos cubiertos de una ligera niebla plateada.

Sin embargo, la cena no fue precisamente poética. Estuvo compuesta por perritos calientes, patatas fritas y un líquido rojo que según me dijeron era refresco. No sabía por qué los humanos consumían refresco, ni de qué estaba hecho, pero fue lo más sabroso de la cena, un detalle desconcertante.

Estaba sentado a la mesa de Apolo con mis hijos Austin, Kayla y Will, y también con Nico di Angelo. No veía ninguna diferencia entre mi mesa y las de los otros dioses. La mía debería haber sido más reluciente y más elegante. Debería haber reproducido música o recitado poesía a discreción. En cambio, no era más que una losa de piedra con bancos a cada lado. El asiento me resultaba incómodo, aunque a mis hijos no parecía importarles.

Austin y Kayla me acribillaron a preguntas sobre el Olimpo, la guerra con Gaia y cómo era pasar de ser un dios a un humano. Yo sabía que no querían ser groseros. Como hijos míos que eran, tenían una tendencia natural a la gentileza suprema. Sin embargo, sus preguntas eran dolorosos recordatorios de mi deshonroso estado.

Además, a medida que pasaban las horas, me acordaba cada vez menos de mi vida divina. Resultaba alarmante la rapidez con que mis neuronas cósmicamente perfectas se habían deteriorado. En el pasado, cada recuerdo había sido como un archivo de sonido de alta calidad. Ahora esas grabaciones estaban registradas en cilindros de cera. Y, créeme, me acuerdo de los cilindros de cera. No duraban mucho en el carro solar.

Will y Nico estaban sentados hombro con hombro, charlando afablemente. Resultaban tan adorables uno al lado del otro que me entristecieron. Me vinieron a la memoria los escasos meses dorados que había compartido con Jacinto antes de los celos, antes del horrible accidente...

—Nico —dije finalmente—, ¿no deberías estar sentado a la mesa de Hades?

Él se encogió de hombros.

—Técnicamente, sí. Pero si me siento solo a mi mesa, pasan cosas raras. Se abren grietas en el suelo. Salen zombis y empiezan a deambular por ahí. Es un trastorno del estado de ánimo. No puedo controlarlo. Eso es lo que le dije a Quirón.

—¿Y es cierto? —pregunté.

Nico sonrió fríamente.

—Tengo un permiso del médico.

Will levantó la mano.

—Yo soy su médico.

—Quirón decidió que no valía la pena discutir por el tema —contó Nico—. Mientras me siente a una mesa con otra gente, como... estos chicos, por ejemplo... los zombis no se acercan. Todo el mundo está contento.

Will asintió con la cabeza serenamente.

—Es rarísimo. Nico jamás abusaría de sus poderes para conseguir lo que quiere.

—Por supuesto que no —convino Nico.

Miré al otro lado del pabellón comedor. De acuerdo con la tradición del campamento, habían puesto a Meg con los hijos de Hermes, ya que su parentesco divino todavía no se había confirmado. A Meg no parecía importarle. Estaba ocupada recreando el concurso de comer perritos calientes de Coney Island ella sola. Las otras dos chicas, Julia y Alice, la miraban con una mezcla de fascinación y horror.

Enfrente de ella estaba sentado un chico mayor flaco con el pelo castaño rizado: Connor Stoll, deduje, aunque nunca había sido capaz de distinguirlo de su hermano mayor, Travis. A pesar de la oscuridad reinante, Connor llevaba gafas de sol, sin duda para proteger sus ojos de las agresiones repetidas. También me fijé en que mantenía sabiamente las manos lejos de la boca de Meg.

Conté a diecinueve campistas en todo el pabellón. La mayoría estaban sentados a sus respectivas mesas: Sherman Yang en la de Ares; una chica que no conocía, en la de Afrodita; otra chica, en la de Deméter. En la mesa de Niké, dos jóvenes morenas que eran claramente gemelas conversaban sobre un plano militar. El mismísimo Quirón, que había vuelto a adoptar la forma de centauro, estaba sentado a la mesa principal, bebiendo su refresco mientras charlaba con dos sátiros, pero reinaba un humor apagado. Los hombres cabra no hacían más que mirarme y luego se comían los cubiertos, como acostumbran a hacer los sátiros cuando están nerviosos. Media docena de hermosas dríades se movían entre las mesas, ofreciendo comida y bebida, pero estaba tan preocupado que no podía apreciar plenamente su belleza. Y lo que era más trágico: estaba demasiado cohibido para coquetear con ellas. ¿Qué me pasaba?

Observé a los campistas esperando localizar a posibles sirvientes... digo, nuevos amigos. A los dioses siempre nos gusta tener a mano a unos cuantos semidioses veteranos y fuertes para que entren en combate, vayan a misiones peligrosas o nos quiten la pelusa de las togas. Lamentablemente, en la cena nadie me llamó la atención como posible secuaz. Echaba de menos tener una cantera de talento más grande.

—¿Dónde están los... demás? —pregunté a Will.

Quería decir «la lista A», pero me pareció que podría malinterpretarse.

Will mordió su pizza.

—¿Buscas a alguien en concreto?

—¿Y los que se fueron de misión con el barco?

Will y Nico se cruzaron una mirada que podía significar: «Ya estamos». Supongo que les preguntaban mucho por los siete semidioses legendarios que habían luchado codo con codo con los dioses contra los gigantes de Gaia. Me dolía no haber tenido ocasión de volver a ver a esos héroes. Después de una batalla importante, me gustaba hacerme una foto de grupo... y agenciarme los derechos exclusivos para componer baladas épicas sobre sus hazañas.

—Bueno —empezó a decir Nico—, ya has visto a Percy. Él y Annabeth están estudiando el último curso de secundaria en Nueva York. Hazel y Frank están en el Campamento Júpiter trabajando en la Duodécima Legión.

—Ah, sí.

Traté de visualizar una imagen mental clara del Campamento Júpiter, el enclave romano cerca de Berkeley, California, pero los detalles me resultaban borrosos. Solo me acordaba de mis conversaciones con Octavio y de cómo me había engatusado con su adulación y sus promesas. Aquel chico estúpido... Él tenía la culpa de que estuviera allí.

Una voz me susurró en lo más recóndito de mi mente. Esta vez pensé que podría ser mi conciencia: «¿Quién fue el estúpido? No fue Octavio».

—Cállate —murmuré.

—¿Qué? —preguntó Nico.

—Nada. Continúa.

—Jason y Piper están pasando el curso en Los Ángeles con el padre de Piper. Se llevaron al entrenador Hedge, Mellie y el pequeño Chuck con ellos.

—Ajá. —No conocía los últimos tres nombres, de modo que decidí que no debían de ser importantes—. ¿Y el séptimo héroe, Leo Valdez?

Nico arqueó las cejas.

—¿Te acuerdas de su nombre?

—¡Pues claro! Inventó el Valdezinador. ¡Oh, qué magnífico instrumento musical! Apenas me había dado tiempo a dominar las escalas mayores cuando Zeus me fulminó en el Partenón. Si alguien pudiera ayudarme, sería Leo Valdez.

Nico se irritó, y su expresión se volvió tensa.

—Pues Leo ya no está aquí. Se murió y luego resucitó. Y si vuelvo a verlo, lo mataré.

Will le dio un codazo.

—No, no lo matarás. —Se volvió hacia mí—. Durante la batalla con Gaia, Leo y su dragón de bronce, Festo, desaparecieron en una explosión con fuego en el aire.

Me estremecí. Después de tantos siglos conduciendo el carro solar, la expresión «explosión con fuego en el aire» no me hacía un pelo de gracia.

Intenté recordar la última vez que había visto a Leo Valdez en Delos, cuando el semidiós había cambiado el Valdezinador por información...

—Estaba buscando la cura del médico —recordé—, la forma de traer a alguien a la vida de entre los muertos. Supongo que tenía pensado sacrificarse desde el principio.

—Sí —asintió Will—. Se deshizo de Gaia con la explosión, pero todos pensamos que también él había muerto.

—Porque murió —dijo Nico.

—Luego, unos días más tarde —continuó Will—, un pergamino llegó volando al campamento con el viento...

—Todavía lo tengo. —Nico hurgó en los bolsillos de su cazadora—. Lo miro cuando quiero cabrearme.

Sacó un grueso rollo de pergamino. En cuanto lo desplegó en la mesa, un holograma parpadeante apareció sobre la superficie: Leo Valdez, con aspecto travieso como siempre, con su fino cabello moreno, su sonrisa pícara y su baja estatura. (El holograma solo medía siete centímetros, pero en la vida real Leo no era mucho más alto.) Sus vaqueros, su camisa de trabajo azul y su cinturón portaherramientas estaban salpicados de lubricante para máquinas.

—¡Hola, chicos! —Leo abrió los brazos como si fuera a dar un abrazo—. Siento dejaros así. Malas noticias: la he palmado. Buenas noticias: ¡me he recuperado! Tenía que ir a rescatar a Calipso. Los dos estamos bien ahora. Estamos llevando a Festo a... —La imagen vaciló como una llama azotada por una fuerte brisa e interrumpió la voz de Leo—. Volveré en cuanto... —Interferencias—. Cocinar tacos cuando... —Más interferencias—. ¡Que el queso os acompañe! ¡Os quiero! —La imagen se apagó.

—Es todo lo que tenemos —se quejó Nico—. Y eso fue en agosto. No tenemos ni idea de lo que planeaba, de dónde está ni de si sigue a salvo. Jason y Piper se pasaron casi todo el mes de septiembre buscándolo hasta que al final Quirón se empeñó en que fueran a empezar el curso.

—Vaya —dije—, parece que Leo planeaba cocinar tacos. Tal vez le llevó más tiempo de lo que pensaba. Y «Que el queso os acompañe»... Creo que nos está advirtiendo que contemos con el queso como acompañamiento, lo que siempre es un buen consejo.

Mis palabras no parecieron tranquilizar a Nico.

—No me gusta no saber nada y estar a oscuras —murmuró.

Una extraña queja viniendo de un hijo de Hades, pero comprendía a qué se refería. Yo también tenía curiosidad por saber el destino de Leo Valdez. Hubo una época en que podría haber adivinado su paradero con la facilidad con que tú consultas una biografía en Facebook, pero ahora solo podía mirar el cielo y preguntarme cuándo aparecería un semidiós pequeño y travieso con un dragón de bronce y un plato de tacos.

Y si Calipso estaba envuelta... eso complicaba las cosas. La hechicera y yo habíamos tenido problemas en el pasado, pero incluso yo tenía que reconocer que era cautivadora. Si había conquistado el corazón de Leo, era muy posible que él se hubiera despistado. Odiseo pasó siete años con ella antes de volver a su hogar.

Fuera cual fuese el caso, me parecía poco probable que Valdez volviera a tiempo para ayudarme. Mi dominio de los arpegios del Valdezinador tendría que esperar.

Kayla y Austin habían estado muy callados escuchando nuestra conversación con sorpresa y asombro. (Mis palabras producen ese efecto en la gente.)

Entonces Kayla se me acercó.

—¿De qué hablasteis en la Casa Grande? ¿Te contó Quirón lo de las desapariciones...?

—Sí. —Procuré no mirar en dirección al bosque—. Debatimos la situación.

—¿Y...? —Austin extendió los dedos sobre la mesa—. ¿Qué está pasando?

No quería hablar del tema. No quería que ellos vieran mi temor.

Deseaba que dejara de dolerme la cabeza. En el Olimpo, los dolores de cabeza eran mucho más fáciles de curar. Hefesto simplemente abría un cráneo y extraía al dios o la diosa recién nacida que estaba armando jaleo allí dentro. En el mundo de los mortales, mis opciones eran más limitadas.

—Necesito tiempo para pensarlo —dije—. Tal vez por la mañana haya recuperado parte de mis poderes divinos.

Austin se inclinó hacia delante. A la luz de la antorcha, sus trenzas africanas parecían formar nuevos patrones de ADN.

—¿Es así como funciona? ¿Recuperas la fuerza con el tiempo?

—Creo... creo que sí.

Traté de recordar mis años de servidumbre con Admeto y Laomedonte, pero apenas podía evocar sus nombres y sus caras. Mi memoria menguante me aterraba. Hacía que cada momento del presente aumentase de magnitud e importancia, y me recordaba que el tiempo para los mortales era limitado.

—Tengo que hacerme más fuerte —decidí—. Debo hacerlo.

Kayla me apretó la mano. Sus dedos de arquera eran ásperos y callosos.

—Tranquilo, Apolo... papá. Te ayudaremos.

Austin asintió con la cabeza.

—Kayla tiene razón. Estamos juntos en esto. Si alguien te molesta, Kayla le disparará. Y luego yo lo criticaré tanto que acabará hablando en pareado durante semanas.

Me empezaron a llorar los ojos. No hacía mucho —esa mañana, por ejemplo—, la idea de que esos jóvenes semidioses pudieran ayudarme me habría parecido ridícula. Y ahora su amabilidad me conmovía más que cien toros expiatorios. No recordaba la última vez que alguien se había preocupado tanto por mí como para criticar a mis enemigos con pareados.

—Gracias —logré decir.

Fui incapaz de añadir «hijos míos». No me parecía bien. Esos semidioses eran mis protectores y mi familia, pero de momento no podía considerarme su padre. Un padre haría algo más; un padre debe dar a sus hijos más de lo que toma. Tengo que reconocer que eso era una novedad para mí. Me hizo sentir todavía peor.

—Eh… —Will me dio una palmadita en el hombro—. No está tan mal. Ahora que todo el mundo está tan alerta, a lo mejor mañana no tenemos que hacer la carrera de obstáculos de Harley.

Kayla murmuró un juramento en griego antiguo. Si yo hubiera sido un padre divino como es debido, le habría lavado la boca con aceite de oliva.

—Me había olvidado de eso —admitió—. Tendrán que cancelarla, ¿no?

Fruncí el ceño.

—¿Qué carrera de obstáculos? Quirón no me ha dicho nada.

Tenía ganas de objetar que mi día entero había sido una carrera de obstáculos. Sin duda no esperarían que yo hiciera las mismas actividades que ellos en el campamento. Antes de que pudiera decirlo, uno de los sátiros tocó una caracola en la mesa principal.

Quirón levantó los brazos para reclamar la atención de todos.

—¡Campistas! —Su voz llenó el pabellón. Podía resultar bastante imponente cuando quería—. ¡Tengo unas cuantas cosas que anunciar, incluidas noticias sobre la carrera de tres piernas de mañana!

13

Carrera de tres piernas.
Cuatro palabras terribles.
Oh, dioses. Por favor, Meg, no

La culpa de todo la tenía Harley.

Después de abordar la desaparición de Miranda Gardiner —«Como medida de precaución, no os acerquéis al bosque hasta que tengamos más información, por favor»—, Quirón llamó a la parte de delante al hijo pequeño de Hefesto para que explicase cómo se desarrollaría la carrera de tres piernas. Rápidamente se hizo patente que Harley había dirigido todo el proyecto. Y, francamente, la idea era tan horripilante que solo podría haber salido de la cabeza de un niño de ocho años.

Confieso que me perdí después de que explicó el concepto de discos voladores explosivos con sierra mecánica.

—¡Y harán: «ZUM»! —Se puso a saltar de emoción—. ¡Y luego, «ZAS»! ¡Y «PUM»! —Imitaba toda clase de desastres con las manos—. Tendréis que ser muy rápidos o moriréis. ¡Es alucinante!

Los otros campistas gruñeron y se movieron en sus asientos.

Quirón levantó la mano para pedir silencio.

—A ver, sé que la última vez hubo problemas —dijo—, pero afortunadamente nuestros curanderos de la cabaña de Apolo pudieron reimplantarle a Paolo los brazos.

En una mesa del fondo, un adolescente musculoso se levantó y empezó a despotricar en un idioma que me pareció portugués. Llevaba una camiseta de tirantes blanca sobre su pecho moreno, y pude ver unas tenues cicatrices blancas alrededor de la parte superior de sus bíceps. Mientras soltaba juramentos a toda velocidad, señaló a Harley, los campistas de la cabaña de Apolo y prácticamente el resto de los presentes.

—Ah, gracias, Paolo —dijo Quirón, claramente desconcertado—. Me alegro de que te encuentres mejor.

Austin se inclinó hacia mí y susurró:

—Paolo entiende nuestro idioma, pero solo habla en portugués. Al menos eso dice. Ninguno de nosotros entiende una palabra de lo que dice.

Yo tampoco entendía el portugués. Atenea nos había sermoneado durante años sobre la conveniencia de que el monte Olimpo se trasladase a Brasil algún día. Hasta nos había regalado a los dioses unos cursos de portugués en DVD para las Saturnales, pero ¿qué sabrá Atenea?

—Paolo parece agitado —comenté.

Will se encogió de hombros.

—Tiene suerte de curarse rápido: es hijo de Hebe, la diosa de la juventud, y todo eso.

—Te lo estás comiendo con los ojos —observó Nico.

—No es verdad —repuso Will—. Solo estoy evaluando lo bien que funcionan los brazos de Paolo después de la cirugía.

—Ja.

Paolo se sentó finalmente. Quirón enumeró una larga lista de lesiones que los campistas habían experimentado durante la primera carrera de tres piernas y que esperaba evitar en esa ocasión: quemaduras de segundo grado, tímpanos perforados, una distensión inguinal y dos casos de danza regional irlandesa crónica.

El semidiós solitario de la mesa de Atenea levantó la mano.

—Solo lo dejo caer, Quirón... Han desaparecido tres de nuestros campistas. ¿De veras es aconsejable hacer una carrera de obstáculos peligrosa?

Quirón le dedicó una sonrisa incómoda.

—Una magnífica pregunta, Malcolm, pero la carrera no llegará al bosque, que consideramos la zona más peligrosa. Los sátiros, las dríades y yo seguiremos investigando las desapariciones. No descansaremos hasta que los campistas desaparecidos sean encontrados. Mientras tanto, la carrera de tres piernas puede servir para fomentar el trabajo en equipo. Y también nos permitirá aumentar nuestros conocimientos del Laberinto.

La palabra me dio de lleno en la cara como el olor corporal de Ares. Me volví hacia Austin.

—¿El Laberinto? ¿El Laberinto de Dédalo?

Austin asintió con la cabeza, jugueteando con el collar de cerámica del campamento que colgaba de su cuello. De repente me acordé de su madre, Latricia: su costumbre de juguetear con su collar de cauri cuando daba clases en Oberlin. Hasta yo había aprendido cosas en la clase de teoría de la música de Latricia Lake, aunque la belleza de aquella mujer distraía la atención.

—Durante la guerra con Gaia —contó Austin— el Laberinto volvió a abrirse. Desde entonces hemos estado intentando levantar un mapa del sitio.

—Eso es imposible —repuse—. Y también un disparate. ¡El Laberinto es una creación consciente y malévola! ¡No se puede hacer un mapa ni fiarse de él!

Como siempre, solo podía echar mano de fragmentos aleatorios de recuerdos, pero estaba bastante seguro de que decía la verdad. Me acordé de Dédalo. El rey de Creta le había ordenado que construyera un laberinto para encerrar al monstruoso Minotauro. Pero a un inventor brillante como Dédalo no le bastaba con un simple laberinto. Él tenía que hacer que su Laberinto fuera consciente de sí mismo y se expandiera él solo. A lo largo de los siglos, el Laberinto había penetrado bajo la superficie del planeta como unas raíces invasoras.

Malditos inventores brillantes.

—Ahora es distinto —me dijo Austin—. Desde que Dédalo murió... No sé, es difícil de describir. No parece tan malvado. Ni tan peligroso.

—Oh, es muy tranquilizador. Y, claro, habéis decidido hacer carreras de tres piernas en él.

Will tosió.

—Otra cosa, papá... Nadie quiere decepcionar a Harley.

Miré la mesa principal. Quirón seguía perorando sobre las virtudes del trabajo en equipo mientras Harley daba saltos. Comprendí por qué los demás campistas querrían adoptar al niño como su mascota no oficial. Era un mocoso adorable, aunque estaba tan musculoso para un niño de ocho años que daba miedo. Tenía una sonrisa contagiosa. Su entusiasmo parecía levantar el ánimo a todo el grupo. Aun así, reconocí el brillo demencial de sus ojos. Era la misma mirada que se le ponía a su padre, Hefesto, cuando inventaba un autómata que luego se volvería loco y empezaría a destruir ciudades.

—Recordad también —estaba diciendo Quirón— que ninguna de las tristes desapariciones se ha relacionado con el Laberinto. No os separéis de vuestro compañero y estaréis a salvo... todo lo a salvo que se puede estar en una carrera de tres piernas.

—Sí —asintió Harley—. Nadie ha muerto todavía. —Parecía decepcionado, como si quisiera que nos esforzásemos más.

—Ante una crisis —apuntó Quirón—, es importante que sigamos con nuestras actividades habituales. Debemos estar alerta y en plena forma. Los campistas desaparecidos no esperarían menos de nosotros. En cuanto a los equipos para la carrera, se os permitirá elegir a un compañero...

A continuación los campistas se abalanzaron unos sobre otros como pirañas para coger a su compañero de equipo. Antes de que pudiera considerar mis opciones, Meg McCaffrey me señaló desde el otro lado del pabellón, con una expresión idéntica a la del Tío Sam en el cartel de reclutamiento.

«¡Cómo no! —pensé—. ¿Por qué iba a mejorar mi suerte ahora?»

Quirón golpeó el suelo con la pezuña.

—¡Bueno, que todo el mundo se tranquilice! La carrera será mañana por la tarde. Gracias, Harley, por trabajar duro en... ejem, las distintas sorpresas letales que nos tienes reservadas.

«¡ZAS!» Harley volvió corriendo a la mesa de Hefesto para reunirse con su hermana mayor, Nyssa.

—Y ahora, la otra noticia —anunció Quirón—. Como ya habréis oído, hoy contamos con la compañía de dos recién llegados muy especiales. ¡En primer lugar, demos la bienvenida al dios Apolo, por favor!

Normalmente ese era el momento en que yo me levantaba, extendía los brazos y sonreía mientras a mi alrededor brillaba luz radiante. La ferviente multitud aplaudía y lanzaba flores y bombones de chocolate a mis pies.

Esta vez no recibí ningún aplauso, solo miradas de nerviosismo. Sentí el extraño e inusual impulso de hundirme en mi asiento y taparme la cabeza con la chaqueta. Me contuve haciendo un esfuerzo heroico.

Quirón se esforzó por mantener la sonrisa.

—Vamos, ya sé que es raro —dijo—, pero los dioses se vuelven mortales de vez en cuando. No debéis alarmaros. La presencia de Apolo entre nosotros puede ser un buen augurio, una oportunidad de que... —Pareció perder el hilo de su propio argumento—. Ejem... hagamos algo bueno. Estoy seguro de que con el tiempo empezará a verse clara la mejor vía de acción. De momento, haced que Apolo se sienta como en casa, por favor. Tratadlo como haríais con cualquier campista nuevo.

En la mesa de Hermes, Connor Stoll levantó la mano.

—¿Significa eso que los de la cabaña de Ares tienen que meterle la cabeza en el váter?

En la mesa de Ares, Sherman Yang resopló.

—No le hacemos eso a todos, Connor. Solo a los novatos que se lo merecen.

Sherman miró a Meg, que estaba terminando distraídamente su último perrito caliente. La pelusilla morena a los lados de su boca estaba ahora cubierta de mostaza.

Connor Stoll devolvió la sonrisa a Sherman; una expresión cómplice como pocas. Entonces me fijé en la mochila abierta a los pies de Connor. De la parte superior asomaba algo parecido a una red.

Comprendí lo que eso significaba: dos chicos a los que Meg había humillado se preparaban para la revancha. No hacía falta ser Némesis para entender el atractivo de la venganza. Aun así, sentí un extraño deseo de advertir a Meg.

Intenté llamarle la atención, pero ella seguía concentrada en la cena.

—Gracias, Sherman —continuó Quirón—. Me alegro de saber que no le haréis una novatada al dios del tiro con arco. En cuanto al resto de vosotros, os mantendremos al corriente de la situación de nuestro invitado. Voy a enviar a dos de nuestros mejores sátiros, Millard y Herbert —señaló a los sátiros sentados a su izquierda—, para que entreguen un mensaje en mano a Rachel Dare en Nueva York. Con suerte, pronto ella podrá volver con nosotros y ayudarnos a descubrir cómo ayudar a Apolo.

La noticia fue recibida con algunos gruñidos. Distinguí las palabras «Oráculo» y «profecías». En una mesa cercana, una chica murmuró para sí en italiano: «Un ciego llevando a otro ciego».

Le lancé una mirada fulminante, pero la joven era muy guapa. Debía de tener dos años más que yo (desde el punto de vista mortal), con el cabello moreno corto y unos ojos color avellana irresistiblemente intensos. Es posible que me ruborizase.

Me volví otra vez hacia mis compañeros de mesa.

—Ejem... sí, sátiros. ¿Por qué no enviáis al otro sátiro, el amigo de Percy?

—¿Grover? —preguntó Nico—. Está en California. Todo el Consejo de Ancianos Ungulados está reunido allí por la sequía.

—Ah.

Se me cayó el alma a los pies. Recordaba que Grover era un sátiro con bastantes recursos, pero si estaba lidiando con los desastres naturales de California, era poco probable que volviera en la próxima década.

—Y por último —dijo Quirón—, demos la bienvenida a una nueva semidiosa al campamento: ¡Meg McCaffrey!

Ella se limpió la boca y se puso en pie.

A su lado, Alice Miyazawa le indicó:

—Levántate, Meg.

Julia Feingold rio.

En la mesa de Ares, Sherman Yang se levantó.

—Esta merece una bienvenida especial. ¿Qué opinas, Connor?

Connor metió la mano en su mochila.

—Opino que el lago de las canoas podría ser perfecto.

Empecé a decir:

—Meg...

Entonces se desató el Hades.

Sherman Yang se dirigió a Meg a grandes zancadas. Connor Stoll sacó una red dorada y la lanzó sobre la cabeza de Meg. La niña gritó y trató de liberarse, mientras algunos campistas coreaban:

—¡Mojadla! ¡Mojadla!

Quirón intentó hacerlos callar a gritos:

—¡Un momento, semidioses!

Un grito gutural interrumpió el desarrollo de los acontecimientos. Una masa borrosa de carne rolliza, alas de hojas y pañal de lino se precipitó de lo alto de la columnata, cayó sobre la espalda de Sherman Yang y lo estampó de bruces contra el suelo de piedra. Melocotones, el karpos, se levantó y gritó golpeándose el pecho. Sus ojos emitían un brillo verde de ira. Se abalanzó sobre Connor Stoll, rodeó el cuello del semidiós con sus piernas rollizas y empezó a arrancarle el pelo con las garras.

—¡Quitádmelo! —bramó Connor gimiendo, mientras se revolcaba por el pabellón—. ¡Quitádmelo!

Poco a poco, los demás semidioses se recuperaron de la sorpresa. Varios desenvainaron espadas.

—*C'è un karpos!* —chilló la chica italiana.

—¡Matadlo! —dijo Alice Miyazawa.

—¡No! —grité.

Normalmente una orden como esa salida de mis labios habría dado lugar a una escena carcelaria, con todos los mortales tumbados boca abajo esperando órdenes mías. Lamentablemente, ahora era un simple mortal con voz chillona de adolescente.

Observé horrorizado cómo mi hija Kayla colocaba una flecha en su arco.

—¡Déjalo, Melocotones! —ordenó Meg. Se desenredó de la red, la tiró y corrió hacia Connor.

El karpos saltó del cuello de Connor. Cayó a los pies de Meg enseñando los colmillos y siseando a los demás campistas que habían formado un amplio semicírculo con sus armas en ristre.

—Apártate, Meg —dijo Nico di Angelo—. Esa cosa es peligrosa.

—¡No! —La voz de Meg sonó aguda—. ¡No lo matéis!

Sherman Yang se dio la vuelta, gimiendo. Probablemente su cara no estaba tan mal como parecía —un corte en la frente puede producir una cantidad de sangre sorprendente—, pero la imagen afianzó la de-

terminación de los demás campistas. Kayla sacó su arco. Julia Feingold
desenfundó una daga.

—¡Esperad! —supliqué.

Lo que pasó a continuación no podría haberlo procesado una mente inferior.

Julia atacó. Kayla disparó su flecha.

Meg estiró las manos, y una tenue luz dorada brilló entre sus dedos.
De repente, la joven McCaffrey sostenía dos espadas: cada una tenía una
hoja curva al antiguo estilo tracio, *siccae* hechas de oro imperial. No
había visto armas como esas desde la caída del Imperio romano. Era
como si hubieran aparecido de la nada, pero mi larga experiencia con
objetos mágicos me decía que Meg debía de haberlas invocado con los
anillos de medialuna que siempre llevaba.

Las dos espadas empezaron a dar vueltas. Meg cortó la flecha de
Kayla en el aire al mismo tiempo que desarmaba a Julia y lanzaba su
daga resbalando por el suelo.

—Pero ¿qué Hades...? —exclamó Connor. Tenía el pelo arrancado
a mechones de tal manera que parecía un muñeco maltratado—.
¿Quién es esa niña?

Melocotones se agachó al lado de Meg, gruñendo, mientras la niña
repelía a los confusos y airados semidioses con sus dos espadas.

Mi vista debía de ser mejor que la de los mortales corrientes, porque
fui el primero que vio el signo resplandeciente: una luz brillando encima de la cabeza de Meg.

Cuando reconocí el símbolo, se me petrificó el corazón. Detestaba
lo que veía, pero pensé que debía señalarlo.

—Mirad.

Los demás parecían confundidos. Entonces el fulgor se volvió más
brillante: una hoz dorada holográfica con unas espigas de trigo girando
justo encima de Meg McCaffrey.

Un chico dejó escapar un grito ahogado entre la multitud.

—¡Es una comunista!

Una chica que había estado sentada a la mesa de la Cabaña Cuatro
le dedicó una mueca de indignación.

—No, Damien, es el símbolo de mi madre. —Se le desencajó el

rostro cuando se dio cuenta de la verdad—. Eso significa... que también es el símbolo de su madre.

La cabeza me daba vueltas. No quería saber esa información. No quería servir a una semidiosa con el linaje de Meg, pero ahora entendía sus anillos de media luna. No eran lunas; eran hojas de hoces. Como yo era el único dios del Olimpo presente, pensé que debía hacer oficial su título.

—Mi amiga ha sido reclamada —anuncié.

Los demás semidioses se arrodillaron respetuosamente, algunos de peor gana que otros.

—Damas y caballeros —dije, en un tono amargo como el té de Quirón—, un fuerte aplauso para Meg McCaffrey, hija de Deméter.

14

¿Me estás vacilan...?

Ostras, ¿qué ha pasado?

Me he quedado sin síla...

Nadie sabía qué pensar de Meg.

Y con razón.

Yo la entendía todavía menos ahora que sabía quién era su madre.

Había tenido mis sospechas, cierto, pero había confiado en estar equivocado. Tener razón la mayoría de las veces era una terrible carga.

¿Por qué iba a temer a una hija de Deméter?

Buena pregunta.

Durante el último día, había hecho todo lo posible por reconstruir mis recuerdos de la diosa. Deméter había sido mi tía favorita. Los dioses de la primera generación podían ser unos estirados (me refiero a vosotros: Hera, Hades, papá), pero Deméter siempre había sido una presencia amable y bondadosa... salvo cuando destruía a la raza humana con pestes y hambrunas, pero todo el mundo tiene sus malos momentos.

Sin embargo, un buen día cometí el error de salir con una de sus hijas. Creo que se llamaba Crisótemis, pero tendrás que perdonarme si me equivoco. Cuando era dios también me costaba acordarme de los nombres de todas mis ex. La joven cantó una canción de la cosecha en una de mis fiestas délficas. Tenía una voz tan bonita que me enamoré de ella. Vale, cada año me enamoraba de la campeona y las subcampeonas, pero ¿qué puedo decir? No puedo resistirme a una voz melodiosa.

Deméter no estaba de acuerdo. Desde que su hija Perséfone había sido secuestrada por Hades, no le gustaba que sus hijos salieran con dioses.

El caso es que ella y yo reñimos. Redujimos unas cuantas montañas a escombros. Arrasamos unas ciudades-Estado. Ya sabes cómo pueden ser las discusiones familiares. Al final acordamos una tregua precaria, pero desde entonces me había propuesto evitar a los hijos de Deméter.

Y allí estaba ahora, sirviendo a Meg McCaffrey, la hija más granuja de Deméter que había empuñado jamás una hoz.

Me preguntaba quién era el padre de Meg para haber atraído la atención de la diosa. Deméter casi nunca se enamoraba de mortales. Además, Meg era extraordinariamente poderosa. La mayoría de los hijos de Deméter tenían pocas habilidades aparte de hacer que las cosechas crezcan y mantener los hongos a raya. Pero empuñar dos espadas doradas e invocar karpoi eran aptitudes de primera.

Todos esos pensamientos cruzaban mi mente mientras Quirón dispersaba a la multitud e instaba a todo el mundo a que guardase sus armas. Como la monitora jefe Miranda Gardiner estaba desaparecida, Quirón le pidió a Billie Ng, la única campista de la cabaña de Deméter que quedaba, que acompañase a Meg a la Cabaña Cuatro. Las dos chicas se retiraron rápidamente, mientras Melocotones daba brincos entusiasmado detrás de ellas. Meg me lanzó una mirada de preocupación.

Como yo no sabía qué hacer, le dediqué un gesto de aprobación levantando los pulgares.

—¡Hasta mañana!

Ella no parecía nada animada cuando desapareció en la oscuridad.

Will Solace se ocupó de las heridas en la cabeza de Sherman Yang. Kayla y Austin estaban junto a Connor, debatiendo la necesidad de un injerto de pelo. De modo que me quedé solo y volví a la cabaña de un servidor.

Me tumbé en mi catre en medio de la estancia y me quedé mirando las vigas del techo. Volví a pensar en lo deprimente y lo rematadamente mortal que era ese sitio. ¿Cómo lo soportaban mis hijos? ¿Por qué no tenían un altar encendido y decoraban las paredes con relieves de oro forjado que conmemorasen mi gloria?

Cuando oí que Will y los demás volvían, cerré los ojos y me hice el dormido. Era incapaz de enfrentarme a sus preguntas o sus atenciones, sus intentos por hacerme sentir como en casa cuando era evidente que mi sitio no estaba allí.

Cuando entraron por la puerta se quedaron callados.

—¿Está bien? —susurró Kayla.

—¿Lo estarías tú si fueras él? —replicó Austin.

Un momento de silencio.

—Intentad dormir, chicos —recomendó Will.

—Esto es rarísimo —comentó Kayla—. Parece tan... humano.

—Cuidaremos de él —dijo Austin—. Ahora solo nos tiene a nosotros.

Contuvo un sollozo. Yo no podía soportar su preocupación. No poder tranquilizarlos, ni siquiera discrepar de ellos, me hacía sentir muy pequeño.

Me taparon con una manta.

—Que duermas bien, Apolo —me deseó Will.

Tal vez fue su voz persuasiva o el hecho de que hacía siglos que no estaba tan agotado, pero me dormí enseguida.

Gracias a los once dioses del Olimpo que quedaban, no tuve sueños.

Me desperté por la mañana sintiéndome extrañamente revitalizado. Ya no me dolía el pecho. Ya no tenía la nariz como un globo de agua pegado a la cara. Con ayuda de mis hijos («compañeros de cabaña», tengo que llamarlos «compañeros de cabaña»), conseguí dominar los misterios arcanos de la ducha, el váter y el lavabo. El cepillo de dientes me dejó pasmado. La última vez que había sido mortal no existían esas cosas. Y el desodorante corporal... ¡Qué idea tan espantosa, necesitar ungüentos encantados para que las axilas no apesten!

Cuando terminé de lavarme y de vestirme con ropa limpia del almacén del campamento —zapatillas, vaqueros, una camiseta de manga corta naranja del Campamento Mestizo y un holgado abrigo de lana—, casi me sentía lleno de optimismo. Tal vez pudiese sobrevivir a esa experiencia humana.

Me animé todavía más cuando descubrí el beicon.

¡Oh, dioses, el beicon! Me prometí que cuando recuperase la inmortalidad reuniría a las Nueve Musas y juntos crearíamos una oda, un himno al poder del beicon, que haría llorar de emoción al cielo y sería motivo de éxtasis en todo el universo.

El beicon es bueno.

Sí, ese puede ser el título de la canción: «El beicon es bueno».

Sentarse a desayunar era menos formal que sentarse a cenar. Llenábamos nuestras bandejas en un bufet y nos dejaban sentarnos donde queríamos. Ese detalle me pareció maravilloso. (Oh, qué triste ejemplo de mi nueva mente mortal que yo, que había dictado el curso de países, me emocionase por que me dejasen elegir dónde sentarme.) Cogí mi bandeja y encontré a Meg, que estaba sentada sola en el borde del muro de contención del pabellón, columpiando los pies por un lado y contemplando las olas de la playa.

—¿Qué tal estás? —pregunté.

Ella mordisqueó un gofre.

—Genial.

—Eres una semidiosa poderosa, hija de Deméter.

—Ajá.

Si mi interpretación de las reacciones humanas era fiable, Meg no parecía entusiasmada.

—Tu compañera de cabaña, Billie... ¿es simpática?

—Claro. Todo correcto.

—¿Y Melocotones?

Ella me miró de reojo.

—Desapareció por la noche. Supongo que solo aparece cuando estoy en peligro.

—Es un momento apropiado para que aparezca.

—A-pro-pia-do. —Meg tocó un cuadrado del gofre por cada sílaba—. A Sherman Yang han tenido que darle siete puntos.

Miré a Sherman, que estaba sentado a una distancia prudencial al otro lado del pabellón, lanzando puñales con la mirada a Meg. Una fea línea roja en zigzag le recorría un lado de la cara.

—Yo no me preocuparía —le dije a Meg—. A los hijos de Ares les gustan las cicatrices. Además, a Sherman le queda bastante bien el look de Frankenstein.

La comisura de su boca se curvó hacia arriba, pero su mirada siguió siendo distante.

—Nuestra cabaña tiene el suelo de hierba verde. Hay un roble enorme en medio que sostiene el techo.

—¿No te gusta?

—Tengo alergia.

—Ah...

Traté de imaginarme el árbol de su cabaña. Una vez Deméter había tenido una arboleda sagrada de robles. Me acordé de que se había enfadado mucho cuando un príncipe mortal había intentado talarla.

Una arboleda sagrada...

De repente el beicon de mi estómago se estiró y me envolvió los órganos internos.

Meg me agarró el brazo. Su voz sonó como un zumbido lejano. Solo oí la última palabra, la más importante:

—¿...Apolo?

Desperté de mi ensoñación.

—¿Qué?

—Te has quedado en blanco. —Frunció el entrecejo—. Te he llamado seis veces.

—¿De verdad?

—Sí. ¿Dónde estabas?

No sabía cómo explicarlo. Me sentía como si hubiera estado en la cubierta de un barco y por debajo del casco hubiera pasado una figura enorme, oscura y peligrosa: una figura casi distinguible que luego hubiera desaparecido.

—No... no lo sé. Tenía que ver con árboles...

—Árboles —dijo Meg.

—Probablemente no sea importante.

Era importante. No podía quitarme de encima la imagen de los sueños: la mujer de la corona que me instaba a que buscase las puertas. Esa mujer no era Deméter; al menos, eso creía yo. Pero la idea de unos árboles sagrados despertó un recuerdo en mi interior; algo muy antiguo, incluso para mí.

No quería hablar de esas cosas con Meg hasta que hubiera tenido tiempo para reflexionar. Ella ya tenía bastantes preocupaciones. Además, después de la noche anterior, mi nueva y joven ama me inquietaba más que nunca.

Miré los anillos de sus dedos corazón.

—Ayer... las espadas. No vuelvas a hacer eso.

Meg frunció el ceño.

—¿El qué?

—Cerrarte en banda y negarte a hablar. Se te pone una cara como el cemento.

Ella me dedicó un mohín furioso.

—No es verdad. Tengo espadas. Lucho con ellas. ¿Y qué?

—Habría estado bien saberlo antes, cuando luchamos contra los espíritus de las plagas.

—Tú mismo dijiste que no se les podía matar.

—Estás evitándolo. —Lo sabía porque era una táctica que yo había dominado hacía siglos—. Tu estilo de lucha, con dos espadas curvas, es el de un *dimachaerus*, un gladiador del Imperio romano tardío. Ya entonces era poco frecuente: es posible que sea el estilo de combate más difícil de dominar, y uno de los más letales.

Meg se encogió de hombros. Fue un encogimiento de hombros elocuente, pero no me sirvió de gran cosa como explicación.

—Tus espadas son de oro imperial —dije—. Eso exigiría adiestramiento romano, y te señalaría como una candidata idónea para el Campamento Júpiter. Sin embargo, tu madre es Deméter, la diosa en su modalidad griega, no Ceres.

—¿Cómo lo sabes?

—¿Aparte de porque he sido un dios? Deméter te reclamó en el Campamento Mestizo. Eso no fue ningún accidente. Además, su forma griega es mucho más poderosa. Y tú, Meg, eres poderosa.

Su expresión se volvió tan cautelosa que temí que Melocotones cayera del cielo y empezara a arrancarme el pelo a mechones.

—No conocí a mi madre —admitió—. No sabía quién era.

—Entonces ¿de dónde has sacado las espadas? ¿Te las dio tu padre?

Meg hizo pedacitos el gofre.

—No... Mi padrastro me crio. Él me dio estos anillos.

—Tu padrastro. Tu padrastro te dio unos anillos que se convierten en espadas de oro imperial. ¿Qué clase de hombre...?

—Un hombre bueno —me espetó ella.

Advertí la dureza en el tono de Meg y dejé correr el asunto. Intuía una gran tragedia en su pasado. También temía que si seguía interrogándola, las cuchillas doradas acabasen en mi cuello.

—Lo siento —me disculpé.

—Claro.

Meg lanzó un trozo de gofre al aire. Una de las arpías de la limpieza se lanzó inesperadamente en picado como un pollo kamikaze de cien kilos, recogió la comida y se fue volando.

Meg siguió como si nada.

—Pasemos el día. Después de comer tenemos la carrera.

Un escalofrío me recorrió la nuca. Lo que menos deseaba era estar pegado a Meg McCaffrey en el Laberinto, pero evité gritar.

—No te preocupes por la carrera —dije—. Tengo un plan para ganar.

Ella arqueó una ceja.

—¿Sí?

—O, mejor dicho, tendré un plan esta tarde. Solo necesito un poco de tiempo...

Detrás de nosotros sonó la caracola.

—¡Gimnasia! —gritó Sherman Yang—. ¡Vamos, señoritos! ¡Os quiero a todos llorando a la hora de comer!

15

La práctica hace al maestro.
Ja, ja, ja, va a ser que no.
Pasa de mis sollozos

Ojalá me hubieran dado un permiso médico. Quería que me dispensaran de la clase de educación física.

Sinceramente, nunca os he entendido a los mortales. Intentáis manteneros en forma haciendo flexiones, sentadillas, carreras de ocho kilómetros, pruebas de obstáculos y otras actividades arduas que os hacen sudar. Y, al mismo tiempo, sabéis que es una batalla perdida. Al final, vuestros cuerpos débiles y limitados se deteriorarán y os fallarán, y tendréis arrugas, colgajos de piel y aliento de viejo.

¡Es horrible! Cuando yo quiero cambiar de forma, de edad, de género o de especie, simplemente lo deseo y, ¡tachán!, me transformo en un animal exótico como una perezosa joven y grande. Por muchas flexiones que vosotros hagáis, no conseguiréis algo así. Simplemente no veo la lógica a vuestros continuos esfuerzos. El ejercicio no es más que un deprimente recordatorio de que uno no es un dios.

Al final de la clase de gimnasia de Sherman Yang, estaba jadeando y empapado en sudor. Mis músculos parecían columnas temblorosas de gelatina.

No me sentía como un señorito (aunque mi madre, Leto, siempre me dijo que lo era), y estuve muy tentado de acusar a Sherman de no tratarme como tal.

Me quejé de ello a Will. Le pregunté adónde había ido la antigua monitora jefe de la cabaña de Ares. A Clarisse La Rue al menos podía conquistarla con mi deslumbrante sonrisa. Lamentablemente, Will me dijo que estaba estudiando en la Universidad de Arizona. Oh, ¿por qué las personas ideales tienen que ir a la universidad?

Después de la tortura, volví tambaleándome a mi cabaña y me di otra ducha.

Las duchas son buenas. Puede que no tan buenas como el beicon, pero no están mal.

Mi segunda sesión matutina fue dolorosa por otros motivos. Me destinaron a clase de música en el anfiteatro con un sátiro llamado Woodrow.

A Woodrow parecía ponerle nervioso que asistiera a su clase. Tal vez había oído la leyenda que decía que había desollado vivo al sátiro Marsias cuando me había desafiado a un duelo musical. (Como dije más arriba, la parte del despellejamiento es totalmente falsa, pero los rumores pueden ser increíblemente duraderos, sobre todo cuando yo he podido ser el responsable de difundirlos.)

Woodrow repasó las escalas menores con su zampoña. Austin no tuvo problemas para imitarlo, aunque se estaba retando a sí mismo tocando el violín, que no era su instrumento habitual. Valentina Díaz, una hija de Afrodita, hizo todo lo posible por estrangular un clarinete emitiendo sonidos que recordaban a un chucho gimiendo en plena tormenta. Damien White, hijo de Némesis, hizo honor a su parentesco vengándose de una guitarra acústica. Tocó con tanta fuerza que rompió la cuerda de re.

—¡Te la has cargado! —dijo Chiara Benvenuti. Era la chica italiana guapa en la que me había fijado la noche anterior: una hija de Tique, la diosa de la fortuna—. ¡Yo tenía que tocar esa guitarra!

—Cállate, suertuda —murmuró Damien—. En el mundo real hay accidentes. A veces las cuerdas se rompen.

Chiara soltó una retahíla acelerada de palabras en italiano que decidí no traducir.

—¿Puedo? —Alargué la mano para coger la guitarra.

Damien me la dio a regañadientes. Me incliné hacia la funda de la guitarra situada a los pies de Woodrow. El sátiro saltó varios centímetros en el aire.

Austin rio.

—Tranquilo, Woodrow. Solo va a coger otra cuerda.

Reconozco que la reacción del sátiro me produjo satisfacción. Si todavía podía asustar a los sátiros, tal vez quedase alguna esperanza de recuperar parte de mi antigua gloria. Luego podría asustar a animales de granja e ir ascendiendo a semidioses, monstruos y deidades menores.

En cuestión de segundos, había sustituido la cuerda. Daba gusto hacer algo familiar y sencillo. Ajusté el tono, pero me detuve al darme cuenta de que Valentina estaba sollozando.

—¡Ha sido precioso! —Se secó una lágrima de la mejilla—. ¿Qué canción es?

Parpadeé.

—Se llama afinación.

—Sí, Valentina, contrólate —la reprendió Damien, aunque tenía los ojos irritados—. No ha sido para tanto.

—No. —Chiara se sorbió la nariz—. No lo ha sido.

Austin era el único que no parecía afectado. Sus ojos brillaban de algo parecido al orgullo, aunque no entendía por qué se sentía de esa forma.

Toqué un do en escala menor. La cuerda de si sonaba apagada. Siempre la cuerda de si... Habían pasado tres mil años desde que inventé la guitarra (durante una fiesta salvaje con los hititas; una larga historia), y seguía sin saber cómo hacer una cuerda de si que no se desafinase.

Repasé las otras escalas y comprobé encantado que las recordaba.

—Esto es una progresión lidia —dije—. Empieza en el cuarto grado de la escala mayor. Dicen que se llama lidia por un antiguo rey de Lidia, pero en realidad le puse ese nombre por una exnovia mía, Lidia. Era la cuarta mujer con la que salí ese año, así que...

Alcé la vista en pleno arpegio. Damien y Chiara lloraban abrazados, pegándose sin fuerza e imprecando:

—Te odio. Te odio.

Valentina se hallaba tumbada en el banco del anfiteatro, temblando en silencio. Woodrow estaba desmontando su zampoña.

—¡Soy un inútil! —se lamentó sollozando—. ¡Un inútil!

Hasta Austin tenía una lágrima en el ojo. Me dedicó un gesto de aprobación levantando el pulgar.

Me hizo mucha ilusión que parte de mi antiguo talento se mantuviera intacto, pero me imaginé que Quirón se enfadaría si provocaba una depresión de caballo a la clase entera de música.

Tiré de la cuerda de re un poco bruscamente; un truco que solía usar para evitar que mis fervientes admiradores estallaran de éxtasis. (Y me refiero a estallar en sentido literal. En los años sesenta, en algunos de los bolos en el Fillmore... En fin, te ahorraré los detalles truculentos.)

Toqué un acorde desafinado a propósito. Me sonó fatal, pero los campistas salieron de su abatimiento. Se enderezaron, se secaron las lágrimas y observaron fascinados cómo tocaba una sencilla progresión 1-4-5.

—Sí, señor.

Austin se llevó el violín a la barbilla y empezó a improvisar. Su arco con resina se deslizó a través de las cuerdas. Nos miramos fijamente, y por un momento fuimos más que parientes. Nos convertimos en parte de la música, comunicándonos a un nivel que solo los dioses y los músicos podrán entender jamás.

Woodrow rompió el hechizo.

—Increíble —exclamó el sátiro sollozando—. Deberíais dar la clase vosotros dos. ¿En qué estaría pensando? ¡No me desolles, por favor!

—Mi querido sátiro —dije—, yo nunca...

De repente, noté un espasmo en los dedos. Solté la guitarra sorprendido. El instrumento cayó por los escalones de piedra del anfiteatro haciendo ruidos metálicos y de cuerdas.

Austin bajó el arco.

—¿Estás bien?

—Yo... sí, claro.

Pero no estaba bien. Durante unos instantes, había experimentado la dicha de mi antiguo talento. Y, sin embargo, era evidente que mis nuevos dedos mortales no estaban a la altura. Me dolían los músculos de las manos. Tenía marcas rojas en las partes de las yemas de los dedos donde había tocado el diapasón. Y también me había excedido en otros aspectos. Notaba los pulmones secos, sin oxígeno, aunque no había cantado.

—Estoy... cansado —confesé, abatido.

—No me extraña. —Valentina asintió con la cabeza—. ¡Has tocado de una forma increíble!

—Tranquilo, Apolo —dijo Austin—. Te recuperarás. Cuando los dioses usan sus poderes, sobre todo al principio, se cansan rápido.

—Pero yo no...

No pude terminar la frase. No era un semidiós. No era un dios. Ni siquiera era yo mismo. ¿Cómo podría volver a tocar música, sabiendo que era un instrumento defectuoso? Cada nota no me provocaría más que dolor y agotamiento. Mi cuerda de si nunca estaría afinada.

La tristeza debió de reflejarse en mi cara.

Damien White cerró los puños.

—No te preocupes, Apolo. No es culpa tuya. ¡Yo me encargaré de que esa maldita guitarra lo pague!

No hice nada para detenerlo cuando bajó la escalera. Una parte de mí disfrutó perversamente de la forma en que pisoteó la guitarra hasta reducirla a astillas y alambres.

Chiara resopló.

—¡Idiota! ¡Ahora nunca podré tocar!

Woodrow hizo una mueca.

—Bueno, ejem... ¡gracias a todos! ¡Una clase muy buena!

La clase de tiro con arco fue todavía peor.

Si algún día vuelvo a ser dios (no «si»; «cuando», «cuando»), lo primero que haré será borrar los recuerdos de todos los que me vieron hacer el ridículo. Hice una diana. Una. La agrupación de mis otros tiros fue pésima. De hecho, dos flechas dieron fuera del círculo negro a escasos cien metros. Lancé el arco y rompí a llorar de vergüenza.

Kayla era nuestra instructora, pero su paciencia y su amabilidad me hicieron sentir aún peor. Recogió mi arco y me lo ofreció.

—Apolo —dijo—, has hecho unos tiros fantásticos. Con un poco más de práctica...

—¡Soy el dios del tiro con arco! —exclamé gimiendo—. ¡Yo no practico!

A mi lado, las hijas de Niké rieron disimuladamente.

Tenían unos nombres de lo más apropiado: Acebo y Laurel Vencedor. Me recordaban a las preciosas ninfas africanas de constitución increíblemente atlética que Atenea solía frecuentar en el lago Tritonis.

—Eh, exdios —dijo Acebo, colocando una flecha en el arco—, la práctica es la única forma de mejorar. —Marcó siete en el anillo rojo, pero no pareció importarle en absoluto.

—Para ti, a lo mejor —repuse—. ¡Tú eres una mortal!

Su hermana, Laurel, resopló.

—Y ahora para ti también. Aguántate. Los ganadores no se quejan. —Disparó su flecha, que cayó al lado de la de su hermana pero justo dentro del anillo rojo—. Por eso yo soy mejor que Acebo. Ella siempre se está quejando.

—Sí, claro —gruñó Acebo—. Lo único de lo que me quejo es de lo mala que eres.

—¿Ah, sí? —replicó Laurel—. Venga, vamos. La mejor de tres tiros. La que pierda friega los servicios un mes.

—¡Hecho!

Y, sin más, se olvidaron de mí. Sin duda habrían sido unas magníficas ninfas de Tritonis.

Kayla me cogió del brazo y me llevó lejos de las dianas.

—Esas dos me sacan de quicio. Las hicimos comonitoras de Niké para que pudieran competir entre ellas. Si no, a estas alturas ya habrían tomado el campamento y proclamado una dictadura.

Supongo que intentaba animarme, pero no me consoló.

Me quedé mirando mis dedos, llenos de ampollas de las flechas y doloridos de la guitarra. Era imposible. Atroz.

—No puedo con esto, Kayla —murmuré—. ¡Soy demasiado viejo para volver a tener dieciséis años!

Kayla ahuecó su mano sobre la mía. Debajo de su mechón de pelo verde, tenía un cutis rojizo: como una capa de color crema pintada sobre una cobriza, con un tono caoba que afloraba en las pecas de su cara y sus brazos. Me recordaba mucho a su padre, el monitor de tiro con arco canadiense Darrren Knowles.

Me refiero a su otro padre. Y, sí, claro que es posible que un semidiós nazca de una relación de ese tipo. ¿Por qué no? Zeus dio a luz a Dioniso por un muslo. Atenea tuvo un hijo creado a partir de un pañuelo. ¿De qué te sorprendes? Los dioses somos capaces de infinitas maravillas.

Kayla respiró hondo, como si se preparase para un lanzamiento importante.

—Puedes hacerlo, papá. Ya eres bueno. Muy bueno. Solo tienes que ajustar tus expectativas. Ten paciencia; sé valiente. Mejorarás.

Tuve la tentación de reírme. ¿Cómo podía acostumbrarme a ser simplemente bueno? ¿Por qué iba a esforzarme para mejorar cuando antes había sido divino?

—No —repuse amargamente—. No, es demasiado doloroso. Lo juro por la laguna Estigia: ¡hasta que vuelva a ser un dios, no usaré un arco ni un instrumento musical!

Adelante, regáñame. Ya sé que fue un juramento estúpido, hecho en un momento de tristeza y autocompasión. Y me comprometía seriamente. Un juramento en nombre de la laguna Estigia puede tener terribles consecuencias si se rompe.

Pero me daba igual. Zeus me había maldecido con la mortalidad. No iba fingir que todo era normal. No sería Apolo hasta que fuera realmente Apolo. De momento, solo era un estúpido joven llamado Lester Papadopoulos. Puede que malgastase el tiempo en actividades que no me importaban —como la esgrima o el badminton—, pero no pensaba mancillar el recuerdo de mi dominio antes perfecto de la música y el tiro con arco.

Kayla me miró fijamente, horrorizada.

—No lo dirás en serio, papá.

—¡Sí!

—¡Retíralo! No puedes... —Echó un vistazo por encima del hombro—. ¿Qué está haciendo?

Seguí su mirada.

Sherman Yang entró despacio, como en trance, en el bosque.

Habría sido una imprudencia correr detrás de él y meterse de lleno en la parte más peligrosa del campamento.

Y eso es exactamente lo que Kayla y yo hicimos.

Por poco no lo conseguimos. En cuanto llegamos a la línea de los árboles, el bosque se oscureció. La temperatura bajó. El horizonte se estiró como deformado a través de una lupa.

Una mujer me susurró al oído. En esta ocasión conocía bien la voz. Nunca había dejado de obsesionarme. *Tú me hiciste esto. Ven. Persígueme otra vez.*

El miedo me invadió el estómago.

Me imaginé las ramas convirtiéndose en brazos; las hojas onduladas como manos verdes.

«Dafne», pensé.

Después de tantos siglos, la culpa era abrumadora. No podía mirar un árbol sin pensar en ella. Los bosques me ponían nervioso. La fuerza vital de cada árbol me oprimía con un odio justificado y me acusaba de multitud de crímenes... Quería arrodillarme. Quería pedir perdón. Pero ese no era el momento.

No podía permitir que el bosque volviera a confundirme. No dejaría que nadie más cayera en su trampa.

Kayla no parecía afectada. Le cogí la mano para asegurarme de que no nos separábamos. Solo tuvimos que dar unos pocos pasos, pero me pareció una maratón cuando alcanzamos a Sherman Yang.

—Sherman. —Le agarré el brazo.

Él trató de zafarse. Afortunadamente, estaba aletargado y aturdido, o yo también habría acabado con cicatrices. Kayla me ayudó a darle la vuelta.

Sus ojos se movían nerviosamente como si estuviera en una suerte de fase REM semiconsciente.

—No. Ellis. Tengo que encontrarlo. Miranda. Mi chica.

Miré a Kayla buscando una explicación.

—Ellis es de la cabaña de Ares —dijo—. Es uno de los desaparecidos.

—Sí, pero ¿Miranda, su chica?

—Sherman y ella empezaron a salir hará una semana.

—Ah.

Sherman forcejeó para liberarse.

—Encontrarla.

—Miranda está aquí al lado, amigo mío —mentí—. Te llevaremos con ella.

Él dejó de revolverse. Sus ojos se pusieron en blanco.

—¿Aquí... al lado?

—Sí.

—¿Ellis?

—Sí, soy yo —afirmé—. Soy Ellis.

—Te quiero, tío —dijo Sherman sollozando.

Aun así, tuvimos que echar mano de todas nuestras fuerzas para sacarlo de entre los árboles. Me acordé de la vez que Hefesto y yo tuvimos que llevar al dios Hipnos a la cama cuando entró dormido en los aposentos privados de Artemisa en el monte Olimpo. Es un milagro que escapásemos sin ninguna flecha de plata clavada en el trasero.

Llevamos a Sherman al campo de tiro con arco. Entre un paso y otro, parpadeó y volvió a la normalidad. Reparó en que teníamos las manos en sus brazos y nos quitó de encima.

—¿Qué pasa? —preguntó.

—Has entrado en el bosque —contesté.

Él nos dirigió una mirada fulminante de sargento instructor.

—No, es mentira.

Kayla alargó la mano hacia él, pero evidentemente lo pensó mejor. Sería difícil practicar el tiro con arco con los dedos rotos.

—Estabas en una especie de trance, Sherman. Has murmurado algo sobre Ellis y Miranda.

En la mejilla de Sherman, la cicatriz en zigzag se oscureció hasta adquirir color bronce.

—No me acuerdo.

—Aunque no has mencionado al otro campista desaparecido —añadí amablemente—. ¿Cecil?

—¿Por qué iba a hablar de Cecil? —gruñó Sherman—. No soporto a ese tío. ¿Y por qué debería creerte?

—El bosque te había atrapado —le expliqué—. Los árboles te estaban atrayendo.

Sherman observó el bosque, pero los árboles habían recuperado su aspecto normal. Las sombras alargadas y las bamboleantes manos verdes habían desaparecido.

—Oye —repuso Sherman—, tengo una herida en la cabeza por

culpa de la pesada de tu amiga Meg. Si me he comportado de forma rara, ya sabes por qué.

Kayla frunció el entrecejo.

—Pero...

—¡Basta! —le espetó Sherman—. Si uno de vosotros dice algo de esto, os haré comer vuestros carcajs. No necesito que la gente ponga en duda mi autocontrol. Además, tengo que pensar en la carrera.

Nos rozó al pasar.

—Sherman —lo llamé.

Él se volvió apretando los puños.

—¿Qué es lo último que recuerdas —inquirí— antes de despertar con nosotros? ¿En qué estabas pensando?

Por un microsegundo, la expresión de aturdimiento volvió a reflejarse en su rostro.

—En Miranda y Ellis... como tú has dicho. Estaba pensando... quería saber dónde estaban.

—Entonces, estabas preguntando. —Un manto de miedo se posó sobre mí—. Querías información.

—Yo...

La caracola sonó en el pabellón comedor.

La expresión de Sherman se endureció.

—No importa. Ya basta. Ahora tenemos que comer. Luego acabaré con vosotros en la carrera de tres piernas.

Había oído amenazas peores, pero Sherman hizo que sonase bastante intimidante. Se fue con paso resuelto hacia el pabellón.

Kayla se volvió hacia mí.

—¿Qué ha pasado?

—Creo que ahora lo entiendo —dije—. Ya sé por qué han desaparecido los campistas.

16

Atado a McCaffrey podríamos acabar en Lima. Harley es malvado

Nota personal: intentar revelar información importante justo antes de una carrera de tres piernas no es buena idea.

Nadie me haría caso.

A pesar de los gruñidos y quejas de la noche anterior, los campistas vibraban ahora de emoción. Se pasaron la hora de la comida limpiando frenéticamente armas, atando correas de armaduras y susurrando entre ellos con el fin de crear alianzas secretas. Muchos intentaron convencer a Harley, el artífice de la carrera, para que les recomendase las mejores estrategias.

A Harley le encantaba la atención que le prestaban. Al final de la comida, en su mesa había montones de ofrendas (léase, sobornos): barritas de chocolate, tartaletas de chocolate rellenas de mantequilla de cacahuete, ositos de goma y cochecitos Hot Wheels. Harley habría sido un magnífico dios. Cogía los regalos, farfullaba unos cuantos cumplidos, pero no les decía a sus devotos nada útil.

Traté de hablar con Quirón de los peligros del bosque, pero el centauro estaba tan ajetreado con los preparativos de última hora de la carrera que por poco me pisó al quedarme cerca de él. Quirón trotaba nervioso por el pabellón seguido de un grupo de árbitros compuesto por sátiros y dríades, comparando mapas y dando órdenes.

—Será casi imposible seguir la pista a los equipos —murmuró, con la cara sepultada en un diagrama del Laberinto—.Y no tenemos cobertura en la cuadrícula D.

—Pero, Quirón —dije—, si pudiera...

—El grupo de prueba de esta mañana ha terminado en Perú —explicó a los sátiros—. No podemos permitir que vuelva a ocurrir.

—En cuanto al bosque... —proseguí.

—Sí, perdona, Apolo. Entiendo que estés preocupado...

—El bosque está hablando —afirmé—. ¿Te acuerdas del viejo...?

Una dríade se acercó corriendo a Quirón con el vestido echando humo.

—¡Las bengalas están explotando!

—¡Oh, dioses! —exclamó Quirón—. ¡Eran para emergencias!

Pasó galopando por encima de mis pies, seguido de su grupo de ayudantes.

Y así siguieron los preparativos. Cuando uno es un dios, el mundo no pierde detalle de lo que dices. Cuando tienes dieciséis años... no tanto.

Intenté hablar con Harley, confiando en que pudiera posponer la carrera, pero el niño me ninguneó con un simple «no».

Como era habitual en los hijos de Hefesto, Harley estaba jugueteando con un artilugio mecánico, cambiando de sitio los muelles y los engranajes. No me interesaba de qué se trataba, pero le pregunté a Harley por el aparato, esperando ganarme la aceptación del niño.

—Es un radiofaro —dijo, ajustando un botón—. Para gente perdida.

—¿Te refieres a los equipos en el Laberinto?

—No.Vosotros vais por vuestra cuenta. Esto es para Leo.

—Leo Valdez.

Harley miró el artilugio entornando los ojos.

—A veces, cuando no encuentras el camino de vuelta, un radiofaro te puede ayudar. Solo hay que encontrar la frecuencia correcta.

—¿Y... desde cuándo trabajas en esto?

—Desde que él desapareció. Ahora tengo que concentrarme. No puedo parar la carrera. —Me volvió la espalda y se fue.

Eché a correr detrás de él, asombrado. Durante seis meses, el niño había trabajado en un radiofaro para ayudar a su hermano desaparecido

Leo. Me preguntaba si alguien se esforzaría tanto para llevarme a mí al Olimpo. Lo dudaba mucho.

Me quedé abatido en un rincón del pabellón comiéndome un sándwich. Contemplé cómo el sol languidecía en el cielo invernal y pensé en mi carro y mis pobres caballos encerrados en sus cuadras sin que nadie los sacara a pasear.

Por supuesto, sin mi ayuda, otras fuerzas contribuirían a que el cosmos siguiera su curso. Muchos sistemas de creencias impulsaban el giro de los planetas y las estrellas. Los lobos seguirían persiguiendo al Sol a través del cielo. Ra continuaría con su travesía diaria en su barca solar. Tonatiuh seguiría nutriéndose de la sangre sobrante de los sacrificios humanos ofrecidos en la época de los aztecas. Y esa cosa —la ciencia— seguiría generando gravedad y física cuántica y todo eso.

Sin embargo, me sentía como si no estuviera cumpliendo con mi obligación, esperando cruzado de brazos a que empezase una carrera de tres piernas.

Incluso Kayla y Austin estaban demasiado distraídos para hablar conmigo. Kayla le había explicado a Austin que habíamos rescatado a Sherman Yang del bosque, pero a Austin le interesaba más limpiar su saxofón.

—Podemos contárselo a Quirón en la cena —farfulló con un junco en la boca—. Nadie va a escucharnos hasta que la carrera termine, y de todas formas no nos vamos a acercar al bosque. Además, si toco la nota adecuada en el Laberinto... —Le brillaron los ojos—. Oooh. Ven, Kayla. Se me ha ocurrido una idea.

Se la llevó y me dejó otra vez solo.

Entendía el entusiasmo de Austin. Su técnica con el saxofón era tan extraordinaria que estaba seguro de que se convertiría en el instrumentista de jazz más destacado de su generación, y si crees que es fácil conseguir medio millón de visitas en YouTube tocando el saxofón, olvídalo. Aun así, su carrera musical no despegaría si la fuerza del bosque nos destruía a todos.

Como último recurso (muy último), busqué a Meg McCaffrey.

La vi delante de un brasero, hablando con Julia Feingold y Alice Miyazawa. O, mejor dicho, las chicas de la cabaña de Hermes estaban hablando mientras Meg devoraba una hamburguesa con queso. Me sorprendía que Deméter —la reina de los cereales, la fruta y la verdura— tuviera una hija que era una carnívora contumaz.

Claro que Perséfone era igual. Oirás decir que la diosa de la primavera era toda dulzura, con sus narcisos, mordisqueando granas de granada, pero te aseguro que esa chica daba miedo cuando atacaba un montón de costillas de cerdo.

Me acerqué a Meg a grandes zancadas. Las chicas de la cabaña de Hermes dieron un paso atrás como si yo fuera un adiestrador de serpientes. Su reacción me gustó.

—Hola —dije—. ¿De qué habláis?

Meg se limpió la boca con el dorso de la mano.

—Estas dos quieren saber nuestros planes para la carrera.

—Seguro que sí. —Desprendí un pequeño micrófono magnético de la manga del abrigo de Meg y se lo lancé a Alice.

Alice sonrió tímidamente.

—No nos culpes. Teníamos que intentarlo.

—Claro —asentí—. Del mismo modo, espero que no os importe lo que os he hecho en las zapatillas. ¡Que tengáis una buena carrera!

Las chicas se marcharon arrastrando los pies y se miraron las suelas de las zapatillas.

Meg me miró con algo parecido al respeto.

—¿Qué les has hecho?

—Nada —contesté—. Uno de los secretos para ser un dios es saber marcarse faroles.

Ella resopló.

—Bueno, ¿cuál es tu plan ultrasecreto? Espera, a ver si lo adivino. No tienes ninguno.

—Estás aprendiendo. Sinceramente, quería pensar uno, pero me distraje. Tenemos un problema.

—Ya lo creo. —Ella sacó de la manga de su abrigo dos lazos de bronce, como cintas elásticas de resistencia hechas de metal trenzado—. ¿Has visto estas cosas? Se enrollan alrededor de las piernas. Una vez que te las pones, no se sueltan hasta que termina la carrera. No hay forma de quitárselas. Odio que me sujeten.

—Pienso lo mismo. —Estuve tentado de añadir «sobre todo cuando me atan a una niña que se llama Meg», pero mi diplomacia natural se impuso—. Pero me refería a otro problema.

Le relaté el incidente que se había producido durante la sesión de tiro con arco, cuando Sherman había estado a punto de ser atraído al interior del bosque.

Meg se quitó sus gafas de ojos de gato. Sin las lentes, sus iris oscuros tenían un aspecto más suave y más cálido, como diminutas parcelas de tierra para cultivar.

—¿Crees que hay algo en el bosque que está llamando a la gente?

—Creo que hay algo en el bosque que está contestando a la gente. Antiguamente, había un oráculo...

—Sí, ya me lo has contado. Delfos.

—No. Otro oráculo, todavía más antiguo que el de Delfos. Tenía árboles. Un bosquecillo entero de árboles parlantes.

—Árboles parlantes. —Meg hizo una mueca con la boca en señal de disgusto—. ¿Cómo se llamaba ese oráculo?

—No... no me acuerdo. —Apreté los dientes—. Debería saberlo. ¡Debería poder contestarte enseguida! Pero la información... Es como si se me resistiera a propósito.

—A veces pasa —dijo Meg—. Ya te acordarás.

—¡Pero a mí nunca me pasa! ¡Maldito cerebro humano! El caso es que creo que esa arboleda está en algún lugar del bosque. No sé cómo ni por qué, pero las voces que susurran... vienen de ese oráculo oculto. Los árboles sagrados intentan recitar profecías, contactan con los que tienen preguntas acuciantes, los atraen.

Meg volvió a ponerse las gafas.

—Sabes que parece un disparate, ¿verdad?

Controlé la respiración. Tuve que recordarme que ya no era un dios. Tenía que aguantar los insultos de los mortales sin poder reducirlos a cenizas.

—Tú estate alerta —le advertí.

—Pero la carrera ni siquiera pasa por el bosque.

—Aun así, no estamos a salvo. Si pudieras invocar a tu amigo Melocotones, me alegraría contar con su compañía.

—Ya te lo dije, aparece cuando le da la gana. No puedo...

Quirón tocó tan fuerte el cuerno de caza que vi doble. Otra promesa personal: cuando vuelva a ser un dios, bajaré a este campamento y les quitaré todos los cuernos.

—¡Semidioses! —dijo el centauro—. ¡Ataos las piernas y seguidme a vuestras posiciones de salida!

Nos reunimos en un prado a unos cien metros de la Casa Grande. Llegar tan lejos sin que se produjera ningún incidente mortal fue un pequeño milagro. Con mi pierna izquierda ligada a la derecha de Meg, me sentía como acostumbraba a sentirme en el vientre de Leto justo antes de que mi hermana y yo naciéramos. Y, sí, me acordaba perfectamente de eso. Artemisa siempre me estaba apartando a empujones, dándome codazos en las costillas y comportándose en general como una cerda.

Entoné una plegaria silenciosa prometiendo que si sobrevivía a la carrera sacrificaría un toro a mí mismo y es posible que hasta me construyera un nuevo templo. Tengo debilidad por los toros y los templos.

Los sátiros nos indicaron que nos dispersáramos por el prado.

—¿Dónde está la línea de salida? —preguntó Acebo Vencedor, metiendo el codo por delante del de su hermana—. Quiero ser la que esté más cerca.

—Yo quiero ser la que esté más cerca —la corrigió Laurel—. Tú puedes ser la segunda.

—¡No os preocupéis! —Woodrow, el sátiro, parecía muy preocupado—. Enseguida os lo explicaremos todo. En cuanto yo, ejem, sepa qué explicar.

Will Solace suspiró. Naturalmente, él estaba atado a Nico. Tenía el codo apoyado en el hombro de Nico como si el hijo de Hades fuera un práctico estante.

—Echo de menos a Grover. Él solía organizar muy bien estas cosas.

—Yo me conformaría con el entrenador Hedge. —Nico apartó con la mano el brazo de Will—. Además, no hables tan alto de Grover. Enebro está allí.

Señaló a una de las dríades: una chica guapa vestida de verde claro.

—La novia de Grover —me explicó Will—. Lo echa de menos. Mucho.

—¡Atended, todos! —gritó Woodrow—. ¡Separaos un poco más, por favor! ¡Queremos que todos tengáis espacio de sobra para que, ya sabéis, si la palmáis, no os carguéis a los demás equipos!

Will suspiró.

—Qué emoción.

Él y Nico se alejaron con paso largo. Julia y Alice, de la cabaña de Hermes, revisaron sus zapatillas una vez más y acto seguido me lanzaron una mirada asesina. A Connor Stoll lo habían emparejado con Paolo Montes, el hijo brasileño de Hebe, y a ninguno de los dos parecía hacerle gracia.

Tal vez a Connor Stoll se lo veía tristón porque tenía el cuero cabelludo magullado y lo llevaba cubierto de tanta pomada medicinal que parecía que un gato le hubiera escupido en la cabeza. O puede que simplemente echase de menos a su hermano Travis.

Nada más nacer, Artemisa y yo quisimos poner distancia entre los dos. Marcamos con estacas nuestros territorios, y ahí se acabó todo. Pero habría dado cualquier cosa por verla ahora. Estaba seguro de que Zeus la había amenazado con imponerle un castigo severo si intentaba ayudarme durante mi estancia entre los mortales, pero por lo menos podría haberme mandado un paquete con provisiones del Olimpo: una toga decente, una crema mágica para el acné y una docena de bollos de ambrosía y arándanos del café Escila. Allí preparan unos bollos estupendos.

Eché un vistazo a los otros equipos. Kayla y Austin estaban atados uno al otro; parecían una pareja letal de artistas callejeros con el arco de ella y el saxofón de él. Chiara, la hija mona de Tique, tenía que aguantar a su némesis, Damien White, hijo de... en fin, hijo de Némesis. Billie Ng, hija de Deméter, tenía la pierna atada a la de Valentina Díaz, quien revisaba a toda prisa su maquillaje en la superficie reflectante de la chaqueta plateada de Billie. Valentina no parecía haberse dado cuenta de que le sobresalían dos ramitas del pelo como unas pequeñas astas de ciervo.

Concluí que el mayor peligro lo supondría Malcolm Pace. Todas las precauciones son pocas con los hijos de Atenea. Sin embargo, sorprendentemente, se había emparejado con Sherman Yang. No me parecía una asociación natural, a menos que Malcolm tuviera algún plan. Los hijos de Atenea siempre tenían planes. Y casi nunca eran para dejarme ganar.

Los únicos semidioses que no participaban eran Harley y Nyssa, que habían organizado la carrera.

Una vez que los sátiros estimaron que nos habíamos separado lo suficiente y que las ataduras de nuestras piernas habían sido comprobadas de nuevo, Harley nos llamó la atención dando palmadas.

—¡Bueno! —Se puso a dar saltos con entusiasmo y me recordó a los niños romanos que solían animar las ejecuciones en el Coliseo—. Esto es lo que tenéis que hacer. Cada equipo tiene que encontrar tres manzanas doradas y volver vivo a este prado.

Brotaron gruñidos entre los semidioses.

—Manzanas doradas —repetí—. Detesto las manzanas doradas. No traen más que problemas.

Meg se encogió de hombros.

—A mí me gustan las manzanas.

Me acordé de la manzana podrida que ella había utilizado para partirle la nariz a Cade en el callejón. Me pregunté si podría usar manzanas doradas de la misma forma. Al final puede que tuviéramos alguna oportunidad de ganar.

Laurel Vencedor levantó la mano.

—¿Quieres decir que el primer equipo que vuelva gana?

—¡Cualquier equipo que vuelva vivo gana! —dijo Harley.

—¡Es ridículo! —exclamó Acebo—. Solo puede haber un ganador. ¡El primer equipo que vuelva gana!

Harley se encogió de hombros.

—Como queráis. Las únicas reglas son seguir con vida y no mataros.

—O quê? —Paolo empezó a quejarse tan alto en portugués que Connor tuvo que taparse la oreja izquierda.

—¡Vale ya! —gritó Quirón. Sus alforjas rebosaban botiquines y bengalas de emergencia—. No será necesario que añadamos peligros a la prueba. Que disfrutéis de una carrera sana y limpia. Y una cosa más, campistas, dados los problemas que ha tenido el grupo de prueba esta mañana, repetid conmigo, por favor: «No acabéis en Perú».

—No acabéis en Perú —coreó todo el mundo.

Sherman Yang hizo crujir los nudillos.

—Bueno, ¿dónde está la línea de salida?

—No hay línea de salida —dijo Harley con regocijo—. Todos saldréis de donde estáis.

Los campistas miraron a su alrededor confundidos. De repente, el prado tembló. Unas líneas oscuras surcaron la hierba y formaron un gigantesco tablero de ajedrez verde.

—¡Que os divirtáis! —chilló Harley.

El suelo se abrió bajo nuestros pies, y todos caímos al Laberinto.

17

Bolas de la muerte
ruedan hacia mis enemigos
Te cambio tus problemas

Por lo menos no aterrizamos en Perú.

Mis pies tocaron piedra, y me hice daño en los tobillos. Topamos con una pared, pero Meg me sirvió de cómoda almohada.

Nos vimos en un túnel oscuro reforzado con vigas de roble. El agujero por el que habíamos caído había desaparecido, sustituido por un techo de tierra. No vi rastro de los otros equipos, pero por encima de mí oí vagamente a Harley gritando:

—¡Venga! ¡Venga! ¡Venga!

—Cuando recupere mis poderes —anuncié—, convertiré a Harley en una constelación llamada el Mocoso. Por lo menos las constelaciones están calladas.

Meg señaló al fondo del pasillo.

—Mira.

A medida que mi vista se acostumbraba, reparé en que la tenue luz del túnel procedía de una fruta brillante situada a unos treinta metros.

—Una manzana dorada —dije.

Meg avanzó dando tumbos y tiró de mí.

—¡Espera! —chillé—. ¡Podría haber trampas!

A modo de ilustración, Connor y Paolo salieron de la oscuridad al final del pasillo. Paolo recogió la manzana dorada y bramó:

—¡BRASIL!

Connor nos sonrió.

—¡Lentorros!

El techo se abrió encima de ellos y dejó caer sobre la pareja de semidioses unas esferas de hierro del tamaño de melones.

—¡Corre! —gritó Connor.

Él y Paolo giraron torpemente ciento ochenta grados y se fueron cojeando, perseguidos de cerca por un montón de balas de cañón con mechas que echaban chispas.

Los sonidos se desvanecieron rápido. Sin la manzana brillante, nos quedamos en una oscuridad absoluta.

—Estupendo. —La voz de Meg resonó—. Y ahora, ¿qué?

—Propongo que vayamos en la otra dirección.

Era más fácil en la teoría que en la práctica. A Meg parecía importarle más que a mí estar ciega. Gracias a mi cuerpo mortal, ya me sentía incapacitado y desprovisto de mis sentidos. Además, solía fiarme de más sentidos aparte de la vista. La música requería oído fino. El tiro con arco exigía un tacto sensible y la capacidad de percibir la dirección del viento. (Vale, la vista también era útil, pero ya te haces una idea.)

Avanzamos arrastrando los pies con los brazos extendidos por delante. Permanecí atento por si oía ruiditos, chasquidos o crujidos sospechosos que pudieran ser indicio de una inminente serie de explosiones, pero sospechaba que cuando oyese una señal de advertencia, ya sería demasiado tarde.

Con el tiempo, Meg y yo aprendimos a andar de forma sincronizada con las piernas atadas. No fue fácil. Yo tenía un sentido del ritmo perfecto. Meg siempre iba un cuarto de compás más lenta o más rápida, y debido a ello nos desviábamos continuamente a la izquierda o la derecha y nos chocábamos contra las paredes.

Avanzamos con pesadez durante lo que podrían haber sido minutos o días. En el Laberinto, el tiempo era engañoso.

Recordé que Austin me había dicho que el Laberinto parecía distinto desde la muerte de su creador. Estaba empezando a entender a qué se refería. El aire parecía más fresco, como si últimamente el Laberinto no hubiera destrozado tantos cuerpos. Las paredes no irradiaban el mismo calor maligno. Que yo supiera, tampoco rezumaban sangre ni babas, y eso era una clara mejora. Antiguamente, no se podía dar un paso dentro del Laberinto de Dédalo sin percibir su deseo devorador: «Destruiré tu mente y tu cuerpo». Ahora el ambiente era más relajado y el mensaje no tan virulento: «Eh, si la palmas aquí, tranqui».

—Nunca me cayó bien Dédalo —murmuré—. Ese viejo granuja no sabía cuándo parar. Siempre tenía que conseguir las últimas tecnologías, las versiones más recientes de todo. Le dije que no dotara a este laberinto de conciencia de sí mismo. «La inteligencia artificial acabará con nosotros, tío», le dije. Pero nooo. Él tenía que darle al Labertinto una conciencia malvada.

—No sé de qué estás hablando —admitió Meg—. Pero a lo mejor no deberías poner a parir el Laberinto mientras estamos dentro.

Me detuve al oír el sonido del saxofón de Austin. Era un ruido débil y resonaba por tantos pasillos que no pude determinar de dónde venía. Luego se desvaneció. Esperaba que él y Kayla hubieran encontrado sus tres manzanas y hubieran escapado sanos y salvos.

Finalmente, Meg y yo llegamos a una intersección con forma de Y. Lo supe por la corriente de aire y el cambio de temperatura que noté en la cara.

—¿Por qué hemos parado? —preguntó Meg.

—Chis. —Escuché atentamente.

Del pasillo derecho venía un chirrido apagado como el de una sierra de mesa. El pasillo izquierdo estaba en silencio, pero desprendía un tenue olor tan familiar que me inquietó; no olía exactamente a sulfuro, sino a una mezcla vaporosa de minerales de las profundidades de la Tierra.

—Yo no oigo nada —se quejó Meg.

—Un sonido de sierra a la derecha —le dije—. Y a la izquierda, un olor apestoso.

—Elijo el olor apestoso.

—Desde luego que sí.

Meg me dedicó una de sus características pedorretas y acto seguido giró a la izquierda cojeando y me arrastró con ella.

El aro de bronce de la pierna empezó a rasparme. Notaba el pulso de Meg a través de su arteria femoral, y mi ritmo se iba al garete. Cuando me pongo nervioso (cosa que no ocurre a menudo), me gusta tararear una canción para tranquilizarme: normalmente, el «Bolero» de Ravel o la antigua composición griega *El epitafio de Sícilo*. Pero confundido por el pulso de Meg, la única melodía que me venía a la memoria era «El baile de los pajaritos». Y no era un tema relajante.

Avanzamos poco a poco. El olor a gases volcánicos se intensificó. Mi pulso perdió su ritmo perfecto. El corazón me golpeaba contra el pecho con cada «chu, chu, chu, chu» de «El baile de los pajaritos». Sospechaba que sabía dónde estábamos. Me dije que no era posible. No podíamos haber llegado a la otra punta del mundo andando. Pero estábamos en el Laberinto. Allí abajo, las distancias no tenían sentido. El Laberinto sabía aprovecharse de las debilidades de sus víctimas. Y lo que era peor, tenía un sentido del humor muy cruel.

—¡Veo luz! —anunció Meg.

La niña estaba en lo cierto. La oscuridad total se había transformado en un gris sucio. Más adelante, el túnel terminaba y se juntaba con una estrecha caverna alargada similar a un respiradero volcánico. Parecía que una garra enorme hubiera atravesado el pasillo y hubiera dejado una herida en la Tierra. Había visto criaturas con garras así de grandes en el Tártaro y no me apetecía volver a verlas.

—Deberíamos dar la vuelta —propuse.

—Qué tontería —dijo Meg—. ¿No ves la luz amarilla? Ahí dentro hay una manzana.

Lo único que yo veía eran remolinos de ceniza y gas.

—La luz podría ser lava —repuse—. O radiación. O unos ojos. Unos ojos brillantes nunca son buena señal.

—Es una manzana —insistió Meg—. Huelo a manzana.

—Ah, ¿ahora tienes el olfato fino?

Meg siguió adelante, y no me quedó más remedio que ir con ella. Para ser una niña, se le daba muy bien mangonear. Al final del túnel, nos vimos en un estrecho saliente. La pared del precipicio de enfrente estaba a solo tres metros, pero parecía que la sima no tuviera fondo. A unos treinta metros por encima de nosotros, el respiradero dentado daba a una cámara más grande.

Me dio la impresión de que me bajaba por la garganta un cubito de hielo tan grande que dolía. Nunca había visto ese sitio desde abajo, pero sabía exactamente dónde estábamos. Nos encontrábamos en el ónfalo: el ombligo del antiguo mundo.

—Estás temblando —dijo Meg.

Intenté taparle la boca con la mano, pero ella me la mordió rápidamente.

—No me toques —gruñó.

—Cállate, por favor.

—¿Por qué?

—Porque justo encima de nosotros... —Se me quebró la voz—. Delfos. La cámara del Oráculo.

La nariz de Meg se movió como la de un conejo.

—Eso es imposible.

—No, no lo es —susurré—. Y si esto es Delfos, eso significa...

En lo alto sonó un siseo tan fuerte que pareció que el mar entero hubiera caído en una sartén y se hubiera evaporado en una inmensa nube de vapor. El saliente tembló. Llovieron piedrecitas. Arriba, un cuerpo monstruoso se deslizó a través de la grieta y abarcó por completo la abertura. Un olor a muda de piel de serpiente me abrasó las fosas nasales.

—Pitón. —Mi voz sonó una octava más alta que la de Meg—. Está aquí.

18

La Bestia está llamando.

Dile que no estoy. Escondámonos.

¿Dónde? En la basura. Cómo no

¿Si alguna vez había estado tan muerto de miedo?

Tal vez cuando Tifón arrasó la Tierra y dispersó a los dioses. Tal vez cuando Gaia liberó a sus gigantes para que destruyesen el Olimpo. O tal vez cuando vi sin querer a Ares desnudo en el gimnasio. Esa imagen había bastado para teñirme el pelo de blanco durante un siglo.

Pero en todas esas ocasiones había sido un dios. Ahora era un mortal débil y diminuto encogido en la oscuridad. Solo podía rezar para que mi viejo enemigo no percibiese mi presencia. Por una vez en mi larga y gloriosa vida, quería ser invisible.

Oh, ¿por qué el Laberinto me había traído aquí?

Nada más pensarlo, me dije que era natural que me trajese a donde menos deseaba estar. Austin se había equivocado con respecto al Laberinto. Seguía siendo perverso y estaba diseñado para matar. Solo que ahora era un poco más sutil a la hora de cometer sus crímenes.

Meg no parecía consciente del peligro. Incluso con un monstruo inmortal a treinta metros por encima de nosotros, tuvo el valor de no distraerse. Me dio un codazo y señaló un pequeño saliente en la pared de enfrente, donde una manzana dorada emitía un alegre brillo.

¿La había dejado allí Harley? Lo dudaba. Era más probable que el niño hubiera hecho rodar manzanas por distintos pasillos, confiando en que acabasen en los sitios más peligrosos. Ese niño estaba empezando a caerme gordo.

—Un salto fácil —susurró Meg.

Le lancé una mirada que en otras circunstancias la habría incinerado.

—Demasiado peligroso.

—Manzana —murmuró ella.

—¡Monstruo! —repliqué.

—Uno.

—¡No!

—Dos.

—¡No!

—Tres. —La niña saltó.

Eso significaba que yo también salté. Llegamos al saliente, aunque nuestros talones lanzaron un montón de escombros a la sima. Si no nos despeñamos hacia atrás fue gracias a mi coordinación y gracilidad naturales. Meg cogió la manzana.

Encima de nosotros, el monstruo dijo con estruendo:

—¿Quién se acerca?

Su voz... Dioses de las alturas, me acordaba de esa voz: profunda y áspera, como si exhalase xenón en lugar de aire. E igual lo exhalaba. Desde luego Pitón podía producir bastantes gases insalubres.

El monstruo cambió de posición. Más grava cayó al precipicio.

Me quedé totalmente quieto, pegado a la fría cara de la roca. Cada latido de mi corazón me palpitaba en los tímpanos. Deseé poder impedir que Meg respirase. Deseé poder evitar que los diamantes de imitación de sus gafas brillasen.

Pitón nos había oído. Recé a todos los dioses para que el monstruo no hiciese caso al ruido. Con solo espirar por la grieta, nos mataría. No había forma de escapar de su eructo venenoso, al menos a esa distancia y para un mortal.

Entonces, en la caverna de arriba, sonó otra voz, más baja y mucho más parecida a una voz humana.

—Hola, mi amigo reptil.

Por poco lloré de alivio. No tenía ni idea de quién era el recién llegado ni de por qué había sido tan tonto de anunciar su presencia a Pitón, pero siempre daba gracias cuando los humanos se sacrificaban para salvarme. ¡Después de todo, la cortesía no había muerto!

La risa áspera de Pitón me hizo castañetear los dientes.

—Me preguntaba si vendría, *monsieur* Bestia.

—No me llames así —le espetó el hombre—. Ha sido bastante fácil llegar aquí ahora que el Laberinto vuelve a estar operativo.

—Me alegro mucho. —El tono de Pitón era seco como el basalto.

La voz del hombre no me decía gran cosa, amortiguada por toneladas de carne de reptil, pero sonaba más tranquila y segura de lo que habría sonado la mía si hubiera hablado con Pitón. Había oído usar la palabra «Bestia» en referencia a alguien, pero, como siempre, mi cerebro mortal me falló.

¡Ojalá hubiera podido retener la información importante! En lugar de eso, podía decir el postre que había comido la primera vez que había cenado con el rey Minos. (Tarta de especias.) Podía decir de qué color eran los quitones que llevaban los hijos de Níobe cuando los maté. (De un tono naranja muy poco favorecedor.) Pero no me acordaba de algo tan elemental como si esa Bestia era un luchador, una estrella de cine o un político. ¿Era posible que fuese las tres cosas?

A mi lado, a la luz de la manzana, Meg parecía haberse vuelto de bronce. Tenía los ojos muy abiertos de miedo. Un poco tarde para eso, pero por lo menos estaba callada. Si no hubiera sido imposible, habría pensado que la voz del hombre la aterraba más que la del monstruo.

—Bueno, Pitón —continuó el hombre—, ¿tienes alguna palabra profética que compartir conmigo?

—A su debido tiempo... mi señor.

El monstruo pronunció las últimas palabras con diversión, pero no sé si otra persona lo habría detectado. Aparte de mí, pocos habían sido el blanco del sarcasmo de Pitón y habían vivido para contarlo.

—Necesito algo más que tus promesas —expuso el hombre—. Antes de seguir adelante, debemos tener todos los oráculos bajo control.

«Todos los oráculos.» Esas palabras por poco me hicieron despeñarme por el acantilado, pero recuperé el equilibrio.

—A su debido tiempo —dijo Pitón—, como acordamos. Hasta ahora hemos sabido esperar el momento oportuno, ¿verdad? Usted no enseñó sus cartas cuando los titanes invadieron Nueva York. Yo no fui a la guerra con los gigantes de Gaia. Los dos comprendimos que todavía no era el momento de la victoria. Debe conservar la paciencia un poco más.

—No me sermonees, serpiente. Mientras tú dormías, yo construí un imperio. Me he pasado siglos...

—Sí, sí. —El monstruo espiró e hizo que un temblor recorriera la cara del precipicio—. Y si quiere que su imperio salga de la oscuridad, primero tiene que cumplir su parte del trato. ¿Cuándo acabará con Apolo?

Contuve un grito. No debería haberme sorprendido que hablasen de mí. Durante milenios, había dado por supuesto que todo el mundo hablaba de mí continuamente. Era tan interesante que simplemente no podían evitarlo. Pero eso de acabar conmigo no me gustaba.

Meg parecía más asustada de lo que la había visto nunca. Yo quería creer que estaba preocupada por mí, pero me daba la impresión de que estaba igual de inquieta por sí misma. Otra vez las confusas prioridades de los semidioses.

El hombre se acercó a la sima. Su voz sonó más clara y más fuerte.

—No te preocupes por Apolo. Está justo donde quiero que esté. Nos será útil, y cuando ya no nos sirva...

No se molestó en terminar la frase. Me temía que no acababa con «le daremos un bonito regalo y le diremos adiós». Reconocí con un escalofrío la voz del sueño. Era la despectiva risa nasal del hombre del traje morado. También tenía la sensación de que lo había oído cantar antes, hacía muchos años, pero no tenía sentido... ¿Por qué soportaría yo un concierto de un hombre feo con un traje morado que se hacía llamar Bestia? ¡Ni siquiera me gustaba la polca death metal!

Pitón cambió el peso de sitio y nos cubrió con más escombros.

—¿Y cómo lo convencerá exactamente para que nos sea útil?

La Bestia rio entre dientes.

—Cuento con ayuda bien situada dentro del campamento que nos ayudará a encaminar a Apolo hacia nosotros. También he aumentado la presión. Apolo no tendrá opción. Él y la niña abrirán las puertas.

Un tufo a vapor de Pitón flotó por delante de mi nariz: suficiente para marearme; con suerte, insuficiente para matarme.

—Confío en que esté en lo cierto —dijo el monstruo—. Su juicio en el pasado ha sido... cuestionable. Me pregunto si ha elegido los instrumentos adecuados para el trabajo. ¿Ha aprendido de los errores del pasado?

El hombre emitió un gruñido tan grave que casi creí que estaba transformándose en una bestia. Era algo que había visto bastantes veces. A mi lado, Meg dejó escapar un gemido.

—Escúchame, reptil gigante —ordenó el hombre—, el único error que cometí fue no quemar a mis enemigos todo lo rápido y todas las veces que debería haberlos quemado. Te lo aseguro, soy más fuerte que nunca. Mi organización está presente en todas partes. Mis colegas están listos. ¡Cuando controlemos los cuatro oráculos, controlaremos el destino!

—Qué día más glorioso será. —La voz de Pitón tenía un tono de desprecio—. Pero antes debe destruir el quinto oráculo, ¿verdad? Ese es el único que yo no puedo controlar. Debe incendiar la arboleda de...

—Dodona —dije.

La palabra se me escapó inesperadamente de los labios y resonó a través de la grieta. De entre todos los momentos inoportunos para recordar un dato, de entre todos los momentos inoportunos para decirlo en voz alta... Oh, el cuerpo de Lester Papadopoulos era un sitio terrible que habitar.

Encima de nosotros, la conversación se interrumpió.

—Idiota —me susurró Meg.

—¿Qué ha sido ese sonido? —preguntó la Bestia.

En lugar de contestar: «Oh, somos nosotros», hicimos algo todavía más estúpido. Uno de nosotros, Meg o yo —personalmente, le echo la culpa a ella— debió de resbalar con una piedrecita. Caímos del saliente y nos precipitamos en las nubes sulfurosas de debajo.

CHOF.

Sin duda el Laberinto tenía sentido del humor. En lugar de dejar que nos estampásemos contra el suelo de piedra y muriésemos, nos hizo caer en un montón de bolsas de basura húmedas.

No sé si llevas la cuenta, pero era la segunda vez desde que me había vuelto mortal que aterrizaba encima de la basura, y eso era dos veces más de lo que cualquier dios debería soportar.

Rodamos montón abajo agitando frenéticamente las tres piernas. Caímos al fondo, cubiertos de porquería pero, milagrosamente, vivos.

Meg se levantó, cubierta de una capa de café molido.

Yo me quité una piel de plátano de la cabeza y la tiré a un lado.

—¿Hay algún motivo por el que siempre nos haces caer en montones de basura?

—¿Yo? ¡Tú eres el que ha perdido el equilibrio! —Meg se limpió la cara sin mucha suerte. En la otra mano aferraba la manzana dorada con los dedos temblorosos.

—¿Estás bien? —pregunté.

—Perfectamente —me espetó ella.

Estaba claro que no era cierto. Parecía que hubiera atravesado una casa embrujada del Hades. (Consejo de profesional: NO LO PRUEBES.) Estaba pálida. Se había mordido tan fuerte el labio que tenía los dientes rosados de la sangre. También detecté un leve olor a orina, lo que significaba que uno de nosotros se había asustado tanto que había perdido el control de la vejiga, y estaba seguro en un setenta y cinco por ciento de que no había sido yo.

—El hombre de arriba —comenté—. ¿Has reconocido su voz?

—Cállate. ¡Es una orden!

Intenté contestar. Para gran consternación mía, descubrí que no podía. Mi voz había obedecido la orden de Meg por voluntad propia, cosa que no auguraba nada bueno. Decidí reservar mis preguntas sobre la Bestia para más adelante.

Eché un vistazo a nuestro alrededor. Había vertederos en las paredes de los cuatro lados del pequeño y lúgubre sótano. Mientras observaba, otra bolsa de desechos se deslizó por el vertedero de la derecha y cayó al montón. El olor era tan fuerte que la pintura de las paredes se habría desprendido si los bloques de hormigón gris hubieran estado pintados. Aun así, era mejor que oler los gases de Pitón. La única salida visible era una puerta metálica con una señal de advertencia de peligro biológico.

—¿Dónde estamos? —preguntó Meg.

Le lancé una mirada furibunda, esperando.

—Ya puedes hablar —añadió ella.

—Te va a sorprender —dije—, pero parece que estamos en un basurero.

—Sí, pero ¿dónde?

—Podría ser cualquier sitio. El Laberinto se cruza con lugares subterráneos de todo el mundo.

—Como Delfos. —Meg me lanzó una mirada asesina como si nuestro viajecito a Grecia hubiera sido culpa mía y no... solo indirectamente culpa mía.

—Yo tampoco me lo esperaba —convine—. Tenemos que hablar con Quirón.

—¿Qué es Dodona?

—Te... te lo explicaré luego.

No quería que Meg volviera a hacerme callar. Tampoco quería hablar de Dodona mientras estuviéramos atrapados en el Laberinto. Tenía la piel de gallina, y no creía que fuese solo porque estaba cubierto de refresco pegajoso.

—Primero tenemos que salir de aquí.

Meg miró detrás de mí.

—Bueno, no ha sido una pérdida de tiempo total. —Metió la mano en la basura y sacó otra fruta brillante—. Solo nos falta una manzana más.

—Perfecto. —La menor de mis preocupaciones era terminar la ridícula carrera de Harley, pero por lo menos así Meg se pondría en marcha—. Bueno, ¿qué te parece si vemos qué fantásticos peligros biológicos nos esperan detrás de esa puerta?

19

¿Han desaparecido?
No, no, no, no, no, no, no,
no, etc.

Los únicos peligros biológicos que nos encontramos fueron unos *cup-cakes* para veganos.

Después de recorrer varios pasillos iluminados con antorchas, fuimos a dar a una moderna panadería llena de gente que tenía el sospechoso nombre de EL VEGANO DE NIVEL DIEZ. La peste a gases de basura / volcánicos que desprendíamos dispersó rápidamente a los clientes, empujó a la mayoría hacia la salida e hizo que muchos artículos de panadería sin gluten ni lácteos de origen animal acabasen pisoteados. Nos escondimos detrás del mostrador, cruzamos a toda velocidad las puertas de la cocina y nos vimos en un anfiteatro subterráneo que parecía tener siglos de antigüedad.

Gradas de asientos de piedra rodeaban un foso de arena del tamaño adecuado para una pelea de gladiadores. Del techo colgaban docenas de gruesas cadenas de hierro. Me preguntaba qué horribles espectáculos podían haberse puesto en escena allí, pero no nos quedamos mucho.

Salimos cojeando por el otro lado y volvimos a los sinuosos pasillos del Laberinto.

Para entonces habíamos perfeccionado el arte de correr con tres piernas. Cada vez que empezaba a cansarme, me imaginaba a Pitón detrás de nosotros expulsando gas venenoso.

Finalmente doblamos una esquina, y Meg gritó:

—¡Allí!

En medio del pasillo había una tercera manzana dorada.

Esta vez estaba demasiado agotado para preocuparme por las trampas. Avanzamos a grandes zancadas hasta que Meg recogió la fruta.

Delante de nosotros, el techo descendió y formó una rampa. El aire fresco me llenó los pulmones. Subimos a la parte superior, pero en lugar de sentirme eufórico, se me helaron las entrañas tanto como el líquido de la basura que me cubría la piel. Estábamos otra vez en el bosque.

—Aquí no —murmuré—. Dioses, no.

Meg me hizo dar una vuelta completa cojeando.

—A lo mejor es otro bosque.

Pero no lo era. Podía notar la mirada rencorosa de los árboles y el horizonte que se extendía por todas partes. Unas voces empezaron a susurrar, despertando ante nuestra presencia.

—Deprisa —ordené.

Justo entonces los aros que rodeaban nuestras piernas se soltaron. Echamos a correr.

Incluso con los brazos llenos de manzanas, Meg era más rápida que yo. Giraba entre los árboles, serpenteando a izquierda y derecha como si siguiera un rumbo que solo ella pudiera ver. Me dolían las piernas y me ardía el pecho, pero no me atrevía a quedarme atrás.

Más adelante, unos puntos de luz parpadeantes se convirtieron en antorchas. Por fin salimos del bosque y nos topamos con un grupo de sátiros y campistas.

Quirón se acercó galopando.

—¡Gracias a los dioses!

—De nada —dije con voz entrecortada, principalmente por costumbre—. Quirón... tenemos que hablar.

A la luz de las antorchas, la cara del centauro parecía tallada en sombras.

—Sí, tenemos que hablar, amigo mío. Pero primero hay otro equipo que sigue desaparecido: tus hijos, Kayla y Austin.

Quirón nos obligó a ducharnos y cambiarnos de ropa. De lo contrario, habría vuelto directo al bosque.

Cuando hube terminado, Kayla y Austin todavía no habían regresado.

Quirón había enviado grupos de búsqueda formados por dríades al bosque, pensando que no correrían peligro en su territorio, pero se negó terminantemente a que los semidioses participasen en la búsqueda.

—No podemos arriesgarnos a perder a nadie más —dijo—. Kayla, Austin y... los otros desaparecidos no lo querrían.

Cinco campistas habían desaparecido ya. Yo no abrigaba ninguna esperanza de que Kayla y Austin volvieran por sí solos. Las palabras de la Bestia seguían resonando en mis oídos: «... he aumentado la presión. Apolo no tendrá opción».

Había elegido como objetivos a mis hijos. Me estaba invitando a que los buscara y encontrase las puertas del oráculo oculto. Todavía había muchas cosas que yo no entendía: cómo se había trasladado allí la antigua arboleda de Dodona, qué clase de «puertas» podía tener, por qué la Bestia creía que yo podía abrirlas y cómo había atrapado a Austin y Kayla. Pero había una cosa que sí sabía: la Bestia estaba en lo cierto. No tenía opción. Tenía que encontrar a mis hijos... mis amigos.

Habría desoído la advertencia de Quirón y habría ido corriendo al bosque de no haber sido por el grito de pánico de Will:

—¡Apolo, te necesito!

En el otro extremo del campo, el chico había montado un hospital improvisado donde media docena de campistas yacían heridos en camillas. Will atendía frenéticamente a Paolo Montes mientras Nico sujetaba al paciente que gritaba.

Corrí junto a Will e hice una mueca al ver el panorama.

Paolo se las había arreglado para que le amputaran una pierna.

—La he reimplantado —me dijo Will, con la voz trémula de agotamiento. Tenía la bata médica salpicada de sangre—. Necesito que alguien lo mantenga estable.

Señalé el bosque.

—Pero...

—¡Ya lo sé! —me espetó Will—. ¿No crees que yo también quiero ir a buscarlos? Andamos faltos de curanderos. Hay más ungüento y néctar en esa mochila. ¡Vamos!

Su tono me dejó pasmado. Me di cuenta de que estaba tan preocupado por Kayla y Austin como yo. La única diferencia era que Will sabía cuál era su deber. Primero tenía que curar a los heridos. Y necesitaba mi ayuda.

—S-sí —asentí—. Sí, claro.

Cogí la mochila de los suministros y me ocupé de Paolo, que oportunamente se había desmayado de dolor.

Will se cambió los guantes quirúrgicos y miró coléricamente al bosque.

—Los encontraremos. Tenemos que encontrarlos.

Nico di Angelo le dio una cantimplora.

—Bebe. Ahora mismo aquí es donde tienes que estar.

Noté que el hijo de Hades también estaba furioso. Alrededor de sus pies, la hierba echaba humo y se marchitaba.

Will suspiró.

—Tienes razón, pero eso no me hace sentir mejor. Tengo que encajar el brazo roto de Valentina. ¿Quieres ayudarme?

—Suena espantoso —dijo Nico—. Vamos.

Atendí a Paolo Montes hasta que me aseguré de que estaba fuera de peligro y les pedí a dos sátiros que llevaran su camilla a la cabaña de Hebe.

Hice lo pude para cuidar de los demás. Chiara tenía una ligera contusión. Billie Ng padecía un caso de danza regional irlandesa. Acebo y Laurel necesitaban que les extrajesen pedazos de metralla de la espalda, debido a un encontronazo con un disco volador explosivo.

Como era de esperar, las hermanas Vencedor se habían situado las primeras, pero también habían querido saber a cuál de las dos le habían sacado más trozos de metralla para poder alardear. Les dije que se callasen o no las dejaría volver a ponerse coronas de laurel. (Como poseedor de la patente de las coronas de laurel, estaba en mi derecho.)

Descubrí que mis dotes de curación eran pasables. Will Solace lo hacía mucho mejor que yo, pero no me molestó tanto como mis fracasos con el tiro con arco y la música. Supongo que estaba acostumbrado a ser el último en materia de curación. Mi hijo Asclepio se había convertido en el dios de la medicina cuando tenía quince años, y no podría haberme alegrado más por él. Eso me dejaba tiempo para mis otros intereses. Además, el sueño de todo dios es que un hijo suyo se haga médico.

Cuando estaba lavándome después de la extracción de metralla, Harley se me acercó arrastrando los pies y jugueteando con su radiofaro. Tenía los ojos hinchados de llorar.

—Es culpa mía —murmuró—. Yo he hecho que se pierdan. Lo... lo siento.

Estaba temblando. Me di cuenta de que al niño le aterraba lo que yo pudiese hacer.

Durante los dos últimos días había deseado volver a despertar miedo en los mortales. Mi estómago había bullido de rencor y amargura. Quería culpar a alguien del aprieto en el que estaba, de las desapariciones, de mi incapacidad para arreglar la situación.

Mirando a Harley, mi ira se esfumó. Me sentía vacío, tonto, avergonzado de mí mismo. Sí, yo, Apolo... avergonzado. Ciertamente, era un acontecimiento tan inaudito que el cosmos debería haberse desintegrado.

—Tranquilo —le dije.

Él se sorbió la nariz.

—El circuito de la carrera pasaba por el bosque. No debería haberlo hecho. Se perdieron y... y...

—Harley —posé las manos sobre las suyas—, ¿puedo ver tu radiofaro?

Él se deshizo de las lágrimas parpadeando. Supongo que tenía miedo de que rompiera el artilugio, pero me dejó cogerlo.

—No soy inventor —afirmé, haciendo girar los engranajes lo más suavemente posible—. No tengo el talento de tu padre, pero entiendo de música. Creo que los autómatas prefieren una frecuencia en mi a trescientos veintiséis coma seis hercios. El bronce celestial la capta mejor. Si ajustases la señal...

—¿Festo podría oírla? —Harley abrió mucho los ojos—. ¿De verdad?

—No lo sé —reconocí—. Como tú tampoco podrías haber sabido lo que pasaría hoy en el Laberinto. Pero eso no quiere decir que debamos dejar de intentarlo. Nunca dejes de inventar, hijo de Hefesto.

Le devolví el radiofaro. Conté hasta tres mientras Harley me miraba fijamente con incredulidad. Acto seguido me abrazó tan fuerte que casi volvió a romperme las costillas y se fue corriendo.

Atendí a los últimos heridos mientras las arpías limpiaban la zona retirando vendas, ropa rasgada y armas deterioradas. Recogieron las manzanas doradas en una cesta y prometieron prepararnos unas deliciosas tartas de manzana brillante para desayunar.

A instancias de Quirón, los campistas restantes volvieron a sus cabañas. El centauro les aseguró que por la mañana decidiríamos qué hacer, pero yo no estaba dispuesto a esperar.

En cuanto estuvimos solos, me volví hacia Quirón y Meg.

—Voy a buscar a Kayla y a Austin —les hice saber—. Podéis venir conmigo o no.

La expresión de Quirón se tensó.

—Estás agotado y no estás preparado, amigo mío. Vuelve a tu cabaña. No servirá de nada...

—No. —Lo despaché con un gesto de la mano, como podría haber hecho cuando era un dios. El gesto debió de parecerle petulante viniendo de un don nadie de dieciséis años, pero me daba igual—. Tengo que hacerlo.

El centauro agachó la cabeza.

—Debería haberte escuchado antes de la carrera. Intentaste advertirme. ¿Qué... qué descubriste?

La pregunta frenó mi impulso como un cinturón de seguridad.

Después de rescatar a Sherman Yang, después de escuchar a Pitón en el Laberinto, había estado seguro de que tenía las respuestas. Me había acordado del nombre de Dodona, de las historias sobre los árboles parlantes...

Ahora mi mente era otra vez un plato turbio de sopa mortal. No me acordaba de lo que tanto entusiasmo me había despertado, ni de lo que había pensado hacer al respecto.

Tal vez el agotamiento y el estrés me habían pasado factura. O tal vez Zeus estaba manipulando mi cerebro, dejándome ver atisbos de la verdad y luego arrebatándomelos y convirtiendo los momentos en que exclamaba «¡ajá!» en otros en los que preguntaba «¿eh?».

Grité de impotencia.

—¡No me acuerdo!

Meg y Quirón se cruzaron miradas de nerviosismo.

—No vas a ir —me dijo Meg firmemente.

—¿Qué? No puedes...

—Es una orden —dijo—. No irás al bosque hasta que yo te lo diga.

La orden me provocó un escalofrío desde la base del cráneo hasta los talones.

Me clavé las uñas en las palmas de las manos.

—Meg McCaffrey, si mis hijos mueren porque no me dejaste...

—Quirón ya te lo ha dicho: sería un suicidio. Esperaremos a que sea de día.

Pensé en el gustazo que me daría tirar a Meg del carro solar a mediodía. Por otra parte, una pequeña parte racional de mí era consciente de que ella podía tener razón. No estaba en condiciones de emprender una operación de rescate yo solo. Eso me cabreó todavía más.

La cola de Quirón se agitaba de un lado a otro.

—Bueno, entonces... os veré a los dos por la mañana. Encontraremos una solución, os lo prometo.

Me miró por última vez, como si temiera que me pusiera a dar vueltas como loco y a aullarle a la luna. A continuación volvió trotando a la Casa Grande.

Miré a Meg con el ceño fruncido.

—Esta noche me quedaré fuera, por si Kayla y Austin vuelven. A menos que también me quieras prohibir eso.

Ella se limitó a encogerse de hombros. Resultaba cargante incluso cuando se encogía de hombros.

Me fui hecho una furia a la cabaña de un servidor y cogí unas cuantas provisiones: una linterna, dos mantas y una cantimplora con agua. Por si acaso, tomé unos libros del estante de Will Solace. Lógicamente, tenía material de referencia sobre mí para compartirlo con los nuevos campistas. Pensé que tal vez los libros me refrescarían la memoria. En el peor de los casos, me servirían de leña para encender fuego.

Cuando volví al linde del bosque, Meg seguía allí.

No esperaba que ella trasnochase conmigo. Tratándose de Meg, al parecer había decidido que sería la mejor forma de sacarme de quicio.

Se sentó a mi lado sobre mi manta y empezó a comer una manzana dorada que había escondido en su chaqueta. La niebla invernal flotaba entre los árboles. La brisa nocturna soplaba a través de la hierba y formaba dibujos como olas.

En otras circunstancias, podría haber escrito un poema. En mi actual estado de ánimo, solo podría haber compuesto un canto fúnebre, y no quería pensar en la muerte.

Intenté seguir enfadado con Meg, pero no pude. Supuse que ella deseaba lo mejor para mí... o que, al menos, no estaba dispuesta a ver que su nuevo criado divino acababa muerto.

No intentó consolarme. No me hizo preguntas. Se entretuvo recogiendo piedrecitas y lanzándolas al bosque. Eso no me molestaba. Le habría regalado con mucho gusto una catapulta si hubiera tenido una.

A medida que transcurría la noche, leí sobre mí en los libros de Will.

Normalmente habría sido una feliz ocupación. Después de todo, soy un tema fascinante. Esta vez, sin embargo, no obtuve ninguna satisfacción de mis gloriosas hazañas. Todas me parecían exageraciones, mentiras y... en fin, mitos. Lamentablemente, encontré un capítulo sobre oráculos. Esas pocas páginas me refrescaron la memoria y confirmaron mis peores sospechas.

Estaba demasiado enfadado para estar asustado. Miré el bosque y desafié a las voces susurrantes a que me molestasen. «Vamos —pensé—. Llevadme a mí también.» Los árboles permanecieron en silencio. Kayla y Austin no volvieron.

Hacia el amanecer, empezó a nevar. Fue entonces cuando Meg habló:

—Deberíamos entrar.

—¿Y abandonarlos?

—No seas tonto. —La nieve cubría la capucha de su abrigo. Lo único que se veía de su cara eran la punta de su nariz y los diamantes de imitación de sus gafas—. Aquí fuera te congelarás.

Me fijé en que no se quejó del frío. Me preguntaba si se sentía incómoda, o si el poder de Deméter la protegía a lo largo del invierno como un árbol sin hojas o una semilla aletargada en la tierra.

—Eran mis hijos. —Me dolía hablar en pasado, pero Kayla y Austin estaban totalmente perdidos—. Debería haber hecho más para protegerlos. Debería haberme imaginado que mis enemigos los elegirían como objetivo para hacerme daño.

Meg lanzó otra piedra a los árboles.

—Has tenido muchos hijos. ¿Te haces responsable cada vez que uno se mete en un lío?

La respuesta era negativa. A lo largo de los milenios, a duras penas había conseguido acordarme de los nombres de mis hijos. Si les mandaba una tarjeta de cumpleaños muy de vez en cuando, me sentía estupendamente conmigo mismo. En ocasiones no me enteraba de que uno había muerto hasta décadas más tarde. Durante la Revolución francesa, estaba preocupado por mi hijo Luis XIV, el Rey Sol, y cuando bajé a ver cómo estaba, descubrí que había muerto setenta y cinco años antes.

Sin embargo, ahora tenía una conciencia mortal. Mi sentimiento de culpa parecía haber aumentado conforme mi vida se reducía. No podía explicárselo a Meg. Ella no lo entendería. Probablemente se limitaría a tirarme una piedra.

—Yo soy el culpable de que Pitón haya recuperado Delfos —afirmé—. Si lo hubiera matado cuando volvió a aparecer, mientras todavía era un dios, no se habría hecho tan poderoso. Ni tampoco se habría aliado con ese... ese tal Bestia.

Meg agachó la cabeza.

—Lo conoces —aventuré—. En el Laberinto, cuando oíste la voz de la Bestia, te asustaste mucho.

Temía que me mandase callar otra vez. En cambio, ella recorrió con el dedo las medialunas de sus anillos de oro en silencio.

—Quiere acabar conmigo, Meg —le expuse—. No sé cómo, pero está detrás de las desapariciones. Cuanto más sepamos de ese hombre...

—Vive en Nueva York.

Esperé. Era difícil extraer información de la parte superior de la capucha de Meg.

—Está bien —dije—. Eso reduce la lista a ocho millones y medio de personas. ¿Qué más?

Meg se toqueteó los callos de los dedos.

—Si eres un semidiós y vives en la calle, oyes hablar de la Bestia. Él acoge a gente como yo.

Un copo de nieve se derritió en mi nuca.

—Acoge a gente... ¿Por qué?

—Para entrenarla —dijo Meg—. Para usarla como... criados, soldados. No sé.

—¿Y lo has conocido?

—Por favor, no me preguntes...

—Meg.

—Él mató a mi padre.

Habló en voz baja, pero sus palabras me golpearon más fuerte que
una pedrada en la cara.

—Meg, lo... lo siento. ¿Cómo...?

—Se negó a trabajar para él —respondió—. Mi padre intentó...
—Cerró los puños—. Yo era muy pequeña. Apenas me acuerdo. Me
escapé. Si no, la Bestia también me habría matado. Mi padrastro me
recogió. Él fue bueno conmigo. ¿Querías saber por qué me entrenó
para luchar? ¿Por qué me dio los anillos? Quería que estuviera a salvo,
que supiera protegerme.

—De la Bestia.

Su capucha descendió.

—Ser un buen semidiós, entrenar duro... es la única forma de mantener lejos a la Bestia. Ahora ya lo sabes.

En realidad, tenía más dudas que nunca, pero intuía que Meg no
estaba de humor para contarme nada más. Me acordé de su expresión
cuando estábamos en el saliente debajo de la cámara de Delfos: su expresión de terror absoluto cuando reconoció la voz de la Bestia. No
todos los monstruos son reptiles de tres toneladas con aliento venenoso.
Muchos tienen caras humanas.

Miré el bosque. Allí dentro, en alguna parte, cinco semidioses estaban siendo usados como cebo, incluidos dos de mis hijos. La Bestia
quería que yo los buscase, y eso haría, pero no pensaba dejar que me
utilizase.

«Cuento con ayuda bien situada dentro del campamento», había
dicho la Bestia.

Eso me preocupaba.

Sabía por experiencia que era posible volver a cualquier semidiós
contra el Olimpo. Había estado presente en la mesa del banquete en el
que Tántalo intentó envenenar a los dioses dándoles de comer a su hijo

bien picadito en un estofado. Había visto cómo el rey Mitrídates se aliaba con los persas y masacraba a todos los romanos en Anatolia. Había presenciado cómo la reina Clitemnestra se volvía una homicida y mataba a su marido Agamenón solo porque me había dedicado un pequeño sacrificio humano. Los humanos son una raza impredecible.

Miré a Meg. Me preguntaba si podía estar mintiéndome, si era una espía. Me parecía poco probable. Era demasiado terca, impetuosa y pesada para ser un topo eficiente. Además, técnicamente era mi ama. Podía ordenarme que hiciera prácticamente cualquier cosa, y tendría que obedecerla. Si pretendía acabar conmigo, podía darme por muerto.

Tal vez Damien White... Un hijo de Némesis era una elección natural para darle a alguien una puñalada por la espalda. O Connor Stoll, Alice o Julia... Hacía poco un hijo de Hermes había traicionado a los dioses trabajando para Cronos. Podían volver a hacerlo. Quizá la guapa Chiara, la hija de Tique, se había confabulado con la Bestia. Los hijos de la fortuna eran jugadores natos. La verdad era que no tenía ni idea.

El cielo pasó del negro al gris. Reparé en un lejano «pum, pum, pum»: un pulso rápido y firme que aumentaba de volumen. Al principio temí que fuera la sangre de mi cabeza. ¿Podía explotar el cerebro humano debido al exceso de preocupaciones? Entonces me di cuenta de que el ruido era mecánico y venía del oeste. Era el sonido claramente moderno de unas palas de rotor hendiendo el aire.

Meg levantó la cabeza.

—¿Eso es un helicóptero?

Me puse en pie.

La máquina apareció: un Bell 412 rojo oscuro que volaba hacia el norte siguiendo el litoral. (Con la frecuencia con que viajo por el aire, conozco las máquinas voladoras.) Pintado en el lateral del helicóptero había un logotipo de vivo color verde con las letras E. D.

A pesar de mi desgracia, un atisbo de esperanza despertó dentro de mí. Los sátiros Millard y Herbert debían de haber conseguido transmitir su mensaje.

—Es —le dije a Meg— Rachel Elizabeth Dare. Vamos a ver lo que tiene que decir el Oráculo de Delfos.

20

No pintes encima de los dioses
si estás redecorando.
Es de sentido común.

Rachel Elizabeth Dare era una de mis mortales favoritas. Nada más convertirse en el Oráculo hacía dos veranos, había aportado nueva energía y emoción al trabajo.

Claro que el anterior Oráculo había sido un cadáver seco, de modo que el listón estaba bajo. De todas formas, me alegré cuando el helicóptero de Empresas Dare descendió justo detrás de las colinas del este, fuera de los límites del campamento. Me preguntaba qué le había contado Rachel a su padre —un magnate inmobiliario riquísimo— para convencerlo de que necesitaba tomar prestado un helicóptero. Sabía que Rachel podía ser muy convincente.

Atravesé el valle corriendo seguido de Meg. Me imaginaba el aspecto que tendría Rachel cuando subiera a la cima: su cabello pelirrojo ensortijado, su sonrisa vivaz, su blusa salpicada de pintura y sus vaqueros llenos de garabatos. Necesitaba su humor, su sabiduría y su resistencia. El Oráculo nos animaría a todos. Y lo más importante, me animaría a mí.

No estaba preparado para la realidad. (Que, de nuevo, fue una sorpresa increíble. Normalmente, la realidad se prepara para mí.)

Rachel se reunió con nosotros en la colina cerca de la entrada de su cueva. Más tarde me daría cuenta de que los dos sátiros que Quirón había enviado como mensajeros no estaban con ella y me preguntaría qué había sido de ellos.

La señorita Dare estaba más delgada y más mayor: no parecía tanto una estudiante de secundaria como la joven esposa de un granjero del pasado, curtida por el trabajo duro y demacrada debido a la escasez de comida. Su cabello pelirrojo había perdido su viveza y enmarcaba su rostro en una cortina de color cobrizo oscuro. De sus pecas solo quedaban marcas desvaídas. Sus ojos verdes no brillaban. Y llevaba un vestido, una prenda de algodón blanco con un chal blanco y una chaqueta verde cobre. Rachel nunca llevaba vestidos.

—¿Rachel? —No me atrevía a decir nada más. Ella no era la misma persona.

Entonces me acordé de que yo tampoco lo era.

La chica observó mi nueva forma mortal. Dejó caer los hombros.

—Así que es cierto.

Por debajo de nosotros sonaron las voces de otros campistas. Seguro que el sonido del helicóptero los había despertado y estaban saliendo de sus cabañas y reuniéndose al pie de la colina. Sin embargo, ninguno intentó subir hacia nosotros. Tal vez intuían que algo no iba bien.

El helicóptero se elevó de detrás de la Colina Mestiza. Giró hacia el estrecho de Long Island y pasó tan cerca de la Atenea Partenos que pensé que sus patines cortarían el casco con alas de la diosa.

Me volví hacia Meg.

—¿Puedes decirles a los demás que Rachel necesita un poco de espacio? Ve a buscar a Quirón. Debería subir. Que los demás esperen.

No era propio de Meg acatar órdenes mías. Temía que me diese una patada. En cambio, miró nerviosa a Rachel, se volvió y se fue penosamente colina abajo.

—¿Una amiga tuya? —preguntó Rachel.

—Es una larga historia.

—Sí —dijo ella—. Yo tengo otra historia de esas.

—¿Hablamos en tu cueva?

Rachel frunció los labios.

—No te gustará. Pero, sí, será el sitio más seguro.

La cueva no era tan acogedora como yo la recordaba.

Los sofás estaban volcados. La mesita de centro tenía una pata rota. El suelo estaba lleno de caballetes y lienzos. Incluso el taburete de tres patas de Rachel, el mismísimo trono de las profecías, estaba tirado de lado sobre un montón de telas salpicadas de pintura.

Lo más alarmante era el estado de las paredes. Desde que se había instalado, Rachel había estado pintándolas, como los antepasados de ella que habían vivido en la cueva. Había dedicado horas a elaborar complejos murales de acontecimientos del pasado, imágenes del futuro que había visto en profecías, citas escogidas de libros y canciones, y dibujos abstractos tan impresionantes que habrían dado vértigo al mismísimo M. C. Escher. Las pinturas hacían que la cueva pareciera una mezcla de taller de artista, garito psicodélico y paso subterráneo debajo de una autopista lleno de grafitis. Me encantaba.

Pero la mayoría de las imágenes habían sido tapadas con una chapucera capa de pintura blanca. Cerca de ellas había un rodillo pegado en una bandeja para pintura incrustada. Estaba claro que Rachel había pintarrajeado su obra hacía meses y no había vuelto a tocarla desde entonces.

Señaló con desgana los restos.

—Me agobié.

—Tus pinturas... —Me quedé mirando boquiabierto la extensión blanca—. Había un precioso retrato mío... allí.

Me ofendo cuando las obras de arte se deterioran, sobre todo en las que aparezco yo.

Rachel se quedó avergonzada.

—Yo... yo pensé que un lienzo en blanco me ayudaría a pensar. —Su tono dejaba claro que el blanqueado no había servido de nada. Yo mismo podría habérselo dicho.

Los dos limpiamos lo mejor que pudimos. Volvimos a colocar los sofás en su sitio formando una zona de descanso. Rachel dejó el taburete donde estaba.

Unos minutos más tarde volvió Meg. Quirón la siguió en forma de centauro y agachó la cabeza para pasar por la entrada. Nos encontraron sentados ante la tambaleante mesita de centro, como cavernícolas civilizados, tomando té Arizona tibio y galletas rancias de la despensa del Oráculo.

—Rachel. —Quirón suspiró de alivio—. ¿Dónde están Millard y Herbert?

Ella agachó la cabeza.

—Llegaron a mi casa gravemente heridos. No... no sobrevivieron.

Tal vez fuese la luz de la mañana que brillaba detrás de él, pero me pareció que a Quirón le salían nuevas canas en la barba. El centauro se acercó trotando y se acomodó en el suelo doblando las piernas debajo del cuerpo. Meg se sentó conmigo en el sofá.

Rachel se inclinó hacia delante y entrecruzó los dedos, como hacía cuando anunciaba una profecía. Temí que el espíritu de Delfos la poseyera, pero no hubo humo, ni susurros, ni voz áspera de posesión divina. Fue un poco decepcionante.

—Vosotros primero —nos dijo—. Contadme lo que ha pasado aquí.

La pusimos al corriente de las desapariciones y de mis desventuras con Meg. Le relaté la carrera de tres piernas y nuestra escapada a Delfos.

Quirón palideció.

—No sabía eso. ¿Fuisteis a Delfos?

Rachel me miró con incredulidad.

—¿El auténtico Delfos? ¿Visteis a Pitón y...?

Me dio la impresión de que quería decir «y no lo matasteis?», pero se contuvo.

Me sentí entre la espada y la pared. Tal vez Rachel pudiera borrarme con pintura blanca. Desaparecer habría sido menos doloroso que hacer frente a mis fracasos.

—De momento —contesté— no puedo vencer a Pitón. Soy demasiado débil. Y... en fin, la trampa ochenta y ocho.

Quirón bebió un sorbo de su té.

—Apolo se refiere a que no podemos iniciar una misión sin una profecía, y no podemos conseguir una profecía sin un Oráculo.

Rachel se quedó mirando el taburete de tres patas volcado.

—Y ese hombre... la Bestia... ¿qué sabes de él?

—No mucho. —Le expliqué lo que había visto en el sueño y lo que Meg y yo habíamos oído en el Laberinto—. Al parecer, la Bestia es famoso por captar a semidioses jóvenes en Nueva York. Meg dice... —Titubeé al ver su expresión; la niña me estaba advirtiendo claramente que evitase su historia personal—. Tiene cierta experiencia con la Bestia.

Quirón arqueó las cejas.

—¿Puedes contarnos algo que nos sirva de ayuda, querida?

Meg se hundió en los cojines del sofá.

—Me he encontrado con él. Es... es siniestro. Tengo un recuerdo borroso.

—Borroso —repitió Quirón.

Meg se mostró muy interesada en las migas de galleta de su vestido.

Rachel me lanzó una mirada de perplejidad. Yo negué con la cabeza, intentando transmitirle una advertencia: «Trauma. No preguntes. Te podría atacar un bebé de melocotones».

Rachel pareció captar el mensaje.

—Está bien, Meg —dijo—. Yo tengo información que podría ser de ayuda.

Sacó el teléfono del bolsillo de su abrigo.

—No lo toquéis. Probablemente ya lo sepáis, pero los teléfonos están fallando más de lo normal entre los semidioses. Técnicamente yo no soy una de vosotros, pero tampoco puedo hacer llamadas. Sin embargo, pude hacer un par de fotos. —Giró la pantalla hacia nosotros—. ¿Reconoces este sitio, Quirón?

En la fotografía nocturna se veían las plantas superiores de un edificio residencial de cristal. A juzgar por el fondo, estaba en el centro de Manhattan.

—Es el edificio que describiste el verano pasado —contestó Quirón—, donde parlamentaste con los romanos.

—Sí —asintió Rachel—. Había algo en ese sitio que no encajaba. Me puse a pensar cómo los romanos se hicieron con un inmueble de Manhattan tan céntrico con tan poca antelación. ¿Quién es el dueño? Intenté ponerme en contacto con Reyna para ver si podía contarme algo, pero...

—¿Problemas de comunicación? —aventuró Quirón.

—Exacto. Incluso envié una carta al buzón del Campamento Júpiter en Berkeley, pero no me contestaron. Así que les pedí a los abogados especializados en bienes raíces de mi padre que investigaran.

Meg miró por encima de sus gafas.

—¿Tu padre tiene abogados? ¿Y un helicóptero?

—Varios helicópteros. —Rachel suspiró—. Es repelente. El caso es que el edificio es propiedad de una empresa fantasma, que a su vez es propiedad de otra empresa fantasma, bla, bla, bla. La empresa madre se llama Terrenos Triunvirato.

Noté que me caía por la espalda un hilillo como de pintura blanca.

—Triunvirato...

Meg puso cara larga.

—¿Qué significa?

—Un triunvirato es un consejo de gobierno compuesto por tres personas —contesté—. Al menos eso significaba en la antigua Roma.

—Eso es lo interesante —señaló Rachel— de la siguiente foto.

Tocó la pantalla. La nueva foto era una imagen enfocada con zoom de la terraza del ático del edificio, donde había tres figuras vagas hablando entre ellas: hombres con trajes de oficina, iluminados únicamente por la luz del interior del piso. No podía verles las caras.

—Estos son los dueños de Terrenos Triunvirato —anunció Rachel—. Hacer esta foto no fue fácil. —Se apartó un mechón de pelo ensortijado de la cara—. Me he pasado los dos últimos meses investigándolos, y ni siquiera sé cómo se llaman. No sé dónde viven ni de dónde vienen. Pero os aseguro que tienen tantas propiedades y tanto dinero que la empresa de mi padre parece un puesto de limonada atendido por niños.

Me quedé mirando la foto de las tres figuras borrosas. Me imaginé que el de la izquierda era la Bestia. Su postura encorvada y la forma descomunal de su cabeza me recordaron al hombre del traje morado del sueño.

—La Bestia dijo que su organización está presente en todas partes —recordé—. Comentó que tiene colegas.

La cola de Quirón se agitó y lanzó un pincel deslizándose por el suelo.

—¿Semidioses adultos? No creo que sean griegos. ¿Romanos, quizá? Si ayudaron a Octavio en su guerra...

—Oh, ya lo creo que lo ayudaron —dijo Rachel—. He encontrado pruebas documentales; no muchas, pero ¿os acordáis de las armas de asedio que Octavio construyó para destruir el Campamento Mestizo?

—No —respondió Meg.

Yo no le habría hecho caso, pero Rachel era un alma más generosa. Sonrió pacientemente.

—Perdona, Meg. Pareces tan integrada que me he olvidado de que eres nueva. Básicamente, los semidioses romanos atacaron este campamento con unos grandes trastos con catapultas llamados onagros. Todo fue un gran malentendido. El caso es que Terrenos Triunvirato pagó las armas.

Quirón frunció el entrecejo.

—Eso no me gusta.

—He descubierto algo todavía más inquietante —continuó Rachel—. ¿Os acordáis de que durante la guerra de los titanes Luke Castellan dijo que tenía partidarios en el mundo de los mortales? Tenían dinero para comprar un crucero, helicópteros, armas... Incluso contrataron mercenarios mortales.

—Tampoco me acuerdo de eso —admitió Meg.

Puse los ojos en blanco.

—¡Meg, no podemos parar para explicarte cada guerra importante que ha habido! Luke Castellan era un hijo de Hermes. Traicionó a su campamento y se alió con los titanes. Atacaron Nueva York. Una gran batalla. Yo fui la salvación. Etc.

Quirón tosió.

—En todo caso, sí que me acuerdo de que Luke dijo que tenía muchos simpatizantes. Nunca descubrimos quiénes eran exactamente.

—Ahora lo sabemos —dijo Rachel—. El crucero, el *Princesa Andrómeda*, era propiedad de Terrenos Triunvirato.

Una sensación de desasosiego se apoderó de mí. Sentía que debía hacer algo al respecto, pero mi cerebro mortal volvía a fallarme. Estaba más seguro que nunca de que Zeus estaba jugando conmigo, restringiendo mi vista y mi memoria. Sin embargo, me acordaba de algunas promesas que Octavio me había hecho: lo fácil que sería ganar esa insignificante guerra, el compromiso de levantarme nuevos templos, la cantidad de apoyo con que él contaba. La pantalla del teléfono de Rachel se oscureció —más o menos como mi cerebro—, pero la foto con textura de grano seguía grabada a fuego en mis retinas.

—Esos hombres... —Cogí un tubo vacío de pintura siena tostada—. Me temo que no son semidioses modernos.

Rachel frunció el ceño.

—¿Crees que son semidioses antiguos que cruzaron las Puertas de la Muerte, como Medea o Midas? El caso es que Terrenos Triunvirato existe desde mucho antes de que Gaia empezara a despertar. Décadas, como mínimo.

—Siglos —apunté yo—. La Bestia dijo que había estado levantando su imperio durante siglos.

Se hizo tal silencio en la cueva que me pareció oír el siseo de Pitón, la suave exhalación de gases desde las profundidades de la Tierra. Deseé que hubiera música de fondo para amortiguarlo: jazz o clásica. Me habría conformado con polca death metal.

Rachel sacudió la cabeza.

—Entonces ¿quién...?

—No lo sé —reconocí—. Pero en el sueño la Bestia me dijo que yo era antepasado suyo. Creía que yo lo reconocería. Y si mi memoria divina estuviera intacta, creo que lo identificaría. Su porte, su acento, su estructura facial... He coincidido con él antes, pero no en la época moderna.

Meg se había quedado muy callada. Me dio la clara impresión de que intentaba desaparecer entre los cojines del sofá. Normalmente eso me habría molestado, pero después de nuestra experiencia en el Laberinto, me sentía culpable cada vez que mencionaba a la Bestia. Mi fastidiosa conciencia mortal debía de haber estado haciendo de las suyas.

—El nombre Triunvirato... —Me di unos golpecitos en la frente, tratando de extraer una información que ya no seguía allí—. El último triunvirato con el que traté estaba formado por Lépido, Marco Antonio y mi hijo, el Octavio original. Un triunvirato es un concepto muy romano... como el patriotismo, los tejemanejes y el asesinato.

Quirón se acarició la barba.

—¿Crees que esos hombres son romanos antiguos? ¿Cómo es posible? A Hades se le da muy bien localizar a los espíritus fugados del inframundo. Él no permitiría que tres hombres de la antigüedad se desmadrasen en el mundo moderno durante siglos.

—Tampoco lo sé. —Pronunciar esas palabras tan a menudo hería mi sensibilidad divina. Cuando volviera al Olimpo tendría que hacer gárgaras con néctar con sabor a tabasco para quitarme el mal sabor de boca—. Pero parece que esos hombres han estado conspirando contra nosotros durante mucho tiempo. Ellos financiaron la guerra de Luke Castellan. Proporcionaron ayuda al Campamento Júpiter cuando los romanos atacaron el Campamento Mestizo. Y a pesar de esas dos guerras, el triunvirato sigue ahí fuera, maquinando. ¿Y si esa empresa es el origen de… todo?

Quirón me miró como si estuviera cavando su tumba.

—Es una idea muy perturbadora. ¿Podría haber tres hombres tan poderosos?

Extendí las manos.

—Has vivido suficiente para saberlo, amigo mío. Dioses, monstruos, titanes… siempre son peligrosos. Pero la mayor amenaza para los semidioses siempre han sido otros semidioses. No sé quién está detrás de ese triunvirato, pero debemos detenerlos antes de que controlen los otros oráculos.

Rachel se irguió.

—¿Perdón? ¿Oráculos en plural?

—Ah… ¿no te hablé de ellos cuando era un dios?

Sus ojos recobraron parte de su intensidad verde oscuro. Temí que estuviera pensando formas de infligirme daño con su material artístico.

—No —dijo sin perder la compostura—, no me hablaste de ellos.

—Ah… bueno, mi memoria mortal me ha fallado, ¿sabes? He tenido que leer unos libros para…

—Oráculos —repitió ella—. En plural.

Respiré hondo. ¡Quería asegurarle que esos oráculos no significaban nada para mí! ¡Rachel era especial! Lamentablemente, dudaba que ella estuviera ahora en condiciones de oírlo. Decidí que lo mejor era hablar sin rodeos.

—Antiguamente —expuse— había muchos oráculos. El de Delfos era el más famoso, claro, pero había otros cuatro con un poder comparable.

Quirón negó con la cabeza.

—Pero esos se destruyeron hace mucho tiempo.

—Eso pensaba yo —convine—. Sin embargo, ya no estoy tan seguro. Creo que Terrenos Triunvirato quiere controlar todos los oráculos antiguos. Y creo que el más antiguo de todos, la Arboleda de Dodona, está aquí, en el Campamento Mestizo.

21

A mi bola,
siempre quemando oráculos.
A los romanos no les va a hacer gracia

Yo era un dios dramático.

Creía que mi última declaración era una gran frase. Esperaba gritos ahogados de sorpresa y tal vez un poco de música de órgano de fondo. Las luces podrían apagarse justo antes de que siguiera hablando. Momentos más tarde, me hallarían muerto con un puñal clavado en la espalda. ¡Eso sí que sería emocionante!

Un momento. Soy mortal. Me moriría si me asesinasen. Da igual.

En cualquier caso, no pasó nada de eso. Mis tres compañeros simplemente me miraron fijamente.

—Otros cuatro oráculos —dijo Rachel—. ¿Quieres decir que tienes otras cuatro pitias...?

—No, querida. Solo hay una Pitia: tú. Delfos es único.

Rachel seguía teniendo cara de querer meterme un pincel de cerdas del número diez por la nariz.

—Entonces, los otros cuatro oráculos que no son únicos...

—Uno era la Sibila de Cumas. —Me sequé el sudor de las palmas. (¿Por qué sudaban las palmas de los mortales?)—. Ya sabes, la que escribió los libros sibilinos: las profecías que Ella, la arpía, memorizó.

Meg desplazó la vista repetidamente entre nosostros.

—Una arpía... ¿como las mujeres gallina que limpian después de las comidas?

Quirón sonrió.

—Ella es una arpía muy especial, Meg. Hace años encontró una copia de unos libros proféticos que creíamos que se habían quemado antes de la caída del Imperio romano. Actualmente nuestros amigos del Campamento Júpiter intentan reconstruirlos a partir de los recuerdos de Ella.

Rachel se cruzó de brazos.

—¿Y los otros tres oráculos? Seguro que ninguno era una joven sacerdotisa a la que elogiaste por su... ¿qué fue? ¿Su «chispeante conversación»?

—Ah... —No sabía por qué, pero me sentí como si los granos de acné se estuviesen convirtiendo en insectos vivos que reptasen por mi cara—. Bueno, de acuerdo con mi investigación exhaustiva...

—Unos libros que hojeó anoche —aclaró Meg.

—¡Ejem! Había un oráculo en Eritrea y otro en la cueva de Trofonio.

—Dioses —dijo Quirón—. Me había olvidado de esos dos.

Me encogí de hombros. Yo tampoco recordaba casi nada de ellos. Habían sido unas de mis franquicias proféticas con menos éxito.

—Y el quinto —proseguí—, era la Arboleda de Dodona.

—Una arboleda —repitió Meg—. ¿Con árboles?

—Sí, Meg, con árboles. Por regla general, las arboledas están hechas de árboles y no de, qué sé yo, helados de chocolate. Dodona fue un grupo de robles sagrados plantados por la Diosa Madre en los albores del mundo. Ya eran antiguos cuando nacieron los dioses del Olimpo.

—¿La Diosa Madre? —Rachel se estremeció bajo su chaqueta verde de cobre—. Por favor, dime que no te refieres a Gaia.

—No, gracias a los dioses. Me refiero a Rea, reina de los titanes, la madre de la primera generación de dioses del Olimpo. Sus árboles sagrados podían hablar. A veces emitían profecías.

—Las voces del bosque —aventuró Meg.

—Exacto. Creo que la Arboleda de Dodona ha vuelto a crecer en el bosque del campamento. En mis sueños, vi a una mujer con una corona que me suplicó que encontrase el oráculo. Creo que era Rea, aunque sigo sin entender por qué llevaba un símbolo de la paz o decía cosas como «¿Lo pillas?».

—¿Un símbolo de la paz? —preguntó Quirón.

—Uno grande de latón —confirmé.

Rachel tamborileó con los dedos en el brazo del sofá.

—Si Rea es una titana, ¿no es mala?

—No todos los titanes son malos —respondí—. Rea era un alma cándida. Se puso de parte de los dioses en su primera gran guerra. Creo que quiere que venzamos. No quiere que su arboleda caiga en manos de nuestros enemigos.

La cola de Quirón se agitó.

—Rea no ha sido vista durante siglos, amigo mío. Su arboleda se incendió en la antigüedad. El emperador Teodosio ordenó que se talase hasta el último roble en...

—Lo sé. —Noté un dolor punzante entre los ojos, como siempre que alguien mencionaba a Teodosio. Entonces me acordé de que aquel bravucón que había cerrado todos los templos antiguos del Imperio y prácticamente nos había desahuciado a los dioses del Olimpo. Antes tenía una diana con su cara para practicar tiro con arco—. Aun así, muchas cosas antiguas han sobrevivido o se han regenerado. El Laberinto se ha reconstruido. ¿Por qué no iba a volver a brotar un bosquecillo de árboles sagrados aquí, en este valle?

Meg se hundió más en los cojines.

—Todo esto es muy raro. —La joven McCaffrey resumió perfectamente nuestra conversación—. Entonces, si las voces de los árboles son sagradas y todo eso, ¿por qué hacen que la gente se pierda?

—Por una vez haces una buena pregunta. —Esperaba que a Meg no se le subiera el piropo a la cabeza—. Antiguamente, los sacerdotes de Dodona cuidaban los árboles, los podaban, los regaban y canalizaban sus voces colgando móviles de viento de las ramas.

—¿De qué servía eso? —preguntó Meg.

—No lo sé. No soy un sacerdote de los árboles. Pero con el debido cuidado, esos árboles podían adivinar el futuro.

Rachel se alisó la falda.

—¿Y sin el debido cuidado?

—Las voces se dispersaban —dije—. Un coro salvaje de discordia. —Hice una pausa, bastante satisfecho con la última frase. Esperaba que alguien la anotase para la posteridad, pero nadie lo hizo—. Sin las atenciones necesarias, la arboleda sin duda podría volver locos a los mortales.

Quirón frunció el entrecejo.

—De modo que los campistas desaparecidos están deambulando entre los árboles y puede que se hayan vuelto locos por culpa de las voces.

—O que hayan muerto —añadió Meg.

—No. —No soportaba esa idea—. No, siguen vivos. La Bestia está utilizándolos para atraparme.

—¿Cómo puedes estar tan seguro? —preguntó Rachel—. ¿Y por qué? Si Pitón controla Delfos, ¿por qué son tan importantes esos otros oráculos?

Miré la pared antes decorada con mi retrato. Lamentablemente, en el espacio blanqueado no aparecieron respuestas por arte de magia.

—No estoy seguro. Creo que nuestros enemigos quieren arrebatarnos cualquier posible fuente de profecías. Sin una forma de ver y dirigir nuestros destinos, nos debilitaremos y moriremos: tanto dioses como mortales, cualquiera que se oponga al triunvirato.

Meg se puso cabeza abajo en el sofá y se quitó sus zapatillas rojas de una patada.

—Están estrangulando nuestras raíces. —Movió los dedos de los pies a modo de demostración.

Volví a mirar a Rachel, esperando que disculpase la mala educación de aquella niña de la calle que resultaba ser mi jefa.

—En cuanto a por qué es tan importante la Arboleda de Dodona, Pitón dijo que era el único oráculo que no podía controlar. No sé exactamente por qué... Tal vez porque Dodona es el único oráculo que no está relacionado conmigo. Su poder proviene de Rea. De modo que si la arboleda funciona y no está bajo la influencia de Pitón, y se encuentra aquí, en el Campamento Mestizo...

—Podría suministrarnos profecías. —A Quirón le brillaron los ojos—. Podría darnos una oportunidad frente a nuestros enemigos.

Dirigí a Rachel una sonrisa de disculpa.

—Preferiríamos que nuestro querido Oráculo de Delfos volviera a funcionar, cómo no. Y con el tiempo lo conseguiremos. Pero, de momento, la Arboleda de Dodona es nuestra mejor esperanza.

El pelo de Meg rozó el suelo. Su cara era ahora del color de una de mis vacas sagradas.

—¿No son las profecías retorcidas, misteriosas y rebuscadas, y la gente intenta escapar de ellas?

—Meg —le advertí—, no te fíes de las críticas de Puntuamioraculo. com. La puntuación en belleza de la Sibila de Cumas, por ejemplo, no tiene nada que ver con la realidad. Me acuerdo perfectamente de eso.

Rachel apoyó la barbilla en su puño.

—¿Ah, sí? Cuéntame.

—Lo que quiero decir es que la Arboleda de Dodona es una fuerza benévola. Ha ayudado a héroes en el pasado. El mascarón de proa del *Argo* original, por ejemplo, estaba tallado en una rama de un árbol sagrado. Podía hablar con los argonautas y aconsejarlos.

—Mmm. —Quirón asintió con la cabeza—. Y por eso nuestra misteriosa Bestia quiere quemar la arboleda.

—Eso parece —dije—. Y por eso tenemos que salvarla.

Meg dio una voltereta hacia atrás y se cayó del sofá. Golpeó con las piernas la mesita de tres patas de centro y derramó el té y las galletas.

—Uy.

Apreté mis dientes mortales, que no me durarían un año si seguía cerca de Meg. Rachel y Quirón obviaron sabiamente la exhibición de mi joven amiga.

—Apolo... —El viejo centauro observó cómo una cascada de té goteaba del borde de la mesa—. Si tienes razón con respecto a Dodona, ¿cómo actuamos? Estamos faltos de personal. Si enviamos grupos de búsqueda al bosque, no tenemos ninguna garantía de que vuelvan.

Meg se apartó el pelo de los ojos.

—Iremos nosotros. Apolo y yo solos.

Mi lengua intentó esconderse en el fondo de mi garganta.

—¿Ah... ah, sí?

—Dijiste que tienes que hacer mogollón de pruebas o lo que sea para demostrar que eres digno, ¿no? Pues esta será la primera.

Una parte de mí sabía que ella estaba en lo cierto, pero los vestigios de mi yo divino se rebelaban contra la idea. Yo nunca hacía el trabajo sucio. Preferiría haber elegido a un grupo de héroes y haberlos enviado a la muerte... o al triunfo glorioso.

Sin embargo, Rea se había expresado con claridad en el sueño: mi misión era encontrar el Oráculo. Y gracias a la crueldad de Zeus, a donde yo fuese me acompañaría Meg. No me extrañaría que Zeus estuviera al tanto de los planes de la Bestia y me hubiera mandado allí para ocuparme de la situación; una idea que no contribuía a que quisiera regalarle una bonita corbata el día del Padre.

También me acordé de la otra parte del sueño: la Bestia con su traje malva, animándome a que buscase el Oráculo para que él pudiera incendiarlo. Aún había demasiadas cosas que no entendía, pero tenía que actuar. Austin y Kayla dependían de mí.

Rachel posó la mano en mi rodilla, cosa que me hizo estremecerme. Sorprendentemente, no me causó dolor. Su expresión era más de seriedad que de enfado.

—Tienes que intentarlo, Apolo. Si conseguimos vislumbrar el futuro... puede que sea la única forma de que las cosas vuelvan a la normalidad. —Miró con añoranza las paredes en blanco de su cueva—. Me gustaría volver a tener un futuro.

Quirón movió las patas.

—¿Qué necesitas de nosotros, viejo amigo? ¿En qué podemos ayudarte?

Miré a Meg. Desgraciadamente, supe que estábamos de acuerdo. Teníamos que aguantarnos el uno al otro. No podíamos arriesgar la vida de nadie más.

—Meg tiene razón —admití—. Tenemos que hacer esto nosotros. Deberíamos partir enseguida, pero...

—Hemos estado levantados toda la noche —dijo Meg—. Necesitamos dormir.

«Maravilloso —pensé—. Ahora Meg termina mis frases.»

Esta vez no podía discutir su lógica. A pesar de mi deseo de correr al bosque a salvar a mis hijos, tenía que obrar con cautela. No podía echar a perder el rescate. Y cada vez estaba más seguro de que la Bestia mantendría con vida a sus presos de momento. Los necesitaba para atraerme hasta su trampa.

Quirón levantó las patas delanteras.

—Esta noche, pues. Descansad y preparaos, mis héroes. Me temo que necesitaréis todas vuestras fuerzas y vuestro ingenio para lo que se avecina.

22

Armado hasta los dientes:
un ukelele de combate,
un pañuelo mágico de Brasil

A los dioses del sol no se nos da bien dormir de día, pero conseguí echar una breve siesta.

Cuando me desperté a media tarde, encontré el campamento en un estado de agitación.

La desaparición de Kayla y Austin había sido el punto de inflexión. Ahora los demás campistas estaban tan inquietos que ninguno podía seguir con su agenda normal. Supongo que un semidiós desaparecido cada dos o tres semanas era un índice de bajas normal, pero un par de semidioses desaparecidos durante una actividad aprobada por el campamento significaba que nadie estaba a salvo.

La noticia de nuestra reunión en la cueva debía de haberse propagado. Las gemelas Vencedor se habían metido bolitas de algodón en las orejas para no oír las voces oraculares. Julia y Alice habían trepado a lo alto del muro de lava y oteaban el bosque con unos prismáticos, seguramente con la esperanza de localizar la Arboleda de Dodona, pero dudaba que los árboles las dejasen ver el bosque.

Adondequiera que iba, la gente se disgustaba cuando me veía. Damien y Chiara estaban sentados uno al lado del otro en el muelle de las canoas, lanzándome miradas asesinas. Sherman Yang me rechazó con un gesto de la mano cuando intenté hablar con él. Estaba ocupado decorando la cabaña de Ares con granadas de fragmentación y espadas tradicionales escocesas decoradas de forma llamativa. Si hubieran sido las Saturnales, habría ganado el Premio a la Decoración Festiva más Violenta.

Incluso la Atenea Partenos me miraba de forma acusadora desde la cima de la colina como diciendo: «Todo esto es culpa tuya».

Tenía razón. Si no hubiera dejado que Pitón tomase Delfos, si hubiera prestado más atención a los otros oráculos, si no hubiera perdido mi divinidad...

«Basta, Apolo —me regañé—. Eres guapísimo y todo el mundo te quiere.»

Pero cada vez me costaba más creerlo. Mi padre, Zeus, no me quería. Los semidioses del Campamento Mestizo no me querían. Pitón y la Bestia y sus compinches de Terrenos Triunvirato no me querían. Todo eso bastaba para poner en duda mi autoestima.

No, no. Eran disparates.

No veía a Quirón ni Rachel por ninguna parte. Nyssa Barrera me informó de que no habían renunciado a la esperanza de utilizar la única conexión a internet del campamento, en el despacho de Quirón, para obtener más información sobre Terrenos Triunvirato. Harley estaba con ellos para ofrecerles asistencia técnica. En ese momento, el servicio de atención al cliente de Comcast los tenía en espera y era posible que no salieran durante horas, si es que sobrevivían a tan dura prueba.

Encontré a Meg en el arsenal, buscando pertrechos para la batalla. Se había colocado una coraza de cuero encima del vestido verde y unas grebas encima de las mallas, de modo que parecía una niña de párvulos a la que sus padres habían enfundado en un uniforme de combate.

—¿Un escudo, quizá? —propuse.

—No. —Ella me enseñó sus anillos—. Siempre utilizo dos espadas. Además, necesito una mano libre para darte guantazos cuando hagas tonterías.

Tuve la incómoda sensación de que hablaba en serio.

La niña sacó un largo arco del armero y me lo ofreció.

Retrocedí.

—No.

—Es tu mejor arma. Eres Apolo.

Me tragué el sabor fuerte de la bilis mortal.

—Hice un juramento. Ya no soy el dios del tiro con arco ni de la música. No usaré un arco ni un instrumento musical hasta que pueda hacerlo como es debido.

—Qué juramento más tonto. —Meg no me dio un guantazo, pero parecía que tuviera ganas de hacerlo—. ¿Y qué harás, quedarte de brazos cruzados y animarme mientras yo lucho?

Ese había sido mi plan, pero ahora me sentía ridículo reconociéndolo. Escudriñé el expositor de las armas y cogí una espada. Sin necesidad de desenvainarla, supe que era demasiado pesada y difícil de manejar para mí, pero me sujeté la correa de la funda a la cintura.

—Ya está —dije—. ¿Contenta?

Meg no parecía contenta. Aun así, volvió a colocar el arco en su sitio.

—Está bien —convino—. Pero más vale que me cubras la espalda.

Nunca había entendido esa expresión. Me recordaba los carteles con el mensaje DAME UNA PATADA que Artemisa solía pegarme con cinta adhesiva a la toga los días de fiesta. Sin embargo, asentí con la cabeza.

—Tu espalda estará cubierta.

Llegamos al linde del bosque, donde nos esperaba un pequeño grupo de despedida compuesto por Will y Nico, Paolo Montes, Malcolm Pace y Billie Ng, todos con caras largas.

—Ten cuidado —me advirtió Will—. Y toma.

Antes de que pudiera protestar, me colocó un ukelele en las manos. Yo intenté devolvérselo.

—No puedo. Hice un juramento.

—Sí, ya lo sé. Fue una estupidez por tu parte. Pero es un ukelele de combate. Puedes luchar con él si lo necesitas.

Miré más detenidamente el instrumento. Estaba hecho de bronce celestial: finas láminas de metal tratadas con ácido para darles el aspecto de las hebras de la madera clara de roble. El instrumento prácticamente no pesaba nada, pero deduje que era casi indestructible.

—¿Obra de Hefesto? —pregunté.

Will negó con la cabeza.

—Obra de Harley. Quería que tú lo tuvieras. Cuélgatelo del hombro. Por mí y por Harley. Nos hará sentir mejor a los dos.

Decidí que estaba obligado a atender su petición, aunque la posesión de un ukelele rara vez había hecho sentir mejor a alguien. No me preguntes por qué. Cuando era un dios, solía tocar una versión de «Satisfaction» con ukelele totalmente demoledora.

Nico me dio un poco de ambrosía envuelta en una servilleta.

—No puedo comerla —le recordé.

—No es para ti.

Miró a Meg, con los ojos llenos de recelo. Recordé que el hijo de Hades tenía sus métodos para predecir el futuro: futuros que entrañaban la posibilidad de muerte. Me estremecí y guardé la ambrosía en el bolsillo de mi abrigo. Meg podía ser muy irritante, pero me inquietaba profundamente la idea de que pudiera pasarle algo. No podía permitir que eso ocurriera.

Malcolm estaba enseñándole a Meg un mapa de pergamino, señalando varios lugares del bosque que debíamos evitar. Paolo —que parecía totalmente recuperado de la operación de cirugía de su pierna— estaba a su lado, haciendo comentarios serios y meticulosos en portugués que nadie entendía.

Cuando hubieron terminado con el mapa, Billie Ng se acercó a Meg.

Billy era una chica menudita. Compensaba su diminuta estatura con la sensibilidad para la moda de una ídolo de K-pop. Su abrigo era del color del papel de aluminio. Tenía el pelo corto teñido de color aguamarina y llevaba maquillaje dorado. Me encantaba su estilo. De hecho, me planteé copiar su imagen si lograba controlar el acné.

Billie le dio a Meg una linterna y un paquetito de semillas de flores.

—Por si acaso —dijo Billie.

Meg parecía totalmente abrumada. Le dio a Billie un fuerte abrazo.

Yo no entendía la finalidad de las semillas, pero era un consuelo saber que en caso de emergencia extrema podía aporrear a la gente con mi ukelele mientras Meg plantaba geranios.

Malcolm Pace me dio su mapa de pergamino.

—Ante la duda, girad a la derecha. Normalmente da resultado en el bosque, aunque no sé por qué.

Paolo me ofreció un pañuelo verde y amarillo: una versión de la bandera de Brasil. Dijo algo que, por supuesto, no entendí.

Nico sonrió burlonamente.

—Es el pañuelo de la suerte de Paolo. Creo que quiere que te lo pongas. Cree que te hará invencible.

Yo tenía mis dudas, considerando que Paolo era propenso a sufrir heridas graves, pero como dios, había aprendido a no rechazar nunca las ofrendas.

—Gracias.

Paolo me agarró por los hombros y me dio dos besos en las mejillas. Es posible que me ruborizase. Era un chico muy guapo cuando no se desangraba por desmembramiento.

Posé la mano en el hombro de Will.

—No te preocupes. Volveremos al amanecer.

La boca le tembló ligerísimamente.

—¿Cómo puedes estar tan seguro?

—Soy el dios del sol —dije, tratando de hacer acopio de más seguridad de la que sentía—. Yo siempre vuelvo al amanecer.

Por supuesto, llovió. ¿Por qué no iba a llover?

En el monte Olimpo, Zeus debía de estar tronchándose de risa a mi costa. Se suponía que el Campamento Mestizo estaba protegido del clima riguroso, pero sin duda mi padre le había dicho a Eolo que no se cortase con los vientos. Mis exnovias despechadas entre el colectivo las ninfas del aire debían de estar disfrutando de su revancha.

La lluvia que caía era casi aguanieve: lo bastante líquida para empaparme la ropa y lo bastante helada para azotar mi cara descubierta como esquirlas de cristal.

Avanzamos a trompicones, dando bandazos de un árbol a otro en busca de cualquier refugio que encontrábamos. Las zonas de nieve antigua crujían bajo mis pies. El ukelele me pesaba cada vez más a medida que su boca se iba llenando de lluvia. El haz de la linterna de Meg atravesaba la tormenta como un cono de electricidad estática amarillo.

Yo iba primero, no porque tuviera pensado un destino, sino porque estaba enfadado. Estaba harto de tener frío y estar empapado. Estaba harto de que se metieran conmigo. Los mortales suelen decir que el mundo entero está contra ellos, pero es algo ridículo. Los mortales no son tan importantes. En mi caso, el mundo entero estaba realmente contra mí. Me negaba a dejarme vencer por esa clase de abuso. ¡Haría algo al respecto! Solo que no sabía bien qué.

De vez en cuando oíamos monstruos a lo lejos —el rugido de un drakon, el aullido en armonía de un lobo bicéfalo—, pero ninguno se dejaba ver. En una noche como esa, cualquier monstruo con un poco de amor propio se habría quedado en su guarida, calentito.

Después de lo que me parecieron horas, Meg reprimió un grito. Salté a su lado heroicamente, con la mano en la espada. (La habría desenfundado, pero pesaba mucho y se me enganchó en la vaina.) A los pies de Meg, metida en el barro, había una reluciente concha negra del tamaño de una roca. Estaba agrietada en el centro y tenía los bordes salpicados de una repugnante sustancia pegajosa.

—Por poco la piso. —Meg se tapó la boca como si fuera a vomitar.

Me acerqué muy lentamente. La concha era el caparazón aplastado de un insecto gigante. Cerca, camuflada entre las raíces del árbol, se hallaba una de las patas desmembradas del animal.

—Es un mirmeke —anunció—. O lo era.

Tras sus gafas salpicadas de lluvia, los ojos de Meg resultaban indescifrables.

—¿Un mi-mes?

—Una hormiga gigante. Debe de haber una colonia en algún lugar del bosque.

Meg tuvo una arcada.

—Odio los bichos.

Era lógico en el caso de una hija de la diosa de la agricultura, pero a mí la hormiga muerta no me parecía más asquerosa que los montones de basura en los que a menudo nos revolcábamos.

—No te preocupes —dije—. Esta está muerta. Lo que la mató debía de tener unas fauces muy fuertes para partir el caparazón.

—No me sirve de consuelo. ¿Son... son esas cosas peligrosas?

Reí.

—Oh, sí. Varían de tamaño. Pueden ser pequeños como perros o más grandes que osos pardos. Una vez vi una colonia de mirmekes atacar a un ejército griego en la India. Fue divertidísimo. Escupían un ácido que podía fundir las armaduras de bronce y...

—Apolo.

Mi sonrisa se desvaneció. Tuve que recordarme que ya no era un espectador. Esas hormigas podían matarnos. Fácilmente. Y Meg estaba asustada.

—Claro —dije—. Bueno, la lluvia debería mantener a los mirmekes en sus túneles, pero evita convertirte en un blanco atractivo. Les gustan los objetos brillantes.

—¿Como las linternas?

—Ejem...

Meg me dio la linterna.

—Adelante, Apolo.

Me pareció injusto, pero seguimos adelante.

Después de otra hora más o menos (seguro que el bosque no era tan grande), la lluvia fue amainando y dejó el suelo echando humo.

El aire se caldeó. La humedad se acercó a los niveles de una sauna. Un denso vapor blanco brotaba de las ramas de los árboles.

—¿Qué pasa? —Meg se secó la cara—. Ahora parece una selva tropical.

No supe qué contestar. Entonces, más adelante, oí un tremendo sonido de líquido, como el del agua al correr por las tuberías... o por fisuras.

No pude evitar sonreír.

—Un géiser.

—Un géiser —repitió Meg—. ¿Como el del Parque Nacional de Yellowstone?

—Es una noticia estupenda. Tal vez podamos orientarnos. ¡Incluso los semidioses perdidos podrían haber encontrado refugio allí!

—Con los géiseres —apuntó Meg.

—No, niña ridícula —repliqué—. Con los dioses de los géiseres. Siempre que estén de buen humor, podría ser fabuloso.

—¿Y si están de mal humor?

—Entonces les levantaremos el ánimo antes de que puedan hervirnos. ¡Sígueme!

23

En una escala del uno al diez, ¿qué puntuación le darías a tu deceso? Gracias por tu participación

¿Fui imprudente precipitándome hacia unos dioses de la naturaleza tan volubles?

Por favor. Cuestionarme no es propio de mí. Es un rasgo que nunca he necesitado.

Cierto, mis recuerdos de los palicos eran un poco confusos. Por lo que recordaba, los dioses de los géiseres de la antigua Sicilia solían ofrecer refugio a los esclavos fugados, de modo que debían de ser unos espíritus bondadosos. Tal vez incluso ofreciesen refugio a los semidioses perdidos, o al menos se fijasen en cinco de ellos que deambulaban por su territorio murmurando incoherencias. ¡Además, yo era Apolo! ¡Los palicos se sentirían honrados de conocer a un importante dios del Olimpo como yo! El hecho de que los géiseres se sulfurasen con frecuencia no me impediría ganar admiradores... digo, amigos.

El claro se abrió ante nosotros como la puerta de un horno. Un muro de calor salió de entre los árboles y me envolvió la cara. Noté que mis poros se abrían para absorber la humedad, cosa que con suerte beneficiaría a mi cutis lleno de granos.

La escena ante la que nos encontramos era impropia de un invierno en Long Island. Relucientes enredaderas envolvían las ramas de los árboles. Flores tropicales brotaban del suelo del bosque. Un loro rojo se hallaba posado en un plátano lleno de racimos verdes.

En medio del claro había dos géiseres: dos agujeros idénticos en el suelo rodeados de un ocho formado por vasijas de barro grises. Los cráteres borboteaban y siseaban, pero no expulsaban nada en ese momento. Decidí interpretarlo como un buen augurio.

Las botas de Meg chapotearon en el barro.

—¿Es peligroso?

—En absoluto —dije—. Tendremos que hacer una ofrenda. ¿Qué tal tu paquete de semillas?

Meg me dio un puñetazo en el brazo.

—Son mágicas. Para casos de vida o muerte. ¿Y tu ukelele? De todas formas, no vas a tocarlo.

—Un hombre de honor nunca entrega su ukelele. —Me animé súbitamente—. Espera. Me has dado una idea. ¡Les ofreceré a los dioses de los géiseres un poema! Todavía puedo hacerlo. Un poema no cuenta como música.

Meg frunció el ceño.

—Ejem, no sé si...

—No seas envidiosa, Meg. Luego te compondré otro a ti. ¡Seguro que eso complace a los dioses de los géiseres!

—Avancé, extendí los brazos y empecé a improvisar:

> Oh, géiser, géiser,
> escupamos, tú y yo,
> sobre esta lúgubre medianoche, mientras meditamos
> de quién es este bosque.
> Porque no hemos entrado dócilmente en esta plácida noche,
> mas hemos errado solitarios como nubes.
> Preguntamos por quién doblan las campanas,
> de modo que espero, fuentes eternas,
> que haya llegado la hora de que hablemos de muchas cosas.

No quiero presumir, pero me pareció bastante bueno, aunque había reciclado fragmentos de mis obras previas. A diferencia de la música y el tiro con arco, mi talento divino para la poesía parecía totalmente intacto.

Miré a Meg, esperando ver en su cara admiración radiante. Ya iba siendo hora de que la niña me valorase. En cambio, se quedó con la boca abierta, horrorizada.

—¿Qué? —pregunté—. ¿Suspendiste Iniciación a la poesía en el colegio? ¡He recitado un material de primera!

Meg señaló hacia los géiseres. Me di cuenta de que no me estaba mirando a mí.

—Bueno —dijo una voz áspera—, has captado mi atención.

Uno de los palicos flotaba sobre su géiser. La parte inferior de su cuerpo no era más que vapor. De cintura para arriba, era aproximadamente el doble de alto que un humano, con unos brazos musculosos del color del barro de una caldera, unos ojos blanco tiza y el pelo como la espuma de un capuchino, como si se lo hubiera lavado vigorosamente con champú y se lo hubiera dejado enjabonado. Su enorme pecho estaba embutido en un polo azul celeste con un logotipo de unos árboles entrelazados en el bolsillo del pecho.

—¡Oh, gran Palico! —exclamé—. Te suplicamos...

—¿Qué ha sido eso? —lo interrumpió el espíritu—. ¿Lo que has dicho?

—¡Poesía! —contesté—. ¡Para usted!

El espíritu se dio unos golpecitos en su barbilla color gris barro.

—No. No era poesía.

No podía creerlo. ¿Es que ya nadie apreciaba la belleza del lenguaje?

—Mi buen espíritu —repuse—. La poesía no tiene por qué rimar, ¿sabe?

—No me refiero a la rima. Me refiero a comunicar un mensaje. Nosotros hacemos muchos estudios de mercado, y no aceptaríamos eso para una campaña. Por ejemplo, la canción de las salchichas Oscar Mayer... eso sí que es poesía. El anuncio tiene cincuenta años, y la gente sigue cantándola. ¿Podrías ofrecerme una poesía como esa?

Miré a Meg para asegurarme de que no me estaba imaginando la conversación.

—Oiga —le dije al dios del géiser—, he sido el señor de la poesía durante cuatro mil años. Sé lo que es una buena poesía...

El palico agitó las manos.

—Empecemos otra vez. Te soltaré el rollo, y luego tal vez puedas darme algún consejo. Hola, soy Pete. ¡Bienvenidos al Bosque del Campamento Mestizo! ¿Estás dispuesto a rellenar una encuesta para evaluar la satisfacción del cliente después de este encuentro? Tu opinión es importante.

—Esto...

—Estupendo. Gracias.

Pete buscó en la parte vaporosa donde debería tener los bolsillos. Sacó un folleto brillante y empezó a leer.

—El bosque es un destino perfecto para... Hum, pone «divertirse». Creía que lo habíamos cambiado por «pasárselo en grande». Hay que elegir las palabras con cuidado, ¿sabes? Si Paulie estuviera aquí... —Pete suspiró—. Él tiene más talento para el espectáculo. ¡En fin, bienvenido al Bosque del Campamento Mestizo!

—Ya lo ha dicho —observé.

—Ah, claro. —Pete sacó un bolígrafo rojo y empezó a corregir el texto.

—Eh. —Meg pasó por mi lado dándome un empujón. Se había quedado muda de asombro durante doce segundos; debía de ser un nuevo récord—. Don Barro Vaporoso, ¿ha visto a algún semidiós perdido?

—¡Don Barro Vaporoso! —Pete dio una manotada al folleto—. ¡Eso sí que es una marca con gancho! Y muy buena observación, lo de los semidioses perdidos. No podemos tener a nuestras visitas vagando sin rumbo. Deberíamos repartir mapas en la entrada del bosque. Aquí dentro hay muchas cosas maravillosas que ver, y nadie sabe que existen. Hablaré con Paulie cuando vuelva.

Meg se quitó sus gafas empañadas.

—¿Quién es Paulie?

Pete señaló el segundo géiser.

—Mi socio. Podríamos incluir un mapa en este folleto si...

—Entonces ¿ha visto a algún semidiós perdido? —pregunté.

—¿Qué? —Pete intentó escribir en el folleto, pero el vapor lo había empapado tanto que el bolígrafo rojo atravesó el papel—. Oh, no. Últimamente, no. Pero deberíamos mejorar la señalización. Por ejemplo, ¿sabíais que estos géiseres estaban aquí?

—No —reconocí.

—¡A eso me refiero! Unos géiseres dobles (¡los únicos de Long Island!), y nadie sabe que existimos. No hay difusión. El boca oreja no funciona. ¡Por eso convencimos a la junta de directores para que nos contratasen!

Meg y yo nos miramos. Me di cuenta de que por primera vez estábamos en la misma onda: confusión absoluta.

—Disculpe —intervine—. ¿Me está diciendo que el bosque tiene una junta de directores?

—Desde luego —contestó Pete—. Las dríades, los otros espíritus de la naturaleza, los monstruos sensibles... Alguien tiene que pensar en el valor de la propiedad y los servicios y las relaciones públicas. Tampoco fue fácil conseguir que la junta nos contratase para encargarnos del marketing. Si metemos la pata en este trabajo... No, tío.

Meg chapoteó con sus zapatillas en el barro.

—¿Podemos irnos? No entiendo lo que dice este tío.

—¡Ese es el problema! —se lamentó Pete gimiendo—. ¿Cómo escribimos anuncios claros que transmitan la imagen adecuada del bosque? ¡Por ejemplo, los palicos como Paulie y como yo antes éramos famosos! ¡Importantes destinos turísticos! La gente acudía a nosotros para hacer juramentos. Los esclavos fugados buscaban refugio en nosotros. Recibíamos sacrificios, ofrendas, plegarias... era estupendo. Y ahora, nada.

Dejé escapar un suspiro.

—Sé cómo se siente.

—Chicos —dijo Meg—, buscamos a unos semidioses desaparecidos.

—Cierto —convine—. Oh, gran... Pete, ¿tiene idea de adónde pueden haber ido nuestros amigos perdidos? Tal vez conozca algún sitio secreto en el bosque.

Los ojos blancos de Pete brillaron.

—¿Sabíais que los hijos de Hefesto tienen un taller escondido al norte llamado Búnker Nueve?

—Pues sí, la verdad —respondí.

—Ah. —Una nube de vapor salió del orificio nasal izquierdo de Pete—. ¿Y sabíais que el Laberinto se ha reconstruido? Hay una entrada aquí mismo, en el bosque...

—Lo sabemos —dijo Meg.

Pete se quedó hecho polvo.

—Puede que se deba —tercié— a que su campaña de marketing está funcionando.

—¿Tú crees? —El pelo espumoso de Pete empezó a arremolinarse—. Sí. ¡Sí, puede que tengas razón! ¿Por casualidad habéis visto nuestros focos? Fueron idea mía.

—¿Focos? —preguntó Meg.

Unos haces idénticos de luz roja brotaron de los géiseres y barrieron el cielo. Iluminado por debajo, Pete parecía el narrador de cuentos de fantasmas más espeluznante del mundo.

—Desgraciadamente, no han atraído a quien debían. —Pete suspiró—. Paulie no me deja usarlos mucho. Ha propuesto que nos anunciemos en un zepelín o en un King Kong inflable gigante...

—Qué chulo —lo interrumpió Meg—. Pero ¿puede decirnos algo sobre una arboleda secreta con árboles que susurran?

Tenía que reconocer que a Meg se le daba bien retomar el tema original. Como poeta, yo no me caracterizaba por ir al grano. Pero como arquero, sabía apreciar el valor de un tiro directo.

—Oh. —Pete descendió en su nube de vapor, y el foco lo tiñó del color de un refresco de cereza—. No puedo hablar de la arboleda.

Noté un zumbido en mis oídos antaño divinos. Resistí el deseo de gritar: «¡AJÁ!».

—¿Por qué no puede hablarnos de la arboleda, Pete?

El espíritu manoseó su folleto empapado.

—Paulie dijo que espantaría a los turistas. «Habla de los dragones —me dijo—. Habla de los lobos y las serpientes y las máquinas de matar antiguas. Pero no digas nada de la arboleda.»

—¿Máquinas de matar antiguas? —preguntó Meg.

—Sí —respondió Pete sin ganas—. Las estamos publicitando como entretenimiento familiar. Pero la arboleda... Paulie dijo que era nuestro mayor problema. El barrio ni siquiera está acondicionado para un oráculo. Paulie fue a ver si podíamos trasladarlo, pero...

—No ha vuelto —aventuré.

Pete asintió con la cabeza tristemente.

—¿Cómo se supone que voy a dirigir una campaña de marketing yo solo? Sí, puedo utilizar llamadas pregrabadas para las encuestas telefónicas, pero muchos contactos se hacen cara a cara, y a Paulie siempre se le ha dado mejor eso. —La voz de Pete se convirtió en un susurro triste—. Lo echo de menos.

—Nosotros podríamos buscarlo —propuso Meg— y traerlo.

Pete sacudió la cabeza.

—Paulie me hizo prometerle que no lo seguiría y que no le contaría a nadie dónde está la arboleda. Él sabe resistirse muy bien a esas extrañas voces, pero vosotros lo tendríais crudo.

Estuve tentado de darle la razón. Buscar máquinas de matar antiguas me parecía mucho más razonable. Entonces me imaginé a Kayla y a Austin vagando por el antiguo bosque y enloqueciendo poco a poco. Me necesitaban, y eso significaba que yo necesitaba su ubicación.

—Lo siento, Pete. —Le lancé mi mirada más crítica, la que utilizaba para hundir a las aspirantes a cantantes en las pruebas de Broadway—. Pero no me lo trago.

Alrededor de la caldera de Pete empezó a borbotear barro.

—¿A-a qué te refieres?

—No creo que exista esa arboleda —dije—. Y si existe, no creo que sepas dónde está.

El géiser de Pete retumbó. El vapor se arremolinó en el haz de su foco.

—¡Sí... sí que lo sé! ¡Claro que existe!

—¿De verdad? Entonces ¿por qué no hay carteles por todas partes? ¿Y un sitio web dedicado al lugar? ¿Por qué no hemos visto la etiqueta #arboledadedodona en las redes sociales?

Pete echaba chispas por los ojos.

—¡Yo propuse todo eso! ¡Paulie me lo echó por tierra!

—¡Pues haga un poco de trabajo de divulgación! —le pedí—. ¡Véndanos el producto! ¡Enséñenos dónde está la arboleda!

—No puedo. La única entrada... —Echó un vistazo por encima del hombro, y se le desencajó el rostro—. Oh, no. —Sus focos se apagaron.

Me volví. Meg hizo un ruido de chapoteo aún más fuerte que el de sus zapatillas en el barro.

Mi vista tardó un instante en acostumbrarse, pero en el linde del claro había tres hormigas negras del tamaño de tanques Sherman.

—Pete —dije, tratando de no perder la calma—, cuando dijo que sus focos no habían atraído a quien debían...

—Me refería a los mirmekes —expuso él—. Espero que esto no afecte a vuestra crítica del Bosque del Campamento Mestizo.

24

Rompo mi promesa, fracaso estrepitosamente. La culpa es de Neil Diamond

Los mirmekes deberían figurar en los primeros puestos de tu lista de monstruos contra los que no te conviene luchar.

Atacan en grupos. Escupen ácido. Sus pinzas pueden partir el bronce celestial.

Y también son feos.

Las tres hormigas soldado avanzaron agitando y meneando sus antenas de tres metros de forma hipnótica, tratando de desviar mi atención del auténtico peligro que suponían sus mandíbulas.

Sus cabezas picudas me recordaban las de las gallinas: gallinas con ojos oscuros y apagados y caras negras y acorazadas. Cada una de sus seis patas habría sido un magnífico cabrestante para la construcción. Sus descomunales abdómenes vibraban y palpitaban como narices que olfateasen en busca de comida.

Maldije en silencio a Zeus por inventar a las hormigas. Tenía entendido que un buen día se enfadó con un hombre codicioso que siempre robaba las cosechas a sus vecinos, de modo que lo convirtió en la primera hormiga: una especie que no hace más que buscar comida, robar y reproducirse. A Ares le gustaba decir en broma que si Zeus quería una especie con esas características, podría haber dejado a los humanos como estaban. Yo solía reírme. Ahora que soy uno de vosotros no le veo la gracia.

Las hormigas se dirigieron a nosotros moviendo sus antenas. Me imaginé que su hilo de pensamiento debía de ser algo así como «¿Brillantes? ¿Sabrosos? ¿Indefensos?».

—No hagas movimientos bruscos —le aconsejé a Meg, quien no parecía inclinada a moverse en absoluto. De hecho, parecía petrificada.

—¡¿Pete?! —grité—. ¿Cómo se enfrenta a los mirmekes que invaden su territorio?

—Escondiéndome —respondió él, y desapareció dentro del géiser.

—Gracias —gruñí.

—¿Podemos tirarnos al agua? —preguntó Meg.

—Solo si te apetece morir cocida en un pozo de agua hirviendo.

Los bichos tanque hicieron chasquear sus mandíbulas y se acercaron muy lentamente.

—Tengo una idea. —Me descolgué el ukelele.

—Pensé que habías jurado no tocar —dijo Meg.

—Así es. Pero si tiro este objeto brillante a un lado, las hormigas podrían...

Estaba a punto de decir «las hormigas podrían seguirlo y dejarnos en paz».

No tuve en cuenta que, en mis manos, el ukelele me hacía parecer más brillante y sabroso. Antes de que pudiera tirar el instrumento, las hormigas soldado avanzaron en tropel hacia nosotros. Retrocedí dando traspiés y no me acordé del géiser que tenía detrás hasta que se me empezaron a hacer ampollas en los omóplatos, y el aire se llenó de vapor con aroma a Apolo.

—¡Eh, bichos! —Las cimitarras de Meg lanzaron destellos en sus manos y la convirtieron en el nuevo objeto brillante del claro.

¿Podemos dedicar un instante a valorar que Meg hizo eso a propósito? Le tenía pánico a los insectos y podría haber huido y haber dejado que me devorasen. En cambio, decidió arriesgar su vida distrayendo a tres hormigas del tamaño de tanques. Una cosa era tirar basura a unos matones callejeros. Pero eso... eso era un nivel de insensatez totalmente distinto. Si sobrevivía, puede que propusiera a Meg McCaffrey como candidata al Premio al Mejor Sacrificio en la próxima edición de los Premios Semi.

Dos hormigas embistieron contra Meg. La tercera siguió centrada en mí, aunque giró la cabeza, y aproveché la distracción para correr a un lado.

Meg echó a correr entre sus adversarias y cortó una pata a cada una con sus espadas doradas. Las mandíbulas de las hormigas mordieron el aire vacío. Los bichos soldado cojearon sobre sus cinco patas restantes, trataron de girar y se golpearon las cabezas.

Desenvainé la espada. Siempre he odiado las espadas. Son unas armas muy poco elegantes y exigen luchar cuerpo a cuerpo. ¡Qué imprudente, cuando puedes disparar una flecha a tus enemigos desde la otra punta del mundo!

La hormiga escupió ácido, e intenté protegerme de la sustancia con la espada.

Tal vez no fuese la idea más inteligente. A menudo me confundo cuando practico esgrima o tenis. Al menos parte del ácido salpicó a la hormiga en los ojos, lo que me permitió ganar unos segundos. Me retiré valientemente y cuando levanté la espada descubrí que la hoja se había corroído y que no quedaba más que una empuñadura humeante.

—¿Meg? —grité con expresión de impotencia.

Ella estaba ocupada con otras cosas. Sus espadas daban vueltas describiendo arcos de destrucción, cercenando trozos de pata y cortando antenas. Nunca había visto a una *dimachaera* luchar con tal destreza, y he visto combatir a los mejores gladiadores. Desgraciadamente, sus espadas solo hacían chispas en los gruesos caparazones de las hormigas. A pesar de la técnica de Meg, las hormigas tenían más patas, más peso, más ferocidad y un poco más de habilidad escupiendo ácido.

Mi adversario intentó morderme. Conseguí evitar sus mandíbulas, pero su cara acorazada me golpeó en un lado de la cabeza. Me tambaleé y me caí. Parecía que se me hubiera llenado un canal auditivo de hierro fundido.

Se me nubló la vista. Al otro lado del claro, las otras dos hormigas flanqueaban a Meg empleando su ácido para llevarla hacia el bosque. Ella se lanzó detrás de un árbol y apareció con una sola espada. Trató de lanzar una estocada a la hormiga más próxima, pero el fuego cruzado ácido la hizo retroceder. Sus mallas echaban humo, llenas de agujeros. Tenía una expresión tensa de dolor.

—Melocotones —murmuré para mis adentros—. ¿Dónde está ese estúpido demonio con pañales cuando lo necesitamos?

El karpos no apareció. Tal vez la presencia de los dioses de los géiseres u otra fuerza del bosque lo mantenía alejado. Tal vez la junta de directores tenía una norma en contra de las mascotas.

La tercera hormiga se cernió sobre mí, echando saliva verde por las mandíbulas. Su aliento olía peor que las camisas de trabajo de Hefesto.

Podría echar la culpa de mi siguiente decisión a la herida de mi cabeza. Podría decirte que no pensaba con claridad, pero no es cierto. Estaba desesperado. Estaba aterrado. Quería ayudar a Meg. Pero sobre todo quería salvarme yo. No vi otra opción, de modo que me lancé a por el ukelele.

Ya lo sé. Había prometido por la laguna Estigia que no tocaría música hasta que volviera a ser un dios. Pero incluso un juramento tan serio puede parecer irrelevante cuando una hormiga gigante está a punto de derretirte la cara.

Cogí el instrumento, me tumbé boca arriba y me puse a cantar a pleno pulmón «Sweet Caroline».

Incluso sin el juramento, solo habría hecho algo así en una emergencia de lo más extrema. Cuando canto esa canción, las posibilidades de destrucción mutua garantizada son demasiado altas. Pero no vi otra alternativa. Puse toda la carne en el asador, echando mano del sentimentalismo empalagoso de los setenta.

La hormiga gigante sacudió la cabeza. Sus antenas temblaron. Me levanté mientras el monstruo se arrastraba hacia mí haciendo eses. Pegué la espalda al géiser y ataqué el estribillo.

La parte del «¡La! ¡La! ¡La!» surtió efecto. Cegada de asco y rabia, la hormiga atacó. Me aparté rodando por el suelo mientras el impulso del monstruo lo arrastraba hacia delante, directo a la caldera embarrada.

Créeme, solo hay una cosa que huela peor que las camisas de trabajo de Hefesto, y es un mirmeke hirviendo dentro de su caparazón.

Meg gritó detrás de mí. Me volví a tiempo para ver cómo su segunda espada salía despedida de su mano. La niña se desplomó cuando uno de los mirmekes la atrapó entre sus mandíbulas.

—¡NO! —chillé.

La hormiga no la partió por la mitad. Simplemente la sostuvo, débil e inconsciente.

—¡Meg! —grité otra vez. Rasgueé desesperadamente el ukelele—. ¡Sweet Caroline!

Pero me había quedado sin voz. Había necesitado todas mis fuerzas para vencer a una hormiga. (Creo que en mi vida he escrito una frase más triste.) Corrí en auxilio de Meg, pero tropecé y me caí. El mundo se volvió amarillo claro. Me puse a cuatro patas y vomité.

«Tengo una contusión», pensé, pero no tenía ni idea de qué hacer al respecto. Parecía que hubiera pasado una eternidad desde que había sido un dios de la curación.

Puede que estuviese tumbado en el barro minutos u horas mientras el cerebro me daba vueltas despacio dentro del cráneo. Cuando conseguí levantarme, las dos hormigas ya no estaban.

No había rastro de Meg McCaffrey.

25

Estoy de racha.

Cociéndome, quemándome, echando la pota.

¿Leones? Venga, ¿por qué no?

Crucé el claro dando traspiés y llamando a Meg a gritos. Sabía que era inútil, pero chillar me hacía sentir bien. Busqué señales de ramas rotas o pisadas en el suelo. Sin duda dos hormigas del tamaño de tanques dejarían un rastro que pudiera seguir.

Pero yo no era Artemisa; no tenía la habilidad de mi hermana para el rastreo. No tenía ni idea de en qué dirección se habían llevado a mi amiga.

Recogí las espadas de Meg del barro. Inmediatamente se convirtieron en anillos de oro: tan pequeños, tan fáciles de perder, como una vida humana. Es posible que llorase. Intenté romper mi ridículo ukelele de combate, pero el instrumento de bronce celestial se resistía a mis intentos. Finalmente, arranqué la cuerda de la, la ensarté a través de los anillos de Meg y me la até al cuello.

—Te encontraré, Meg —murmuré.

Su rapto había sido culpa mía. Estaba seguro. Había roto mi promesa tocando música y salvándome. En lugar de castigarme directamente, Zeus o las Moiras o todos los dioses juntos habían descargado su ira sobre Meg McCaffrey.

¿Cómo había podido ser tan tonto? Cada vez que hacía enfadar a los otros dioses, los más allegados a mí caían fulminados. Había perdido a Dafne por un comentario desconsiderado que le había hecho a Eros.

Había perdido al hermoso Jacinto por mi disputa con Céfiro. Ahora mi promesa incumplida le costaría la vida a Meg.

«No —me dije—. No lo permitiré.»

Estaba tan asqueado que apenas podía caminar. Parecía que alguien me estuviese inflando un globo dentro del cerebro. Aun así, conseguí llegar al borde del géiser de Pete dando traspiés.

—¡Pete! —grité—. ¡Déjate ver, teleoperador cobarde!

Un chorro de agua salió disparado hacia el cielo acompañado de un sonido que recordaba el tubo más grave de un órgano. El palico apareció en el remolino de vapor, con su cara de color gris barro endurecida de la ira.

—¿Me llamas TELEOPERADOR? —inquirió—. ¡Dirigimos una empresa de relaciones públicas!

Me doblé y vomité en su cráter, una respuesta que me pareció apropiada.

—¡Basta! —se quejó Pete.

—Tengo que encontrar a Meg. —Me limpié la boca con la mano temblorosa—. ¿Qué harían los mirmekes con ella?

—¡No lo sé!

—Dímelo o no terminaré la encuesta de atención al cliente.

Pete dejó escapar un grito ahogado.

—¡Eso es terrible! ¡Tu opinión es importante! —Descendió flotando a mi lado—. Oh, dioses... tu cabeza tiene mala pinta. Tienes un buen corte en el cuero cabelludo y estás sangrando. Seguro que por eso no piensas con claridad.

—¡Me da igual! —chillé, cosa que no hizo más que empeorar mi dolor de cabeza—. ¿Dónde está el hormiguero de los mirmekes?

Pete retorció sus vaporosas manos.

—Bueno, ya hablamos de eso antes. Es a donde fue Paulie. El hormiguero es la única entrada.

—¿A qué?

—A la Arboleda de Dodona.

Mi estómago se convirtió en una bolsa de hielo, cosa injusta, porque necesitaba una para la cabeza.

—El hormiguero... ¿es el camino para ir al bosque?

—Oye, necesitas atención médica. Le dije a Paulie que debíamos tener un puesto de primeros auxilios para las visitas. —Rebuscó en sus inexistentes bolsillos—. Te marcaré dónde está la cabaña de Apolo...

—Si sacas un folleto —le advertí—, te haré comértelo. A ver, explícame cómo lleva el hormiguero a la arboleda.

Pete se puso amarillo, o puede que simplemente mi vista empeorase.

—Paulie no me lo contó todo. Hay una zona espesa del bosque que ha crecido tanto que nadie puede entrar. Incluso desde arriba, las ramas son como...

Entrelazó sus dedos de barro e hizo que se licuasen y se derritiesen unos contra otros, un gesto que expresó bastante bien lo que quería decir.

—El caso —separó las manos— es que la arboleda está allí dentro. Podría haber estado durmiendo durante siglos. En la junta de directores nadie sabía de su existencia. Un buen día, de repente, los árboles empezaron a susurrar. Paulie creía que esas puñeteras hormigas habían excavado debajo del bosque, y que eso fue lo que la despertó.

Traté de entenderlo. Era difícil con el cerebro hinchado.

—¿Dónde está el hormiguero?

—Al norte de aquí —contestó Pete—. Un kilómetro más o menos. Pero, tío, no estás en condiciones...

—¡Debo ir! ¡Meg me necesita!

Pete me agarró el brazo como un torniquete tibio y húmedo.

—Todavía tiene tiempo. Si se la han llevado entera quiere decir que todavía no está muerta.

—Pero ¡lo estará pronto!

—No. Antes de que Paulie... antes de que desapareciese, entró varias veces en el hormiguero buscando el túnel a la arboleda. Me contó que a los mirmekes les gusta embadurnar a sus víctimas y dejar que, ejem, maduren hasta que están lo bastante blandas para que las crías se las coman.

Dejé escapar un chillido poco divino. Si me hubiera quedado algo en el estómago, lo habría echado.

—¿Cuánto tiempo tiene?

—Veinticuatro horas, más o menos. Luego empezará a... ejem, ablandarse.

Era difícil imaginarse a Meg McCaffrey ablandándose en alguna circunstancia, pero la visualicé sola y asustada, cubierta de pringue de insecto, metida en una despensa de cadáveres en el hormiguero. Para una niña que odiaba los bichos... Oh, Deméter había hecho bien odiándome y quitándome a mis hijos. ¡Era un dios terrible!

—Ve a por ayuda —me apremió Pete—. En la cabaña de Apolo te podrán curar la herida de la cabeza. No le harás ningún favor a tu amiga si vas corriendo a por ella y acabas muriendo.

—¿Por qué te importa lo que nos pase?

El dios del géiser puso cara de ofendido.

—¡La satisfacción del visitante siempre es nuestra prioridad! Además, si encuentras a Paulie de paso que estás allí dentro...

Traté de seguir enfadado con el palico, pero la soledad y la preocupación de su rostro eran un reflejo de mis emociones.

—¿Te explicó Paulie cómo recorrer el hormiguero?

Pete negó con la cabeza.

—Ya te he dicho que no quería que lo siguiese. Los mirmekes son bastante peligrosos. Y si esos otros tipos siguen deambulando por ahí...

—¿Otros tipos?

Pete frunció el entrecejo.

—¿No te lo había dicho? Sí. Paulie vio a tres humanos armados hasta los dientes. También buscaban la arboleda.

Mi pierna izquierda empezó a dar golpes nerviosos, como si echase de menos a su compañera en la carrera de tres piernas.

—¿Sabía Paulie lo que buscaban?

—Los oyó hablar en latín.

—¿En latín? ¿Eran campistas?

Pete abrió las manos.

—Creo... creo que no. Paulie los describió como si fuesen adultos. Dijo que uno era el líder. Los otros dos se dirigían a él como «emperador».

Pareció que el planeta entero se ladease.

—Emperador.

—Sí, ya sabes, como en Roma...

—Sí, lo sé.

De repente, muchas cosas cobraron sentido. Las piezas del puzle encajaron y formaron una imagen general que fue como una bofetada para mí. La Bestia... Terrenos Triunvirato... unos semidioses adultos totalmente fuera del radar.

A duras penas conseguí evitar caer al géiser. Meg me necesitaba más que nunca. Pero tendría que hacerlo bien. Tendría que ir con cuidado: más aún que cuando les ponía las vacunas anuales a los caballos de fuego.

—Pete —dije—, ¿todavía supervisas juramentos sagrados?

—Pues sí, pero...

—Entonces ¡escucha mi solemne juramento!

—Ejem, el caso es que te envuelve un halo como si acabases de romper una promesa sagrada, ¿tal vez algo que juraste por la laguna Estigia? Y si rompieses otro juramento conmigo...

—Juro que salvaré a Meg McCaffrey. Utilizaré todos los medios a mi disposición para traerla sana y salva del hormiguero, y este juramento sustituye a cualquiera que haya hecho antes. ¡Lo juro por tus aguas sagradas y calentísimas!

Pete hizo una mueca.

—Bueno, ya está hecho. Pero ten presente que si no cumples el juramento, si Meg muere, aunque no sea culpa tuya... tendrás que hacer frente a las consecuencias.

—¡Ya estoy maldito! ¿Qué más da?

—Sí, pero los juramentos por la laguna Estigia pueden tardar años en acabar contigo. Son como el cáncer. En cambio, los míos... —Pete se encogió de hombros—. Si lo rompes, no podré hacer nada para impedir tu castigo. Estés donde estés, un géiser brotará del suelo a tus pies y te hervirá vivo.

—Ah... —Intenté evitar que mis rodillas entrechocasen—. Sí, claro que lo sabía. Mantengo mi promesa.

—Ahora ya no tienes elección.

—Vale. Creo que... que iré a que me curen.

Me fui tambaleándome.

—El campamento está en la otra dirección —me señaló Pete.

Cambié de rumbo.

—¡Acuérdate de terminar la encuesta en internet! —gritó Pete detrás de mí—. Solo por curiosidad, en una escala del uno al diez, ¿cómo evaluarías tu satisfacción general con el Bosque del Campamento Mestizo?

Me interné en la oscuridad dando traspiés sin contestar. Estaba demasiado ocupado contemplando en una escala del uno al diez el dolor que podría tener que soportar en el futuro próximo.

No tenía fuerzas para volver al campamento. Cuanto más andaba, más claro se veía. Tenía las articulaciones hechas puré. Me sentía como una marioneta, y a pesar de lo mucho que había disfrutado en el pasado controlando a los mortales desde las alturas, no me hacía gracia estar al otro lado de los hilos.

Mis defensas estaban a cero. El más pequeño perro del infierno o dragón podría haberse zampado sin problemas al gran Apolo. Si un tejón enfadado se hubiera enfrentado conmigo, habría estado perdido.

Me apoyé contra un árbol para recobrar el aliento. Pareció que el árbol me apartase, susurrándome con una voz que recordaba perfectamente: «No te detengas, Apolo. No puedes descansar aquí».

—Yo te quería —murmuré.

Una parte de mí sabía que estaba delirando —imaginándomelo todo a causa de la contusión—, pero juraba que podía ver el rostro de mi querida Dafne brotando de cada tronco por delante del que pasaba, con sus facciones flotando bajo la corteza como un espejismo de madera: su nariz ligeramente torcida, sus estrábicos ojos verdes, los labios que nunca había besado pero con los que no había dejado de soñar.

«Tú querías a cualquier chica guapa, me regañó ella. Y a cualquier chico guapo, ya puestos.»

—¡No como a ti! —chillé—. Tú fuiste mi primer amor verdadero. ¡Oh, Dafne!

«Cíñete mi corona —dijo—. Y arrepiéntete.»

Recordaba haberla perseguido: su fragancia a lilas en la brisa, su silueta ágil atravesando rápidamente la luz moteada del bosque. La perseguí durante lo que me parecieron años. Tal vez lo fuesen.

Después culpé a Eros durante siglos.

En un momento de imprudencia, había ridiculizado la destreza de Eros como arquero. Él me lanzó una flecha dorada por rencor. Concentró todo mi amor en la hermosa Dafne, pero eso no fue lo peor. También lanzó una flecha de plomo al corazón de Dafne y eliminó todo posible afecto que ella pudiera haber sentido por mí.

Lo que la gente no entiende es que las flechas de Eros no pueden despertar emoción de la nada. Solo pueden cultivar un potencial que ya existe. Dafne y yo podríamos haber sido una pareja perfecta. Ella era mi amor verdadero. Podría haberme correspondido. Sin embargo, gracias a Eros, mi amorómetro se disparó al cien por cien mientras que los sentimientos de Dafne se convirtieron en odio puro (que, por supuesto, no es más que el reverso del amor). No hay nada más trágico que amar a alguien desde lo más profundo de tu alma y saber que no podrá corresponderte jamás.

Según las leyendas, yo la perseguí por capricho; ella no era más que otro vestido bonito para mí. Las leyendas no son ciertas. Cuando ella le suplicó a Gaia que la convirtiera en laurel para escapar de mí, una parte de mi corazón también se volvió duro como una corteza. Me inventé la corona de laurel para conmemorar mi fracaso: para castigarme por el destino de mi gran amor. Cada vez que un héroe consigue el laurel, me recuerda la chica que yo no podré conseguir.

Después de Dafne, juré que no me casaría jamás. A veces decía que era porque no podía decidirme entre las Nueve Musas. Una historia conveniente. Las Nueve Musas eran mis fieles compañeras, todas hermosas a su manera. Pero ellas nunca conquistaron mi corazón como Dafne. Solo hubo otra persona que me afectó tan profundamente —el perfecto Jacinto—, y él también me fue arrebatado.

Todos esos pensamientos circulaban por mi maltrecho cerebro. Fui tambaleándome de un árbol a otro, apoyándome en ellos, agarrándome a sus ramas más bajas a modo de pasamanos.

«No puedes morir aquí —susurró Dafne—. Tienes trabajo que hacer. Has hecho un juramento.»

Sí, el juramento. Meg me necesitaba. Tenía que...

Me caí de bruces al mantillo helado.

No estoy seguro de cuánto tiempo estuve allí tumbado.

Noté la respiración de un hocico húmedo en el oído. Una lengua áspera me lamió la cara. Pensé que estaba muerto y que Cerbero me había encontrado a las puertas del inframundo.

Entonces la criatura me dio la vuelta. El cielo estaba surcado de oscuras ramas de árbol. Seguía en el bosque. La cara rubia de un león apareció encima de mí, con sus ojos color ámbar hermosos y letales. Me lamió la cara, tal vez mientras decidía si yo sería una buena cena.

—Ptf. —Escupí pelo de su melena.

—Despierta —me ordena una voz de mujer a mi derecha. No era Dafne, pero me sonaba vagamente.

Conseguí levantar la cabeza. Cerca de allí, otro león se hallaba sentado a los pies de una mujer con gafas ahumadas y una tiara de oro y plata en su cabello trenzado. Su vestido de batik tenía un estampado de hojas de helecho. Tenía los brazos y las manos llenos de tatuajes de alheña. Lucía un aspecto distinto al que tenía en mi sueño, pero la reconocí.

—Rea —dije con voz ronca.

Ella inclinó la cabeza.

—Paz, Apolo. No quiero fastidiarte, pero tenemos que hablar.

26

¿Emperadores, aquí?
Amordázame con un símbolo de la paz.
No mola, mamá

La herida de mi cabeza debía de saber a carne de wagyu.

El león no paraba de lamerme un lado de la cara, de modo que cada vez tenía el pelo más pegajoso y más mojado. Curiosamente, eso pareció aclarar mis pensamientos. Quizá la saliva de león tenía propiedades curativas. Supongo que debería haberlo sabido, siendo un dios de la curación, pero tendrás que disculparme por no haber hecho experimentos con la baba de todos los animales de la naturaleza.

Me incorporé con dificultad y miré a la reina de los titanes.

Rea estaba apoyada contra el lateral de una furgoneta Volkswagen con dibujos de hojas de helecho negras como las de su vestido. Recordaba que el helecho negro era uno de los símbolos de Rea, pero no me acordaba de por qué. Entre los dioses, Rea siempre había sido un tanto misteriosa. Ni siquiera Zeus, que la conocía mejor, solía hablar de ella.

Su corona le rodeaba la frente como una vía de ferrocarril brillante. Cuando me miró, sus gafas ahumadas pasaron del color naranja al morado. Un cinturón de macramé le ceñía la cintura, y del cuello le colgaba un símbolo de la paz de latón sujeto a una cadena.

Sonrió.

—Me alegro de que hayas despertado. Estaba preocupada, tío.

Me gustaría que la gente dejara de llamarme «tío».

—¿Qué haces...? ¿Dónde has estado todos estos siglos?

—En el interior. —Rascó las orejas del león—. Después de Woodstock, me quedé por aquí y abrí un taller de alfarería.

—Que tú... ¿qué?

Ella ladeó la cabeza.

—¿Fue la semana pasada o el milenio pasado? He perdido la noción del tiempo.

—Creo... creo que hablas de los años sesenta del siglo xx. Fue el siglo pasado.

—Qué rollo. —Rea suspiró—. Me confundo después de tantos años.

—Te comprendo.

—Después de dejar a Cronos... Ese tío era un pedazo de carca, ¿sabes? Era el típico padre de los cincuenta: quería que fuéramos un matrimonio perfecto.

—Se... se comió vivos a sus hijos.

—Sí. —Rea se apartó el pelo de la cara—. Eso me dio muy mal karma. El caso es que lo dejé. En aquel entonces divorciarse no era guay. No se hacía. Pero yo quemé mi *apodesmos* y me liberé. Crie a Zeus en una comuna con un grupo de náyades y curetes. Mucho germen de trigo y néctar. El niño creció muy marcado por Acuario.

Estaba bastante seguro de que Rea no recordaba bien los siglos, pero me pareció de mala educación seguir comentándolo.

—Me recuerdas a Iris —dije—. Se hizo vegana hace varias décadas.

Rea hizo una mueca; un simple rictus de desaprobación antes de recobrar su equilibrio kármico.

—Iris es buena gente. Me cae bien. Pero las diosas más jóvenes no estuvieron aquí para luchar por la revolución. No saben cómo eran las cosas cuando tu marido se zampaba a tus hijos y no conseguías un trabajo digno y los machistas de los titanes querían que te quedases en casa para cocinar y limpiar y tener más bebés olímpicos. Y hablando de Iris...

Rea se tocó la frente.

—Un momento, ¿estábamos hablando de Iris? ¿O he tenido un flash?

—Sinceramente, no lo sé.

—Ah, ya me acuerdo. Es una mensajera de los dioses, ¿verdad? Junto con Hermes y esa otra chica liberada tan molona... ¿Juana de Arco?

—Esto... no estoy seguro de la última.

—Bueno, el caso es que las líneas de comunicación están cortadas, tío. Nada funciona. Mensajes en el arcoíris, pergaminos voladores, Hermes Exprés... todo se estropea.

—Lo sabemos, pero no sabemos por qué.

—Son ellos. Ellos son los culpables.

—¿Quiénes?

Ella miró a un lado y a otro.

—El Tío, tío. El Gran Hermano. Los trajeados. Los emperadores.

Esperaba que dijera otra cosa: gigantes, titanes, máquinas de matar antiguas, alienígenas. Habría preferido meterme con Tártaro o Urano o con el mismísimo Caos primordial. Había albergado la esperanza de que Pete hubiera entendido mal lo que su hermano le había contado sobre el emperador del hormiguero.

Ahora que tenía la confirmación, me daban ganas de robar la furgoneta de Rea e irme a una comuna muy, muy lejos, al interior.

—Terrenos Triunvirato —dije.

—Sí —convino Rea—. Es su nuevo complejo militar-industrial. Me raya mogollón.

El león dejó de lamerme la cara, probablemente porque mi sangre se había vuelto amarga.

—¿Cómo es posible? ¿Cómo han vuelto?

—Nunca se fueron —respondió Rea—. Ellos se lo buscaron, ¿sabes? Querían convertirse en dioses. Eso nunca sale bien. Desde la antigüedad, han estado escondiéndose, influyendo en la historia entre bastidores. Están atrapados en una especie de vida intermedia. No pueden morir, pero tampoco pueden vivir.

—Pero ¿cómo es posible que los dioses no lo supiéramos? —pregunté—. ¡Somos dioses!

La risa de Rea me recordó a un cerdito con asma.

—Apolo, nieto, mi niño bonito... ¿El hecho de ser un dios ha impedido alguna vez que alguien sea tonto?

Tenía razón. No sobre mí personalmente, claro, sino sobre ciertas historias que yo podía contar sobre los otros dioses del Olimpo...

—Los emperadores de Roma. —Intenté hacerme a la idea—. No todos pueden ser inmortales.

—No —dijo Rea—. Solo los peores, los más conocidos. Viven en la memoria humana, tío. Eso es lo que los mantiene con vida. Igual que nosotros, en realidad. Están ligados al curso de la civilización occidental, aunque ese concepto es un ejemplo de propaganda eurocéntrica imperialista. Como te diría mi gurú...

—Rea —me puse las manos en las sienes; las tenía a punto de estallar—, ¿podemos tratar los problemas de uno en uno?

—Sí, vale. No quería calentarte la cabeza.

—Pero ¿cómo pueden influir en nuestras líneas de comunicación? ¿Cómo pueden ser tan poderosos?

—Han tenido siglos para hacerlo, Apolo. Siglos. Todo ese tiempo conspirando y haciendo la guerra, levantando su imperio capitalista, esperando el momento en que tú seas mortal, cuando los oráculos sean vulnerables para una opa hostil. Es perverso. Dan muy mal rollo.

—Creía que ese era un concepto más moderno.

—¿La perversidad?

—No. El mal rollo. Da igual. La Bestia... ¿es el líder?

—Me temo que sí. Es tan retorcido como los otros, pero es el más listo y el más estable, aunque en plan sociopático. Sabes quién es... quién era, ¿verdad?

Lamentablemente, lo sabía. Me acordé de dónde había visto su fea cara sonriente. Podía oír su voz nasal resonando a través de la palestra, ordenando la ejecución de cientos mientras la multitud vitoreaba. Quería preguntarle a Rea quiénes eran sus dos socios en el triunvirato, pero por el momento no podría soportar la información. Ninguna de las opciones era buena, y saber sus nombres podría provocarme más desesperación de la que podría sobrellevar.

—Es cierto, entonces —comenté—. Los otros oráculos todavía existen. ¿Los emperadores los controlan todos?

—Están en ello. Pitón tiene Delfos: ese es el problema más grave. Pero no tienes fuerzas para enfrentarte a él cara a cara. Primero tienes que arrebatarle los oráculos menos importantes y socavar su poder. Para eso, necesitas una nueva fuente de profecías para el campamento: un Oráculo que sea más antiguo e independiente.

—Dodona —dije—. La arboleda que susurra.

—Eso es —contestó Rea—. Creía que la arboleda había desaparecido para siempre. Pero de repente, no sé cómo, los robles volvieron a crecer en el centro de este bosque. Tienes que encontrar la arboleda y protegerla.

—Estoy en ello. —Me toqué la herida pegajosa del lado de la cara—. Pero mi amiga Meg...

—Sí. Has tenido contratiempos. Pero siempre hay contratiempos, Apolo. Cuando Lizzy Stanton y yo fuimos las anfitrionas de la primera convención por los derechos de las mujeres en Woodstock...

—Creo que te refieres a Seneca Falls.

Rea frunció el ceño.

—¿No fue eso en los sesenta?

—Los cuarenta —respondí—. Los cuarenta del siglo XIX, si la memoria no me falla.

—Entonces... ¿Jimi Hendrix no estuvo allí?

—Lo dudo.

Rea se puso a toquetear su símbolo de la paz.

—Entonces ¿quién prendió fuego a aquella guitarra? Bah, da igual. El caso es que tienes que perseverar. A veces los cambios tardan siglos en producirse.

—Solo que ahora soy mortal —repuse—. No tengo siglos.

—Pero tienes fuerza de voluntad —replicó Rea—. Tienes ímpetu y empuje mortales. Esas son cualidades de las que los dioses suelen carecer.

A su lado, el león rugió.

—Tengo que pirarme —dijo Rea—. Si los emperadores me localizan, mal asunto, tío. He estado demasiado tiempo fuera del sistema. No pienso dejar que vuelvan a arrastrarme a esa forma de opresión institucional y patriarcal. Busca a Dodona. Esa será tu primera prueba.

—¿Y si la Bestia encuentra la arboleda primero?

—Oh, él ya ha encontrado las puertas, pero no podrá cruzarlas sin ti y la niña.

—No... no lo entiendo.

—Tranqui. Respira. Busca tu centro. La iluminación tiene que venir de dentro.

Parecía una frase que yo podría haberles dicho a mis devotos. Estuve tentado de estrangular a Rea con su cinturón de macramé, pero dudaba que tuviera la fuerza necesaria. Además, ella tenía dos leones.

—Pero ¿qué hago? ¿Cómo salvo a Meg?

—Primero, cúrate. Descansa. Luego... cómo salves a Meg es cosa tuya. El viaje es más importante que el destino, ¿sabes?

Alargó la mano. Sobre sus dedos había unos móviles de viento: una serie de tubos de latón huecos y medallones con símbolos griegos y cretenses grabados.

—Cuelga esto en el roble antiguo más grande. Eso ayudará a concentrar las voces del Oráculo. Si consigues una profecía, chachi. Solo será el principio, pero sin Dodona, nada más será posible. Los emperadores aniquilarán nuestro futuro y dividirán el mundo. Cuando hayas vencido a Pitón podrás reclamar tu lugar legítimo en el Olimpo. Mi hijo, Zeus, tiene una obsesión disciplinaria con la mano dura, ¿sabes? Recuperar Delfos es la única forma de que te congracies con él.

—Me... me temía que dirías eso.

—Hay una cosa más —me advirtió—. La Bestia planea algún tipo de ataque contra tu campamento. No sé de qué se trata, pero será algo gordo. Peor que el napalm. Tienes que avisar a tus amigos.

El león más cercano me dio un empujoncito. Rodeé su pescuezo con los brazos y le dejé que me levantase. Conseguí mantenerme en pie, pero solo porque las piernas se me quedaron agarrotadas de pánico absoluto. Por primera vez, comprendí las pruebas que me aguardaban. Sabía a qué enemigos debía enfrentarme. Necesitaría más que móviles de viento e iluminación interior. Necesitaría un milagro. Y como dios que era, te aseguro que esas cosas no se reparten a la ligera.

—Buena suerte, Apolo. —La reina de los titanes colocó los móviles de viento en mis manos—. Tengo que ir a echar un vistazo al horno antes de que se me agrieten los cacharros. ¡Sigue al pie del cañón, y salva esos árboles! El bosque se esfumó. Me encontré en el prado central del Campamento Mestizo, cara a cara con Chiara Benvenuti, quien retrocedió de un salto alarmada.

—¿Apolo?

Sonreí.

—Hola, chica.

Se me pusieron los ojos en blanco y, por segunda vez esa semana, me desmayé de forma encantadora delante de ella.

27

Pido perdón
prácticamente por todo.
Hala, soy un chico bueno

—Despierta —ordenó una voz.

Abrí los ojos y vi a un fantasma con un rostro casi tan querido para mí como el de Dafne. Reconocí su piel cobriza, su sonrisa afable, sus rizos de pelo moreno y aquellos ojos violáceos como las túnicas senatoriales.

—Jacinto —dije sollozando—. Lo siento mucho...

Él giró la cara hacia la luz del sol y dejó ver la desagradable marca encima de la oreja izquierda donde le había impactado el disco. En solidaridad con él, noté un dolor punzante en mi cara herida.

—Busca las cavernas —me indicó—. Cerca de las fuentes azules. Oh, Apolo... la cordura te será arrebatada, pero no...

Su imagen se desdibujó y empezó a retroceder. Me levanté de mi lecho de enfermo. Corrí tras él y lo agarré por los hombros.

—Que no haga ¿qué? ¡No me dejes otra vez, por favor!

Se me aclaró la vista. Me encontré junto a la ventana de la Cabaña Siete, sosteniendo una maceta de cerámica con jacintos morados y rojos. Cerca, con cara de gran preocupación, se hallaban Will y Nico como si estuvieran listos para cogerme.

—Está hablando con las flores —observó Nico—. ¿Es normal?

—Apolo —dijo Will—, has sufrido una contusión. Te has curado, pero...

—¿Estos jacintos han estado siempre aquí? —pregunté.

Will frunció el entrecejo.

—Sinceramente, no sé de dónde han salido, pero...—Me quitó el tiesto de las manos y volvió a dejarlo en el alféizar—. Centrémonos en ti, ¿vale?

Normalmente me habría parecido un consejo fantástico, pero ahora solo podía mirar los jacintos y preguntarme si eran algún tipo de mensaje. Qué cruel era verlos: las flores que yo había creado en honor a mi difunto amor, con los pétalos teñidos de rojo como su sangre o de tono violeta como sus ojos. Se abrían alegremente en la ventana y me recordaban la dicha que yo había perdido.

Nico posó la mano en el hombro de Nico.

—Estamos preocupados, Apolo. Sobre todo Will.

Verlos juntos, apoyándose el uno en el otro, me entristeció todavía más. Durante mi delirio, mis dos grandes amores me habían visitado. Y ahora volvía a estar terriblemente solo.

Aun así, tenía una tarea que cumplir. Una amiga necesitaba mi ayuda.

—Meg está en apuros —dije—. ¿Cuánto he estado inconsciente?

Will y Nico se miraron.

—Ahora es mediodía más o menos —anunció Will—. Apareciste en el prado a eso de las seis de la mañana. Al ver que Meg no volvía contigo, quisimos ir a buscarla al bosque, pero Quirón no nos dejó.

—Quirón tenía toda la razón —afirmé—. No permitiré que nadie más ponga en peligro su vida. Pero debo darme prisa. Meg tiene hasta esta noche como máximo.

—¿Qué pasará entonces? —preguntó Nico.

No podía decírselo. Ni siquiera podía pensar en ello sin arredrarme. Bajé la vista. Aparte del pañuelo con la bandera de Brasil que me había dado Paolo y el collar hecho con la cuerda del ukelele, no llevaba más ropa que los calzoncillos. Mi ofensiva flacidez estaba expuesta a la vista de todos, pero ya no me importaba. (Bueno, no mucho, al menos.)

—Tengo que vestirme.

Volví dando tumbos a mi catre. Rebusqué entre mis escasas provisiones y encontré la camiseta de Led Zeppelin de Percy Jackson. Me la puse. Parecía más adecuada que nunca.

Will rondaba cerca.

—Oye, Apolo, creo que todavía no te has recuperado del todo.

—Estoy bien. —Me puse los vaqueros—. Tengo que salvar a Meg.

—Deja que te ayudemos —dijo Nico—. Dinos dónde está. Yo puedo viajar por las sombras...

—¡No! —le espeté—. No, tenéis que quedaros aquí y proteger el campamento.

La expresión de Will me recordó mucho la de su madre, Naomi: aquella cara de inquietud que ponía justo antes de salir al escenario.

—¿Proteger el campamento de qué?

—No... no estoy seguro. Debéis decirle a Quirón que los emperadores han vuelto. O, mejor dicho, que nunca se fueron. Han estado conspirando y acumulando recursos durante siglos.

Los ojos de Nico brillaron con recelo.

—Cuando hablas de emperadores...

—Me refiero a los romanos.

Will retrocedió.

—¿Estás diciendo que los emperadores de la antigua Roma están vivos? ¿Cómo? ¿Las Puertas de la Muerte?

—No. —El sabor a bilis apenas me dejaba hablar—. Los emperadores se convirtieron en dioses. Tenían sus propios templos y altares. Animaron a la gente a que los adorase.

—Pero eso no fue más que propaganda —apuntó Nico—. En realidad no eran divinos.

Reí tristemente.

—La adoración sostiene a los dioses, hijo de Hades. Siguen existiendo gracias a los recuerdos colectivos de una cultura. Es el caso de los dioses del Olimpo; también el de los emperadores. De algún modo, los más poderosos han sobrevivido. Todos estos siglos se han aferrado a una semivida, escondiéndose, esperando para reclamar su poder.

Will negó con la cabeza.

—Eso es imposible. ¿Cómo...?

—¡No lo sé! —Traté de estabilizar mi respiración—. Decidle a Rachel que los hombres que están detrás de Terrenos Triunvirato son antiguos emperadores de Roma. Han estado conspirando contra nosotros todo este tiempo, y los dioses hemos estado ciegos. Ciegos.

Me puse el abrigo. La ambrosía que Nico me había dado el día anterior seguía en mi bolsillo izquierdo. En el derecho, los móviles de viento de Rea tintinearon, aunque no tenía ni idea de cómo habían llegado allí.

—La Bestia planea algún tipo de ataque contra el campamento —dije—. No sé qué clase de ataque ni cuándo, pero decidle a Quirón que esté preparado. Tengo que marcharme.

—¡Espera! —gritó Nico cuando llegué a la puerta—. ¿Quién es la Bestia? ¿A qué emperador nos enfrentamos?

—Al peor de mis descendientes. —Mis dedos se clavaron en el marco de la puerta—. Los cristianos lo llamaban la Bestia porque los quemaba vivos. Nuestro enemigo es el emperador Nerón.

Debieron de quedarse demasiado helados para seguirme.

Corrí hacia el arsenal. Varios campistas me lanzaron miradas raras. Algunos me llamaron ofreciéndome ayuda, pero no les hice caso. Solo podía pensar en Meg sola en la guarida de los mirmekes y en las visiones de Dafne, Rea y Jacinto: todos me instaban a que siguiera adelante, aconsejándome que hiciera lo imposible a pesar de mi deficiente forma mortal.

Cuando llegué al arsenal, escudriñé el armero de los arcos. Con mano temblorosa, elegí el que Meg había intentado darme el día anterior. Estaba tallado en madera de laurel de montaña. Me horrorizó la amarga ironía de la situación.

Había jurado que no usaría un arco hasta que volviera a ser un dios. Pero también había jurado que no tocaría música, y ya había faltado a ese juramento de la forma más atrozmente Neil Diamond posible.

La maldición de la laguna Estigia me mataría de manera lenta y cancerosa, o Zeus me fulminaría. Pero la promesa de salvar a Meg McCaffrey tenía que ir primero.

Giré la cara hacia el cielo.

—Si quieres castigarme, adelante, padre, pero ten el valor de hacerme daño a mí directamente, no a mi compañera mortal. ¡PÓRTATE COMO UN HOMBRE!

Para mi sorpresa, el cielo permaneció en silencio. Ningún rayo me volatilizó. Tal vez Zeus estaba demasiado sorprendido para reaccionar, pero sabía que no pasaría por alto un insulto como ese.

Cogí un carcaj y lo llené de todas las flechas de repuesto que encontré. A continuación corrí al bosque, con los anillos de Meg tintineando en mi collar improvisado. Caí en la cuenta de que me había olvidado del ukelele de combate demasiado tarde, pero no tenía tiempo para volver atrás. Tendría que bastarme con mi voz.

No estoy seguro de cómo encontré el hormiguero.

Puede que el bosque simplemente me dejara llegar a él, sabiendo que me encaminaba a la muerte. He descubierto que cuando uno busca peligro nunca le cuesta encontrarlo.

Pronto estaba agachado detrás de un árbol caído, observando la guarida de los mirmekes en el claro que tenía delante. Llamar al lugar hormiguero habría sido como llamar Palacio de Versalles a una casa unifamiliar. Unos terraplenes ascendían casi hasta las copas de los árboles circundantes: treinta metros de altura como mínimo. La circunferencia podría haber albergado un hipódromo romano. Una hilera continua de hormigas soldado y hormigas de carga entraba y salía en grupo del montículo. Algunas llevaban árboles caídos. Una, inexplicablemente, arrastraba un Chevy Impala de 1967.

¿A cuántas hormigas me enfrentaría? No tenía ni idea. Cuando llegas a un número imposible, es inútil contar.

Coloqué una flecha en el arco y penetré en el claro.

Cuando el mirmeke más próximo me vio, soltó el Chevy. Observó cómo me acercaba, mientras sus antenas se movían. No le hice caso y pasé tranquilamente por delante de él en dirección a la entrada del túnel más cercano. Eso le confundió todavía más.

Varias hormigas más se reunieron para mirar.

He descubierto que si te comportas como si no estuvieras fuera de lugar, la mayoría de la gente (o de las hormigas) no se encara contigo. Normalmente actuar con seguridad no supone un problema para mí. Los dioses podemos estar en todas partes. Resultaba un poco más difícil para Lester Papadopoulos, pardillo donde los haya, pero llegué hasta el hormiguero sin que nadie se enfrentase a mí.

Me metí y empecé a cantar.

Esta vez no necesité ukelele. No necesité musa para inspirarme. Me acordé de la cara de Dafne en los árboles. Me acordé de Jacinto al alejarse, con la herida mortal reluciendo en su cuero cabelludo. Mi voz se llenó de angustia. Canté sobre mi pena. En lugar de venirme debajo de desesperación, la proyecté hacia fuera.

Los túneles amplificaban mi voz y la llevaban por el hormiguero, y convertían la colina entera en mi instrumento musical.

Cada vez que me cruzaba con una hormiga, el animal doblaba las patas y tocaba el suelo con la testuz, mientras sus antenas se agitaban debido a las vibraciones de mi voz.

Si hubiera sido un dios, la canción habría sonado más fuerte, pero bastó con eso. Me impresionó la tristeza que podía expresar una voz humana.

Me adentré en la colina. No tenía ni idea de adónde iba hasta que vi un geranio que brotaba del suelo del túnel.

La canción se entrecortó.

Meg. Debía de haber recobrado la conciencia. Había tirado una de sus semillas de emergencia para dejarme un rastro. Todas las flores moradas del geranio miraban hacia un túnel que se desviaba a la izquierda.

—Niña lista —dije, y me decidí por ese túnel.

Un traqueteo me alertó del mirmeke que se acercaba.

Me volví y levanté el arco. Liberado del encantamiento de mi voz, el insecto atacó echando ácido por la boca. Tensé el arco y disparé. La flecha se clavó hasta las plumas en la testuz de la hormiga.

La criatura se cayó, y sus patas traseras se sacudieron con los últimos estertores. Intenté recuperar la flecha, pero el astil se me partió en la mano; el extremo partido estaba cubierto de sustancia corrosiva. Tendría que renunciar a reutilizar la munición.

—¡MEG! —grité.

La única respuesta que obtuve fue el ruido de más hormigas gigantes que se movían en dirección a mí. Empecé a cantar otra vez. Sin embargo, ahora tenía más esperanzas de encontrar a Meg, y eso hacía que me resultase más difícil evocar la melancolía adecuada. Las hormigas que me encontré ya no estaban catatónicas. Se movían despacio y con paso vacilante, pero aun así atacaban. Me vi obligado a disparar a una tras otra.

Pasé a una cueva llena de tesoros relucientes, pero en ese momento no me interesaban los objetos brillantes. Seguí avanzando.

Otro geranio brotaba del suelo en el siguiente cruce, y todas sus flores miraban a la derecha. Giré en esa dirección y llamé a Meg otra vez, y acto seguido retomé la canción.

A medida que me animaba, mi canción se volvía menos eficaz y las hormigas, más agresivas. Después de una docena de muertes, el carcaj se estaba aligerando de forma peligrosa.

Tenía que ahondar más en mis sentimientos de desesperación. Tenía que pillar un buen bajón.

Por primera vez en cuatro mil años, canté sobre mis defectos.

Desahogué la culpabilidad que me despertaba la muerte de Dafne. Mi fanfarronería, mi envidia y mi deseo habían sido su ruina. Cuando ella huyó de mí, debería haberla dejado marchar. En cambio, la perseguí implacablemente. La deseaba, y pretendía que fuera mía. Y por esa razón, no le dejé a Dafne alternativa. Para escapar de mí, sacrificó su vida y se transformó en un árbol, y dejó mi corazón marcado para siempre. Pero era culpa mía. Me disculpé en forma de canción. Supliqué el perdón de Dafne.

Canté sobre Jacinto, el más guapo de todos los hombres. Céfiro, el Viento del Oeste, también lo amaba, pero yo me negué a compartir un solo segundo del tiempo de Jacinto. Loco de celos, amenacé a Céfiro. Lo desafié a que se entrometiese.

Canté sobre el día que Jacinto y yo estábamos jugando al disco en el campo, y el viento del oeste desvió mi disco a la cabeza de Jacinto.

Para tener a Jacinto al sol, que era donde debía estar, creé las flores de jacinto a partir de su sangre. Hice responsable a Céfiro, pero mi mezquina codicia había sido la causa de la muerte de Jacinto. Desahogué mi pena. Asumí toda la culpa.

Canté sobre mis fracasos, mi congoja y mi soledad eternos. Yo era el peor de los dioses, el más atormentado por la culpa y el más descentrado. Era incapaz de comprometerme con un solo amante. Ni siquiera podía decidir de qué era dios. Cambiaba continuamente de una aptitud a otra, distraído e insatisfecho.

Mi vida de éxito era una farsa. Mi sofisticación era una fachada. Mi corazón era un pedazo de madera petrificada.

A mi alrededor, los mirmekes se desplomaban. El propio hormiguero temblaba de pena.

Encontré un tercer geranio y luego un cuarto.

Finalmente, haciendo una pausa entre verso y verso, oí una vocecilla más adelante: el sonido de una niña que gritaba.

—¡Meg! —Dejé la canción y eché a correr.

Ella estaba tumbada en medio de una cavernosa despensa, como me había imaginado. A su alrededor había un montón de reses de animales —vacas, ciervos, caballos—, rodeados de baba endurecida en proceso de lenta descomposición. El olor llegó a mis conductos nasales como una avalancha.

Meg también estaba envuelta en la sustancia, pero se defendía con el poder de los geranios. De las partes más finas de su capullo brotaban grupos de hojas. Una gorguera hecha de flores impedía que la baba entrase en contacto con su cara. La niña incluso había conseguido liberar uno de sus brazos gracias a una explosión de geranios rosa en su axila izquierda.

Tenía los ojos hinchados de llorar. Supuse que estaba asustada, que tal vez estaba sufriendo, pero cuando me arrodillé a su lado, sus primeras palabras fueron:

—Lo siento mucho.

Le retiré una lágrima de la punta de la nariz.

—¿Por qué, querida Meg? No has hecho nada malo. Yo te he fallado.

Un sollozo se le atragantó en la garganta.

—No lo entiendes. La canción que estabas cantando... Oh, dioses... Si lo hubiera sabido, Apolo...

—Chis, no llores. —Tenía la garganta tan irritada que apenas podía hablar. La canción casi había acabado con mi voz—. Solo estás reaccionando a la tristeza de la música. Voy a liberarte.

Estaba considerando cómo hacerlo cuando Meg abrió mucho los ojos y emitió un sonido gimoteante.

Se me erizó el vello de la nuca.

—Hay hormigas detrás de mí, ¿verdad? —dije.

Meg asintió con la cabeza.

Me volví cuando cuatro de esas criaturas entraron en la caverna. Alargué la mano hacia mi carcaj. Me quedaba una flecha.

28

Consejo para padres:
mamás, no dejéis que vuestras larvas
se conviertan en hormigas

Meg se revolvió en su envoltorio de baba.

—¡Sácame de aquí!

—¡No tengo espada! —Me llevé los dedos a la cuerda de ukelele que rodeaba mi cuello—. En realidad, tengo tus espadas, digo, tus anillos...

—No hace falta que cortes el capullo. Cuando la hormiga me dejó aquí, se me cayó el paquete de semillas. No debería estar lejos.

Tenía razón. Vi la bolsa arrugada cerca de sus pies.

Me aproximé muy lentamente, sin perder de vista a las hormigas. Permanecían unas al lado de las otras en la entrada como si no se atreviesen a acercarse. Tal vez el reguero de hormigas muertas que llevaba a esa sala les había dado que pensar.

—Buenas hormigas —dije—. Estupendas hormigas tranquilas.

Me agaché y recogí el paquete. Un rápido vistazo a su interior me reveló que quedaba media docena de semillas.

—Y ahora, ¿qué, Meg?

—Tíralas a la baba —dijo Meg.

Señalé los geranios que le salían del cuello y la axila.

—¿Cuántas semillas han hecho falta para eso?

—Una.

—Entonces todas estas te asfixiarán. He transformado en flores a demasiada gente que me importaba, Meg. No voy a...

—¡HAZLO!

A las hormigas no les gustó su tono. Avanzaron haciendo chasquear sus mandíbulas. Esparcí las semillas de geranio sobre el capullo de Meg y a continuación coloqué la flecha en el arco. Matar a una hormiga no serviría de nada si las otras tres nos hacían trizas, de modo que elegí otro blanco. Disparé al techo de la caverna, justo encima de las cabezas de las hormigas.

Era una idea desesperada, pero en el pasado había conseguido derribar edificios con flechas. En 464 a.C. provoqué un terremoto que barrió la mayor parte de Esparta impactando a una falla geológica en el ángulo adecuado. (Nunca me gustaron mucho los espartanos.)

Esta vez tuve menos suerte. La flecha se clavó en la tierra compacta con un ruido apagado. Las hormigas dieron otro paso adelante, derramando gotas de ácido por las bocas. Detrás de mí, Meg forcejeaba para soltarse del capullo, que ahora estaba cubierto de una alfombra peluda de flores moradas.

Necesitaba más tiempo.

A falta de ideas, me quité el pañuelo con la bandera brasileña del cuello y me puse a agitarlo como un loco, tratando de sacar al Paolo que llevaba dentro.

—¡ATRÁS, HORMIGAS ASQUEROSAS! —grité—. ¡BRASIL!

Las hormigas vacilaron, tal vez debido a los vivos colores, o a mi voz, o a mi repentina y demencial seguridad. Mientras titubeaban, unas grietas se extendieron por el techo desde el punto de impacto de la flecha, y acto seguido miles de toneladas de tierra se desplomaron sobre los mirmekes.

Cuando el polvo se despejó, media sala había desaparecido, junto con las hormigas.

Miré el pañuelo.

—Que me estigien. Tiene poder mágico de verdad. No puedo contárselo a Paolo o se pondrá insoportable.

—¡Aquí! —gritó Meg.

Me volví. Otro mirmeke reptaba por encima de un montón de reses; al parecer, venía de otra salida en la que yo no había reparado, detrás del repugnante almacén de comida.

Antes de que pudiera pensar qué hacer, Meg gritó y salió súbitamente de su jaula, lanzando geranios por todas partes.

—¡Mis anillos! —gritó.

Me los quité del cuello de un tirón y los lancé a través del aire. En cuanto Meg los atrapó, dos cimitarras doradas brillaron en sus manos.

Al mirmeke apenas le dio tiempo a pensar «Oh, no» antes de que Meg atacase. La niña le rebanó la cabeza acorazada. Su cuerpo se desplomó echando vapor.

Meg se volvió hacia mí. Su cara era un torbellino de culpa, tristeza y amargura. Tenía miedo de que utilizase sus espadas contra mí.

—Apolo, yo... —Se le quebró la voz.

Supuse que todavía padecía los efectos de mi canción. Estaba profundamente conmovida. Tomé nota mental de que no debía volver a cantar con tanta sinceridad si había un mortal escuchando.

—Tranquila, Meg —dije—. Soy yo el que debería pedirte disculpas. Yo te he metido en este lío.

Meg negó con la cabeza.

—No lo entiendes. Yo...

Un chillido airado resonó por la cámara, sacudió el techo inestable e hizo caer nubes de polvo sobre nuestras cabezas. El tono del grito me recordó a Hera cuando recorría los pasillos del Olimpo hecha una furia, gritándome por dejar la tapa del váter divino levantada.

—Es la hormiga reina —deduje—. Tenemos que irnos.

Meg señaló con su espada la única salida que quedaba.

—Pero el sonido ha venido de allí. Iremos en dirección a ella.

—Exacto. Así que deberíamos dejar las disculpas para más tarde. Todavía podríamos conseguir que el otro la palmase.

Encontramos a la hormiga reina.

Hurra.

Todos los pasillos debían de llevar a la reina. Partían de su cámara como los pinchos de una maza. Su majestad era el triple de grande que sus soldados más voluminosos: una imponente masa de quitina negra y apéndices con púas, con unas alas ovaladas y transparentes contra el lomo. Sus ojos eran espejadas piscinas de ónice. Su abdomen era un saco palpitante y translúcido lleno de huevos brillantes. Al verlo me arrepentí de haber inventado los medicamentos en cápsulas de gelatina.

Su abdomen hinchado podría retrasarla en caso de pelea, pero era tan grande que podría interceptarnos antes de que llegásemos a la salida más próxima. Sus mandíbulas nos partirían por la mitad como ramitas secas.

—Meg —dije—, ¿qué te parece si empuñas tus dos cimitarras contra esa señora?

Meg se quedó horrorizada.

—Es una madre dando a luz.

—Sí... y es un insecto, algo que tú odias. Y sus hijos te estaban madurando para comerte de cena.

Meg frunció el entrecejo.

—Aun así... no me parece justo.

La reina siseó; un ruido seco de rociada. Supuse que ya nos habría regado con ácido si no le preocupasen los efectos a largo plazo de los corrosivos en sus larvas. Hoy día, todas las precauciones son pocas para las hormigas reina.

—¿Tienes otra idea? —pregunté a Meg—. ¿A ser posible una en la que no haya que morir?

Ella señaló un túnel situado justo detrás del nido de la reina.

—Tenemos que ir en esa dirección. Ese túnel lleva al bosque.

—¿Cómo puedes estar tan segura?

Meg ladeó la cabeza.

—Árboles. Es como si... pudiera oírlos crecer.

Eso me recordó algo que me habían contado las musas en cierta ocasión: que podían oír la tinta secándose en las páginas de poesía recién escritas. Supongo que tenía sentido que una hija de Deméter pudiera oír crecer a las plantas. Además, no me sorprendió que el túnel que debíamos seguir fuera el más difícil de alcanzar.

—Canta —me pidió Meg—. Canta como antes.

—No... no puedo. Me he quedado casi sin voz.

«Además —pensé—, no quiero arriesgarme a perderte otra vez.»

Había liberado a Meg, de modo que había cumplido con la palabra que le había dado a Pete, el dios del géiser. Aun así, al cantar y practicar el tiro con arco, había roto mi juramento no solo una vez sino dos. Si seguía cantando solo conseguiría infringir todavía más mi promesa. Fueran cuales fuesen los castigos cósmicos que me esperaban, no quería que recayesen sobre Meg.

Su majestad intentó mordernos; una señal de aviso con la que nos indicaba que retrocediéramos. Si hubiera estado unos centímetros más cerca, mi cabeza habría rodado por el suelo.

Rompí a cantar... o, mejor dicho, hice lo que pude con la voz rasposa que me quedaba. Me puse a rapear. Empecé por el ritmo «bum, chaca, chaca». Me arranqué con unos pasos de baile en los que las Nueve Musas y yo habíamos estado trabajando justo antes de la guerra con Gaia.

La reina arqueó el lomo. No creo que esperase que ese día le rapeasen.

Lancé una mirada Meg que quería decir claramente: «¡Échame una mano!».

Ella negó con la cabeza. Si le dabas a esa niña dos espadas, se volvía una maníaca. Si le pedías que marcase un ritmo sencillo, le entraba miedo escénico.

«Está bien —pensé—. Lo haré yo solo.»

Ataqué «Dance», de Nas, que debo decir es una de las odas a las madres más conmovedoras que he inspirado a un artista. (De nada, Nas.) Me tomé ciertas libertades con la letra. Puede que cambiase «ángel» por «madre de la camada» y «mujer» por «insecto», pero el sentimiento era el mismo. Canté para la reina embarazada, evocando mi amor por mi querida madre, Leto. Cuando canté que ojalá un día me casase con una mujer (o un insecto) tan buena como ella, mi pena era real. Yo nunca tendría una compañera así. No estaba escrito en mi destino.

Las antenas de la reina vibraban. Su cabeza se balanceaba de un lado a otro. No paraban de salir huevos de su abdomen, y eso hacía que me costase concentrarme, pero perseveré.

Cuando hube terminado, hinqué una rodilla y levanté los brazos en homenaje, esperando el veredicto de la reina. O me mataría o me perdonaría. Estaba agotado. Me había vaciado en esa canción y no podía rapear una línea más.

A mi mado, Meg permaneció muy quieta, agarrando sus espadas.

Su majestad tembló. Echó atrás la cabeza y gimió; un sonido más desconsolado que airado.

Se inclinó, me rozó suavemente el pecho con el hocico y me empujó en dirección al túnel que teníamos que tomar.

—Gracias —dije con voz ronca—. Siento... siento lo de las hormigas que he matado.

La reina emitió un ronroneo y un chasquido, expulsando unos cuantos huevos más como diciendo: «No te preocupes, siempre puedo poner más».

Acaricié la testuz de la hormiga reina.

—¿Puedo llamarte «mamá»?

Su boca echó espuma con satisfacción.

—Apolo —me apremió Meg—, vámonos antes de que cambie de opinión.

No estaba seguro de que mamá cambiase de opinión. Tenía la sensación de que había aceptado mi lealtad y nos había adoptado en su camada. Pero Meg estaba en lo cierto; teníamos que darnos prisa. Mamá observó cómo sorteábamos poco a poco sus huevos.

Nos metimos en el túnel y vimos el brillo de la luz del día encima de nosotros.

29

Pesadillas con antorchas
y un hombre vestido de morado.
Pero eso no es lo peor

Nunca me había alegrado tanto de ver un campo de la muerte.

Salimos a un claro lleno de huesos. La mayoría eran de animales del bosque. Unos cuantos parecían humanos. Deduje que habíamos encontrado el vertedero de los mirmekes, quienes al parecer no tenían un servicio de recogida de basura regular.

El claro estaba rodeado de árboles tan frondosos y enmarañados que avanzar entre ellos habría sido imposible. Por encima de nuestras cabezas, las ramas se entrelazaban formando una bóveda con hojas que dejaba pasar la luz del sol pero poco más. Cualquiera que sobrevolase el bosque no se habría percatado de que ese espacio abierto existía bajo el manto de vegetación.

En el otro extremo del claro había una hilera de objetos como muñecos de entrenamiento de fútbol americano: seis capullos blancos plantados en altos postes de madera, flanqueando un par de robles enormes. Cada árbol medía como mínimo veinticinco metros. Habían crecido tan cerca uno del otro que sus inmensos troncos parecían haberse fundido. Tuve la clara impresión de estar viendo unas puertas vivientes.

—Es una entrada —dije—. A la Arboleda de Dodona.

Las espadas de Meg se retrajeron y se convirtieron otra vez en anillos de oro en sus dedos corazón.

—¿No estamos ya en el bosque?

—No...

Miré los polos blancos formados por los capullos al otro lado del claro. Estaban demasiado lejos para distinguirlos claramente, pero había algo en ellos que me resultaba familiar de una forma perversa y desagradable. Tenía ganas de acercarme. También tenía ganas de guardar las distancias.

—Creo que esto es más bien una antesala —dije—. La arboleda propiamente dicha está detrás de esos árboles.

Meg miró con recelo a través del campo.

—No oigo ninguna voz.

Era cierto. El bosque estaba en un silencio absoluto. Los árboles parecían contener el aliento.

—La arboleda sabe que estamos aquí —aventuré—. Está esperando a ver qué hacemos.

—Entonces más vale que hagamos algo. —Meg no parecía más entusiasmada que yo, pero avanzó resueltamente e hizo crujir unos huesos bajo sus pies.

Deseé tener algo más que un arco, un carcaj vacío y una voz ronca para defenderme, pero la seguí procurando no tropezar con cajas torácicas ni astas de ciervo. Aproximadamente a mitad del claro, Meg exhaló un brusco suspiro.

Estaba mirando los postes situados a cada lado de las puertas de los árboles.

Al principio no entendí lo que estaba viendo. Cada estaca tenía aproximadamente la altura de un crucifijo: los que los romanos solían plantar al lado de los caminos para advertir del destino de los criminales. (Personalmente, las vallas publicitarias modernas me parecen de mucho mejor gusto.) La parte superior de cada poste estaba envuelta en toscos rollos de algodón blanco, y de lo alto de cada capullo sobresalía algo que parecía una cabeza humana.

Se me revolvió el estómago. Eran cabezas humanas. Dispuestos ante nosotros se hallaban los semidioses desaparecidos, todos bien atados. Observé, petrificado, hasta que distinguí ligerísimas dilataciones y contracciones en el envoltorio que les rodeaba el pecho. Todavía respiraban. Inconscientes, no muertos. Gracias a los dioses.

A la izquierda había tres adolescentes a los que no conocía, aunque supuse que debían de ser Cecil, Ellis y Miranda. En el lado derecho había un hombre demacrado con la piel gris y el pelo blanco: sin duda el dios del géiser Paulie. A su lado estaban colgados mis hijos Austin y Kayla.

Me puse a temblar tan violentamente que los huesos tirados alrededor de mis pies hicieron ruido. Reconocí el olor procedente de las envolturas de los prisioneros: azufre, aceite, cal en polvo y fuego griego líquido, la sustancia más peligrosa jamás creada. La rabia y la indignación se debatían en mi garganta, disputándose el derecho a hacerme vomitar.

—Oh, es monstruoso —dije—. Tenemos que liberarlos inmediatamente.

—¿Qu-qué les pasa? —preguntó Meg tartamudeando.

No me atrevía a expresarlo con palabras. Había visto esa forma de ejecución una vez, a manos de la Bestia, y no deseaba volver a verla.

Corrí a la estaca de Austin. Traté de derribarla con todas mis fuerzas, pero no se movía. La base estaba demasiado hundida en la tierra. Tiré de las ataduras de tela, pero solo conseguí mancharme las manos de resina sulfúrea. El algodón estaba más pegajoso y más duro que la baba de los mirmekes.

—¡Tus espadas, Meg! —No estaba seguro de que sirviesen de algo, pero no se me ocurría otra cosa.

Entonces oímos un gruñido familiar encima de nosotros.

Las ramas susurraron. Melocotones, el karpos, bajó del manto de vegetación y cayó dando una voltereta a los pies de Meg. Parecía que hubiera pasado un calvario para llegar allí. Tenía cortes en los brazos que chorreaban zumo de melocotón. Sus piernas estaban llenas de cardenales. El pañal le colgaba de forma peligrosa.

—¡Gracias a los dioses! —exclamé. Esa no era mi reacción habitual cuando veía a un espíritu de los cereales, pero sus dientes y garras podían ser justo lo que necesitábamos para liberar a los semidioses—. ¡Deprisa, Meg! Mándale a tu amigo que...

—Apolo. —La semidiosa habló en tono serio. Señaló el túnel por el que habíamos venido.

Del hormiguero salieron dos de los humanos más corpulentos que había visto en mi vida. Cada uno medía unos dos metros diez y debía de pesar ciento treinta kilos de puro músculo embutidos en corazas de piel de caballo. Su cabello rubio lanzaba destellos como hilo de seda plateado. Unos aros con piedras preciosas brillaban en sus barbas. Cada hombre llevaba un escudo ovalado y una lanza, aunque dudaba que necesitasen armas para matar. Parecían capaces de abrir balas de cañón solo con las manos.

Los reconocí por sus tatuajes y los dibujos circulares de sus escudos. Unos guerreros así no eran fáciles de olvidar.

—Germani.

Instintivamente, me puse delante de Meg. Los guardaespaldas imperiales de élite habían sido implacables cosechadores de muerte en la antigua Roma. Dudaba que se hubieran dulcificado con los siglos.

Los dos hombres me lanzaron una mirada asesina. Tenían tatuajes con forma de serpientes alrededor del cuello, como los rufianes que me habían asaltado en Nueva York. Los germani se separaron, y su amo salió del túnel.

Nerón no había cambiado mucho en mil novecientos y pico años. No aparentaba más de treinta años, pero unos treinta castigados, con la cara ojerosa y la barriga hinchada de la vida disoluta. Tenía la boca fija en una mueca permanente. El cabello rizado le llegaba hasta la barba que le envolvía el cuello. Tenía el mentón tan poco pronunciado que estuve tentado de crear una campaña de *crowdfunding* para pagarle una mandíbula mejor.

Intentaba compensar su fealdad con un caro traje italiano de lana morada, con la camisa gris abierta para exhibir unas cadenas de oro. Sus zapatos eran de piel trabajada a mano, un calzado inadecuado para pisotear un montón de hormigas. Claro que Nerón siempre había tenido gustos caros y poco prácticos. Tal vez era lo único que admiraba de él.

—Emperador Nerón —dije—. La Bestia.

Él frunció el labio.

—Nerón está bien. Me alegro de verlo, mi honorable antepasado. Lamento haber sido tan descuidado con mis ofrendas en los últimos milenios, pero —se encogió de hombros— no lo he necesitado. Me ha ido bastante bien por mi cuenta.

Apreté los puños. Tenía ganas de fulminar a ese emperador barrigón con un rayo incandescente, pero no tenía rayos incandescentes. No tenía flechas. No me quedaba voz para cantar. Frente a Nerón y sus guardaespaldas de dos metros diez, tenía un pañuelo brasileño, un paquete de ambrosía y unos móviles de viento de latón.

—Es a mí a quien busca —afirmé—. Baje a estos semidioses de sus estacas. Deje que se vayan con Meg. Ellos no le han hecho nada.

Nerón rio entre dientes.

—Los dejaré marchar con mucho gusto cuando hayamos llegado a un acuerdo. En cuanto a Meg... —Le sonrió—. ¿Qué tal estás, querida?

Meg no dijo nada. Tenía el rostro duro y gris como el del dios del géiser. A sus pies, Melocotones gruñó e hizo susurrar sus alas con hojas.

Uno de los guardias de Nerón le dijo algo al oído.

El emperador asintió con la cabeza.

—Pronto.

Volvió a centrar su atención en mí.

—Pero qué maleducado soy. Le presento a mi mano derecha, Vincio, y mi mano izquierda, Gario.

Los guardaespaldas se señalaron el uno al otro.

—Perdón —se corrigió Nerón—. Mi mano derecha, Gario, y mi mano izquierda, Vincio. Son las versiones romanizadas de sus nombres bátavos, que soy incapaz de pronunciar. Normalmente los llamo Vince y Gary. Saludad, chicos.

Vince y Gary me fulminaron con la mirada.

—Tienen tatuajes de serpientes —observé—, como los de los matones que envió para que me atacaran.

Nerón se encogió de hombros.

—Tengo muchos sirvientes. Cade y Mikey ocupan un puesto muy bajo en la escala salarial. Su única misión consistía en ponerle un poco nervioso y darle la bienvenida a mi ciudad.

—Su ciudad. —Me pareció muy propio de Nerón ir reclamando zonas metropolitanas importantes que claramente me pertenecían a mí—. Y esos dos caballeros... ¿son realmente germani de la antigüedad? ¿Cómo es posible?

Nerón emitió un sarcástico ladrido nasal. Había olvidado lo mucho que odiaba su risa.

—Señor Apolo, por favor —dijo—. Antes de que Gaia se apropiase de las Puertas de la Muerte, escapaban almas del Érebo continuamente. Fue muy fácil para un dios emperador como yo hacer volver a mis seguidores.

—¿Un dios emperador? —gruñí—. Querrá decir un exemperador con delirios.

Nerón arqueó las cejas.

—¿Qué hacía de usted un dios, Apolo... cuando lo era? ¿No era el poder de su nombre, su influencia sobre los que creían en usted? Yo no soy distinto. —Miró a su izquierda—. Vince, clávate tu lanza, por favor.

Sin vacilar, Vince colocó el extremo de su lanza contra el suelo. Apoyó la punta debajo de su caja torácica.

—¡Alto! —dijo Nerón—. He cambiado de opinión.

Vince no reflejó el más mínimo alivio. De hecho, sus ojos se tensaron de una ligera decepción. Colocó otra vez la lanza a un lado.

Nerón me sonrió.

—¿Lo ve? Tengo el poder de la vida y la muerte sobre mis fieles, como debería tenerlo cualquier dios verdadero.

Me sentí como si me hubiera tragado unas larvas en cápsulas de gelatina.

—Los germani siempre estuvieron locos, como usted.

Nerón se llevó la mano al pecho.

—¡Me siento dolido! ¡Mis amigos bárbaros son miembros leales de la dinastía juliana! Y, cómo no, todos descendemos de usted, señor Apolo.

No hacía falta que me lo recordase. Me había sentido muy orgulloso de mi hijo, el Octavio original, más tarde conocido como César Augusto. Después de su muerte, sus descendientes se volvieron cada vez más arrogantes e inestables (una degeneración que yo achacaba a su ADN mortal; desde luego no heredaron esas cualidades de mí). Nerón había sido el último del linaje juliano. Yo no había llorado su muerte. Y allí estaba ahora, tan grotesco y escaso de mentón como siempre.

Meg se situó a mi lado.

—¿Qu-qué quieres, Nerón?

Considerando que se enfrentaba al hombre que había matado a su padre, parecía extraordinariamente tranquila. Agradecí su fuerza. Me daba esperanza tener a una hábil *dimachaera* y un hambriento bebé de melocotones a mi lado. Aun así, no me gustaban nuestras probabilidades de éxito frente a dos germani.

A Nerón le brillaban los ojos.

—Al grano. Siempre he admirado eso de ti, Meg. En realidad, es muy sencillo. Tú y Apolo me abriréis las puertas de Dodona. Y entonces esos seis —señaló a los prisioneros sujetos a las estacas— serán liberados.

Negué con la cabeza.

—Destruirá la arboleda. Y luego nos matará a nosotros.

El emperador volvió a emitir aquel horrible ladrido.

—No a menos que usted me obligue. ¡Soy un dios emperador razonable, Apolo! Prefiero controlar la Arboleda de Dodona si es posible, pero desde luego no puedo permitir que usted la use. Ya tuvo su oportunidad de ser el guardián de los oráculos y fracasó estrepitosamente. Ahora es mi responsabilidad. Mía... y de mis socios.

—Los otros dos emperadores —dije—. ¿Quiénes son?

Nerón se encogió de hombros.

—Buenos romanos: hombres que, como yo, tienen la fuerza de voluntad para hacer lo que hace falta.

—Los triunviratos nunca han dado resultado. Siempre desembocan en una guerra civil.

Él sonrió como si la idea no le importase.

—Los tres hemos llegado a un acuerdo. Nos hemos repartido el nuevo imperio... y con eso me refiero a Norteamérica. Cuando tengamos los oráculos, nos expandiremos y haremos lo que siempre se le ha dado mejor a los romanos: conquistar el mundo.

No pude por menos de mirarlo fijamente.

—No aprendió nada de su anterior reinado.

—¡Oh, claro que sí! He tenido siglos para reflexionar, hacer planes y prepararme. ¿Tiene idea de lo molesto que es ser un dios emperador que no puede morir pero tampoco puede vivir plenamente? En la Edad Media hubo un período de unos trescientos años en los que mi nombre casi cayó en el olvido. ¡Me convertí en poco más que un espejismo! Menos mal que llegó el Renacimiento y se recordó nuestra grandeza clásica. Y luego llegó internet. ¡Oh, dioses, me encanta internet! Ahora es imposible que desaparezca del todo. ¡Soy inmortal en Wikipedia!

Hice una mueca. Ahora estaba totalmente convencido de que Nerón estaba loco. En Wikipedia siempre aparecían datos incorrectos sobre mí.

El emperador movió la mano.

—Sí, sí. Cree que estoy loco. Podría explicarle mis planes y demostrarle lo contrario, pero hoy estoy muy atareado. Necesito que usted y Meg abran esas puertas. Se han resistido a todos mis esfuerzos, pero ustedes juntos pueden conseguirlo. Apolo, usted tiene afinidad con los oráculos. Meg sabe manejar a los árboles. Venga, manos a la obra. Por favor, y gracias.

—Preferimos morir —aseveré—. ¿Verdad que sí, Meg?

No hubo respuesta.

La miré. Un hilillo plateado relucía en la mejilla de Meg. Al principio pensé que sus diamantes de imitación se habían derretido. Entonces me di cuenta de que estaba llorando.

—¿Meg?

Nerón juntó las manos como si estuviera rezando.

—Vaya por los dioses. Parece que hemos tenido un pequeño problema de comunicación. Verá, Apolo, Meg lo ha traído aquí como yo le pedí. Bien hecho, tesoro.

Meg se secó la cara.

—Yo... yo no quería...

Mi corazón se encogió hasta volverse del tamaño de una piedrecita.

—No, Meg. No me lo puedo creer...

Intenté tocarla. Melocotones gruñó y se interpuso entre nosotros. Me di cuenta de que el karpos no estaba allí para protegernos de Nerón. Estaba defendiendo a Meg de mí.

—¿Meg? —dije—. ¡Este hombre mató a tu padre! ¡Es un asesino!

Ella se quedó mirando el suelo. Cuando habló, su voz sonó todavía más angustiada que la mía cuando canté en el hormiguero.

—La Bestia mató a mi padre. Este es Nerón. Es... es mi padrastro.

No había acabado de entenderlo cuando Nerón extendió los brazos.

—Así es, querida —convino—. Y has hecho un trabajo estupendo. Ven con papá.

30

Educo a McCaffrey.
Oye, niña, tu padrastro está pirado.
¿Por qué no me hará caso?

Me habían traicionado antes.

Los recuerdos volvieron a mí como una dolorosa marea. Una vez mi exnovia Cirene se lio con Ares solo para vengarse de mí. En otra ocasión, Artemisa me disparó en la entrepierna porque estaba coqueteando con sus cazadoras. En 1928, Alexander Fleming no me atribuyó el mérito de haber inspirado el descubrimiento de la penicilina. Eso me dolió.

Pero no recordaba haberme equivocado tanto con respecto a alguien como con Meg. Bueno... al menos desde lo de Irving Berlin. «¿"Alexander's Ragtime Band"? —recuerdo haberle dicho—. ¡Nunca triunfarás con una canción tan cursi!»

—Somos amigos, Meg. —Mi voz sonó petulante incluso a mis oídos—. ¿Cómo has podido hacerme esto?

Meg se miró las zapatillas rojas: el calzado de color primario de una traidora.

—Intenté contártelo, intenté advertirte.

—Tiene buen corazón. —Nerón sonrió—. Pero usted y Meg solo han sido amigos durante unos pocos días, Apolo... y solo porque yo le pedí a Meg que se hiciera amiga suya. Yo he sido el padrastro, el protector y el cuidador de Meg durante años. Ella es miembro de la Casa Imperial.

Miré fijamente a mi querida niña de los contenedores. Sí, durante la última semana había llegado a quererla. No me la imaginaba como nada imperial, y desde luego no como miembro del séquito de Nerón.

—He arriesgado mi vida por ti —dije asombrado—. ¡Y eso significa algo, porque puedo morir!

Nerón aplaudió educadamente.

—Todos estamos impresionados, Apolo. Y ahora, si es tan amable de abrir las puertas... A mí se me han resistido demasiado tiempo.

Traté de lanzar una mirada iracunda a Meg, pero lo hice sin ganas. Me sentía demasiado dolido y vulnerable. A los dioses no nos gusta sentirnos vulnerables. Además, Meg ni siquiera me miraba.

Aturdido, me volví hacia las puertas de los robles. Entonces vi que sus troncos fusionados lucían el deterioro de los intentos previos de Nerón: marcas de sierra eléctrica, quemaduras, hendiduras de hojas de hacha, incluso algunos agujeros de bala. Todos esos intentos apenas habían hecho saltar la corteza exterior. La zona más dañada era una huella con forma de mano humana de unos dos centímetros de profundidad, en la que a la madera le habían salido burbujas y se había desprendido. Miré la cara inconsciente de Paulie, el dios del géiser, colgado y atado con los cinco semidioses.

—¿Qué ha hecho, Nerón?

—¡Oh, varias cosas! Hace semanas encontramos la forma de acceder a esta antesala. El Laberinto tiene una abertura muy práctica en el hormiguero de los mirmekes. Pero cruzar esas puertas...

—¿Ha obligado al palico a ayudarlo? —Tuve que contenerme para no lanzar los móviles de viento al emperador—. ¿Ha utilizado a un espíritu de la naturaleza para destruir la propia naturaleza? ¿Cómo puedes soportar esto, Meg?

Melocotones gruñó. Por una vez, me dio la impresión de que el espíritu de los cereales podía estar de acuerdo conmigo. La expresión de Meg era impenetrable como las puertas. Miraba fijamente los huesos que cubrían el suelo.

—Venga ya —dijo Nerón—. Meg sabe que hay espíritus de la naturaleza buenos y malos. El dios del géiser era un pesado. No hacía más que pedirnos que rellenásemos encuestas. Además, no debería haberse alejado tanto de su fuente de poder. Fue bastante fácil capturarlo. De todas formas, como puede ver, su vapor no nos sirvió de mucho.

—¿Y los cinco semidioses? —pregunté—. ¿También los «utilizó»?

—Por supuesto. Yo no tenía pensado traerlos aquí, pero cada vez que atacábamos las puertas, el bosque empezaba a gemir. Supongo que pedía ayuda, y los semidioses no pudieron resistirse. El primero que entró fue ese. —Señaló a Cecil Markowitz—. Los últimos dos fueron sus hijos: Austin y Kayla, ¿verdad? Ellos aparecieron cuando obligamos a Paulie a hervir al vapor los árboles. Supongo que entonces la arboleda se puso muy nerviosa. ¡Conseguimos dos semidioses por el precio de uno!

Perdí los papeles. Dejé escapar un grito gutural y arremetí contra el emperador con la intención de retorcerle aquel pedazo de carne peluda que no merecía el nombre de cuello. Los germani me habrían atacado antes de que hubiera llegado tan lejos, pero me ahorré la humillación. Tropecé con una pelvis humana y me deslicé con la barriga entre los huesos.

—¡Apolo! —Meg corrió hacia mí.

Me di la vuelta y le propiné una patada como un niño mimado.

—¡No necesito tu ayuda! ¿No te das cuenta de quién es tu protector? ¡Es un monstruo! Es el emperador que...

—No lo diga —me advirtió Nerón—. Si dice «que se puso a tocar el violín mientras Roma ardía», mandaré a Vince y Gary que lo desollen para hacerme una coraza con su pellejo. Sabe tan bien como yo que en aquel entonces no había violines, Apolo. Y yo no provoqué el gran incendio de Roma.

Me levanté con dificultad.

—Pero se aprovechó de él.

Cara a cara con Nerón, recordé los sórdidos detalles de su imperio: la extravagancia y la crueldad que lo habían convertido en alguien tan vergonzoso para mí, su antepasado. Nerón era ese pariente al que nunca quieres invitar a la cena de las Lupercales.

—Meg —dije—, tu padrastro se quedó mirando cómo el setenta por ciento de Roma se destruía. Decenas de miles de personas murieron.

—¡Yo estaba a cincuenta kilómetros de allí, en Anzio! —gruñó Nerón—. ¡Volví corriendo a la ciudad y dirigí personalmente el cuerpo de bomberos!

—Solo cuando el fuego puso en peligro su palacio.

Nerón puso los ojos en blanco.

—¡Qué le voy a hacer si llegué justo a tiempo para salvar el edificio más importante!

Meg se tapó los oídos con las manos.

—Dejad de discutir. Por favor.

No le hice caso. Hablar me parecía preferible a mis otras opciones, como ayudar a Nerón o morir.

—Después del gran incendio —le dije—, en lugar de reconstruir las casas del monte Palatino, Nerón arrasó el barrio y se construyó un nuevo palacio: la Domus Aurea.

El rostro de Nerón adquirió una expresión soñadora.

—Ah, sí... la Casa de Oro. ¡Era preciosa, Meg! Tenía mi propio lago, trescientas habitaciones, frescos de oro, mosaicos hechos con perlas y diamantes... ¡Por fin podía vivir como un ser humano!

—¡Tuvo el descaro de poner una estatua de bronce de treinta metros en su jardín! —le recriminé—. Una estatua de usted como Apolo-Sol, el dios del sol. En otras palabras, se hizo pasar por mí.

—Desde luego —convino Nerón—. Esa estatua me sobrevivió después de muerto. ¡Tengo entendido que se hizo famosa como el Coloso de Nerón! La trasladaron al anfiteatro de los gladiadores y todo el mundo empezó a llamar el teatro por el nombre de la estatua: el Coliseo. —Nerón hinchó el pecho—. Sí... esa estatua fue la elección perfecta.

Su tono sonaba más siniestro de lo habitual.

—¿Qué dice? —pregunté.

—¿Hum? Oh, nada. —Consultó su reloj, un Rolex malva y dorado—. ¡El caso es que tenía clase! ¡La gente me quería!

Negué con la cabeza.

—Se volvieron contra usted. Los romanos estaban convencidos de que usted había provocado el gran incendio, de modo que convirtió a los cristianos en el chivo expiatorio.

Sabía que esa discusión era inútil. Si Meg había ocultado su verdadera identidad todo ese tiempo, dudaba que ahora cambiase de opinión. Pero quizá pudiera hacer tiempo hasta que llegase la caballería. Lástima que no tuviese caballería.

Nerón hizo un gesto despectivo con la mano.

—Pero los cristianos eran unos terroristas. Puede que ellos no provocasen el incendio, pero causaban muchos otros problemas. ¡Yo me di cuenta antes que nadie!

—Se los daba de comer a los leones —le expliqué a Meg—. Los quemaba como antorchas humanas, como hará con estos seis.

Meg se puso verde. Miró a los prisioneros inconscientes en las estacas.

—Nerón, tú no harías...

—Serán puestos en libertad —prometió Nerón— mientras Apolo colabore.

—No puedes fiarte de él, Meg —la avisé—. La última vez que hizo algo así, colgó cristianos por todo su jardín para iluminar una fiesta. Yo estaba presente. Todavía recuerdo los gritos.

Meg se llevó las manos a la barriga.

—¡No te creas sus cuentos, querida! —dijo Nerón—. Eso fue propaganda inventada por mis enemigos.

Meg observó el rostro de Paulie, el dios del géiser.

—Nerón... no dijiste nada de convertirlos en antorchas.

—No arderán —repuso él, esforzándose por suavizar su voz—. No llegará tan lejos. La Bestia no tendrá que actuar.

—¿Lo ves, Meg? —Apunté al emperador agitando el dedo—. Cuando alguien empieza a hablar de sí mismo en tercera persona nunca es buena señal. ¡Zeus solía regañarme por eso continuamente!

Vince y Gary dieron un paso adelante agarrando tan fuerte sus lanzas que se les pusieron los nudillos blancos.

—Yo me andaría con cuidado —advirtió Nerón—. Mis germani son susceptibles a los insultos dirigidos a la persona imperial. Bueno, me gusta mucho hablar de mí mismo, pero tenemos un programa que seguir. —Volvió a consultar su reloj—. Abrirán las puertas. Luego Meg verá si puede utilizar los árboles para interpretar el futuro. ¡Si es así, estupendo! Si no... bueno, ya descartaremos esa opción cuando llegue el momento.

—Meg —dije—, está loco.

Melocotones susurró en actitud protectora a sus pies.

A Meg le tembló la barbilla.

—Nerón se preocupó por mí, Apolo. Me dio un hogar. Me enseñó a luchar.

—¡Has dicho que mató a tu padre!

—¡No! —La niña negó rotundamente con la cabeza, con una mirada de pánico en los ojos—. No, yo no he dicho eso. La Bestia lo mató.

—Pero...

Nerón resopló.

—Oh, Apolo... no entiende nada. El padre de Meg era débil. Ella ni siquiera lo recuerda. Él no podía protegerla. Yo la crie. Yo la mantuve con vida.

Me desmoralicé aún más. Ignoraba todo lo que había pasado Meg, o lo que sentía ahora, pero conocía a Nerón. Me daba cuenta de la facilidad con que podía haber manipulado la percepción del mundo de una niña asustada: una niña sola, necesitada de seguridad y aceptación después del asesinato de su padre, aunque esa aceptación viniera del asesino de su padre.

—Meg... lo siento mucho.

Otra lágrima le corrió por la mejilla.

—No NECESITA compasión. —La voz de Nerón se volvió dura como el bronce—. Y ahora, querida, si eres tan amable de abrir las puertas... Si Apolo se opone, recuérdale que está obligado a obedecer tus órdenes.

Meg tragó saliva.

—No me lo pongas más difícil, Apolo. Por favor... ayúdame a abrir las puertas.

Negué con la cabeza.

—No por voluntad propia.

—Entonces... te lo ordeno. Ayúdame. Vamos.

31

Escucha a los árboles.

Los árboles saben lo que pasa.

Ellos lo saben todo

Puede que la determinación de Meg flaquease, pero no la de Melocotones.

Al ver que yo dudaba en obedecer las órdenes de Meg, el espíritu de
los cereales enseñó los colmillos y susurró «Melocotones», como si se
tratase de una nueva técnica de tortura.

—Está bien —le dije a Meg, en un tono teñido de amargura. Lo
cierto era que no tenía elección. Notaba como si la orden de Meg se
me clavase en los músculos, obligándome a obedecer.

Me volví hacia los robles fusionados y posé las manos contra sus
troncos. No percibí ninguna energía oracular en su interior. No oí
voces, solo un silencio embarazoso y obstinado. El único mensaje que
los árboles parecían transmitir era LÁRGATE.

—Si lo hacemos —le dije a Meg—, Nerón destruirá la arboleda.

—No lo hará.

—No le queda más remedio. No puede controlar Dodona. El poder
de la arboleda es demasiado antiguo. Él no puede permitir que nadie
más lo utilice.

Meg apoyó las manos en los árboles, justo debajo de las mías.

—Concéntrate. Ábrelas. Por favor. No te conviene hacer enfadar a
la Bestia.

Lo dijo en voz baja; otra vez hablaba como si la Bestia fuera alguien a quien yo todavía no conociera: un hombre del saco escondido debajo de la cama, no un hombre con traje morado situado a escasa distancia.

No podía negarme a obedecer las órdenes de Meg, pero tal vez debería haber protestado más enérgicamente. Meg podría haberse echado atrás si la hubiera puesto en evidencia. Pero, por otra parte, Nerón, Melocotones o los germani me habrían matado sin contemplaciones. Te confieso que tenía miedo de morir. Bajo una apariencia valiente, noble y apuesta, pero tenía miedo de todas maneras.

Cerré los ojos. Percibí la implacable resistencia de los árboles, su desconfianza respecto a los extraños. Sabía que si abría esas puertas a la fuerza, la arboleda se destruiría. Aun así, hice acopio de toda mi fuerza de voluntad y busqué la voz de las profecías, atrayéndola hacia mí.

Pensé en Rea, la reina de los titanes, que había plantado esa arboleda. A pesar de ser hija de Gaia y Urano, a pesar de haber estado casada con el rey caníbal Cronos, Rea había conseguido cultivar la sabiduría y la bondad. Había dado a luz a una raza de inmortales nueva y mejor. (A mi modesto entender.) Ella representaba lo mejor de la antigüedad.

Vale, se había retirado del mundo y había abierto un taller de alfarería en Woodstock, pero todavía le importaba Dodona. Me había enviado aquí para que abriese la arboleda, para que compartiese su poder. Ella no era la clase de diosa que creía en las puertas cerradas ni en los letreros de PROHIBIDO PASAR. Empecé a tararear en voz baja «This Land Is Your Land».

La corteza se calentó bajo las puntas de mis dedos. Las raíces del árbol temblaron.

Miré a Meg. Estaba profundamente concentrada, apoyada contra los troncos como si intentase derribarlos. Todo en ella me resultaba familiar: su pelo de paje desaliñado, sus brillantes gafas de ojos de gato, su nariz que moqueaba, sus cutículas mordidas y su ligero aroma a tarta de manzana.

Pero era alguien a quien no conocía en absoluto: la hijastra del inmortal chalado Nerón. Una miembro de la Casa Imperial. ¿Qué significaba eso, por cierto? Me imaginé a la tribu de los Brady con togas moradas, colocados en fila en la escalera familiar, y a Nerón al pie vestido con el uniforme de chacha de Alice. Tener una imaginación muy viva es una terrible maldición.

Por desgracia para el bosque, Meg también era hija de Deméter. Los árboles reaccionaron a su poder. Los robles gemelos emitieron un ruido sordo. Sus troncos empezaron a moverse.

Yo quería parar, pero me vi arrastrado por el impulso. Ahora la arboleda parecía atraer mi poder. Se me quedaron las manos pegadas a los árboles. Las puertas se abrieron más y me obligaron a extender los brazos. Durante un instante aterrador, pensé que los árboles seguirían moviéndose y me arrancarían extremidad por extremidad. Entonces se detuvieron. Las raíces se asentaron. La corteza se enfrió y me soltó.

Retrocedí dando traspiés, agotado. Meg se quedó paralizada en la entrada recién abierta.

Al otro lado había... más árboles. A pesar del frío invernal, los jóvenes robles se alzaban altos y verdes, creciendo en círculos concéntricos alrededor de un espécimen un poco más grande situado en el centro. El suelo estaba lleno de bellotas que emitían una tenue luz ambarina. Alrededor del bosque había un muro protector de árboles todavía más formidables que los de la antesala. Por encima, otra cúpula de ramas perfectamente entrelazadas protegía el lugar de intrusos aéreos.

Antes de que pudiera avisarla, Meg cruzó el umbral. Las voces estallaron. Imagínate que cuarenta pistolas de clavos te disparasen al cerebro desde todos los ángulos al mismo tiempo. Las palabras eran balbuceos, pero amenazaban mi cordura, exigiendo mi atención. Me tapé los oídos. El ruido no hizo más que aumentar de volumen y volverse más persistente.

Melocotones arañaba frenéticamente la tierra, tratando de enterrar su cabeza. Vince y Gary se retorcían en el suelo. Hasta los semidioses inconscientes se revolvían y gemían en sus estacas.

Nerón se tambaleó, levantando la mano como si quisiera tapar una luz intensa.

—¡Controla las voces, Meg! ¡Hazlo ya!

Meg no parecía afectada por el ruido, pero tenía cara de desconcierto.

—Dicen algo... —Deslizaba las manos por el aire, tirando de hilos invisibles para desenredar aquel caos—. Están agitadas. No puedo... Un momento...

De repente las voces se apagaron, como si hubieran dicho lo que querían decir.

Meg se volvió hacia Nerón con los ojos muy abiertos.

—Es cierto. Los árboles me han dicho que quieres quemarlos.

Los germani gimieron, semiconscientes en el suelo. Nerón se recobró más rápido. Levantó un dedo para advertir y aconsejar.

—Escúchame, Meg. Confiaba en que la arboleda nos fuera útil, pero es evidente que está confundida. No creas lo que dice. Es la portavoz de una reina senil. La arboleda debe ser arrasada. Es la única manera, Meg. Lo entiendes, ¿verdad?

Dio la vuelta a Gary con el pie y rebuscó en las faltriqueras del guardaespaldas. Acto seguido se levantó, sosteniendo triunfalmente una caja de cerillas y dijo:

—Después del incendio, lo reconstruiremos. ¡Será glorioso!

Meg lo miró fijamente como si hubiera reparado en su horrenda barba por primera vez.

—¿Qu-qué estás diciendo?

—Va a quemar y arrasar Long Island —expliqué—. Luego lo convertirá en su dominio privado, como hizo con Roma.

Nerón rio exasperado.

—¡Long Island es un desastre de todas formas! Nadie la echará de menos. Mi nuevo complejo imperial se extenderá de Manhattan a Montauk: ¡el palacio más grande jamás construido! Tendremos ríos y lagos privados, ciento sesenta kilómetros de propiedades en primera línea de playa, jardines tan grandes que tendrán sus propios códigos postales. Construiré a cada miembro de la Casa Imperial un rascacielos privado. ¡Oh, Meg, imagínate las fiestas que daremos en nuestra nueva Domus Aurea!

La verdad era una carga pesada. A Meg le flaquearon las piernas.

—No puedes hacerlo. —Le temblaba la voz—. La arboleda... Soy hija de Deméter.

—Eres mi hija —la corrigió Nerón—. Y te quiero mucho. Por eso necesito que te apartes. Rápido.

Acercó una cerilla a la superficie áspera de la caja.

—En cuanto encienda esas estacas, nuestras antorchas humanas lanzarán una ola de fuego a través de la entrada. Nada podrá detenerla. La arboleda entera arderá.

—¡Por favor! —gritó Meg.

—Vamos, querida. —El ceño fruncido de Nerón se endureció—. Apolo ya no nos sirve. No querrás despertar a la Bestia, ¿verdad?

Encendió la cerilla y se dirigió a la estaca más próxima, donde estaba atado mi hijo Austin.

32

Necesitas a Village
People para proteger tu mente.
«Y.M.C.A.» Sí, señor

Uf, esta parte es difícil de contar.

Soy un narrador nato. Tengo un talento infalible para el drama. Quiero relatar lo que debería haber pasado: que salté adelante gritando: «¡Noooooo!» y di vueltas como un acróbata, aparté de un golpe la cerilla encendida, y luego hice una serie de movimientos ultrarrápidos de Shaolin, le pegué a Nerón en la cabeza y me cargué a sus guardaespaldas antes de que pudieran recuperarse.

Oh, sí. Eso habría sido perfecto.

Lamentablemente, me debo a la verdad.

¡Maldita seas, verdad!

En realidad, farfullé algo así como «¡Nooo looo haaaga!». Puede que agitase el pañuelo brasileño con la esperanza de que su magia destruyese a mis enemigos.

El auténtico héroe fue Melocotones. El karpos debía de haber percibido los verdaderos sentimientos de Meg, o quizá simplemente no le gustaba la idea de que se quemasen bosques. Se lanzó por los aires lanzando su grito de guerra (lo has adivinado): «¡Melocotones!». Cayó sobre el brazo de Nerón, arrebató la cerilla encendida de la mano del emperador de un bocado y acto seguido aterrizó a cierta distancia, pasándose la mano por la lengua y gritando: «¡Gema! ¡Gema!». (Que supuse que quería decir «quema» en el dialecto de las frutas caducifolias.)

La escena podría haber resultado graciosa, pero los germani habían vuelto a levantarse, cinco semidioses y un espíritu de un géiser seguían atados a unos postes sumamente inflamables y Nerón aún tenía una caja de cerillas.

El emperador se quedó mirando su mano vacía.

—¿Meg...? —Su voz sonó fría como un témpano—. ¿Qué significa esto?

—¡M-melocotones, ven aquí! —La voz de Meg había adquirido un tono crispado de miedo.

El karpos saltó a su lado. Siseó a Nerón, a los germani y a mí.

Meg tomó aire trémulamente; era evidente que estaba armándose de valor.

—Nerón... Melocotones tiene razón. No... no puedes quemar vivas a estas personas.

Nerón suspiró. Buscó apoyo moral en sus guardaespaldas, pero los germani todavía parecían atontados. Se daban golpes en los lados de la cabeza como si tratasen de sacarse agua de los oídos.

—Meg —dijo el emperador—. Estoy haciendo un gran esfuerzo por mantener a raya a la Bestia. ¿Por qué no me ayudas? Sé que eres una niña buena. No te habría dejado vagar por Manhattan sola, haciendo de niña de la calle, si no hubiera tenido la seguridad de que sabías cuidar de ti misma. Pero la indulgencia con tus enemigos no es una virtud. Eres mi hijastra. Cualquiera de estos semidioses te mataría sin dudarlo si se le diese la oportunidad.

—¡Eso no es cierto, Meg! —intervine—. Ya has visto cómo es el Campamento Mestizo.

Ella me observó con inquietud.

—Aunque... aunque fuese cierto... —Se volvió hacia Nerón—. Me dijiste que nunca me rebajase al nivel de mis enemigos.

—Desde luego que no. —El tono de Nerón se había tensado como una cuerda—. Somos mejores. Somos más fuertes. Construiremos un nuevo mundo glorioso. Pero estos árboles se interponen en nuestro camino, Meg. Hay que quemarlos, como las malas hierbas invasoras. Y la única forma de hacerlo es con un auténtico incendio: llamas avivadas por sangre. Hagámoslo juntos, y dejemos a la Bestia fuera de esto, ¿vale?

Por fin, en mi mente, algo encajó. Recordé cómo mi padre solía castigarme hacía siglos, cuando era un dios joven que aprendía las costumbres del Olimpo. Zeus acostumbraba a decir: «No te pongas a malas con mis rayos, muchacho».

Como si los rayos tuvieran mente propia, como si Zeus no tuviera nada que ver con los castigos que me imponía.

«No me eches a mí la culpa —daba a entender su tono—. Es el rayo el que ha quemado hasta la última molécula de tu cuerpo.» Muchos años más tarde, cuando maté a los cíclopes que hicieron el rayo de Zeus, no fue una decisión precipitada. Siempre había odiado esos rayos. Era más fácil que odiar a mi padre.

Nerón adoptaba el mismo tono cuando se refería a la Bestia. Hablaba de su ira y su crueldad como si fueran fuerzas que escapasen a su control. Si montara en cólera, responsabilizaría a Meg.

Me asqueó darme cuenta de eso. Meg había sido entrenada para ver a su bondadoso padre Nerón y a la aterradora Bestia como a dos personas distintas. Ahora entendía por qué ella prefería pasar el tiempo en los callejones de Nueva York. Entendía por qué tenía aquellos cambios de humor tan bruscos, por qué pasaba de hacer la rueda a cerrarse en banda en cuestión de segundos. Ella nunca sabía qué podía despertar a la Bestia.

Clavó sus ojos en mí. Le temblaban los labios. Supe que buscaba una escapatoria: un argumento elocuente que aplacase a su padre y le permitiese obedecer a su conciencia. Pero yo ya no era un dios con labia. No podía dejar callado a un orador como Nerón. Y no pensaba echarle la culpa a nadie como hacía Nerón gracias a la Bestia.

En lugar de eso, seguí el ejemplo de Meg, que siempre era concisa e iba al grano.

—Él es malo —dije—. Tú eres buena. Debes decidir por ti misma.

Me di cuenta de que esa no era la noticia que Meg esperaba. Su boca se puso tirante. Echó atrás los omóplatos como si se preparase para que le pusieran la vacuna contra el sarampión: algo doloroso pero necesario. Posó la mano en la cabeza rizada del karpos.

—Melocotones —dijo en voz queda pero firme—, ve a por la caja de cerillas.

El karpos entró en acción. A Nerón apenas le dio tiempo a parpadear cuando Melocotones le quitó la caja de la mano y volvió de un salto junto a Meg.

Los germani prepararon sus lanzas. Nerón levantó la mano para detenerlos. Lanzó a Meg una mirada que podría haber sido de descorazonamiento... si hubiera tenido corazón.

—Veo que no estabas lista para esta misión, querida —dijo—. Es culpa mía. Vince, Gary, detened a Meg pero no le hagáis daño. Cuando lleguemos a casa... —Se encogió de hombros, con una expresión llena de arrepentimiento—. En cuanto a Apolo y el diablillo de la fruta, tendrán que arder.

—No —protestó Meg con voz ronca. Acto seguido gritó a pleno pulmón—: ¡NO! —Y la Arboleda de Dodona gritó con ella.

El estallido fue tan fuerte que derribó a Nerón y sus guardias. Melocotones gritó y se dio con la cabeza contra el suelo.

Sin embargo, esta vez yo estaba más preparado. A medida que el ensordecedor coro de los árboles llegaba a su crescendo, me concentré en la melodía más pegadiza que podía imaginar. Tarareé «Y.M.C.A.», que solía cantar con Village People disfrazado de obrero de la construcción hasta que el jefe indio y yo nos peleamos... Da igual. No es importante.

—¡Meg! —Saqué los móviles de viento del bolsillo y se los lancé—. ¡Ponlos en el árbol del centro! Y.M.C.A. ¡Concentra la energía de la arboleda! Y.M.C.A.

No estaba seguro de que ella pudiera oírme. La niña levantó las campanillas y observó cómo se balanceaban y tintineaban, y transformando el ruido de los árboles en fragmentos de lenguaje coherente: «Felicidad inminente. La caída del sol; el último verso. ¿Quiere saber nuestras especialidades del día?».

A Meg se le descompuso el rostro, sorprendida. Se volvió hacia la arboleda y atravesó la entrada corriendo. Melocotones fue gateando tras ella sacudiendo la cabeza.

Yo quería seguirla, pero no podía dejar a Nerón y sus guardias solos con seis rehenes. Sin dejar de tararear «Y.M.C.A.», me dirigí a ellos con paso resuelto.

Los árboles gritaban más fuerte que nunca, pero Nerón consiguió ponerse de rodillas. Sacó algo del bolsillo de su chaqueta —un frasco de líquido— y salpicó el suelo delante de él. Dudaba que fuera algo bueno, pero tenía asuntos más acuciantes de los que ocuparme. Vince y Gary estaban levantándose. Vince empujó su lanza en dirección a mí.

Sin embargo, yo estaba lo bastante enfadado para ser temerario. Agarré la punta del arma, levanté la lanza de un tirón y golpeé a Vince debajo de la barbilla. Él germanus se cayó, aturdido, y agarré su coraza de piel con los puños.

Él era de lejos el doble de grande que yo. Me daba igual. Lo levanté en el aire. Mis brazos chisporroteaban de poder. Me sentía tan fuerte como si fuera invencible: como debe sentirse un dios. No tenía ni idea de por qué había recuperado la fuerza, pero decidí que no era el momento de cuestionar mi suerte. Hice girar a Vince como un disco y lo lancé al cielo con tal fuerza que abrió un agujero del tamaño de un germanus en la bóveda de los árboles y desapareció volando.

Mis felicitaciones a la Guardia Imperial por su estúpido valor. A pesar de mi exhibición de fuerza, Gary arremetió contra mí. Con una mano le arrebaté la lanza. Con la otra le atravesé el escudo de un puñetazo y le asesté un golpe tan contundente en el pecho como para derribar a un rinoceronte.

Cayó desplomado.

Me volví hacia Nerón. Notaba que mi fuerza estaba disminuyendo. Mis músculos estaban recuperando su patética flacidez mortal. Solo esperaba que me diera tiempo a arrancarle a Nerón la cabeza y metérsela en su traje color malva.

El emperador gruñó.

—Es usted tonto, Apolo. Siempre se equivoca de objetivo. —Miró su Rolex—. Mi brigada de demolición llegará de un momento a otro. ¡Cuando el Campamento Mestizo sea destruido, lo convertiré en mi nuevo jardín! Y mientras tanto, usted estará aquí... apagando el fuego.

Sacó un mechero de plata del bolsillo de su chaleco. Era típico de Nerón contar con varios medios a mano para encender fuego. Miré las relucientes manchas de aceite con las que había salpicado el suelo... Fuego griego, cómo no.

—No lo haga —dije.

Nerón sonrió.

—Adiós, Apolo. Solo faltan once dioses del Olimpo más.

Soltó el mechero.

No tuve el placer de arrancar la cabeza de Nerón.

¿Podría haber impedido que huyese? Es posible. Pero las llamas rugían entre nosotros y quemaban hierba y huesos, raíces de árboles y la propia tierra. El fuego era demasiado intenso para apagarlo con el pie, si es que el fuego griego se podía apagar con los pies, y avanzaba ávidamente hacia los seis rehenes atados.

Solté a Nerón. De algún modo, el emperador levantó a Gary y arrastró al germanus aturdido hacia el hormiguero. Mientras tanto, yo corrí hacia las estacas.

La más cercana era la de Austin. Rodeé la base con los brazos y tiré sin tener en cuenta las técnicas adecuadas para levantar objetos pesados. Me hice una contractura en los músculos. Se me nubló la vista del esfuerzo. Conseguí levantar la estaca lo bastante para derribarla hacia atrás. Austin se movió y gimió.

Lo arrastré, con capullo incluido, al otro lado del claro, lo más lejos posible del fuego. Lo habría llevado a la Arboleda de Dodona, pero tenía la sensación de que no le haría ningún favor poniéndolo en un claro sin salida lleno de voces desquiciadas, en la misma trayectoria en la que se acercaban las llamas.

Volví corriendo a las estacas. Repetí la operación y saqué a Kayla, luego a Paulie, el dios del géiser, y a continuación a los otros. Cuando puse a Miranda Gardiner a salvo, el fuego era una gigantesca ola roja y rugiente, a escasos centímetros de las puertas de la arboleda.

Mi fuerza divina había desaparecido. No se veía a Meg ni a Melocotones por ninguna parte. Había ganado unos minutos a los rehenes, pero el fuego acabaría engulléndonos a todos. Caí de rodillas y lloré.

—Socorro.

Escudriñé los árboles oscuros, enmarañados y ominosos. No esperaba ninguna ayuda. Ni siquiera estaba acostumbrado a pedir ayuda. Era

Apolo. ¡Los mortales me llamaban a mí! (Sí, puede que de vez en cuando haya mandado a los mortales que me hagan recados triviales, como empezar una guerra o recuperar objetos mágicos de las guaridas de los monstruos, pero eso no cuenta.)

—No puedo hacerlo solo. —Me imaginé la cara de Dafne flotando debajo del tronco de un árbol y de otro. Pronto el bosque se incendiaría. No podía salvarlo como tampoco podía salvar a Meg ni a los semidioses perdidos ni a mí mismo—. Lo siento mucho. Por favor... perdóname.

Debí de marearme al inhalar humo. Empecé a alucinar. Las siluetas brillantes de las dríades brotaron de sus árboles: una legión de Dafnes con vestidos de gasa verde. Tenían expresiones melancólicas, como si supieran que iban a morir, y sin embargo empezaron a dar vueltas alrededor del fuego. Levantaron los brazos, y la Tierra entró en erupción a sus pies. Un torrente de lodo se agitó sobre las llamas. Las dríades absorbieron el calor del fuego con sus cuerpos. Su piel se carbonizó. Sus caras se endurecieron y se agrietaron.

En cuanto las últimas llamas se apagaron, las dríades se desmoronaron y se convirtieron en ceniza. Ojalá hubiera podido desmoronarme con ellas. Tenía ganas de llorar, pero el fuego había secado toda la humedad de mis conductos lacrimales. Yo no había pedido tantos sacrificios. ¡No había contado con ello! Me sentía vacío, culpable y avergonzado.

Entonces pensé en cuántas veces había solicitado sacrificios y a cuántos héroes había enviado a la muerte. ¿Habían sido menos nobles y valientes que esas dríades? Y no obstante, cuando los había enviado a cumplir misiones mortales no había sentido remordimientos. Los había utilizado y los había desechado, había arrasado sus vidas para cimentar mi propia gloria. No era menos monstruoso que Nerón.

El viento sopló a través del claro: una ráfaga muy cálida para la época del año en la que estábamos, que elevó las cenizas en un remolino y se las llevó al cielo a través del manto boscoso. Hasta que el viento se calmó no me di cuenta de que debía de haber sido el Viento del Oeste, mi antiguo rival, que me ofrecía consuelo. Había recogido los restos y se los había llevado a su siguiente y hermosa reencarnación. Después de todos esos siglos, Céfiro había aceptado mis disculpas.

Descubrí que después de todo me quedaban lágrimas.

Detrás de mí alguien gimió.

—¿Dónde estoy?

Austin se había despertado.

Me arrastré a su lado, esta vez llorando de alivio, y le besé la cara.

—¡Mi querido hijo!

Él me miró parpadeando, confundido. Sus trenzas africanas estaban salpicadas de ceniza como escarcha en un campo. Supongo que tardó un instante en asimilar por qué un chico mugriento con acné medio desquiciado le estaba haciendo carantoñas.

—Ah, claro... Apolo. —Intentó moverse—. Pero ¿qué...? ¿Por qué estoy envuelto en vendas apestosas? ¿Podrías liberarme?

Me puse a reír histéricamente, cosa que dudo que contribuyese a tranquilizar a Austin. Arañé sus ataduras, pero no conseguí nada. Entonces me acordé de la lanza partida de Gary. Recogí la punta y pasé varios minutos cortando las vendas de Austin.

Una vez separado de la estaca, se puso a andar dando traspiés, tratando de devolver la circulación a sus extremidades. El chico observó la escena: el bosque en llamas, los otros presos... La Arboleda de Dodona había interrumpido su coro salvaje de voces. (¿Cuándo había sido eso?) Una radiante luz ambarina salía ahora de la entrada.

—¿Qué pasa? —preguntó Austin—. ¿Y dónde está mi saxofón?

Preguntas sensatas. Ojalá yo tuviera respuestas sensatas. Lo único que sabía era que Meg McCaffrey seguía vagando por la arboleda, y no me gustaba que los árboles se hubieran callado.

Miré mis débiles brazos de mortal. Me preguntaba por qué había experimentado un repentino arrebato de fuerza divina al enfrentarme a los germani. ¿Lo habían provocado mis emociones? ¿Era la primera señal de que estaba recuperando definitivamente mi vigor divino? O tal vez Zeus estaba jugando otra vez conmigo: dejando que experimentara mi antiguo poder antes de volver a arrebatármelo. *¿TE ACUERDAS DE ESTO, MUCHACHO? ¡PUES NO PUEDES TENERLO!*

Deseé poder invocar otra vez esa fuerza, pero tendría que arreglármelas con lo que tenía.

Le di a Austin la lanza rota.

—Libera a los demás. Volveré.

Austin me miró fijamente con incredulidad.

—¿Vas a entrar? ¿Es seguro?

—Lo dudo —contesté.

Corrí hacia el Oráculo.

33

Separarse es triste.

No tiene nada de bonito.

No me pises la cara

Los árboles empleaban sus voces interiores.

Al cruzar la entrada me di cuenta de que seguían hablando en tono familiar, parloteando absurdamente como sonámbulos en un cóctel.

Escudriñé la arboleda. Ni rastro de Meg. La llamé. Los árboles respondieron levantando la voz y haciéndome bizquear del mareo.

Me sujeté al roble más próximo.

—Cuidado, tío —dijo el árbol.

Avancé dando tumbos, mientras los árboles intercambiaban versos como si jugasen a las rimas.

Azules cavernas.

Arria la bandera.

Al oeste, un incendio.

Las páginas se van sucediendo.

Indiana.

Madura banana.

Felicidad inminente.

Cucarachas y serpientes.

Nada tenía sentido, pero cada verso poseía carga profética. Me sentí como si docenas de enunciados importantes, todos cruciales para mi supervivencia, se mezclasen, cargasen en una escopeta y disparasen a mi cara.

(Oh, qué imagen más buena. Tendré que utilizarla en un haiku.)

—¡Meg! —grité otra vez.

Seguía sin haber respuesta. El bosque no parecía tan grande. ¿Cómo era posible que no me oyese? ¿Cómo era posible que yo no la viese?

Avancé con gran esfuerzo, tarareando en un tono perfecto de la a cuatrocientos cuarenta hercios para no perder la concentración. Cuando llegué al siguiente círculo de árboles, los robles adoptaron un tono más familiar.

—Eh, colega, ¿tienes una moneda? —preguntó uno.

Otro intentó contarme un chiste de un pingüino y una monja que entran en un restaurante de comida rápida.

Un tercer roble estaba soltando un rollo comercial a su vecino sobre un robot de cocina.

—¡Y no te vas a creer lo que hace con la pasta!

—¡Qué pasada! —exclamó el otro árbol—. ¿También hace pasta?

—¡Tallarines frescos en unos minutos! —respondió entusiasmado el roble vendedor.

No entendía por qué un roble quería vender tallarines, pero seguí adelante. Temía que si escuchaba más de la cuenta acabaría comprando el robot de cocina en tres cómodos plazos de 39,99 dólares, y perdería el juicio para siempre.

Finalmente llegué al centro de la arboleda. Al otro lado del roble más grande se hallaba Meg, con la espalda contra el tronco y los ojos bien cerrados. Los móviles de viento seguían en su mano, pero colgaban descuidadamente a un lado. Los cilindros de latón tintineaban, amortiguados contra su vestido.

A sus pies, Melocotones se balanceaba de un lado a otro, riéndose tontamente.

—¿Manzanas? ¡Melocotones! ¿Mangos? ¡Melocotones!

—Meg. —Le toqué el hombro.

Ella se estremeció. Fijó la vista en mí como si fuera una hábil ilusión óptica. Le brillaban los ojos de miedo.

—Es demasiado —dijo—. Demasiado.

Las voces la tenían en sus garras. A mí me resultaban bastante difíciles de soportar —como cien emisoras de radio sonando al mismo tiempo y dividiendo mi cerebro en cien canales—, pero yo estaba acostumbrado a las profecías. Meg, por otra parte, era hija de Deméter. A los árboles les caía bien. Todos intentaban compartir cosas con ella y llamarle la atención al mismo tiempo. No tardarían en quebrar irreparablemente su cerebro.

—Los móviles de viento —le indiqué—. ¡Cuélgalos en el árbol!

Señalé la rama más baja, situada muy por encima de nuestras cabezas. Sin ayuda, ninguno de nosotros podría alcanzarla, pero si le daba a Meg un empujón...

Meg retrocedió sacudiendo la cabeza. Las voces de Dodona eran tan caóticas que no estaba seguro de que me hubiese oído. Si me había oído, o no me entendía o no se fiaba de mí.

Tenía que aliviar mi sentimiento de traición. Meg era la hijastra de Nerón. Había sido enviada para atraerme hasta allí, y nuestra amistad era una farsa. No tenía derecho a desconfiar de mí.

Pero no podía guardarle rencor. Si la culpaba de la misma forma que Nerón había manipulado sus emociones, no sería mejor que la Bestia. Además, que ella hubiese mentido sobre su amistad conmigo no quería decir que yo no fuese amigo suyo. Meg estaba en peligro. No iba a dejarla a merced de la locura de los chistes de pingüinos.

Me agaché y entrelacé los dedos para que apoyase el pie.

—Por favor.

A mi izquierda, Melocotones se puso boca arriba y dijo gimiendo:

—¿Tallarines? ¡Melocotones!

Meg hizo una mueca. Advertí en sus ojos que había decidido colaborar conmigo no porque se fiase de mí, sino porque Melocotones estaba sufriendo.

Justo cuando creía que era imposible ofenderme más... Una cosa era que te traicionasen y otra muy distinta que te considerasen menos importante que un espíritu de la fruta con pañales.

No obstante, me mantuve firme cuando Meg apoyó el pie izquierdo en mis manos. La aupé con todas las fuerzas que me quedaban. Ella se subió a mis hombros y acto seguido plantó una zapatilla roja encima de mi cabeza. Tomé nota mental de que debía ponerme una etiqueta de seguridad en el cuero cabelludo: AVISO, EL ESCALÓN SUPERIOR NO ES PARA SUBIRSE.

Con la espalda contra el roble, podía percibir cómo las voces de la arboleda recorrían el tronco y tamborileaban a través de la corteza. El árbol central parecía una antena gigante de conversaciones disparatadas.

Me flaqueaban las piernas. Tenía las suelas de Meg incrustadas en la frente. El tono de la a cuatrocientos cuarenta hercios que había estado tarareando se transformó rápidamente en un sol sostenido.

Finalmente, Meg ató los móviles de viento a la rama. Bajó de un salto cuando mis piernas cedieron, y los dos acabamos tumbados en el suelo.

Las campanillas de latón se balancearon y sonaron, extrayendo notas del viento y convirtiendo la disonancia en acordes.

El bosque susurró, como si los árboles estuvieran escuchando y pensando: «¡Oh, qué bonito!».

Entonces el suelo tembló. El árbol central tembló con tal energía que cayeron bellotas.

Meg se levantó. Se acercó al árbol y tocó su tronco.

—Habla —ordenó.

Una sola voz brotó de las campanillas, como una animadora gritando por un megáfono:

Hubo una vez un dios llamado Apolo
que entró en una cueva; azul, su color.
Sobre un asiento, entonces,
el tragafuego de bronce
tuvo que digerir muerte y locura él solo.

Las campanillas dejaron de sonar. El bosque se quedó tranquilo, como si estuviera satisfecho con la pena de muerte a la que me había condenado.

¡Oh, qué horror!

Un soneto podría haberlo soportado. Un cuarteto habría sido motivo de celebración. Pero solo las profecías más letales se formulan en una quintilla.

Me quedé mirando los móviles de viento, esperando que volviesen a hablar para corregirse a sí mismos. «¡Uy, ha sido un error! ¡Esa profecía era para otro Apolo!»

Pero no tuve tanta suerte. Me habían dado una orden peor que mil anuncios de máquinas para hacer pasta.

Melocotones se levantó. Sacudió la cabeza y siseó al roble, una reacción que expresaba a la perfección mis sentimientos. Se agarró a la pantorrilla de Meg como a un clavo ardiente. Era una escena casi tierna, salvo por los colmillos y los ojos brillantes del karpos.

Meg me observó con recelo. Los cristales de sus gafas tenían grietas como telarañas.

—Esa profecía —dijo—. ¿La has entendido?

Tragué una bocanada de hollín.

—Puede. Una parte. Tú y yo tendremos que hablar con Rachel...

—Ya no habrá más «tú y yo». —El tono de Meg era acre como el gas volcánico de Delfos—. Haz lo que tengas que hacer. Es mi última orden.

Sus palabras me golpearon como el asta de una lanza en la barbilla, a pesar de que me había mentido y traicionado.

—No puedes, Meg. —No pude evitar el temblor de mi voz—. Tú solicitaste mis servicios. Hasta que mis pruebas terminen...

—Te libero.

—¡No! —No soportaba la idea de que me abandonasen. Otra vez, no. No esa granja de los contenedores a la que tanto había aprendido a querer—. No puedes creer a Nerón ahora. Ya has oído sus planes. ¡Quiere arrasar la isla entera! Has visto lo que intentaba hacer a sus rehenes.

—Él... él no les habría dejado quemarse. Lo ha prometido. Se ha controlado. Tú lo has visto. Eso no lo hizo la Bestia.

Noté la caja torácica como un arpa demasiado tensa.

—Meg... Nerón es la Bestia. Él mató a tu padre.

—¡No! Nerón es mi padrastro. Mi padre... mi padre desató a la Bestia. La hizo enfadar.

—Meg...

—¡Basta! —Se tapó los oídos—. Tú no lo conoces. Nerón se porta bien conmigo. Puedo hablar con él. Puedo arreglarlo.

Su negativa era tan absoluta, tan irracional, que me di cuenta de que era imposible discutir con ella. Me recordó a mí mismo cuando caí a la Tierra y me negaba a aceptar mi nueva realidad. Sin la ayuda de Meg, habría acabado muerto. Ahora nuestros papeles se habían invertido.

Me acerqué poco a poco a ella, pero el gruñido de Melocotones me detuvo en seco.

Meg retrocedió.

—Hemos terminado.

—Imposible —dije—. Estamos unidos, te guste o no.

Caí en la cuenta de que me había dicho lo mismo solo unos días antes.

Me miró por última vez a través de los cristales agrietados de sus gafas. Habría dado cualquier cosa por que hiciera una pedorreta. Quería recorrer las calles de Manhattan y que ella hiciera la rueda en los cruces. Echaba de menos andar cojeando con ella por el Laberinto, con las piernas atadas. Me habría conformado con una buena pelea con basura en un callejón. En cambio, ella se volvió y huyó seguida de Melocotones. Me dio la impresión de que se desvanecieron entre los árboles, como había hecho Dafne hacía mucho.

Encima de mi cabeza, una brisa hizo tintinear los móviles. Esta vez no salieron voces de los árboles. No sabía cuánto permanecería Dodona en silencio, pero no quería estar allí si los robles decidían empezar otra vez a contar chistes.

Me volví y vi algo raro a mis pies: una flecha con el astil de roble y plumas verdes.

No debería haber habido flechas. Yo no había llevado ninguna al bosque. Pero, confundido como estaba, no me lo planteé. Hice lo que cualquier arquero haría: la recogí y la guardé en mi carcaj.

34

En Uber no tienen coches.
En Lyft la cosa está floja. ¿Y taxis? No.
Me lleva la mamá

Austin había liberado a los otros presos.

Parecía que los hubieran metido en una tina con pegamento y bastoncillos de algodón, pero, por lo demás, parecían sorprendentemente ilesos. Ellis Wakefield iba tambaleándose con los puños apretados, buscando algo a lo que dar un puñetazo. Cecil Markowitz, hijo de Hermes, estaba sentado en el suelo tratando de limpiarse las zapatillas con un fémur de ciervo. Austin —¡un chico con recursos!— había sacado una cantimplora de agua y estaba limpiando el fuego griego de la cara de Kayla. Miranda Gardiner, la monitora jefe de la cabaña de Deméter, se hallaba arrodillada en el lugar donde se habían sacrificado las dríades, llorando en silencio.

Paulie, el palico, se dirigió flotando a mí. Al igual que su compañero, Pete, su parte inferior estaba compuesta solo por vapor. De cintura para arriba parecía una versión más flaca y castigada de su colega del géiser. Su piel de barro estaba agrietada como el lecho seco de un río. Tenía la cara ajada, como si se hubiera quedado sin una gota de humedad en el cuerpo. Viendo el daño que Nerón le había hecho, añadí unos puntos más a una lista mental que estaba preparando: «Formas de torturar a un emperador en los Campos de Castigo».

—Me has salvado —dijo Paulie asombrado—. ¡Ven aquí!

Me abrazó. Su poder había disminuido tanto que su calor corporal no me mató, pero me abrió bastante bien los senos nasales.

—Deberías volver a casa —le aconsejé—. Pete está preocupado, y tienes que recuperar fuerzas.

—Oh, tío... —Paulie se secó una lágrima vaporosa de la cara—. Sí, me largo. Pero si necesitas cualquier cosa (una limpieza al vapor gratis, un relaciones públicas, una mascarilla de arcilla), solo tienes que pedirlo.

Mientras se disolvía en la niebla, lo llamé.

—Una cosa más, Paulie. Le daría al Bosque del Campamento Mestizo un diez de satisfacción al cliente.

Paulie sonrió agradecido. Intentó volver a abrazarme, pero ya se había vuelto de vapor en un noventa por ciento. Lo único que noté fue una ráfaga húmeda de aire con aroma a barro. Acto seguido desapareció.

Los cinco semidioses se reunieron a mi alrededor.

Miranda miró más allá de mí, a la arboleda de Dodona. Sus ojos todavía estaban hinchados de llorar, pero tenía unos iris preciosos del color del follaje nuevo.

—Entonces, las voces que he oído salir de la arboleda ... ¿De verdad es un oráculo? ¿Esos árboles pueden darnos profecías?

Me estremecí pensando en la quintilla de los robles.

—Tal vez.

—¿Puedo ver...?

—No —contesté—. No hasta que conozcamos mejor el sitio.

Ya había perdido a una hija de Deméter ese día. No quería perder a otra.

—No lo entiendo —se quejó Ellis—. ¿Eres Apolo? ¿El auténtico Apolo?

—Me temo que sí. Es una larga historia.

—Oh, dioses... —Kayla escudriñó el claro—. Me ha parecido oír la voz de Meg antes. ¿Lo he soñado? ¿Estaba contigo? ¿Está bien?

Los demás me miraron esperando una explicación. Sus expresiones eran tan frágiles y vacilantes que decidí que no podía derrumbarme delante de ellos.

—Está... viva —logré decir—. Ha tenido que irse.

—¿Qué? —preguntó Kayla—. ¿Por qué?

—Nerón —respondí—. Ella... ella se ha ido a buscar a Nerón.

—Un momento. —Austin levantó los dedos como los postes de una portería—. Cuando hablas de Nerón...

Les expliqué lo mejor que pude cómo el emperador demente los había capturado. Se merecían saberlo. Mientras relataba la historia, las palabras de Nerón no paraban de repetirse en mi mente: «Mi brigada de demolición llegará de un momento a otro. ¡Cuando el Campamento Mestizo sea destruido, lo convertiré en mi nuevo jardín!».

Quería creer que no era más que una fanfarronada. A Nerón siempre le habían gustado las amenazas y las declaraciones grandilocuentes. A diferencia de mí, era un poeta terrible. Utilizaba un lenguaje florido como... como si cada frase fuera un ramillete de metáforas de olor penetrante. (Oh, esa también es buena. Voy a anotarla.)

¿Por qué consultaba sin parar su reloj? ¿Y a qué brigada de demolición podría referirse? Me retrotraje al sueño del autobús solar que se precipitaba hacia una gigantesca cara de bronce.

Me sentí como si estuviera cayendo otra vez en picado. Empecé a ver terriblemente claro el plan de Nerón. Después de dividir a los pocos semidioses que defendían el campamento, había querido incendiar esa arboleda. Pero solo era una parte de su ataque...

—Oh, dioses —exclamé—. El Coloso.

Los cinco semidioses se movieron incómodos.

—¿Qué Coloso? —preguntó Kayla—. ¿Te refieres al Coloso de Rodas?

—No —respondí—. El Colossus Neronis.

Cecil se rascó la cabeza.

—¿El Colossus Neurosis?

Ellis Wakefield resopló.

—Tú sí que tienes una Colossus Neurosis, Markowitz. Apolo se refiere a la enorme réplica de Nerón que había delante de un anfiteatro de Roma, ¿verdad?

—Me temo que sí —dije—. Mientras nosotros estamos aquí, Nerón va a intentar destruir el Campamento Mestizo. Y el Coloso será su brigada de demolición.

Miranda se estremeció.

—¿Quieres decir que una estatua gigante está a punto de pisotear un campamento? Creía que el Coloso se había destruido hacía siglos.

Ellis frunció el entrecejo.

—Supuestamente, la Atenea Partenos también. Y ahora está en la cima de la Colina Mestiza.

Las expresiones de los demás se tornaron serias. Cuando un hijo de Ares hace una observación válida, sabes que la situación es grave.

—Hablando de Atenea... —Austin se quitó una pelusa incendiaria del hombro—. ¿No nos protegerá la estatua? O sea, está allí para eso, ¿no?

—Lo intentará —supuse—. Pero debéis comprender que la Atenea Partenos extrae su poder de sus seguidores. Cuantos más semidioses haya a su cuidado, más formidable será su magia. Y ahora mismo...

—El campamento está prácticamente vacío —terminó Miranda.

—No solo eso —proseguí—, sino que la Atenea Partenos mide aproximadamente doce metros. Si la memoria no me falla, el Coloso de Nerón medía más del doble.

Ellis gruñó.

—Así que no tienen la misma categoría de peso. Será un combate desigual.

Cecil Markowitz se puso un poco más erguido.

—Chicos... ¿habéis notado eso?

Pensé que podía estar gastando una de sus bromas de hijo de Hermes. Entonces el suelo volvió a temblar ligerísimamente. Se oyó un estruendo procedente de un lugar a lo lejos como el de un acorazado al rozar un banco de arena.

—Por favor, decidme que ha sido un trueno —dijo Kayla.

Ellis ladeó la cabeza, escuchando.

—Es una máquina de guerra. Un gran autómata que ha salido del agua a medio kilómetro de aquí. Tenemos que volver al campamento enseguida.

Nadie discutió el cálculo de Ellis. Supuse que sabía distinguir los sonidos de las máquinas de guerra de la misma forma que yo podía detectar un violín desafinado en medio de una sinfonía de Rachmaninoff.

Debo decir a favor de los semidioses que estuvieron a la altura de las circunstancias. A pesar de haber sido atados, empapados en sustancias inflamables y sujetos a postes como antorchas tiki, cerraron filas y se volvieron hacia mí con los ojos llenos de determinación.

—¿Cómo salimos de aquí? —preguntó Austin—. ¿Por la guarida de los mirmekes?

De repente me sentí ahogado, en parte porque tenía a cinco personas mirándome como si supiera qué hacer. No lo sabía. De hecho, si quieres saber un secreto, normalmente los dioses no lo sabemos. Cuando acuden a nosotros en busca de respuestas, normalmente decimos algo en plan Rea como «¡Tendrás que averiguarlo por ti mismo!». O «¡La auténtica sabiduría hay que ganársela!». Pero no creía que eso colase en la situación actual.

Además, no tenía el más mínimo deseo de volver a meterme en el hormiguero. Aunque lo atravesásemos con vida, nos llevaría demasiado tiempo. Y luego tendríamos que cruzar corriendo la mitad del bosque.

Me quedé mirando el agujero con la forma de Vince en la bóveda de vegetación.

—Supongo que ninguno de vosotros puede volar.

Ellos negaron con la cabeza.

—Yo puedo cocinar —propuso Cecil.

Ellis le dio un manotazo en el hombro.

Miré otra vez el túnel de los mirmekes. Se me ocurrió la solución como si una voz me hubiera susurrado al oído: «Conoces a alguien que puede volar, tonto».

Era una idea arriesgada. Por otra parte, ir corriendo a luchar contra un autómata gigante tampoco era el plan de acción más seguro.

—Creo que hay una forma —dije—. Pero necesitaré vuestra ayuda.

Austin cerró los puños.

—Lo que necesites. Estamos dispuestos a luchar.

—En realidad… no necesito que luchéis. Necesito que marquéis un ritmo.

El siguiente descubrimiento importante que hice es que los hijos de Hermes no saben rapear. En absoluto.

Cecil Markowitz, el pobrecillo, puso todo su empeño, pero no paraba de trastocar mi sección rítmica con sus palmadas espasmódicas y sus terribles sonidos de micrófono. Después de unas cuantas pruebas, lo degradé a bailarín. Su cometido sería moverse de un lado a otro y agitar las manos, cosa que hacía con el entusiasmo de un predicador.

Los otros consiguieron mantener el ritmo. Seguían pareciendo unos pollos medio desplumados y fácilmente inflamables, pero se movían con el sentimiento adecuado.

Me puse a cantar «Mama»; tenía la garganta a tono gracias al agua y las pastillas para la tos de la riñonera de Kayla. (¡Qué chica más previsora! ¿Quién lleva pastillas para la tos en una carrera de tres piernas?)

Canté directamente a la boca del túnel de los mirmekes, confiando en que la acústica del lugar trasladase mi mensaje. No tuvimos que esperar mucho. La Tierra empezó a retumbar bajo nuestros pies. Seguí cantando. Había avisado a mis compañeros que no dejasen de marcar el ritmo adecuado hasta que la canción terminase.

Aun así, estuve a punto de perder los papeles cuando el suelo estalló. Había estado mirando el túnel, pero mamá no usaba túneles. Salía donde le daba la gana: en este caso, directamente de la Tierra, a veinte metros de distancia, lanzando grava, hierba y rocas pequeñas por todas partes. Correteó hacia delante, haciendo ruido con las mandíbulas, emitiendo un zumbido con las alas, con sus ojos de teflón oscuros clavados en mí. Ya no tenía el abdomen hinchado, de modo que supuse que había terminado de depositar su nidada más reciente de larvas de hormigas asesinas. Esperaba que eso significase que estaba de buen humor, y no que tuviese hambre.

Detrás de ella, dos hormigas soldado salieron trepando de la Tierra. No había contado con hormigas extras. (Venga ya, «hormigas extras» es una expresión que a casi nadie le gustaría oír.) Flanquearon a la reina agitando las antenas.

—Mamá —dije—, necesitamos que nos lleven.

Mi lógica fue la siguiente: las madres solían ofrecer transporte. Con sus miles y miles de crías, supuse que la hormiga reina sería la maruja definitiva, siempre dispuesta a llevar a sus hijos a sus actividades extraescolares. Y, efectivamente, mamá me agarró con sus mandíbulas y me lanzó por encima de su cabeza.

A pesar de lo que puedan contarte los semidioses, no me revolqué, no grité ni caí de forma que me dañase las partes sensibles. Aterricé heroicamente y me monté a horcajadas en el pescuezo de la reina, cuyo tamaño no era superior al lomo de un caballo de batalla normal.

—¡Subid! ¡No hay ningún peligro! —grité a mis compañeros.

Por algún motivo, vacilaron. Las hormigas, no. La reina lanzó a Kayla justo detrás de mí. Las hormigas soldado siguieron el ejemplo de mamá y recogieron a dos semidioses cada una y los subieron a bordo.

Los tres mirmekes hicieron girar sus alas con el sonido de las aspas de un radiador. Kayla se agarró a mi cintura.

—¡¿Seguro que no hay ningún peligro?! —gritó.

—¡Ninguno! —Esperaba estar en lo cierto—. ¡Puede que incluso menos que en el carro solar!

—¿El carro solar no estuvo a punto de destruir el mundo una vez?

—Bueno, dos —dije—. Tres si cuentas el día que dejé conducir a Thalia Grace, pero...

—¡Olvida la pregunta!

Mamá se lanzó al cielo. El manto de ramas torcidas nos cerraba el paso, pero ella no le hizo más caso que a la tonelada de Tierra sólida que había perforado.

—¡Agáchate! —bramé.

Nos pegamos a la cabeza acorazada de mamá cuando la criatura atravesó los árboles, y miles de astillas de madera se me clavaron en la espalda. Daba tanto gusto volver a volar que no me importó. Nos elevamos sobre el bosque y nos ladeamos hacia el este.

Durante dos o tres segundos, estuve eufórico.

Entonces oí los gritos procedentes del Campamento Mestizo.

35

Una estatua en pelotas,
un Coloso neurótico.
¿Dónde están tus gayumbos?

Ni siquiera mis poderes sobrenaturales de descripción alcanzan para expresarlo.

Imagínate como una estatua de bronce de treinta metros: una réplica de tu magnificencia, brillando a la luz de media tarde.

Ahora imagínate que esa estatua ridículamente atractiva sale del estrecho de Long Island a la Costa Norte. En su mano hay un timón de barco —una cuchilla del tamaño de un cazabombardero, fijada a un poste de quince metros de largo—, y Don Macizo levanta dicho timón para hacer trizas el Campamento Mestizo.

Esa fue la imagen que nos recibió cuando llegamos volando del bosque.

—¿Cómo puede estar viva esa cosa? —preguntó Kayla—. ¿Qué ha hecho Nerón? ¿La ha pedido por internet?

—El triunvirato tiene enormes recursos —le dije—. Han tenido siglos para prepararse. Una vez que reconstruyeron la estatua, solo tuvieron que aplicarle magia vivificadora: normalmente, las fuerzas vitales de los espíritus del viento o el agua. No estoy seguro. Es la especialidad de Hefesto.

—Entonces ¿cómo lo matamos?

—Estoy... estoy en ello.

Por todo el valle, los campistas gritaban y corrían a por sus armas.

Nico y Will se revolcaban en el lago; aparentemente, su embarcación se había volcado en pleno paseo en canoa. Quirón atravesaba las dunas al galope, hostigando al Coloso con sus flechas. Incluso a mis ojos, Quirón era un arquero muy bueno. Apuntaba a las articulaciones y las junturas de la estatua, pero sus disparos no parecían afectar al autómata en absoluto. Docenas de proyectiles sobresalían de las axilas y el cuello del Coloso como pelo rebelde.

—¡Más carcajs! —gritó Quirón—. ¡Rápido!

Rachel Dare salió del arsenal dando traspiés con media docena y corrió a reabastecerlo.

El Coloso bajó su timón para destrozar el pabellón comedor, pero su cuchilla rebotó en la barrera mágica del campamento y echó chispas como si hubiera impactado contra metal sólido. Don Macizo dio otro paso tierra adentro, pero la barrera le opuso resistencia y lo empujó hacia atrás con la fuerza de un túnel de viento.

En la Colina Mestiza, un halo plateado rodeaba a la Atenea Partenos. No estaba seguro de que los semidioses pudieran verlo, pero de vez en cuando un haz de luz ultravioleta salía del casco de Atenea como un reflector, daba en el pecho del Coloso y empujaba hacia atrás al invasor. Al lado de la estatua, en el alto pino, el Vellocino de Oro resplandecía de energía. El dragón Peleo se paseaba alrededor del tronco, preparado para defender su territorio.

Eran fuerzas poderosas, pero no necesitaba visión divina para saber que no tardarían en caer. Las barreras defensivas del campamento estaban diseñadas para impedir la entrada a algún que otro monstruo extraviado, para confundir a los mortales e impedir que detectaran el valle, y para ofrecer una primera línea de defensa contra fuerzas invasoras. Un gigante de bronce celestial de treinta metros terriblemente apuesto era harina de otro costal. Pronto el Coloso se abriría camino y lo destruiría todo a su paso.

—¡Apolo! —Kayla me dio un codazo en las costillas—. ¿Qué hacemos?

Salí de mi ensoñación; volví a tener la desagradable sensación de que esperaban que yo tuviera soluciones a todo. Mi primer impulso fue pedirle a un semidiós veterano que se hiciera cargo. ¿No era ya fin de semana? ¿Dónde estaba Percy Jackson? ¿O los pretores romanos Frank Zhang y Reyna Ramírez-Arellano? Sí, ellos lo habrían hecho bien.

Mi segundo impulso fue acudir a Meg McCaffrey. ¡Qué rápido me había acostumbrado a su insufrible pero extrañamente adorable presencia! Desgraciadamente, ella ya no estaba. Notaba su ausencia como si un Coloso me pisotease el corazón. (Era una metáfora fácil de crear, ya que el Coloso estaba pisoteando muchas cosas en ese preciso momento.)

Flanqueándonos a cada lado, las hormigas soldado volaban en formación esperando órdenes de la reina. Los semidioses me observaban inquietos, y trozos de venda salían volando de sus cuerpos mientras surcábamos el aire.

Me incliné hacia delante y me dirigí a mamá en tono tranquilizador:

—Sé que no puedo pedirte que arriesgues la vida por nosotros.

Mamá emitió un zumbido como diciendo: «¡Y tanto!».

—Pero ¿podrías dar una pasada alrededor de la cabeza de la estatua? —pregunté—. Lo justo para distraerla. ¿Y luego dejarnos en la playa?

Ella chasqueó la mandíbula sin demasiado convencimiento.

—Eres la mejor mamá del mundo —añadí—, y hoy estás preciosa.

Esa frase siempre daba resultado con Leto. Con la mamá hormiga también funcionó. La criatura sacudió las antenas, quizá para enviar una señal de alta frecuencia a sus soldados, y las tres hormigas se ladearon de forma pronunciada hacia la derecha.

Debajo de nosotros, más campistas entraban en combate. Sherman Yang había enganchado dos pegasos a un carro y ahora volaba alrededor de las piernas de la estatua, mientras Julia y Alice lanzaban jabalinas eléctricas a las rodillas del Coloso. Los proyectiles se clavaban en sus articulaciones y descargaban espirales de rayos azules, pero la estatua apenas parecía percatarse. Entretanto, a sus pies, Connor Stoll y Harley utilizaban dos lanzallamas para hacer la pedicura por fundición al gigante, mientras las gemelas de Niké manejaban una catapulta y lanzaban rocas a la entrepierna de bronce celestial del Coloso.

Malcolm Pace, un auténtico hijo de Atenea, coordinaba los ataques desde un puesto de mando organizado apresuradamente en el prado. Él y Nyssa habían desplegado planos militares sobre una mesa de cartas y gritaban coordenadas de ataque, mientras Chiara, Damien, Paolo y Billie corrían a colocar ballestas por el hogar comunal.

Malcolm parecía el perfecto comandante del campo de batalla, si no fuera por que se había olvidado el pantalón. Sus calzoncillos rojos contrastaban marcadamente con su espada y su coraza de cuero.

Mamá bajó en picado hacia el Coloso, y mi estómago se quedó a mayor altitud.

Pude apreciar por un instante las facciones regias de la estatua y su frente metálica rodeada de una corona con pinchos que representaban los rayos del sol. Se suponía que el Coloso era Nerón encarnado como el dios del sol, pero el emperador había decidido sabiamente que la cara se pareciera más a la mía que a la suya. Solo el contorno de su nariz y su repugnante barba hacían pensar en la fealdad característica de Nerón.

Además... ¿he dicho que la estatua de treinta metros estaba totalmente desnuda? Pues claro. A los dioses casi siempre se nos representa desnudos porque somos seres sin tacha. ¿Por qué tapar la perfección? Aun así, era un poco desconcertante verme a mí mismo en cueros dando pisotones y atacando el Campamento Mestizo con el timón de un barco.

A medida que nos acercábamos al Coloso, grité fuerte:

—¡IMPOSTOR! ¡YO SOY EL AUTÉNTICO APOLO! ¡TÚ ERES FEO!

Oh, querido lector, me costó gritar esas palabras a mi apuesto semblante, pero lo hice. Tal era mi arrojo.

Al Coloso no le gustó que lo insultasen. Mientras mamá y sus soldados viraban, la estatua blandió el timón hacia arriba.

¿Has chocado alguna vez contra un bombardero? Me vino de repente a la memoria Dresde en 1945, cuando había tantos aviones en el aire que literalmente no podía encontrar un carril seguro por el que conducir. El eje del carro solar estuvo desalineado durante semanas después de ese episodio.

Advertí que las hormigas no podían volar lo bastante rápido para escapar del timón. Vi cómo se avecinaba una catástrofe en cámara lenta. En el último momento posible, grité:

—¡Abajo!

Descendimos a plomo. El timón solo golpeó ligeramente las alas de las hormigas, pero bastó para lanzarnos girando en espiral hacia la playa.

Agradecí la arena blanda.

Tragué bastante cuando hicimos el aterrizaje de emergencia.

Por pura chiripa, ninguno de nosotros murió, aunque Kayla y Austin tuvieron que levantarme.

—¿Estás bien? —se interesó Austin.

—Sí —contesté—. Tenemos que darnos prisa.

El Coloso nos miró, tratando quizá de discernir si ya estábamos agonizando o si necesitábamos más dolor. Yo había querido llamarle la atención, y lo había conseguido. Hurra.

Miré a mamá y sus soldados, que se sacudían la arena de los caparazones.

—Gracias. Ahora salvaos. ¡Volad!

No hizo falta que se lo dijera dos veces. Supongo que las hormigas tienen un miedo innato a los grandes humanoides que se ciernen sobre ellas y se disponen a aplastarlas con su pesado pie. Mamá y sus guardias ascendieron al cielo zumbando.

Miranda se quedó mirándolas.

—Nunca pensé que diría esto de unos bichos, pero voy a echarlas de menos.

—¡Eh! —gritó Nico di Angelo. Él y Will avanzaban con dificultad por las dunas, chorreando tras su chapuzón en el lago de las canoas.

—¿Cuál es el plan? —Will parecía tranquilo, pero lo conocía lo bastante bien para saber que dentro albergaba tanta tensión como un cable eléctrico pelado.

BUM.

La estatua dio una zancada hacia nosotros. Un paso más, y lo tendríamos encima.

—¿No tiene una válvula reguladora en el tobillo? —preguntó Ellis—. Si conseguimos abrirla...

—No —repuse—. Estás pensando en Talos. Este no es Talos.

273

Nico se apartó el pelo moreno mojado de la frente.

—Entonces ¿qué?

Vi perfectamente la nariz del Coloso. Sus orificios nasales estaban sellados con bronce; supuse que porque Nerón no había querido que sus detractores lanzasen flechas a su cabezota imperial.

Chillé.

Kayla me agarró el brazo.

—¿Qué pasa, Apolo?

Flechas a la cabeza del Coloso. Oh, dioses, había tenido una idea que nunca jamás daría resultado. Sin embargo, me parecía mejor que nuestra otra opción, que era ser aplastados bajo un pie de bronce de dos toneladas.

—Will, Kayla, Austin —dije—, venid conmigo.

—Y Nico —terció Nico—. Tengo permiso médico.

—¡Está bien! —exclamé—. Ellis, Cecil, Miranda, haced lo que podáis para llamar la atención del Coloso.

La sombra de un pie enorme oscureció la arena.

—¡Vamos! —grité—. ¡Dispersaos!

36

Me pirran las plagas
cuando están en la flecha adecuada.
¡Zas! ¿Estás muerto, colega?

Dispersarse fue la parte fácil. Eso lo hicieron muy bien.

Miranda, Cecil y Ellis corrieron en distintas direcciones, gritando insultos al Coloso y agitando los brazos. Eso nos dio unos segundos al resto mientras corríamos hacia las dunas, pero sospechaba que el Coloso no tardaría en perseguirme. Después de todo, yo era el blanco más importante y más atractivo.

Señalé el carro de Sherman Yang, que seguía volando alrededor de las piernas de la estatua en un vano intento de electrocutar sus rótulas.

—¡Tenemos que hacernos con ese carro!

—¿Cómo? —preguntó Kayla.

Estaba a punto de reconocer que no tenía ni idea cuando Nico di Angelo cogió la mano de Will y se puso a mi sombra. Los dos chicos se esfumaron. Me había olvidado del poder de viajar por las sombras: el medio gracias al cual los hijos del inframundo podían entrar en una sombra y aparecer en otra, a veces a cientos de kilómetros de distancia. A Hades le encantaba presentarse así y gritar: «¡HOLA!» justo cuando yo lanzaba una flecha de la muerte. Le divertía que errase el tiro y aniquilase la ciudad equivocada.

Austin se estremeció.

—No soporto cuando Nico desaparece de esa forma. ¿Cuál es el plan?

—Vosotros dos sois mis refuerzos —contesté—. Si yo fallo, si muero... dependerá de vosotros.

—Alto ahí —dijo Kayla—. ¿Cómo que si tú fallas?

Saqué mi última flecha: la que había encontrado en la arboleda.

—Voy a disparar a ese gigante macizorro en el oído.

Austin y Kayla se cruzaron una mirada; tal vez se preguntaban si la presión de ser mortal por fin me había vencido.

—Una flecha infectada —expliqué—. Voy a hechizar una flecha con una enfermedad y la voy a lanzar al oído de la estatua. Tiene la cabeza hueca. Las orejas son las únicas aberturas que tiene. La flecha debería liberar suficiente enfermedad para eliminar el poder vivificante del Coloso... o como mínimo para inhabilitarlo.

—¿Cómo sabes que funcionará? —preguntó Kayla.

—No lo sé, pero...

Nuestra conversación se vio interrumpida por el fuerte y repentino aguacero provocado por el pie del Coloso. Nos lanzamos tierra adentro y evitamos que nos aplastara por un pelo.

Detrás de nosotros, Miranda gritó:

—¡Eh, feo!

Sabía que no se dirigía a mí, pero miré atrás de todas formas. La chica levantó los brazos e hizo que unas cuerdas de hierba marina brotaran de las dunas y rodearan los tobillos de la estatua. El Coloso las rompió con facilidad, pero le fastidiaron lo bastante para distraerlo. Ver que Miranda se enfrentaba a la estatua me hizo añorar otra vez a Meg.

Mientras tanto, Ellis y Cecil se encontraban a cada lado del Coloso lanzándole piedras a las espinillas. Desde el campamento, una lluvia de proyectiles de ballesta en llamas explotó contra el trasero desnudo de Don Macizo, y apreté los puños en solidaridad.

—¿Decías algo? —preguntó Austin.

—Cierto.—Hice girar la flecha entre los dedos—.Ya sé lo que estáis pensando: que no tengo poderes divinos. Dudáis que pueda improvisar la peste negra o la gripe española. Aun así, si pudiera dispararle desde poca distancia, directo a la cabeza, podría hacerle algo de daño.

—¿Y... si fallas? —preguntó Kayla. Me fijé en que su carcaj también estaba vacío.

—No tendré fuerzas para intentarlo otra vez. Tendrás que volver a atacarlo tú. Busca una flecha, intenta invocar una enfermedad y dispárale mientras Austin mantiene estable el carro.

Me di cuenta de que era una petición imposible, pero ellos la aceptaron en un silencio adusto. No sabía si sentirme agradecido o culpable. Cuando era un dios habría dado por sentado que los mortales tenían fe en mí. Ahora... estaba pidiéndoles a mis hijos que volviesen a arriesgar sus vidas, y no estaba nada seguro de que mi plan diera resultado.

Vi un movimiento fugaz en el cielo. Esta vez, en lugar de un pie del Coloso, se trataba del carro de Sherman Yang sin Sherman Yang. Will hizo aterrizar a los pegasos y sacó a rastras a Nico di Angelo semiconsciente.

—¿Dónde están los demás? —preguntó Kayla—. ¿Y Sherman y las chicas de la cabaña de Hermes?

Will puso los ojos en blanco.

—Nico los convenció para que desembarcasen.

Justo entonces, oí a Sherman gritar a lo lejos:

—¡Ya te pillaré, Di Angelo!

—Id vosotros, chicos —propuso Will—. El carro solo está pensado para tres personas, y después del segundo viaje por las sombras, Nico se desmayará en cualquier momento.

—No, no me desmayaré —protestó Nico, y acto seguido se desmayó.

Will se lo echó a los hombros y se lo llevó.

—¡Buena suerte! ¡Voy a darle al Señor de las Tinieblas un poco de Gatorade!

Austin subió de un salto en primer lugar y cogió las riendas. En cuanto Kayla y yo estuvimos a bordo, salimos disparados hacia el cielo, mientras los pegasos viraban y se ladeaban alrededor del Coloso con experta destreza. Empecé a sentir un atisbo de esperanza. Puede que consiguiéramos ganarle la partida a ese gigantesco pedazo de bronce bien parecido.

—Bueno —comenté—, a ver si puedo hechizar esta flecha con una buena plaga.

La flecha vibró de las plumas a la punta.

NO LO HAGÁIS, me dijo.

Intento evitar que las armas hablen. Me parece grosero y me distrae. Artemisa tuvo una vez un arco que podía jurar como un marinero fenicio. En otra ocasión, en una taberna de Estocolmo, conocí a un dios guapísimo, pero su espada parlante no se callaba.

Perdón, me estoy desviando del tema.

Hice la pregunta evidente.

—¿Me has hablado?

La flecha vibró como si se carcajease. (Oh, dioses. Qué juego de palabras más horrible.) *SÍ, CIERTAMENTE. OS LO RUEGO, NO SIR-VO PARA DISPARAR.*

Su voz era decididamente de hombre, sonora y grave, como la de un mal actor shakespeariano.

—Pero eres una flecha —repuse—. Estás hecha para que te disparen. No te pongas tan puntillosa. —(Debo tener cuidado con los juegos de palabras.)

—¡Agarraos, chicos!

El carro se precipitó para evitar el timón del Coloso. Sin la advertencia de Austin, me habría quedado en el aire discutiendo con mi proyectil.

—Así que estás hecha de roble de Dodona —aventuré—. ¿Por eso hablas?

EN VERDAD, dijo la flecha.

—¡Apolo! —gritó Kayla—. No sé qué haces hablando con esa flecha, pero...

A nuestra derecha se oyó un «¡CLANG!» reverberante como si un cable de alta tensión hubiera caído contra un tejado metálico. Las barreras mágicas del campamento se desplomaron con un destello de luz plateada. El Coloso avanzó tambaleándose, bajó el pie sobre el pabellón comedor y lo redujo a escombros como un montón de cubos de construcción infantiles.

—Pero mira lo que acaba de pasar —dijo Kayla suspirando.

El Coloso levantó el timón con júbilo. Se dirigió tierra adentro con aire resuelto, haciendo caso omiso a los campistas que corrían alrededor

de sus pies. Valentina Díaz le arrojó un proyectil de ballesta a la entrepierna. (De nuevo, no pude por menos de hacer una mueca en solidaridad.) Haryley y Connor Stoll no paraban de lanzarle llamas a los pies
en vano. Nyssa, Malcolm y Quirón tendieron una trampa con un cable
de acero a través del camino de la estatua, pero no les daría tiempo a
fijarlo como es debido.

Me volví hacia Kayla.

—¿No oyes hablar a esta flecha?

A juzgar por sus ojos muy abiertos, deduje que la respuesta era «No,
¿y las alucinaciones se heredan?».

—Olvídalo. —Miré la flecha—. ¿Qué me recomendarías, oh, sabio
proyectil de Dodona? Mi carcaj está vacío.

La punta de la flecha descendió hacia el brazo izquierdo de la estatua. *¡MIRAD, EN LA AXILA ESTÁN LAS FLECHAS QUE NECESI-
TÁIS!*

—¡El Coloso se dirige a las cabañas! —gritó Kayla.

—¡La axila! —le dije a Austin—. Volad... digo, vuela hacia la axila.

No era una orden que acostumbrase a oírse en combate, pero Austin espoleó a los pegasos para que ascendieran abruptamente. Sobrevo-
lamos el bosque de flechas que sobresalían de la juntura del brazo de
Coloso, pero sobrestimé por completo mi coordinación mano-ojo. Me
lancé a por las flechas, pero acabé con las manos vacías.

Kayla fue más ágil. Cogió un puñado, pero gritó al soltarlas de un
tirón.

Yo la puse a salvo. Le sangraba mucho la mano; se la había cortado
al agarrar las flechas a tanta velocidad.

—¡Estoy bien! —chilló Kayla. Tenía los dedos cerrados, y salpicó
todo el suelo del carro de gotas rojas—. Coge las flechas.

Hice lo que me dijo. Me quité el pañuelo con la bandera de Brasil
de alrededor del cuello y se lo di.

—Véndate la mano —le mandé—. Hay ambrosía en el bolsillo de
mi abrigo.

—No te preocupes por mí. —La cara de Kayla estaba tan verde
como su pelo—. ¡Dispara! ¡Deprisa!

Inspeccioné las flechas. Se me cayó el alma al suelo. Solo uno de los proyectiles estaba intacto, y tenía el astil torcido. Sería casi imposible de disparar.

Volví a mirar la flecha parlante.

NO PENSÉIS EN ELLO, recitó. *¡HECHIZAD LA FLECHA TORCIDA!*

Lo intenté. Abrí la boca, pero las palabras del encantamiento se habían esfumado de mi mente. Como me temía, Lester Papadopoulos no tenía ese poder.

—¡No puedo!

YO OS ASISTIRÉ, prometió la Flecha de Dodona. *REPETID CONMIGO: APESTOSO, APESTOSO, APESTOSO.*

—¡El encantamiento no empieza por «apestoso, apestoso, apestoso»!

—¿Con quién estás hablando? —inquirió Austin.

—¡Con mi flecha! Esto... necesito más tiempo.

—¡No tenemos más tiempo! —Kayla señaló con su mano ensangrentada y vendada.

El Coloso estaba a solo unos pasos del prado central. No estaba seguro de que los semidioses fueran conscientes del peligro que corrían. El Coloso podía hacer mucho más que aplastar edificios. Si destruía el hogar central, el santuario sagrado de Hestia, acabaría con el alma misma del campamento. El valle quedaría maldito y sería inhabitable durante generaciones. El Campamento Mestizo dejaría de existir.

Me di cuenta de que había fracasado. Mi plan llevaría demasiado tiempo, aunque me acordase de cómo inocular a una flecha una enfermedad. Ese era mi castigo por faltar a un juramento hecho en nombre de la laguna Estigia.

Entonces, encima de nosotros, una voz gritó:

—¡Eh, Culo de Bronce!

Sobre la cabeza del Coloso se formó una nube oscura como un bocadillo de una tira cómica. De las sombras descendió un animal monstruoso negro y peludo: una perra infernal. Montado a horcajadas sobre su lomo había un joven con una espada de bronce brillante.

Ya era fin de semana. Percy Jackson había llegado.

37

¡Eh, mirad! Es Percy.

Lo mínimo que podía hacer era echar un cable.

Yo se lo he enseñado todo

Estaba tan sorprendido que me quedé sin habla. De lo contrario habría advertido a Percy de lo que estaba a punto de ocurrir.

A los perros infernales no les gustan las alturas. Cuando se asustan, reaccionan de manera predecible. En cuanto la fiel mascota de Percy aterrizó sobre el Coloso en movimiento, gritó y se hizo pipí en la cabeza del gigante. La estatua se quedó paralizada y alzó la vista, preguntándose sin duda qué estaba cayendo por sus patillas imperiales.

Percy saltó heroicamente de su montura y se deslizó en pipí de perra infernal. Por poco se despeñó de la frente de la estatua.

—Pero ¿qué...? ¡Jo, Señora O'Leary!

La perra infernal aulló a modo de disculpa. Austin se acercó con el carro.

—¡Percy!

El hijo de Poseidón nos miró frunciendo el ceño.

—A ver, ¿quién ha desatado al gigante de bronce? ¿Has sido tú, Apolo?

—¡Me siento ofendido! —grité—. ¡Yo solo soy responsable indirecto de esto! Además, tengo un plan para resolverlo.

—¿Ah, sí? —Percy volvió la vista al pabellón comedor destrozado—. ¿Y qué tal va?

Haciendo gala de mi habitual sensatez, me centré en el bien común.

—Si pudieras evitar que este Coloso pisoteara el hogar del campamento, nos sería de ayuda. Necesito unos minutos más para hechizar esta flecha.

Levanté la flecha parlante por error y luego la flecha torcida.

Percy suspiró.

—Seguro que sí.

La Señora O'Leary ladró alarmada. El Coloso estaba levantando la mano para aplastar al joven intruso.

Percy agarró uno de los pinchos de la corona. Lo cortó de la base y acto seguido lo clavó en la frente del Coloso. Dudaba que el gigante notase dolor, pero se tambaleó, aparentemente sorprendido de que le hubiera crecido un cuerno de unicornio.

Percy cortó otro.

—¡Eh, feo! —gritó—. No necesitas todos estos pinchos, ¿verdad? Me voy a llevar uno a la playa. ¡Busca, Señora O'Leary!

Percy lanzó el pincho como una jabalina.

La perra infernal ladró con entusiasmo. Saltó de la cabeza del Coloso, se volatilizó entre las sombras y volvió a aparecer en el suelo, dando brincos detrás de su nuevo palo de bronce.

Percy me miró arqueando las cejas.

—¿Y bien? ¡Empieza el encantamiento!

Saltó de la cabeza de la estatua a su hombro. A continuación brincó al poste del timón y se deslizó por él hasta el suelo como si fuera una barra de bomberos. Si yo hubiera tenido mis habituales capacidades atléticas, podría haber hecho algo parecido con los ojos cerrados, pero tenía que reconocer que Percy Jackson era bastante impresionante.

—¡Eh, Culo de Bronce! —gritó otra vez—. ¡Ven a por mí!

El Coloso obedeció volviéndose despacio y siguiendo a Percy hacia la playa.

Empecé a recitar, invocando mis antiguos poderes como dios de las plagas. Esta vez recordé las palabras. No sabía por qué. Puede que la llegada de Percy me hubiera dado nuevas esperanzas. Puede que simplemente no lo pensara demasiado. He descubierto que a menudo el pensamiento interfiere con la acción. Es una de las lecciones que los dioses aprenden al principio de su carrera.

Noté cómo un picor pasaba de mis dedos al proyectil. Hablé de lo increíble que yo era y de las diversas enfermedades horribles que había infligido a pueblos perversos en el pasado porque... soy increíble. Noté cómo la magia prendía a pesar de la Flecha de Dodona, que me susurraba como un insufrible tramoyista del teatro isabelino: *¡DECIDLO: APESTOSO, APESTOSO, APESTOSO!*

Abajo, más semidioses se unieron al desfile a la playa. Corrían delante del Coloso, abucheándolo, tirándole cosas y llamándolo «Culo de Bronce». Hacían bromas sobre su nuevo cuerno. Reían del pipí de perra infernal que le goteaba por la cara. Normalmente, tengo nula tolerancia con los abusos, sobre todo cuando la víctima se parece a mí, pero como el Coloso tenía la altura de un edificio de diez plantas y estaba destruyendo su campamento, supongo que la mala educación de los campistas era comprensible.

Terminé de recitar. Una odiosa niebla verde rodeaba ahora la flecha. Olía ligeramente a freidora de restaurante de comida rápida: una buena señal de que era portadora de una horrible enfermedad.

—¡Estoy listo! —le indiqué a Austin—. ¡Acércame a su oído!

—¡Hecho!

Austin se volvió para decir otra cosa, y una voluta de niebla verde pasó por debajo de su nariz. Le empezaron a llorar los ojos. Se le hinchó la nariz y empezó a moquear. Arrugó la cara y estornudó tan fuerte que se desplomó. Se quedó tumbado en el suelo del carro, gimiendo y retorciéndose.

—¡Hijo mío! —Quería agarrarlo por los hombros y ver cómo estaba, pero considerando que tenía una flecha en cada mano, no era muy recomendable.

¡QUÉ VERGÜENZA! VUESTRA PLAGA ES DEMASIADO FUERTE. La Flecha de Dodona vibró con irritación. *EL RECITADO HA SIDO UNA BIRRIA.*

—Oh, no, no, no —exclamé—. Ten cuidado, Kayla. No aspires...

—¡ACHÍS! —Kayla cayó redonda al lado de su hermano.

—¿Qué he hecho? —me lamenté gimiendo.

EN MI OPINIÓN, LA HABÉIS PIFIADO, dijo la Flecha de Dodona, mi fuente de sabiduría infinita. *¡ES MÁS, APURAOS! COGED LAS RIENDAS.*

—¿Por qué?

Cabría pensar que un dios que conducía un carro a diario no necesitaría hacer esa pregunta. En mi defensa, debo decir que estaba preocupado por mis hijos, que yacían semiconscientes a mis pies. No me planteé que no había nadie conduciendo. Sin nadie a las riendas, a los pegasos les entró pánico. Para evitar estrellarse contra el Coloso que se interponía en su camino, bajaron en picado hacia el suelo.

De algún modo, conseguí reaccionar adecuadamente. (¡Tres hurras por mi reacción adecuada!) Metí las dos flechas en el carcaj, cogí las riendas y logré nivelar nuestro descenso lo justo para impedir que hiciéramos un aterrizaje forzoso. Rebotamos en una duna y derrapamos delante de Quirón y un grupo de semidioses. Nuestra entrada podría haber resultado espectacular si la fuerza centrífuga no nos hubiera lanzado a Kayla, a Austin y a mí del carro.

¿He dicho que agradecí la arena blanda?

Los pegasos alzaron el vuelo, arrastraron el maltrecho carro al cielo y nos dejaron tirados.

Quirón se acercó galopando seguido de un grupo de semidioses. Percy Jackson corrió hacia nosotros desde la playa mientras la Señora O'Leary mantenía ocupado al Coloso jugando con él al balón prisionero. Dudo que esa actividad mantuviera el interés de la estatua mucho tiempo cuando se diera cuenta de que había un grupo de objetivos justo detrás de él, ideales para ser pisoteados.

—¡La flecha de la plaga está lista! —anuncié—. ¡Tenemos que dispararla al oído del Coloso!

Mi público no pareció recibir esas palabras como una buena noticia. Entonces caí en la cuenta de que el carro había desaparecido. Mi arco seguía en él. Y Kayla y Austin se habían contagiado a todas luces de la enfermedad que yo había invocado.

—¿Son contagiosos? —preguntó Cecil.

—¡No! —respondí—. Bueno... probablemente no. Si los gases de la flecha...

Todo el mundo se apartó de mí.

—Cecil —dijo Quirón—, tú y Harley llevaos a Kayla y Austin a la cabaña de Apolo para curarlos.

—Pero ellos son la cabaña de Apolo —se quejó Harley—. Además, mi lanzallamas...

—Ya jugarás con tu lanzallamas luego —prometió Quirón—. Corred. Así me gusta. El resto de vosotros, haced lo que podáis para mantener al Coloso en la orilla. Percy y yo ayudaremos a Apolo.

Quirón pronunció la palabra «ayudaremos» como si quisiera decir «le daremos una buena tunda».

Cuando la multitud se hubo dispersado, Quirón me dio su arco.

—Dispara.

Me quedé mirando el enorme arco recurvo compuesto, que debía de pesar unos cincuenta kilos.

—¡Este está diseñado para la fuerza de un centauro, no de un adolescente mortal!

—Tú creaste la flecha —dijo él—. Solo tú puedes dispararla sin sucumbir a la enfermedad. Solo tú puedes darle a ese blanco.

—¿Desde aquí? ¡Es imposible! ¿Dónde está ese chico volador, Jason Grace?

Percy se limpió el sudor y la arena del cuello.

—Nos acabamos de quedar sin chicos voladores. Y todos los pegasos han salido en estampida.

—Tal vez si consiguiéramos unas arpías y una cuerda de cometa... —propuse.

—Apolo —me interrumpió Quirón—, debes hacerlo. Eres el señor del tiro con arco y las enfermedades.

—¡No soy el señor de nada! —protesté—. ¡Soy un adolescente mortal tonto y feo! ¡No soy nadie!

La autocompasión brotó de mi boca. Estaba convencido de que la Tierra se partiría en dos cuando dije que no era nadie. El cosmos dejaría de girar. Percy y Quirón se apresurarían a tranquilizarme.

Nada de eso ocurrió. Percy y Quirón se limitaron a mirarme con seriedad.

Percy posó la mano en mi hombro.

—Eres Apolo. Te necesitamos. Puedes hacerlo. Además, como no lo hagas, te tiraré personalmente de lo alto del Empire State Building.

Ese era justo el discurso que necesitaba: la clase de comentario que

Zeus solía hacerme antes de que jugase un partido de fútbol. Me puse derecho.

—De acuerdo.

—Intentaremos atraerlo al agua —dijo Percy—. Allí tengo ventaja. Buena suerte.

Percy aceptó la mano de Quirón y subió de un salto al lomo del centauro. Galoparon juntos hasta el mar, mientras Percy agitaba la espada y gritaba distintos insultos con el tema común del culo de bronce al Coloso.

Corrí por la playa hasta que tuve la oreja izquierda de la estatua en mi línea de tiro.

Cuando alcé la vista a ese perfil regio, no vi a Nerón. Me vi a mí mismo: un monumento a mi propia vanidad. El orgullo de Nerón no era más que un reflejo del mío. Yo era el más necio. Era el tipo de persona que se construiría una estatua desnuda de treinta metros en el jardín.

Saqué la flecha con la plaga del carcaj y la coloqué en la cuerda del arco.

Los semidioses se dispersaban cada vez mejor. Seguían hostigando al Coloso por los dos lados mientras Percy y Quirón galopaban a través de la marea, y la Señora O'Leary correteaba tras ellos con su nuevo palo de bronce.

—¡Eh, feo! —gritó Percy—. ¡Aquí!

El siguiente paso del Coloso desplazó varias toneladas de agua salada y formó un cráter lo bastante grande para engullir una camioneta.

La Flecha de Dodona vibró en mi carcaj. *SOLTAD EL AIRE*, me aconsejó. *BAJAD EL HOMBRO*.

—No es la primera vez que disparo un arco —gruñí.

CUIDADO CON EL CODO DERECHO, dijo la flecha.

—Cállate.

Y NO LE DIGÁIS A VUESTRA FLECHA QUE SE CALLE.

Tensé el arco. Me ardieron los músculos como si me echasen agua hirviendo sobre los hombros. La flecha de la plaga no me hizo desmayarme, pero sus gases me desorientaron. La curvatura del arco hacía imposibles mis cálculos. El viento me soplaba en contra. El arco del disparo tendría que ser muy elevado.

Aun así, apunté, espiré y solté la cuerda.

La flecha giró mientras subía como un cohete, perdió fuerza y se desvió demasiado a la derecha. Se me cayó el alma a los pies. Seguro que la maldición de la laguna Estigia me impediría tener la más mínima posibilidad de éxito.

Justo cuando el proyectil alcanzó el punto más elevado y se disponía a caer al suelo, una ráfaga de viento lo alcanzó; tal vez Céfiro, que se apiadó de mi lamentable intento. La flecha fue volando hasta la oreja del Coloso y penetró en su cabeza haciendo «clinc, clinc, clinc» como una máquina de *pinball*.

El Coloso se detuvo. Se quedó mirando el horizonte como si estuviera confundido. Miró el cielo y a continuación arqueó la espalda y avanzó dando tumbos, haciendo ruido como un tornado al arrancar un tejado. Como su cara no tenía más orificios abiertos, la presión del estornudo hizo salir géiseres de aceite por sus orejas y salpicó las dunas de residuos nocivos para el medio ambiente.

Sherman, Julia y Alice se me acercaron dando traspiés, cubiertos de arena y aceite de la cabeza a los pies.

—Te agradezco que hayas liberado a Miranda y Ellis —gruñó Sherman—, pero te voy a matar por coger mi carro. ¿Qué le has hecho al Coloso? ¿Qué enfermedad hace estornudar?

—Me temo que he... he invocado una enfermedad bastante benigna. Creo que le he contagiado la alergia al polen.

¿Sabes esa pausa horrible que se produce cuando esperas a que alguien estornude? La estatua volvió a arquear la espalda, y todos los presentes en la playa se encogieron de antemano. El Coloso inhaló varios miles de metros cúbicos de aire por sus canales auditivos, preparándose para el siguiente estallido.

Me imaginé los peores panoramas posibles: el Coloso estornudaría por la oreja y enviaría a Percy Jackson a Connecticut, donde desaparecería para siempre. El Coloso se despejaría la cabeza y luego nos aplastaría a todos. La alergia al polen podía poner de mal humor a una persona. Lo sabía porque yo inventé la alergia al polen. Aun así, nunca había pretendido que fuese una afección mortal. Desde luego nunca esperé enfrentarme a la ira de un imponente autómata metálico con alergias estacionales. ¡Maldije mi poca visión de futuro! ¡Maldije mi mortalidad!

Lo que no había tenido en cuenta eran los desperfectos que nuestros semidioses habían causado en las articulaciones metálicas del Coloso: concretamente, en su cuello.

El Coloso se balanceó hacia delante con un fortísimo «¡ACHÍÍÍS!». Me sobresalté y por poco me perdí el momento en el que la cabeza de la estatua alcanzó la primera fase de separación de su cuerpo. Se precipitó sobre el estrecho de Long Island, mientras la cara daba vueltas. Cayó al agua con un tremendo «SPLASH» y se meció un momento. A continuación el aire salió haciendo ruido por el agujero de su cuello, y el precioso y regio semblante de un servidor se hundió bajo las olas.

El cuerpo decapitado de la estatua se inclinó y se bamboleó. Si hubiera caído hacia atrás, podría haber aplastado aún más el campamento. En cambio, se vino abajo hacia delante. Percy gritó un juramento que habría enorgullecido a un marinero fenicio. Quirón y él corrieron hacia un lado para evitar ser aplastados mientras la Señora O'Leary se esfumaba sabiamente entre las sombras. El Coloso cayó al agua y provocó olas gigantescas a babor y estribor. Nunca había visto a un centauro cabalgar la cresta de una ola tubular con las pezuñas, pero Quirón se desenvolvió bastante bien.

Finalmente, el estruendo de la caída de la estatua dejó de resonar por las colinas.

A mi lado, Alice Miyazawa silbó.

—Vaya, qué rápido se ha resuelto.

—¿Qué Hades ha pasado? —preguntó Sherman Yang en tono de asombro infantil.

—Creo —dije— que el Coloso se ha volado la cabeza de un estornudo.

38

Después de los estornudos, curando a la peña y analizando quintillas. ¿El premio al peor dios? Para mí

La plaga se propagó.

Ese fue el precio de nuestra victoria: un enorme brote de alergia al polen. Al anochecer, la mayoría de los campistas estaban mareados, aturdidos y muy congestionados, aunque me alegré de que ninguno se volase la cabeza de un estornudo porque nos estábamos quedando sin vendas y cinta adhesiva.

Will Solace y yo pasamos la noche atendiendo a los heridos. Will tomó la delantera, cosa que me pareció bien; yo estaba agotado. Principalmente entablillé brazos, distribuí medicamentos para el resfriado y pañuelos de papel, y traté de impedir que Harley robase todas las existencias de pegatinas de caritas sonrientes de la enfermería, que pegó por todo su lanzallamas. Agradecí la distracción porque me permitió no pensar demasiado en los penosos sucesos del día.

Sherman Yang tuvo la deferencia de no matar a Nico por echarlo de su carro ni a mí por causarle desperfectos, aunque tenía la sensación de que el hijo de Ares no descartaba del todo la opción para más adelante.

Quirón suministró cataplasmas curativas a los aquejados de alergia al polen más graves. Entre ellos se encontraba Chiara Benvenuti, cuya buena suerte, por una vez, no la había acompañado. Por extraño que pareciese, Damien White enfermó justo después de enterarse de que Chiara estaba enferma. Los dos tenían catres contiguos en la enfermería, cosa que me parecía un poco sospechosa, aunque no paraban de criticarse el uno al otro cuando sabían que los estaban observando.

Percy Jackson pasó varias horas reclutando ballenas e hipocampos para que lo ayudasen a arrastrar al Coloso. Decidió que sería más fácil remolcarlo bajo el agua al palacio de Poseidón, donde podría ser reutilizado como estatua de jardín. Yo no estaba seguro de mi opinión al respecto. Me imaginaba que Poseidón sustituiría el apuesto rostro de la estatua por su semblante curtido y barbudo. Aun así, quería que el Coloso desapareciese, y dudaba que hubiera cabido en los contenedores de reciclaje del campamento.

Gracias a las dotes curativas de Will y a una cena caliente, los semidioses que había rescatado en el bosque recuperaron rápidamente las fuerzas. (Paolo aseguraba que era porque había agitado un pañuelo con la bandera brasileña sobre ellos, y yo no iba a llevarle la contraria.)

En cuanto al propio campamento, los daños podrían haber sido mucho peores. El muelle de las canoas se podía reconstruir. Los cráteres que habían dejado las pisadas del Coloso se podrían reutilizar como prácticos hoyos para atrincherarse o como estanques koi.

El pabellón comedor era un siniestro total, pero Nyssa y Harley confiaban en que Annabeth Chase pudiera rediseñarlo cuando volviese al campamento. Con suerte, estaría reconstruido para el verano.

El otro daño importante lo había sufrido la cabaña de Deméter. Yo no me había percatado durante la batalla, pero el Coloso la había pisado antes de darse la vuelta para ir a la playa. Vista en retrospectiva, su estela de destrucción parecía casi intencionada, como si el autómata hubiera salido del agua, pisoteado la Cabaña Cuatro y vuelto al mar.

Considerando lo que había pasado con Meg McCaffrey, me costó no verlo como un mal augurio. A Miranda Gardiner y Billie Ng se les ofrecieron catres temporales en la cabaña de Hermes, pero esa noche pasaron mucho rato estupefactas entre las ruinas mientras brotaban margaritas a su alrededor del frío suelo invernal.

A pesar del agotamiento, me costó conciliar el sueño. No me molestaban los continuos estornudos de Kayla y Austin, ni los leves ronquidos de Will. Ni siquiera me molestaban los jacintos que florecían en el alféizar y que llenaban la estancia de su melancólico perfume. No podía dejar de pensar en las dríades que habían alzado los brazos hacia las llamas del bosque, ni en Nerón, ni en Meg. La Flecha de Dodona permanecía en silencio, colgada de la pared en mi carcaj, pero sospechaba que dentro de poco tendría más consejos shakespearianos que darme. No me hacía ninguna gracia lo que podía contarme sobre mi futuro.

Al amanecer me levanté sin hacer ruido, cogí el arco, el carcaj y el ukelele de combate, y subí a la cima de la Colina Mestiza. El dragón guardián, Peleo, no me reconoció. Al ver que me acercaba demasiado al Vellocino de Oro, siseó, de modo que tuve que sentarme a cierta distancia al pie de la Atenea Partenos.

No me importó que no me reconociera. De momento no quería ser Apolo. Toda la destrucción que veía a mis pies era responsabilidad mía. Había sido ciego y complaciente. Había permitido que los emperadores de Roma, incluido uno de mis descendientes, ascendieran al poder en las sombras. Había dejado que mi antaño gran red de oráculos se viniese abajo hasta perder incluso el de Delfos. Había estado a punto de provocar el fin del mismísimo Campamento Mestizo.

Y Meg McCaffrey... Oh, Meg, ¿dónde estabas?

«Haz lo que tengas que hacer —me había dicho—. Es mi última orden.»

Su orden había sido tan vaga que no me impedía seguirla. Después de todo, ahora estábamos estrechamente ligados. Lo que tenía que hacer era buscarla. Me preguntaba si Meg había formulado la orden de esa manera a propósito, o si solo eran vanas ilusiones mías.

Contemplé la serena cara de alabastro de Atenea. En la vida real, no tenía un aspecto tan pálido y altivo... bueno, al menos la mayoría del tiempo. Me pregunté por qué el escultor, Fidias, había decidido que pareciese tan inaccesible, y si Atenea estaba de acuerdo. Los dioses solíamos debatir sobre los muchos cambios que los humanos podían provocar en nuestro carácter simplemente a través de la forma en que nos pintaban o nos imaginaban. Durante el siglo XVIII, por ejemplo, no pude librarme de la peluca blanca, por mucho que lo intenté. Entre los inmortales, nuestra dependencia de los humanos era un tema incómodo.

Tal vez me merecía mi forma actual. Después de mi irresponsabilidad e insensatez, tal vez la humanidad no debía verme sino como Lester Papadopoulos.

Dejé escapar un suspiro.

—¿Qué harías tú en mi lugar, Atenea? Algo sabio y práctico, supongo.

Atenea no respondió. Contemplaba tranquilamente el horizonte, mirando a lo lejos, como siempre.

No necesitaba que la diosa de la sabiduría me dijese qué hacer. Debía abandonar el Campamento Mestizo de inmediato, antes de que los campistas se despertasen. Ellos me habían acogido para protegerme, y yo había estado a punto de matarlos. No podía soportar la idea de seguir poniéndolos en peligro.

Pero, oh, cómo deseaba quedarme con Will, Kayla, Austin, mis hijos mortales. Deseaba ayudar a Harley a poner caritas sonrientes en su lanzallamas. Deseaba coquetear con Chiara y robársela a Damien… o quizá robarle a Damien a Chiara, todavía no estaba seguro. Deseaba mejorar como músico y arquero mediante esa extraña actividad conocida como «práctica». Deseaba tener un hogar.

«Vete —me dije—. Deprisa.»

Como era un cobarde, esperé demasiado. Debajo de mí, las luces de las cabañas se encendieron. Los campistas salieron por sus puertas. Sherman Yang empezó a hacer sus estiramientos matutinos. Harley trotaba por el prado sujetando en alto su radiofaro para comunicarse con Leo Valdez, con la esperanza de que por fin funcionase.

Al final, un par de figuras familiares me divisaron. Se acercaron desde distintos puntos —la Casa Grande y la Cabaña Tres— y subieron por la colina para verme: Rachel Dare y Percy Jackson.

—Sé lo que estás pensando —dijo Rachel—. No lo hagas.

Me hice el sorprendido.

—¿Puede leerme el pensamiento, señorita Dare?

—No me hace falta. Lo conozco, señor Apolo.

Hacía una semana la idea me habría hecho reír. Un mortal no podía conocerme. Yo había vivido cuatro milenios. El simple hecho de contemplar mi auténtica forma habría volatilizado a cualquier humano. Sin embargo, las palabras de Rachel me parecían ahora totalmente razonables. En el caso de Lester Papadopoulos, lo que veías era lo que había. No había mucho que saber.

—No me llames «señor» —le pedí suspirando—. Solo soy un adolescente mortal. Mi sitio no está en este campamento.

Percy se sentó a mi lado. Contempló el amanecer entornando los ojos, mientras la brisa marina le revolvía el pelo.

—Sí, antes yo también pensaba eso.

—No es lo mismo —repliqué—. Los humanos cambiáis, crecéis y maduráis. Los dioses, no.

Percy me miró.

—¿Estás seguro? Pareces bastante cambiado.

Creo que lo decía como un cumplido, pero sus palabras no me tranquilizaron. Si me estaba volviendo más humano, no era precisamente motivo de celebración. Vale, había invocado unos cuantos poderes divinos en momentos importantes —un arranque de fuerza divina contra los germani, una flecha infectada de alergia del polen contra el Coloso—, pero no podía contar con esas capacidades. Ni siquiera entendía cómo las había conseguido. El hecho de que tuviera límites, y que no pudiera estar seguro de dónde estaban esos límites... En fin, me hacía sentir mucho más como Lester Papadopoulos que como Apolo.

—Hay que encontrar y proteger los otros oráculos —expuse—. No puedo hacerlo si no me voy del Campamento Mestizo. Y no puedo arriesgar la vida de nadie más.

Rachel se sentó a mi otro lado.

—Pareces convencido. ¿Has recibido una profecía de la arboleda?

Me estremecí.

—Me temo que sí.

Rachel posó las manos sobre sus rodillas.

—Kayla dijo que ayer hablaste con una flecha. Supongo que está hecha de madera de Dodona.

—Un momento —dijo Percy—. ¿Encontraste una flecha parlante que te recitó una profecía?

—No seas tonto —repuse—. La flecha habla, pero la profecía me la anunció la propia arboleda. La Flecha de Dodona solo da consejos al azar. Es bastante molesta.

La flecha zumbó en mi carcaj.

—En cualquier caso —continué—, debo irme del campamento. El triunvirato quiere hacerse con todos los oráculos antiguos. Tengo que detenerlos. Solo cuando haya vencido a los exemperadores, podré enfrentarme a mi viejo enemigo Pitón y liberar el Oráculo de Delfos. Después... si sobrevivo... tal vez Zeus me devuelva al Olimpo.

Rachel se tiró de un pelo.

—Sabes que hacer todo eso tú solo es demasiado peligroso, ¿verdad?

—Escúchala —me apremió Percy—. Quirón me ha hablado de Nerón y esa extraña empresa suya.

—Agradezco la oferta de ayuda, pero...

—Para el carro. —Percy levantó las manos—. Que quede claro que no me estoy ofreciendo a ir contigo. Todavía tengo que acabar el último curso de bachillerato, presentar el trabajo de investigación y aprobar la selectividad, y evitar que mi novia me mate. Pero seguro que podremos conseguirte otros ayudantes.

—Yo te acompañaré —dijo Rachel.

Negué con la cabeza.

—A mis enemigos les encantaría atrapar a alguien tan querido para mí como la sacerdotisa de Delfos. Además, necesito que tú y Miranda Gardiner os quedéis aquí y estudiéis la Arboleda de Dodona. De momento, es nuestra única fuente de profecías. Y como los problemas de comunicación no se han resuelto, aprender a utilizar el poder de la arboleda es todavía más decisivo.

Rachel trató de ocultar su decepción, pero la advertí en las arrugas que se formaron alrededor de su boca.

—¿Y Meg? —preguntó—. Intentarás encontrarla, ¿no?

Habría preferido que me clavase la Flecha de Dodona en el pecho. Contemplé el bosque: la brumosa extensión verde que se había tragado a la pequeña McCaffrey. Por un breve instante, me sentí como Nerón. Quería reducir a cenizas el lugar entero.

—Lo intentaré —aseguré—, pero Meg no quiere que la encuentren. Está bajo la influencia de su padrastro.

Percy recorrió el dedo gordo del pie de la Atenea Partenos con un dedo de su mano.

—He perdido a demasiada gente por culpa de las malas influencias: Ethan Nakamura, Luke Castellan... Casi perdimos a Nico también... —Negó con la cabeza—. No. A ninguno más. No puedes renunciar a Meg. Estáis unidos. Además, ella es de los buenos.

—He conocido a muchos de esos —dije—. La mayoría se convirtieron en animales o en estatuas o... o en árboles... —Se me quebró la voz.

Rachel puso su mano sobre la mía.

—Las cosas pueden cambiar, Apolo. Es lo bueno de ser humano. Solo tenemos una vida, pero podemos elegir qué historia queremos que sea.

Me parecía excesivamente optimista pensar de esa forma. Me había pasado demasiados siglos observando cómo las mismas pautas de conducta se repetían una y otra vez, reproducidas por humanos que creían que eran muy listos y que hacían algo que no se había hecho nunca. Creían que estaban creando historias originales, pero no hacían más que calcar los mismos relatos antiguos generación tras generación.

Aun así... tal vez la perseverancia humana era una baza. Parecía que nunca perdían la esperanza. De vez en cuando conseguían sorprenderme. Nunca me imaginé a figuras como Alejandro Magno, Robin Hood o Billie Holliday. Tampoco me imaginé a Percy Jackson y Rachel Elizabeth Dare.

—Espero... espero que tengas razón —confesé.

Me dio una palmadita en la mano.

—Dime la profecía que oíste en la arboleda.

Respiré de forma temblorosa. No quería recitar las palabras. Tenía miedo de que despertasen a la arboleda y nos ahogasen en una algarabía de profecías, chistes malos y publirreportajes. Pero recité los versos:

Hubo una vez un dios llamado Apolo
que entró en una cueva; azul, su color.
Sobre un asiento, entonces,
el tragafuego de bronce
tuvo que digerir muerte y locura él solo.

Rachel se tapó la boca.

—¿Una quintilla?

—¡Ya lo sé! —me quejé—. ¡Estoy condenado!

—Espera. —A Percy le brillaban los ojos—. Esos versos... ¿significan lo que creo?

—Bueno —respondí—, creo que la cueva azul hace referencia al Oráculo de Trofonio. Era... un antiguo oráculo muy peligroso.

—No —repuso Percy—. Los otros versos. «Asiento», «tragafuego de bronce», bla, bla, bla.

—Ah. No tengo ni idea de eso.

—El radiofaro de Harley. —Percy rio, aunque no entendía por qué estaba tan contento—. Me ha dicho que tú le ayudaste a ajustar la señal. Supongo que ha funcionado.

Rachel lo miró entornando los ojos.

—Percy, ¿qué estás...? —A la chica se le desencajó el rostro—. Oh. Oh.

—¿Oíste más versos? —preguntó Percy—. ¿Aparte de la quintilla?

—Varios —reconocí—. Solo fragmentos que no entendí. «La caída del sol; el último verso.» Ejem, «Indiana, banana». «Felicidad inminente.» Algo sobre unas páginas que arden.

Percy se dio un manotazo en la rodilla.

—Eso es. «Felicidad inminente.» «Feliz» es un nombre en algunos idiomas. —Se levantó y oteó el horizonte. Sus ojos se centraron en algo a lo lejos. Una sonrisa se dibujó en su rostro—. Sí. Apolo, tu escolta está de camino.

Seguí su mirada. Una gran criatura alada que emitía destellos de bronce celestial bajaba de las nubes. Sobre su lomo había dos figuras de tamaño humano.

Los recién llegados descendieron en silencio, pero en mi mente una alegre fanfarria de Valdezinador proclamó la nueva noticia.

Leo había vuelto.

39

¿Quieres pegarle a Leo?
Es comprensible.
El tío buenorro se lo ha ganado

Los semidioses tenían que coger número.

Nico requisó una máquina expendedora de números del bar y la llevaba a todas partes gritando:

—¡La fila empieza a la izquierda! ¡Formad una cola ordenada, chicos!

—¿De verdad es necesario? —preguntó Leo.

—Sí —respondió Miranda Gardiner, que había cogido el primer número. Le dio un puñetazo a Leo en el brazo.

—Ay —exclamó Leo.

—Eres un capullo, y todos te odiamos —dijo Miranda. Acto seguido lo abrazó y le dio un beso en la mejilla—. Como vuelvas a desaparecer, haremos cola para matarte.

—¡Vale, vale!

Miranda tuvo que avanzar porque la cola se estaba alargando detrás de ella. Percy y yo estábamos sentados a la mesa de pícnic con Leo y su compañera: nada más y nada menos que la hechicera inmortal Calipso. Aunque Leo estaba recibiendo puñetazos de todos los campistas, yo estaba convencido de que él era el menos incómodo en la mesa.

Cuando se habían visto por primera vez, Percy y Calipso se habían dado un abrazo forzado. No había presenciado un saludo tan tenso desde que Patroclo conoció al trofeo de guerra de Aquiles, Briseida.

(Una larga historia con cotilleos jugosos. Pregúntame luego.) Yo nunca le había caído bien a Calipso, de modo que me ninguneó intencionadamente, pero yo seguía temiendo que gritase «¡UH!» y me convirtiera en una rana de San Antonio. La incertidumbre me estaba matando.

Percy abrazó a Leo y ni siquiera le pegó. Aun así, el hijo de Poseidón parecía contrariado.

—No me lo puedo creer —dijo—. Seis meses...

—Ya te lo he dicho —insistió Leo—. Intentamos enviar más pergaminos holográficos. Probamos con Iris-mensajes, visiones en sueños, llamadas telefónicas... Nada funcionó. ¡Ay! Hola, Alice, ¿cómo te va? Topábamos con una crisis tras otra.

Calipso asintió con la cabeza.

—Lo de Albania fue especialmente delicado.

Desde el final de la cola, Nico di Angelo gritó:

—¡Por favor, no menciones lo de Albania! A ver, ¿quién es el siguiente, chicos? Una sola cola.

Damien White le dio a Leo un puñetazo en el brazo y se fue sonriendo. No estaba seguro de que Damien conociese a Leo. Simplemente era incapaz de rechazar la oportunidad de asestarle un puñetazo a alguien.

Leo se frotó el bíceps.

—Eh, no es justo. Ese tío está volviendo a la cola. Bueno, como iba diciendo, si ayer Festo no hubiera captado ese radiofaro direccional, seguiríamos volando por ahí, buscando una forma de salir del Mar de los Monstruos.

—Odio ese sitio —admitió Percy—. Ese gran Cíclope, Polifemo...

—Qué me vas a contar —convino Leo—. ¿Qué problema tiene ese tío con el aliento?

—Chicos —intervino Calipso—, ¿qué tal si nos centramos en el presente?

No me miró, pero me dio la impresión de que quería decir «este exdios tonto y sus problemas».

—Sí —asintió Percy—. Rachel Dare cree que los problemas de comunicación están relacionados con esa empresa, Triunvirato.

La propia Rachel había ido a la Casa Grande a buscar a Quirón, pero Percy resumió bastante bien lo que ella había descubierto sobre los emperadores y su malvada empresa. Claro que no sabíamos gran cosa. Cuando seis personas más hubieron pegado a Leo en el brazo, Percy ya había puesto al día a Leo y Calipso.

Leo se frotó los nuevos cardenales.

—¿Por qué no me sorprende que las empresas modernas estén dirigidas por emperadores romanos zombis, tío?

—No son zombis —aclaré—. Y no estoy seguro de que dirijan todas las empresas...

Leo rechazó mi explicación con un gesto de la mano.

—Pero están intentando hacerse con los oráculos.

—Sí —asentí.

—Y eso es malo.

—Mucho.

—Así que necesitas nuestra ayuda. ¡Ay! Eh, Sherman. ¿Cómo te has hecho esa nueva cicatriz, colega?

Mientras Sherman le contaba a Leo la historia de McCaffrey la Pateaentrepiernas y el Diabólico Bebé de Melocotones, miré a Calipso. Todavía tenía el cabello largo y de color castaño caramelo. Sus ojos almendrados seguían siendo oscuros e inteligentes. Pero ahora, en lugar de un quitón, llevaba unos vaqueros modernos, una blusa blanca y una parka rosa chillón. Aparentaba menos años: más o menos mi edad mortal. Me preguntaba si la habían castigado con la mortalidad por abandonar su isla encantada. De ser así, no me parecía justo que ella hubiera conservado su belleza sobrenatural. No tenía michelines ni acné.

Mientras la miraba, estiró dos dedos hacia el otro lado de la mesa de pícnic, donde una jarra de limonada sudaba al sol. La había visto hacer ese tipo de cosas con anterioridad, cuando ordenaba a sus siervos aéreos invisibles que le acercaran objetos. Esta vez no pasó nada.

Una expresión de decepción asomó a su rostro. Entonces se dio cuenta de que la estaba mirando. Se sonrojó.

—Desde que me fui de Ogigia no tengo poderes —reconoció—. Soy totalmente mortal. No pierdo la esperanza, pero...

—¿Te apetece un trago? —preguntó Percy.

—Yo me encargo. —Leo se le adelantó y cogió la jarra.

No esperaba compadecerme de Calipso. En el pasado nos habíamos intercambiado duras palabras. Hacía unos milenios, me había opuesto a su petición de liberación anticipada de Ogigia por un... drama entre nosotros. (Una larga historia con cotilleos jugosos. No me preguntes luego, por favor.)

Aun así, como dios caído en desgracia, entendía lo desconcertante que era estar sin tus poderes.

Por otra parte, me sentía aliviado. Eso significaba que ella no me podía convertir en una rana de San Antonio ni mandarles a sus siervos aéreos que me tirasen de la Atenea Partenos.

—Aquí tienes.

Leo le dio un vaso de limonada. Su expresión parecía más sombría y preocupada, como si... Claro. Leo había rescatado a Calipso de la isla en la que estaba encarcelada. Al hacerlo, Calipso había perdido sus poderes. Leo se sentía responsable.

Calipso sonrió, aunque sus ojos seguían teñidos de melancolía.

—Gracias, nene.

—¿Nene? —preguntó Percy.

La expresión de Leo se iluminó.

—Sí. Pero no quiere llamarme «tío bueno». No sé por qué... ¡Ay!

Era el turno de Harley. El niño le dio a Leo un puñetazo y acto seguido lo abrazó y rompió a llorar.

—Eh, hermanito. —Leo le revolvió el pelo y tuvo el acierto de poner cara de vergüenza—. Tú me has traído a casa con ese radiofaro tuyo, campeón. ¡Eres un héroe! Sabes que nunca te habría dejado colgado a propósito, ¿verdad?

Harley gimoteó, se sorbió la nariz y asintió con la cabeza. Luego le dio otro puñetazo y huyó. Leo tenía cara de estar a punto de vomitar. Harley era bastante fuerte.

—En cualquier caso —dijo Calipso—, ¿cómo podemos ayudar con respecto a los problemas de los emperadores romanos?

Arqueé las cejas.

—¿Me vas a ayudar, entonces? A pesar... Siempre supe que eras bondadosa y compasiva, Calipso. Tenía intención de visitarte en Ogigia más a menudo...

—Ahórratelo.—Calipso bebió un sorbo de limonada—. Te ayudaré si Leo decide ayudarte, y parece que te tiene afecto. No sé por qué.

Solté el aire que había estado conteniendo durante... una hora.

—Gracias. Leo Valdez, siempre has sido un caballero y un genio. Al fin y al cabo, tú creaste el Valdezinador.

Leo sonrió.

—Sí, ¿verdad? Supongo que eso fue la bomba. ¿Y dónde está ese oráculo tuyo...? ¡Ay!

Nyssa había llegado al principio de la cola. Propinó una bofetada a Leo y luego lo riñó hablando muy rápido.

—Sí, vale, vale.—Leo se frotó la cara—. ¡Jo, hermana, yo también te quiero!

Volvió a centrar su atención en mí.

—Bueno, ¿dónde has dicho que estaba el siguiente oráculo?

Percy golpeó suavemente la mesa.

—Quirón y yo hemos estado hablando de eso. Él cree que ese triunvirato debe de haber dividido Estados Unidos en tres partes, con un emperador al mando de cada una. Sabemos que Nerón está escondido en Nueva York, así que suponemos que el siguiente oráculo está en el territorio del segundo tipo, tal vez en el tercio central de Estados Unidos.

—¡Ah, el tercio central de Estados Unidos! —Leo extendió los brazos—. Entonces es pan comido. ¡Solo tendremos que buscar en todo el centro del país!

—Veo que no has perdido el sarcasmo —observó Percy.

—Eh, tío, he navegado con los rufianes más sarcásticos de alta mar.

Los dos se chocaron las palmas de las manos, aunque no acabé de entender por qué. Pensé en un fragmento de profecía que había oído en el bosque: algo relacionado con Indiana. Podía ser un buen sitio para empezar...

El último de la cola era el mismísimo Quirón, cuya silla de ruedas empujaba Rachel Dare. El viejo centauro dedicó a Leo una sonrisa afable y paternal.

—Me alegro mucho de que hayas vuelto, muchacho. Y veo que has liberado a Calipso. ¡Bien hecho! ¡Bienvenidos los dos! —Quirón extendió los brazos para darle un abrazo.

301

—Gracias, Quirón. —Leo se inclinó hacia delante.

Una pata equina delantera salió disparada de debajo de la manta que cubría el regazo de Quirón y plantó la pezuña en la barriga de Leo. A continuación, con la misma rapidez, la pata desapareció.

—Señor Valdez —dijo Quirón en el mismo tono amable—, como vuelva a hacer otra tontería como esa...

—¡Entendido, entendido! —Leo se frotó la barriga—. Jo, para ser profesor, sabe dar patadas como un karateka.

Rachel sonrió y se llevó a Quirón en su silla de ruedas. Calipso y yo ayudamos a Leo a levantarse.

—¡Eh, Nico —gritó Leo—, dime que ya se ha acabado el maltrato físico, por favor!

—De momento. —Nico sonrió—. Seguimos intentando contactar con la Costa Oeste. Allí habrá unas cuantas personas que también querrán pegarte.

Leo hizo una mueca.

—Sí, estoy deseándolo. Bueno, supongo que será mejor que conserve las fuerzas. ¿Dónde coméis ahora que el Coloso ha aplastado el pabellón comedor?

Percy se fue esa noche justo antes de la cena.

Yo esperaba una conmovedora despedida en privado, en la que él me pediría consejo sobre los exámenes, la condición de héroe y la vida en general. Después de prestarme ayuda para vencer al Coloso, habría sido lo mínimo que yo podía hacer.

En cambio, el chico parecía más interesado en despedirse de Leo y Calipso. Yo no participé en su conversación, pero los tres parecieron llegar a un acuerdo mutuo. Percy y Leo se abrazaron. Calipso incluso le dio a Percy un besito en la mejilla. Luego el hijo de Poseidón entró en el estrecho de Long Island con su enorme perra y los dos desaparecieron bajo el agua. ¿Nadaba la Señora O'Leary? ¿Viajaba por las sombras de las ballenas? No lo sabía.

Al igual que la comida, la cena fue informal. Mientras oscurecía, comimos sobre unas mantas de pícnic alrededor del hogar, que ardía con el calor de Hestia y nos protegía del frío invernal. Festo, el dragón, husmeaba alrededor del perímetro de las cabañas y de vez en cuando expulsaba fuego al cielo sin motivo aparente.

—Quedó un poco tocado en Córcega —explicó Leo—. A veces escupe al azar como ahora.

—Todavía no ha chamuscado a nadie importante —añadió Calipso, arqueando una ceja—.Ya veremos qué tal le caes.

Los ojos de rubíes de Festo brillaban en la oscuridad. Después de conducir el carro solar durante tanto tiempo, no me ponía nervioso viajar en un dragón de metal, pero cuando pensé adónde iríamos, me brotaron geranios en el estómago.

—Había pensado ir solo —les dije—. La profecía de Dodona habla de un tragafuego de bronce, pero... no me parece justo pediros que arriesguéis la vida.Ya habéis sufrido mucho para llegar aquí.

Calipso ladeó la cabeza.

—Puede que hayas cambiado. No pareces el Apolo que recuerdo. Desde luego no eres tan guapo.

—Sigo siendo bastante guapo —protesté—. Solo tengo que quitarme este acné.

Ella sonrió con suficiencia.

—Veo que no has perdido tu vanidad.

—¿Perdón?

—Chicos —nos interrumpió Leo—, si vamos a viajar juntos, intentemos llevarnos bien. —Tenía una bolsa de hielo pegada a su bíceps magullado—. Además, de todas formas teníamos pensado ir al oeste. Tengo que encontrar a mis colegas Jason y Piper y Hazel y... en fin, a casi todos los campistas del Campamento Júpiter. Será divertido.

—¿Divertido? —pregunté—. El Oráculo de Trofonio supuestamente me rodeará de muerte y locura. Aunque sobreviva, mis otras pruebas serán largas, terribles y es muy posible que fatales.

—Exacto —dijo Leo—. Divertido. Pero no me convence eso de llamar la misión «las pruebas de Apolo». Creo que deberíamos llamarla «la gloriosa gira mundial de Leo Valdez».

Calipso rio y entrelazó los dedos con los de Leo. Puede que ya no fuera inmortal, pero seguía teniendo una elegancia y una naturalidad que me resultaban incomprensibles. Tal vez echaba de menos sus poderes, pero parecía verdaderamente feliz de estar con Valdez: de ser joven y mortal, aunque eso supusiera que podía morir en cualquier momento.

A diferencia de mí, ella había elegido ser mortal. Sabía que irse de Ogigia era un riesgo, pero lo había hecho voluntariamente. No sabía cómo se había armado de valor.

—Eh, tío —me dijo Leo—. No pongas esa cara tan larga. La encontraremos.

Salí de mi ensoñación.

—¿Qué?

—A tu amiga Meg. La encontraremos. No te preocupes.

Una burbuja de oscuridad estalló dentro de mí. Por una vez, no estaba pensando en Meg. Estaba pensando en mí mismo, y eso me hizo sentirme culpable. Puede que Calipso hiciera bien dudando si había cambiado o no.

Contemplé el bosque silencioso. Me acordé de que Meg me había puesto a salvo cuando estaba helado, empapado y delirando. Recordé la valentía con la que había luchado contra los mirmekes, y que había ordenado a Melocotones que apagase la cerilla cuando Nerón había querido quemar a sus rehenes, a pesar del miedo que le provocaba despertar a la Bestia. Tenía que hacerle entender lo malvado que era Nerón. Tenía que encontrarla. Pero ¿cómo?

—Meg sabe la profecía —afirmé—. Si se la dice a Nerón, él también sabrá nuestros planes.

Calipso dio un mordisco a su manzana.

—Me perdí todo el Imperio romano. ¿Tan malo puede ser un emperador?

—Mucho —le aseguré—. Y se ha aliado con otros dos. No sabemos quiénes son, pero cabe suponer con bastante seguridad que son igual de despiadados. Han tenido siglos para amasar fortunas, adquirir propiedades, crear ejércitos... ¿Quién sabe de lo que son capaces?

—Eh —exclamó Leo—. Nos cargamos a Gaia en, no sé, cuarenta segundos. Esto estará chupado.

Me parecía recordar que los meses previos al enfrentamiento con

Gaia habían sido un período de sufrimiento y coqueteos con la muerte. De hecho, Leo había muerto. También quería recordarle que el triunvirato podría haber sido el responsable de nuestros anteriores problemas con los titanes y los gigantes, cosa que los convertiría en unos enemigos más poderosos que cualquiera a los que Leo se había enfrentado.

Pensé que mencionar esos detalles podría afectar a la moral del grupo.

—Lo conseguiremos —aseveró Calipso—. Es nuestro deber. Y lo haremos. He estado atrapada en una isla miles de años. No sé cuánto durará esta vida mortal, pero pienso vivirla plenamente y sin miedo.

—Esa es mi mamacita —dijo Leo.

—¿Qué te he dicho de llamarme «mamacita»?

Leo sonrió tímidamente.

—Por la mañana recogeremos provisiones. En cuanto le haga una puesta a punto a Festo y le cambie el aceite, podremos irnos.

Consideré qué provisiones me llevaría. Tenía tan pocas que era deprimente: unas prendas de ropa prestadas, un arco, un ukelele y una flecha excesivamente teatral.

Pero lo más difícil sería despedirme de Will, Austin y Kayla. Ellos me habían ayudado mucho y me habían acogido como a un miembro de su familia, cosa que yo nunca había hecho con ellos. Me empezaron a escocer las lágrimas en los ojos. Antes de que me echase a llorar, Will Solace se situó a la luz del hogar.

—¡Hola a todos! ¡Hemos encendido una hoguera en el anfiteatro! Es hora de cantar. ¡Vamos!

Hubo quejidos mezclados con ovaciones, pero casi todo el mundo se levantó y se dirigió a la hoguera que ardía a lo lejos, donde Nico di Angelo se hallaba recortado contra las llamas, preparando malvaviscos en algo que parecían fémures.

—Oh, no. —Leo hizo una mueca—. Se me da fatal cantar. Siempre me cuelo con las palmadas y los sonidos de los animales en «La granja de mi tío». ¿Podemos pasar?

—Ni hablar.

Me puse en pie; de repente me sentía mejor. Puede que al día siguiente llorase y pensase en despedidas. Puede que al día siguiente volásemos rumbo a nuestra muerte. Pero esa noche pensaba pasármelo bien con mi familia. ¿Qué había dicho Calipso? «Vivir plenamente y sin miedo.» Si ella podía hacerlo, también podría el espléndido y magnífico Apolo.

—Cantar es bueno para el ánimo. Nunca deberías desaprovechar una oportunidad de cantar.

Calipso sonrió.

—No puedo creer que vaya a decir esto, pero por una vez estoy de acuerdo con Apolo. Vamos, Leo. Te enseñaré a cantar afinado.

Los tres nos encaminamos hacia los sonidos de las risas, la música y el fuego cálido y crepitante.

Guía de lenguaje apolíneo

ADMETO: rey de Feras, en Tesalia; Zeus castigó a Apolo enviándolo a trabajar para Admeto como pastor

AFRODITA: diosa griega del amor y la belleza

AGAMENÓN: rey de Micenas; líder de los griegos en la guerra de Troya; valiente, pero también arrogante y demasiado orgulloso

ÁGORA: «lugar de reunión», en griego; sitio céntrico al aire libre donde se desarrollaban las actividades atléticas, artísticas, espirituales y políticas en las antiguas ciudades-Estado griegas

AMBROSÍA: alimento de los dioses; tiene poderes curativos

ANFITEATRO: espacio ovalado y circular al aire libre empleado para actuaciones y acontecimientos deportivos, con asientos para los espectadores distribuidos en un semicírculo alrededor del escenario

APODESMOS: cinta de tela que las mujeres de la antigua Grecia llevaban alrededor del pecho, sobre todo cuando participaban en actividades deportivas

APOLO: dios griego del sol, las profecías, la música y la curación; hijo de Zeus y Leto, y hermano mellizo de Artemisa

AQUILES: el mejor guerrero de Grecia, quien sitió Troya en la guerra del mismo nombre; extraordinariamente fuerte, valiente y leal, tenía un solo punto débil: su talón

ARBOLEDA de Dodona: emplazamiento del oráculo griego más antiguo aparte de Delfos; el susurro de los árboles del bosquecillo ofrecía respuestas a los sacerdotes y sacerdotisas que viajaban al lugar

ARES: dios griego de la guerra; hijo de Zeus y Hera, y hermanastro de Atenea

ARGO: barco en el que navegó el grupo de héroes que acompañó a Jasón en su misión en busca del Vellocino de Oro

ARGONAUTAS: grupo de héroes que navegó con Jasón en el *Argo* en busca del Vellocino de Oro

ARPÍA: criatura alada que roba objetos

ARTEMISA: diosa griega de la caza y la luna; hija de Zeus y Leto, y hermana melliza de Apolo

ASCLEPIO: dios de la medicina; hijo de Apolo; su templo era el centro curativo de la antigua Grecia

ATENEA PARTENOS: estatua gigante de Atenea; la estatua griega más famosa de todos los tiempos

ATENEA: diosa griega de la sabiduría

ÁYAX: héroe griego de gran fuerza y coraje; luchó en la guerra de Troya; utilizaba un gran escudo en la batalla

BALLESTA: arma de asedio romana que lanzaba grandes proyectiles a objetivos lejanos

BÁTAVOS: antigua tribu que vivió en la actual Alemania; también, unidad de infantería del ejército romano de origen germánico

BRISEIDA: princesa raptada por Aquiles durante la guerra de Troya; su captura provocó la enemistad entre Aquiles y Agamenón que dio lugar a la negativa de Aquiles a luchar con los griegos

BRONCE CELESTIAL: metal poco común que resultaba letal para los monstruos

BÚNKER NUEVE: taller oculto que Leo Valdez descubrió en el Campamento Mestizo, lleno de herramientas y armas; tiene como mínimo doscientos años de antigüedad y se utilizó durante la guerra civil de los semidioses

CALÍOPE: musa de la poesía épica; madre de varios hijos, entre ellos Orfeo

CALIPSO: diosa ninfa de la isla mítica de Ogigia; hija del titán Atlas; retuvo al héroe Odiseo durante muchos años

Campamento Júpiter: campo de entrenamiento de semidioses romanos situado entre las colinas de Oakland y las colinas de Berkeley, en California

Campamento Mestizo: campo de entrenamiento de semidioses griegos situado en Long Island, en Nueva York

Campos de Castigo: sección del inframundo a la que son enviadas las personas que fueron malas en vida para recibir castigo eterno por sus crímenes después de la muerte

Caos primordial: lo primero que existió; vacío del que salieron los dioses

Casa de Hades: lugar del inframundo donde Hades, dios griego de la muerte, y su esposa Perséfone gobiernan a las almas de los difuntos

Casandra: hija del rey Príamo y la reina Hécuba; poseía el don de la profecía, pero Apolo la maldijo para que nadie creyese sus predicciones, incluida la advertencia sobre el Caballo de Troya

Catapulta: máquina militar empleada para lanzar objetos

Cazadoras de Artemisa: grupo de doncellas leales a Artemisa y dotadas de aptitudes para la caza y de la juventud eterna siempre que rechacen a los hombres de por vida

Céfiro: dios griego del Viento del Oeste

Centauro: raza de criaturas mitad humanas, mitad equinas

Ceres: diosa romana de la agricultura. Forma griega: Deméter

César Augusto: fundador y primer emperador del Imperio romano; hijo adoptivo y heredero de Julio César (véase también Octavio)

Cíclope: miembro de una raza primigenia de gigantes que tenían un ojo en el centro de la frente

Circe: diosa griega de la magia

Cirene: feroz cazadora de la que Apolo se enamoró cuando la vio luchar contra un león. Luego Apolo la transformó en una ninfa para alargar su vida

Clitemnestra: hija del rey y la reina de Esparta; se casó y más tarde asesinó a Agamenón

Cloacina: diosa del sistema de alcantarillado romano

Coliseo: anfiteatro elíptico situado en el centro de Roma con un aforo de cincuenta mil espectadores; se usaba para torneos de gladiadores y espectáculos públicos como batallas navales simuladas, caza de animales, ejecuciones, representaciones de batallas famosas y dramas

COLOSSUS NERONIS (Coloso de Nerón): estatua de bronce gigantesca del emperador Nerón; posteriormente se transformó en el dios del sol con la incorporación de una corona de rayos de sol

CONTRACORRIENTE: nombre de la espada de Percy Jackson; *Anaklusmos*, en griego

CORAZA: armadura de cuero o metal consistente en un peto y una placa posterior que llevaban los soldados griegos y romanos; a menudo tenían muchos adornos y estaban diseñadas para imitar los músculos

CRETENSE: natural de la isla de Creta

CRISÓTEMIS: hija de Deméter que enamoró a Apolo durante un torneo musical

CROMIÓN: pueblo de la antigua Grecia donde una cerda gigantesca hizo estragos antes de que Teseo la matase

CRONOS: el más pequeño de los doce titanes; hijo de Urano y Gaia; padre de Zeus; mató a su padre obedeciendo las órdenes de su madre; señor del destino, las cosechas, la justicia y el tiempo. Forma romana: Saturno

CUEVA DE TROFONIO: sima profunda que albergaba el Oráculo de Trofonio; para pasar por su estrechísima entrada, el visitante tenía que tumbarse boca arriba para que la cueva lo absorbiese; denominada la «Cueva de las Pesadillas» debido a los aterradores testimonios de sus visitantes

CURETES: bailarines equipados con armaduras que protegían al niño Zeus de su padre, Cronos

DAFNE: hermosa náyade que llamó la atención de Apolo. Se transformó en un laurel para escapar del dios

DÉDALO: diestro artesano que creó el Laberinto de Creta en el que estaba encerrado el Minotauro (mitad hombre, mitad toro)

DEMÉTER: diosa griega de la agricultura; hija de los titanes Rea y Cronos. Forma romana: Ceres

DIMACHAERUS: gladiador romano adiestrado para luchar con dos espadas a la vez

DINASTÍA JULIANA: período histórico comprendido entre la batalla de Accio (31 a.C.) y la muerte de Nerón (68 d.C.)

DIONISO: dios griego del vino y las fiestas; hijo de Zeus; director de actividades del Campamento Mestizo

DOMUS AUREA: extravagante palacio del emperador Nerón en el corazón de la antigua Roma, construido tras el gran incendio de Roma

DRAKON: gigantesco monstruo amarillo y verde similar a una serpiente, con gorgueras alrededor del cuello, ojos de reptil y enormes garras; escupe veneno

DRÍADES: ninfas de los árboles

EMPERADOR: palabra con que se aludía a un «comandante» en el Imperio romano

EOLO: dios griego de los vientos

ÉREBO: lugar tenebroso situado entre la Tierra y el Hades

ERITEA: isla donde vivía originalmente la Sibila de Cumas, objeto de deseo de Apolo, antes de que él la convenciese de que la abandonase prometiéndole una larga vida

EROS: dios griego del amor

ESPARTA: ciudad-Estado de la antigua Roma con hegemonía militar

FALANGE: cuerpo compacto de tropas fuertemente armadas

FIDIAS: famoso escultor de la antigua Grecia que creó la Atenea Partenas y muchas otras estatuas

FUEGO GRIEGO: arma incendiaria usada en batallas navales debido a su capacidad de seguir ardiendo en el agua

GAIA: diosa griega de la Tierra: madre de titanes, gigantes, cíclopes y otros monstruos

GERMANI (germanus, sing.): pueblo tribal que se instaló al oeste del río Rin

GORGONAS: tres hermanas monstruosas (Esteno, Euríale y Medusa) cuyo cabello está formado por serpientes venenosas vivas; los ojos de Medusa pueden convertir en piedra a quien los mira

GRAN INCENDIO DE ROMA: incendio devastador que tuvo lugar en 64 d.C. y duró seis días; los rumores indicaban que Nerón provocó el fuego con el fin de hacer sitio para construir su palacio, la Domus Aurae, pero culpó a la comunidad cristiana del desastre

GREBA: pieza de armadura para la espinilla

GUERRA DE LOS TITANES: épica batalla entre los titanes y los dioses del Olimpo que duró diez años y terminó con la subida al trono de los Olímpicos

GUERRA DE TROYA: en la mitología griega, los aqueos (griegos) hicieron la guerra a la ciudad de Troya después de que Paris de Troya arrebatara a Helena a su marido, Menelao, rey de Esparta

HADES: dios griego de la muerte y las riquezas; señor del inframundo

HEBE: diosa griega de la juventud; hija de Zeus y Hera

HÉCATE: diosa de la magia y las encrucijadas

HEFESTO: dios griego del fuego, los artesanos y los herreros; hijo de Zeus y Hera, y casado con Afrodita

HERA: diosa griega del matrimonio; esposa y hermana de Zeus

HERMES: dios griego de los viajeros; guía de los espíritus de los muertos; dios de la comunicación

HERÓDOTO: historiador griego conocido como el «padre de la historia»

HESTIA: diosa griega del hogar

HIERRO ESTIGIO: metal mágico forjado en la laguna Estigia capaz de absorber la esencia de los monstruos y herir a mortales, dioses, titanes y gigantes. Ejerce un considerable efecto en los fantasmas y las criaturas del inframundo

HIPNOS: dios griego del sueño

HIPOCAMPO: criatura mitad equina, mitad pez

HIPÓDROMO: estadio ovalado en el que se celebraban carreras de caballos y de carruajes en la antigua Grecia

HITITAS: pueblo que vivía en las modernas Turquía y Siria; solían estar en conflicto con los egipcios; conocidos por su uso de los carruajes como armas de asedio

ICOR: líquido dorado que constituye la sangre de dioses e inmortales

INFRAMUNDO: reino de los muertos al que iban las almas por toda la eternidad, gobernado por Hades

IRIS: diosa griega del arco iris y mensajera de los dioses

JACINTO: héroe griego y amante de Apolo que murió cuando intentaba impresionar al dios con su destreza con el disco

KARPOI (karpos, sing.): espíritus de los cereales

Laberinto: caótica creación subterránea construida originalmente en la isla de Creta por el artesano Dédalo para encerrar al Minotauro

Laguna Estigia: río que marca el límite entre la Tierra y el inframundo

Laomedonte: rey troyano al que Poseidón y Apolo fueron enviados a servir después de ofender a Zeus

Lépido: patricio romano y comandante militar que participó en un triunvirato con Octavio y Marco Antonio

Leto: madre de Artemisa y Apolo con Zeus; diosa de la maternidad

Libros Sibilinos: colección de profecías en verso escritas en griego; Tarquino el Soberbio, rey de Roma, se los compró a una profetisa y los consultaba en momentos de grave peligro

Lidia: provincia de la antigua Roma; el hacha de doble filo se desarrolló allí, así como el uso de monedas y comercios

Lupercales: fiestas pastorales que se celebraban del 13 al 15 de febrero para evitar a los malos espíritus y purificar la ciudad, así como para liberar la salud y la fertilidad

Marco Antonio: político y general romano; miembro del triunvirato, con Lépido y Octavio, que encontró a los asesinos de César y los venció; tuvo una aventura duradera con Cleopatra

Marsias: sátiro que perdió contra Apolo después de desafiarlo a una competición musical y que por ello fue desollado vivo

Medea: seguidora de Hécate y una de las grandes hechiceras de la antigüedad

Midas: rey con el poder de transformar cualquier cosa que tocaba en oro; eligió a Marsias como vencedor de la competición musical entre Apolo y Marsias, decisión que llevó a Apolo a darle a Midas unas orejas de burro

Minos: rey de Creta; hijo de Zeus; cada año hacía que el rey Egeo eligiera siete jóvenes y siete doncellas para enviarlos al Laberinto, donde serían devorados por el Minotauro; tras su muerte se convirtió en juez en el inframundo

Minotauro: hijo del rey Minos de Creta mitad hombre, mitad toro; el Minotauro estaba encerrado en el Laberinto, donde mataba a la gente que era enviada allí; fue vencido finalmente por Teseo

MIRMEKE: gigantesca criatura similar a una hormiga que envenena y paraliza a su víctima antes de comérsela; famosa por proteger varios metales, sobre todo el oro

MITRÍDATES: rey de Ponto y Armenia Inferior, en el norte de Anatolia (actual Turquía), de 123 a.C. a 63 a.C. aproximadamente; uno de los más temibles y prósperos enemigos de la República romana, quien se enfrentó a tres de los más destacados generales de la República romana tardía en las guerras mitridáticas

MONTE OLIMPO: hogar de los doce dioses del Olimpo

NÉMESIS: diosa griega de la venganza

NERÓN: emperador romano de 54 d.C. a 68 d.C; último de la dinastía juliana

NIKÉ: diosa griega de la fuerza, la velocidad y la victoria

NINFA: deidad femenina de la naturaleza que vivifica la naturaleza

NÍOBE: hija de Tántalo y Dione; sufrió la pérdida de sus seis hijos y seis hijas, que fueron sacrificados por Apolo y Artemisa como castigo por su orgullo

NOSOI (nosos, sing.) espíritus de las plagas y las enfermedades

NUEVA ROMA: comunidad situada cerca del Campamento Júpiter donde los semidioses pueden vivir en paz, sin interferencias de mortales ni de monstruos

NUEVE MUSAS: diosas griegas de la literatura, la ciencia y las artes que han inspirado a artistas y escritores durante siglos

OCTAVIO: fundador y primer emperador del Imperio romano; hijo adoptado y heredero de Julio César (*véase también* César Augusto)

ODISEO: legendario rey griego de Ítaca y héroe del poema épico de Homero *La Odisea*

OGIGIA: isla que constituye el hogar —y la cárcel— de la ninfa Calipso

ÓNFALO: piedras empleadas para marcar el centro —u ombligo— del mundo

ORÁCULO DE DELFOS: portavoz de las profecías de Apolo

ORÁCULO DE TROFONIO: griego que fue transformado en oráculo al morir; situado en la cueva de Trofonio; conocido por aterrorizar a aquellos que lo buscan

ORO IMPERIAL: metal poco común que resulta letal para los monstruos, consagrado en el Panteón; su existencia era un secreto celosamente guardado por los emperadores

PALICOS: hijos gemelos de Zeus y Talía; dioses de los géiseres y las fuentes termales

PAN: dios griego de la naturaleza salvaje; hijo de Hermes

PANDORA: primera mujer humana creada por los dioses; cada dios le otorgó un don único; liberó el mal en el mundo al abrir una vasija

PARTENÓN: templo dedicado a la diosa Atenea situado en la Acrópolis de Atenas

PATROCLO: hijo de Menecio; mantuvo una profunda amistad con Aquiles después de ser criado con él; murió luchando en la guerra de Troya

PEGASO: caballo divino alado; hijo de Poseidón, en su encarnación de dios caballo

PELEO: padre de Aquiles; su boda con la ninfa del mar Tetis contó con la asistencia de los dioses, pero una desavenencia entre ellos desembocó en la guerra de Troya. El dragón guardián del Campamento Mestizo recibe su nombre de él

PERSÉFONE: diosa griega del inframundo; esposa de Hades; hija de Zeus y Deméter

PITIA: nombre dado a todos los oráculos de Delfos

PITÓN: serpiente monstruosa que Gaia nombró para custodiar el Oráculo de Delfos

POLIFEMO: gigante con un solo ojo hijo de Poseidón y Toosa; uno de los cíclopes

POSEIDÓN: dios griego del mar; hijo de los titanes Cronos y Rea, y hermano de Zeus y Hades

PRETOR: magistrado romano electo y comandante del ejército

PROMETEO: titán que creó a los humanos y les regaló el fuego robado del monte Olimpo

PUERTAS DE LA MUERTE: entrada de la Casa de Hades, situada en el Tártaro; las puertas tienen dos lados: uno en el mundo de los mortales y otro en el inframundo

QUIRÓN: centauro; director de actividades del Campamento Mestizo

Quitón: prenda de ropa griega; trozo de lino o lana sin mangas ceñido en los hombros con broches y en la cintura con un cinturón

Rea Silvia: reina de los titanes y madre de Zeus

Sátiro: dios del bosque griego mitad cabra, mitad humano

Saturnales: antigua fiesta romana que conmemoraba a Saturno (Cronos)

Sibila: profetisa

Sica: espada curva utilizada para la batalla en la antigua Roma

Talos: gigante mecánico hecho de bronce y utilizado en Creta para proteger la costa de los invasores

Tántalo: en la mitología griega, este rey era tan amigo de los dioses que se le permitía cenar a su mesa... hasta que divulgó sus secretos en la Tierra. Fue enviado al inframundo, donde se le condenó a permanecer en un lago bajo un árbol frutal sin poder beber ni comer jamás

Tártaro: esposo de Gaia; espíritu del abismo; padre de los gigantes; región del inframundo

Teodosio: último gobernante del Imperio romano unido; famoso por clausurar todos los templos del Imperio

Tifón: el monstruo griego más aterrador; padre de muchos monstruos famosos, incluido Cerbero, el cruel perro con múltiples cabezas que custodiaba la entrada del inframundo

Tiqué: diosa griega de la buena suerte; hija de Hermes y Afrodita

Titanes: raza de poderosas deidades griegas, descendientes de Gaia y de Urano, que gobernaron durante la Edad de Oro y fueron derrocadas por una raza de dioses más jóvenes, los dioses del Olimpo

Traciano: natural de Tracia, una región centrada en las fronteras modernas de Bulgaria, Grecia y Turquía

Trirreme: buque de guerra griego con tres gradas de remos a cada lado

Triunvirato: alianza política formada por tres partes

Troya: ciudad romana situada en la actual Turquía; sitio donde tuvo lugar la guerra de Troya

Urano: personificación griega del cielo; padre de los titanes

Vellocino de Oro: vellón de un carnero alado con lana de oro, considerado símbolo de autoridad y realeza; estaba custodiado por un dragón y unos toros que expulsaban fuego por la boca. Jasón recibió el encargo de hacerse con él, lo que dio lugar a una misión épica

Viaje por las sombras: forma de transporte que permite a las criaturas del inframundo y los hijos de Hades desplazarse a cualquier lugar de la Tierra o del inframundo, aunque provoca un extraordinario agotamiento al usuario

Zeus: dios griego del cielo y rey de los dioses.